환상과 실재

오형엽 비평집
**환상과 실재**

초판 1쇄 발행 2012년 9월 28일
초판 2쇄 발행 2014년 2월 14일

지 은 이  오형엽
펴 낸 이  주일우
펴 낸 곳  (주)문학과지성사
등록번호  제1993-000098호
주    소  121-840 서울 마포구 서교동 395-2
전    화  02)338-7224
팩    스  02)323-4180(편집)  02)338-7221(영업)
전자우편  moonji@moonji.com
홈페이지  www.moonji.com

ⓒ 오형엽, 2012. Printed in Seoul, Korea

ISBN 978-89-320-2351-9

* 지은이는 2011년 한국문화예술위원회가 지원한 문학창작기금을 수혜했습니다.

:: **오형엽** 비평집

# 환상과 실재

문학과지성사
2012

## 책머리에

세번째 비평집 『환상과 실재』를 펴낸다. 『신체와 문제』(문학과시상사, 2001), 『주름과 기억』(작가, 2004)에 이어 8년 만에 내는 비평집이다. 밤길을 걷듯 암중모색하며 멀리 돌아서 다시 제자리에 선 느낌이다. 그동안의 비평 활동은 회의와 자책의 연속이었다. 탁하고 좁은 시야와 무지 및 나태로 점철된 발걸음으로 인해 매번 길을 잃고 헤매거나 돌부리에 걸려 넘어지곤 했다. 무릎이 까질 때마다 반성과 회개를 거듭하며 겨우 몸을 일으켜 여기까지 온 것 같다. 돌아보면, '신체와 문제' '주름과 기억' '환상과 실재'라는 비평집의 제목이 밤길의 이정표처럼 그동안의 비평 작업에 대해 큰 틀에서 방향을 알려주는 듯하다.

'신체'는 육화된 의식 및 무의식이 세계와의 상호 침투를 통해 역동적인 흐름을 지속하면서 구속과 정체(停滯)를 넘어간다. '신체'는 '문체'를 통해서만 발현되므로, 우리가 시인 및 작가의 신체에 근접하기 위해서는 텍스트의 문체를 정밀히 읽고 분석하고 해석하는 과정을 밟을 수밖에 없다. '문체'를 통해 '신체'에 도달하는 비평 방법은 '주름'을 통해 '기억'에 도달하려는 비평 방법과 접목되면서 변주된다. 시간의 흔적인 '주름'은 의식의 틈새로 새어 나오는 무의식의 흐름을 낳기도 하고, 동일성의 억압을 뚫고 나오는 욕망의 길을 낳기도 한다. 따라서 '주름'은 '기억'의 깊이를 내장한다. 이것은 다시 '환상'을 통해 '실재'에 접근하려는 비평 방법과 접목되면서 변주된다. 2000년대 중반 이후 한국 시에 나타나는 새로운 징후는 복잡다기하게 표출되는 '환상'을 중층적으로 분석하고 해석함으로써 '실재'를 파악하려는 비평 방법을 추구할 필요가 있다.

'신체와 문체' '주름과 기억' '환상과 실재'라는 테마를 중심으로 전개되는 비평집들의 방법을 공통적으로 지배하는 것은, 작품 자체를 존중하고 그 내부에서 텍스트의 비밀을 밝혀내려는 '내재비평'이라고 볼 수 있다. '문체'를 통해서만 '신체'에 도달할 수 있고, '주름'을 통해서만 '기억'에 다가설 수 있으며, '환상'을 통해서만 '실재'에 근접할 수 있다는 기본 전제를 공유하기 때문이다. 이것은 작품 자체만을 탐구하는 것을 의미하기보다는 작품에 대한 정밀한 내재적 분석과 해석을 통해서만 평가에 도달할 수 있고, 사회역사적 맥락이나 정신분석적 맥락과도 연결될 수 있음을 의미한다. 다시 말해, 작품의 '문체'와 '주름'과 '환상'을 면밀히 정독함으로써만 작품이 작가와 사회 및 역사적 차원과 만나고 엇갈리는 교차점을 포착할 수 있는 것이다.

한편으로 내가 비평 작업을 진행하면서 염두에 둔 것은 텍스트를 정독하는 '내재비평'의 관점을 유지하면서 그것을 더 밀고 나가 '문학사적 비평'에 해당하는 '구조적 고찰' 및 '계보적 고찰'과 접목시키는 것이다. 개별 작품을 동시대의 다른 작품들과 상호 비교하는 공시적 탐색이 '구조적 고찰'의 방법이라면, 작품을 문학사의 유동적 좌표 위에 놓인 열린 체계로 간주하고 그 지형과 맥락을 통시적으로 탐색하는 것이 '계보적 고찰'의 방법이다. '내재비평'이 미시적 측면에서 현미경적 시선을 요구한다면, '문학사적 비평'은 거시적 측면에서 망원경적 안목을 요구한다고 볼 수 있다. 이런 관점에서 나는 나름대로 1990년대 이후 한국 시의 흐름과 경향을 크게 '서정' '폐허' '변신'의 주름으로 유형화하고, 그 구조화 원리를 상이한 기억의 방식으로 설명한 바 있다. 그리고 '폐허'와 '변신'의 형식에 해당하는 1990년대 전위시를 좀더 세분하여 다섯 가지 유형으로 구분한 바 있다. 또한 그 연장선에서 2000년대 이후 한국 시의 흐름을 '서정시의 경향'과 '전위시의 경향'으로 대별하고, 2000년대 이후 전위시의 지형노 그리기를 시도하여 일차적으로 시뮬라크르와 실재를 드러내는 방식을 기준으로 세 가지 유형을 설정하는 한편, 이 세 유형 이외에 넓은 의미의 '환상성'이 '서정성'이나 '사회성' 및 '현실성'과 만나는 접면을 기준으로 네 가지 유형화를 시도했다. '구조적 고찰'에 해당하는 이러한 유형화 작업과 함께 문학사적 지형과 맥락을 탐색하는 '계보적 고찰'도 나름대로 시도해왔다.

2000년대 이후 한국 시의 흐름을 전통적으로 지속되어온 정제된 '서정시의 경향'과, 환상 및 환각을 중심으로 내면 무의식을 자유분방하게 분출하는 '전위시의 경향'으로 대별한다면, 나의 비평적 관심은 서정성과 실험성과 현실성이 서로 만나고 겹치고 스미는 접점과 공유 면을 발견하는 데 있다. 좋은 시는 서정과 환상, 자기 동일성과 타자성, 사회적 현실성과 실험적 모험성을 상호 배타적으로 거부하지 않고 자기 몸에 하나로 끌어안고 나아간다. 이 전진의 순간이야말로 시적인 것이 발생하는 차원이며, 이 순간을 지속할 때에만 시가 생성되고 시인이 존재한다. 이 순간을 지속하는 동력이 멈출 때, 그저 평범한 서정시나 평범한 환상시가 생겨나게 된다.

그러나 지금까지 언급한 '내재비평'의 방법과 '문학사적 비평'의 방법은 내가 비평적 목표로 삼은 이상일 뿐이고, 실제 비평의 결과는 항상 실패와 좌절을 반복해왔음을 뼈저리게 확인한다. 현미경적 시선과 망원경적 안목의 어느 한쪽도 제대로 확보하지 못한 채 그저 사시(斜視)가 되어버린 듯하다. 밤길을 걸으며 매번 길을 잃고 헤매거나 돌부리에 걸려 넘어지곤 했던 것도 이와 관련된다. 다만 그 암중모색의 가쁜 호흡과 흔적이나마 이 책의 빈곤하고 허약한 문장들 틈에 끼어 있다면 다행이겠다. 문학의 길로 이끌어주신 모교의 은사님들과 문단의 선생님들, 그리고 문학과지성사에 깊이 감사드린다. 다시 초심으로 돌아가서 신인의 자세로 암중모색하며 새로운 이정표를 찾아나서려 한다.

2012년 9월
오형엽

제1부 **신체의 회로**

# 신체의 회로

─유하 · 성기완 · 김태동 · 윤의섭 · 이원 · 서정학의 시

## 1. 몸의 구조와 세계의 구조

여기 한 개의 사과가 있다고 하자. 그리고 이 사과를 바라보는 사람이 있다고 하자. 그는 사과의 실체를 온전히 인식하고 파악할 수 있는가? 전후 · 좌우 · 상하의 시각차에 의해 사과의 형상은 각각 다르게 보일 것이다. 어느 누구도 사과의 모든 측면을 동시에 볼 수는 없다. 따라서 사과는 그것을 바라보는 사람의 수만큼이나 다양하게 파악된다. 이러한 사실을 밀고 나가면, 인식 주체의 의식 차원에 의해 관찰되는 대상의 실체가 규정된다는 관념론, 혹은 지성론에 이르게 된다. 그리고 이 관점을 극단화하면, 바라보고 인식하는 주체가 없다면 사과는 존재하지 않는다고 말할 수도 있다. 그러나 실재론, 혹은 리얼리즘을 옹호하는 사람들은 인식 주체가 없어도 사과는 엄연히 현실에 존재한다고 말하며 그러한 관점을 비판할 것이다.

주체와 대상의 관계망에 있어서 지성론은 주체의 의식에, 실재론은

대상의 현실에 비중을 둔다. 어느 쪽이 옳은 것일까? 지성론과 실재론은 정반대의 관점으로 대립되지만, 주체와 대상을 이분법적으로 구분하여 사고한다는 점에서 인식론적 쌍생아의 관계에 있다. 이분법적 인식론에서 벗어나지 않는 한, 우리는 사과와 사과를 보는 사람의 관계망을 온전히 파악하기 어렵다. 사과는 그것을 보는 사람이 없더라도 존재할 수 있지만, 보는 사람의 시선이 형성되지 않는 한 사과일 수 없다. 사과가 사과로서 존재할 수 있는 경우는 그것을 보는 사람에 의해 지각장이 형성되었을 때뿐이다. 그러므로 사과와 사과를 보는 사람의 관계는 이미 주체/객체, 인식/대상의 이분법을 벗어나 상호 침투된 공간 속에 놓이게 된다.

이때 시각과 연결되어 있는 것은 의식의 차원만이 아니다. 시지각이 작동하는 순간 우리는 사과의 향기와 질감과 미감도 아울러 감지한다. 그리하여 그것과 연결되어 있는 감정 및 무의식의 차원과도 만난다. 이것은 사과와 사과를 보는 사람의 상호 침투적 관계망을 가능케 하는 것이 순수한 의식이 아니라 의식 및 무의식이 육화된 신체임을 의미한다. 앞에서 예를 든 사과를 현실, 혹은 세계라고 바꾸어 말해보자. 우리는 신체를 통해서만 세계와 만날 수 있다. 신체는 세계-내-존재의 운반이다. 이 사건은 신체가 세계에 의해 구조화되는 동시에 세계를 구조화하는 것을 의미한다. 화가가 그림을 그리고 시인이 시를 쓰고 작가가 소설을 쓰는 것은 세계와 신체가 상호 침투적으로 만나며 상호 구조화하는 사건을 색과 면과 글로 옮겨놓는 것이다.

그러므로 우리가 우리 시대 젊은 시인들의 시에서 관찰해야 할 것은 시적 언어로 운반된 세계와 신체 사이의 만남의 사건이다. 이 사건은 서정적 자아가 현실, 혹은 세계를 인식하고 감지한 후 그것을

언어로 재구성하는 기존의 시적 문법으로부터 벗어나 있다는 점에서
새로운 시적 경작지를 개척하는 작업이 된다. 따라서 이 글은 젊은
시인들의 시가 지닌 신체의 구조를 탐지하고 그 속에 내재된 현실의
구조를 밝혀냄으로써, 우리 시대가 낳은 새로운 시적 차원을 조명하
려는 시도다.


## 2. 이중 회로와 양식의 통합 및 분화—유하·성기완

유하 시의 일관된 주제는 사랑하는 사람의 희망과 허망이다. 사랑
은 몸이 낳은 욕망과 다르지 않으며, 욕망은 부재하는 것을 얻으려는
마음의 움직임이다. 우리의 사랑은 종종 대상의 실체를 포착하지 못
하고 몸과 마음이 낳은 허상을 추구한다. 그러나 이렇게 말하는 것은
옳지 않다. 몸과 마음이 낳은 허상은 곧 대상의 실체가 된다. 그러므
로 사랑은 부재하는 것에 대한 욕망이며, 눈에 보이는 현실에 대한
환멸이 된다. 그리고 환멸은 다시 그리움을 낳는다. 유하 시에서 이
처럼 순환되는 사랑하는 자의 열망과 좌절, 혹은 욕망과 환멸은 이중
회로라는 신체의 구조를 형성한다. 부재하는 것에 대한 그리움과 현
실에 대한 환멸이라는 이중 회로를 지닌 신체는 그것을 서정과 패러
디라는 이중의 시적 양식으로 문체화한다.
첫 시집 『무림일기』(중앙일보사, 1989)에서 서정시 양식의 시들은
일상의 경험에서 얻은 지혜, 혹은 깨달음을 제시하고, 패러디 양식의
시들은 만화, 영화, 무협소설, 포르노 영화, 프로레슬링에 이르는 온
갖 키치 문화를 패러디하면서 직접적인 정치 풍자를 시도한다. 두번째

시집 『바람 부는 날이면 압구정동에 가야 한다』(문학과지성사, 1991)
는 자연과 자아가 교류하는 서정시 양식과, 소비 대중문화에의 매혹
과 반성을 풍자적으로 제시하는 패러디 양식을 동시에 보여주면서 첫
시집의 두 경향을 이어받고 있다. 그러나 이 두 양식의 공존성에는
양자가 상호 침투하여 하나의 몸을 형성하는 양상이 내재되어 있다.
"영하의 보도블록 밑 우우우 무수한 배나무 뿌리들의 신음 소리를/쩝
쩝대는 파리크라상, 흥청대는 현대백화점, 느끼한 면발 만다린"(「바
람부는 날이면 압구정동에 가야 한다 3」)에서처럼, '압구정동' 시편에
서도 과거 배나무 숲의 기억이 "체제가 만들어낸 욕망의 통조림 공
장"인 압구정동의 화려한 유혹의 거리 밑에 압살되어 있음을 보여주
는 것이다.

이러한 상호 침투의 양상은 그리움의 감정을 정갈한 자연 이미지와
결부시켜 연시 형태로 표현한 세번째 시집 『세상의 모든 저녁』(민음
사, 1993)에서 본격적으로 추구된다. 몸의 구조를 따라가며 신체가
지닌 유한성에 대한 회의와 그 생명력의 충동을 노래하는 이 연시들
은, 서정시 양식을 중심으로 이전 시에서 추구했던 외부로 향한 풍자
와 비판의 시선을 자기 몸 내부로 끌어들이고 있다. 그리하여 유하는
사랑의 욕망과 그 상실이라는 마음의 드라마를 몸의 복잡한 회로 안
에서 진행시킴으로써, 서정과 패러디라는 두 양식을 통합하는 새로운
양식을 만들어낸다. 이 내면적 회로를 거쳐 하나로 합쳐진 서정과 패
러디의 물줄기는 다시 네번째 시집 『세운상가 키드의 사랑』(문학과지
성사, 1995)에서 외부로 뻗어 나오며 추억의 양식과 결부되고 있다.
추억을 통해 과거로 거슬러 올라가며 기억 속에 새겨진 대중문화의
세부를 노래하는 이 시집에서, 추억은 서정성의 토대를 이루며 대중

문화에 대한 매혹과 반성은 다시 현실 비판의 층위를 형성한다. 따라서 유하의 시는 병행해오던 서정시 양식과 패러디 양식을 신체의 회로 속에서 통합하는 동시에 다시 그것을 새로운 시적 양식으로 분화시키는 과정으로 전개된다. 『세운상가 키드의 사랑』에는 서정과 패러디 양식의 통합뿐 아니라, 첫 시집의 일상적 깨달음의 시와 세번째 시집의 연시 형태가 이어져 작은 흐름을 이루고 있으며, 재즈적 형태의 시가 새로운 흐름으로 첨가되기도 한다.

유하가 다섯번째 시집 『나의 사랑은 나비처럼 가벼웠다』(열림원, 1999)에서 저물녘의 낮은 목소리로 사랑과 그 상실을 노래한 뒤 여섯번째 시집 『천일馬화』(문학과지성사, 2000)를 상재한 것은 이러한 시적 진개 과정을 조망할 때 의미심장한 일이 아닐 수 없다. 『세상의 모든 저녁』에서 내면적 신체의 회로를 통해 통합되었다가 『세운상가 키드의 사랑』에서 분화된 서정과 패러디 양식은, 원주를 넓힌 후 『나의 사랑은 나비처럼 가벼웠다』에서 통합되고 『천일馬화』에 이르러 다시 분화되면서 전개되는 것이다.


(1) 마헤라자드가 말했다. 원수진 놈 있거들랑 경마장에 데리고 가
라고
　　정권 교체가 '코' 차이로 이루어지던 날
　　마헤라자드가 말했다, 이 땅의 정치는 不振馬 게임, 便馬들의
운동회라고
　　똥말들의 특징: 각질이 불규칙하다. 지 꼴릴 때 들어온다. 자주
斜行한다. 달릴 수 있는 한 절대 은퇴하지 않는다.

[······]

깽판과 '나쁜' 영화가 미덕인 세상이다
그러나 다시, 그 깽판의 깽판과
그 나쁨의 나쁨에 대해 깊이 생각해보자
붉은 악마라는 한심한 건전성에 대해 다시 생각해보자
의식의 스너프 필름이여, 세운상가는 네 마음속에 있노라
                                ──「천일馬화──걸리버 여행기」 부분


(2) 나를 움직이는 것은 기계가 아니라 인간이다
    인간의 중심이 아니라 인간의 아웃사이더이다.
    아웃사이더의 서정이다
    숲으로 난 샛길을 사랑하는 산책가의 몸이다
    산책가는 누구를 추월하지 않는다
    그러므로 나는 추억보다 느리게 간다
    나를 무수히 추월해간 지상의 탈것들이여
    어쩌면 목적지란 시간의 종말 아닌가
    나의 시간은 무한한 곡선,
                    ──「나는 추억보다 느리게 간다──자전거의 노래를 들어라 2」 부분


  1부와 2부로 구분된 이 시집의 전체 구성은 풍자를 제시하는 패러
디 양식과 인식 및 깨달음의 차원을 진술하는 서정시 양식으로 크게
나누어진다. 그런데 오생근의 정확한 지적대로, 이 대조적 구분은 2
부의 성격에 어울리는 시들이 1부의 도처에 뒤섞여 있고, 경마장식

욕망은 경마장 밖에서도 통용되며, 심지어 자전거 길처럼 욕망이 비어 있는 상태와도 연결되기 때문에 명확히 규정되는 것은 아니다. 또한 우리가 주목해야 할 것은 "천일馬화" 연작시를 중심으로 한 1부의 패러디 양식의 시 속에 이전 시가 보여주었던 풍자의 양상들이 지속되면서 작은 흐름을 이루어 다층적이고 변화무쌍한 목소리를 형성하고 있다는 사실이다.

(1)은 경마장의 욕망 속에 '천일야화'의 테마를 결부시키고, 다시 '걸리버 여행기'의 정치적 알레고리와 연결시킨다. "마헤라자드"는 말[馬]이 달리는 끝없는 속도전과 말[言]을 끝없이 이어가야만 하는 「천일야화」의 세헤라자드의 운명을 결부시켜, 말[馬/言]이 지닌 욕망과 그 운명을 언급하는 목소리로 등장한다. 여기서 소녀선 스위프트의 『걸리버 여행기』와 이윤택의 『춤꾼 이야기』의 구절이 인용되어 패러디될 뿐만 아니라, 유하 첫 시집 『무림일기』의 주된 테마를 이루었던 직접적인 정치 풍자의 목소리가 재현된다. 그리고 "그 깽판의 깽판과/그 나쁨의 나쁨에 대해 깊이 생각해보"는 반성의 목소리와 함께, 네번째 시집 『세운상가 키드의 사랑』의 테마가 역시 자기 자리를 차지하며 목소리를 내고 있다. 이 시는 두 목소리, 즉 '마헤라자드'와 화자인 '나'의 목소리를 들려주지만, 그 속에는 다른 텍스트의 목소리뿐 아니라 시인이 이전 시집에서 추구했던 목소리까지 섞여 있어 복잡다기한 다성성(多聲性)의 재즈적 어법을 보여준다. 내적 독백과 진술, 과거의 목소리와 현재의 목소리, 타인의 목소리와 자기 목소리가 뒤섞여 하나의 강물을 이루는 「천일馬화」의 어법은, 서정과 패러디라는 이중 회로를 신체의 구조 속에서 순환시키면서 양식의 통합과 분화를 거듭하는 유하 시가 그 전개 과정에서 도달한 또 하나의 정박지다.

(2)는 첫 시집부터 지속되어오는 지혜와 깨달음의 시적 인식을 서정시의 양식으로 표현한다. 기계가 아닌 인간, 중심이 아닌 아웃사이더, 속도전이 아닌 산책가의 몸을 추구하는 시인은 자신의 시간을 "무한한 곡선"이라고 말한다. 말[馬/言]이 질주하는 욕망의 속도전에 허무와 느림의 텅 빈 중심으로 대응하려는 유하의 시적 전략은, 직설/은유, 수다/침묵, 스펙터클/자연, 중심/아웃사이더, 직선적 시간/공간적 시간 등으로 파생되면서 대립적 관계망을 형성한다. 이러한 대립 항이 다소 도식적으로 보이며, 인식을 그대로 진술하고 있는 시적 형상화의 차원도 "천일馬화" 연작시에 비하면 성취도가 높지 않은 듯이 보인다. 그러나 추억의 형식과 결부된 이러한 반성적 성찰과 깨달음이 없다면 "천일馬화" 연작시의 다성성도 가능하지 않을 것이다. 그리고 이러한 서정시의 양식은 유하 시의 이중 회로 중 한 줄기를 형성하면서 통합과 분화를 가능케 하는 갱신의 계기를 마련해준다. '무림'에서 '압구정동'과 '세운상가'를 거쳐 원주를 넓혀 진행되어오던 유하 시의 욕망의 드라마는 '경마장'에 이르러 그 이중 회로의 통합과 분화를 선명히 보여준다. 유하 시가 달리는 다음 정박지가 어디인지 궁금하지 않을 수 없다.

성기완은 첫 시집 『쇼핑 갔다 오십니까?』(문학과지성사, 1998)에서 형식 실험에서부터 시적 발상의 실험에 이르는 야심 찬 언어 실험을 보여준다. 전통적 서정시, 자유시, 산문시, 문답형 대화체, 대중가요의 가사체, 혼성적 장시에 이르는 다종 다기한 시 형식을 실험하는 이 시집은, 인과율로부터의 이탈과 체계에 대한 사유라는 양극의 이원성을 형성하는데, 이 이원성의 길항과 혼용을 추구하는 것이 전체적인 테마를 이룬다. 따라서 성기완의 시는 주체의 사유와 탈주체의 감각, 인과율과 우연성, 지적 인식과 자유분방한 유희 등 대립되는 두 지향이 상충하면서 거대한 소용돌이를 형성한다. 이러한 이원성은 후기 자본주의 사회에 뿌리내린 대량 복제와 합성의 소비문화로 인해 분열되는 자아의 양상 때문에 생겨나는 것으로 보인다. 이 분열된 자아로부터 형성된 이중 자아는 소비 자본주의의 타락한 문화 때문에 생겨나기도 하지만, 자의식의 끝없는 순환 작용 때문에 생겨나기도 한다. 이런 상황에서 성기완은 폐쇄한 이중의 감옥에서 탈출하고자 하는데, 그것은 크게 두 가지 방향으로 전개된다.

(1) —— **축하드립니다 새 앨범이 무척 좋은 반응을 얻고 있더군요**

—— 내 먼지 낀 장화가 내 캐딜락

—— **직전 앨범 사랑처럼 대담한 보다 실험적인 요소가 더 많던데**

—— 나는 불완전한 인간이다 그래서 아무 말도 할 수 없어요 때로는 경감적인 날마다 고치의 망토가 사람들과 춤들의 최초의 역마차가 된다면 맘은 차가운 청바지의 수선화와 초콜릿 조금만 담담하게 게으름

—— **그렇군요 특히 VOODOO CHILE' 같은 경우는 놀랍던데요 어떤 주법인지**

—— 게으름을 막아낸다 보릿고개를 함박함박 넘기겠지 타르타르의 국민적인 주마등 주마등 청초롱의 렘브란트와 람브렌트 초록의 황금판 위로 유리 조각 같은 창 너머 하늘의 사각 공명 무너지는 말들 무너지는 말들의 피드백 무너지는

—— 「幻生, 혹은 죽음에 이르는 병」 부분

(2) 아니,

　　　우주는 물결이야

　　　몸은 에너지의 결이 다른 우주 한 구역의 특이한 성질이야

　　　아니,

　　　그것은 결이 다른 에너지가 뭉친 어떤 비균질한 떨림

　　　파동이야 너울거리는

　　　느낌이야

　　　아니,

　　　그 물결의 골, 혹은 그것에 의해 조금 구겨진

　　　허공이 바로 입자야

　　　한꺼번에 두 구멍을 통과할 수 있는

　　　그러므로 덧없는 꿈이야　　—「밀도의 얼룩—물리학의 범주」 부분

　(1)은 자본의 메커니즘과 자의식에서 벗어나기 위해 록 음악이 지닌 타락의 형식을 차용하고, (2)는 자의식 대신 물리학적 인식을 차용하여 세계와 존재를 객관적으로 사유하는 방식을 보여준다. 성기완의 시는 개념이나 의미보다 감각과 이미지의 결합에 치중하는데, 그것은 음악의 본질과 유사한 것이다. 음악의 형식 중 재즈는 즉흥성이라는 측면에서 인과율과 자의식에서 벗어나며, 자본의 메커니즘과 주체의 자기중심주의를 해체하는 역할을 수행한다. 인용한 (1)은 이러한 해체가 급진화될 때 자의식의 중심에서 해방된 무의식의 흐름이 일종의 광적인 도취 상태로 나타나는 모습을 보여준다. 인터뷰의 질문에 대답하는 록 음악가 지미 헨드릭스의 말은 그 자체가 내적 광기

의 표출이며 초현실적 자동기술법에 가깝다. 록 음악의 비트적 요소를 차용하여 방법적 타락을 시도하는 것은, 그림자뿐인 헛것의 세계를 조롱하고 이중 자아의 회로와 자의식으로부터 벗어나 일원적 혼융의 세계로 나아가기 위한 것이다.

(2)는 물리학적 인식의 힘을 빌려 인간 중심의 사유 틀에서 이탈하려는 시도를 보여준다. 빛은 입자인 동시에 파동이라는 물리학적 인식을 토대로 전개되는 듯한 이 시는, 물리학의 범주 속에서 우주의 정체와 세계의 본질을 파악하려 한다. 그런데 여기서 주목할 것은 우주를 사유하는 물리학적 인식의 범주 속에 "몸"이 개입되어 있다는 점이다. "몸은 에너지의 결이 다른 우주 한 구역의 특이한 성질이야"에서 노출된 신체적 사유는, 시의 후반부에서 "차라리 춤을 출 테니까"를 거쳐 "몸을 던져/(……)/그래,/우주는 던져진 몸이야"로 이어지면서 그 모습을 선명히 드러낸다. 따라서 성기완 시의 물리학적 인식과 상상력은 과학적 객관성의 차원에 머물지 않고 신체적 회로 속에서 "소리 없는 큰 구멍"이나 "그 흰빛 속 어둠"(「검은 구멍은 그다지 검지 않다」), 즉 어머니의 자궁으로 회귀함으로써, 결국에는 혼융을 지향하는 '음악'의 세계와 하나로 만난다. 성기완은 이원성과 이중 자아에서 비롯된 자아의 분열, 남성과 여성의 분열뿐 아니라 인과율과 우연성, 음과 양의 우주론적 이원성을 록 음악을 통한 환각과 물리학적 사유를 통한 각성을 동시에 밀고 나가면서 그 이중 회로가 만나는 지점에서 일원론적 혼융을 추구하게 된다.

지금까지 살펴본 성기완 시의 일원적 혼융은 원형적, 혹은 신비적 이미지인 "흰빛 속 어둠"으로의 회귀를 통해 추구된다는 점에서, 끝없이 파생되는 이원성의 연쇄에 의해 다시 감싸일 운명에 놓여 있다.

성기완은 이러한 시도 이외에 '일상의 시화'라는 방식을 통해 이원성과 이중 자아의 그물에서 벗어나고자 한다. 이는 시적으로 순화하고 세련시킨 언어가 아니라 일상 속에 아무 의미 없이 버려진 이미지나 언어를 채용하는 방식이다. 전통적으로 '시적인 것'이란 개념에는 시적 자아가 현실의 대상을 감지하고 인식하여 비유나 상징 등의 시적 언어로 재구성한다는 의미가 들어 있다. 성기완에게 있어 '일상의 시화'는 현실 속에 존재하는 사물이나 언어를 시간성 속에서 스쳐가는 하나의 사건으로 제시하는 방식을 의미한다. 예를 들면, 시집의 표제 시인 「쇼핑 갔다 오십니까?」의 전문은 단지 "그래, 왜?/ 아니, 그냥"이다. 이러한 언어는 특별한 의미 없이 우리가 일상에서 흔히 사용하는 언어다. 이를 통해 성기완은 시적 언어의 고정 관념에서 벗어나 현실 자체를 가감 없이 표현하고자 한다. 이렇게 무의미한 대화가 다반사로 발생하는 곳이 바로 우리의 일상이고 현실이기 때문이다.

「정화된 오후 1」 「소각장에서」 등에서 시도되는 '일상의 시화'는 "볼 만한 티브이 프로" 연작시에서 새로운 양상으로 전개된다. 티브이 드라마의 줄거리 요약 형식을 차용한 이 연작시는, 감정을 배제한 무미건조하고 담담한 문장을 통해 일상 속에 팽개쳐진 언어의 조각들을 주워 권력화된 언어로부터 벗어나려는 시도를 보여주는 듯하다. 이런 과정을 거쳐 첫 시집 이후 발표하고 있는 "유리 이야기" 연작시는 현실의 공간이 삭제된 새로운 시적 경작지를 보여준다.

초록의 고무 괴물이 유리를 만난 건 비가 억수같이 오던 날 아침이었어 사람들이 출근하는 걸 보면서 마음의 성으로 거슬러 올라가 유리를 만났어 그날 새벽은 이상했어 하늘이 약간 노란색이었고 비는 바늘

처럼 반짝였지 비가 오자 판잣집들은 세트 같이 바스락거렸고 사람들
이 다 엑스트라로 보였지 박스들이 쓰레기통 옆에서 천천히 기울어가
고 있었고 생각보다 빗소리가 너무 헤비하게 들렸어 보라색 약 때문일
지도 몰라                               ──「유리 이야기 · 13」전문

드라마나 영화의 줄거리를 요약한 듯한 형식을 취하고 있는 이 연
작시는, "초록의 고무 괴물"과 "유리"와 "나"라는 등장인물을 중심으
로 벌어지는 비현실적인 무대를 보여준다. 시인은 일종의 언어적 유
희를 통해 현실적 시공간을 탈각시킴으로써 현실을 재현하는 언어로
부터 이탈하고, 의미의 구속을 벗어난 이미지의 속성으로부터도 이탈
한다. 여기서 성기완이 추구하는 시적 전략은 초현실적 공간에서 벌
어지는 유희적 사건이고, 이를 통해 그가 도달하고자 하는 것은 시적
주체와 대상, 즉 자아와 현실, 안과 밖의 이중성이 해체된 새로운 시
공간이다. 현실 밖의 무대에서 일어나는 사건이 실재성을 띤다는 관
점은, 진지함과 무거움을 조롱하는 가벼운 유희적 몸으로 현실 바깥
에서 안을 보고자 한다. 성기완의 신체가 지닌 이중 회로와 그 융합
의 시도는 이 지점에서 새로운 차원으로 진입한다. 따라서 성기완의
시는 기존 한국 시의 전통을 이탈하여 낯선 시적 차원으로 진입하는
통로를 형성한다. 이 통로를 지나가는 길 위에 '죽음'의 징검다리가
놓여 있다.

## 3. 텅 빈 회로와 죽음 너머―김태동·윤의섭

　　김태동의 첫 시집 『청춘』(문학과지성사, 1999)에는 죽음과 그 흔적
인 시체들이 떠다니며 난무한다. 죽은 자들이 피 흘리며 춤추고 절규
하는 비명 소리가 시집 전체를 가득 채운다. 정념의 분출과 격정의
흐름에 몸을 내맡기는 시적 어법은, 관찰의 시선과 투시의 시선을 넘
어 대상과 주체가 분별되지 않는 광기의 목소리를 담아낸다. 김태동
은 자기 몸속의 광기를 분출하는데, 이 목소리에는 죽은 자들의 원혼
이 몸부림치며 절규하는 비명이 스며들어 있다. 시인은 자신의 몸을
비우고 구천을 떠돌고 있는 원혼들을 받아들인다. 신체의 텅 빈 회로
는 죽은 자의 원혼을 현실로 인도하는 영매자의 몸이다. 김태동의 시
는 무당의 몸으로 원혼들을 위무하는 위령제이자 진혼곡인 셈이다.

　　강이 하늘로 흐르는 곳
　　술 취한 老人이 소를 몰고 강을 따라 하늘로 걸어간다
　　〔……〕
　　내 목에 피가 흐르네
　　이 피를 타고 하늘로 가자 어둡게 어둡게 깃대를 꽂고서
　　굽이 굽이 돌아― 하늘로 가자
　　저기 소들이 검은 깃대를 꽂고서 하늘로 간다
　　저기 술 취한 노인이 소를 몰고 춤을 추며 하늘로 간다 모두
　　춤을 추고 있다 피의 춤을 내 애인도 물 속에서 미쳐가

　　　　　　　　　　　　　　　　　　　　　―「하늘로 흐르는 강」 부분

김태동 시의 광기는 "피치 못할 세월"(「시절 시절」)의 폭력에 의해 죽임당한 자들의 원혼이 저승으로 가지 못하고 이승에 출몰하는 것과, 살아남은 자들의 죄의식이 정화를 꿈꾸며 이승을 초월하고자 하는 욕망의 결합에서 생겨난다. 그의 시는 1980년대라는 폭압의 시대가 낳은 두 죽음, 즉 죽었으나 죽지 못한 영혼을 위무하는 위령제인 동시에, 살았으나 죽어버린 영혼이 술 취해 비틀거리며 흐느끼는 광기의 춤인 것이다. 인용 시의 "피"는 바로 이러한 두 죽음의 상처와 원한을 상징한다. "흐르는" "강"의 유동성은 죽음의 운동성을 지속시키는 동력이며, 그것이 도달하고자 하는 "하늘"로 상승하는 동력이다. "물"은 시집 『청춘』을 시배하는 핵심적 이미지로서, 김태동의 시는 "물"의 흐름을 통해 죽음으로 찢긴 영혼과 육체, 이승과 저승의 간극을 넘나들면서 위로와 정화를 추구한다. 이때 죽음의 광기가 도달하고자 하는 목적지인 "하늘"은 단순히 '저승'을 의미하는 것이 아니라, 영혼의 고향이며 구원의 근원지이자 근원적 생명의 자리를 의미한다. 다시 말해, "하늘"은 죽음을 통과해야만 도달할 수 있는 근원적 생명의 세계를 의미하는 것이다.

　　인용 시에서 "이 피를 타고 하늘로 가자"라는 문장은 '피'가 지닌 형벌에도 불구하고 그 운명의 힘으로 '하늘'에 도달하려는 의지를 보여준다. "술 취한 노인"의 "춤"과 "피의 춤"은 죄와 형벌에 묶인 자신의 현실을 광기와 환각을 통해 승화시켜 하늘에 닿으려는 몸부림이 된다. 여기서 "피의 춤"과 더불어 우리가 주목할 대목은 "내 애인도 물 속에서 미쳐가"는 환(幻)의 양상이다. 신체의 텅 빈 회로를 통해 망령과 접신하는 김태동은 도취와 광기로부터 얻어지는 환을 분출한다. 이 환의 양상은 "개 한 마리 빛을 마시며 물을 물고 江으로 간다"(「버드나무 가지 아래에서」), "술 취한 노인이 소를 몰고 춤을 추며 하늘로 간다"(「하늘로 흐르는 강」), "꿈인가 생시인가 환청하는 내 몸 우로 날아드는 저 하얀/물거품, 들"(「휘영청 밝은 달에」) 등에서 변용되어 나타나며 김태동 시의 가장 특징적인 형상화 방식을 이룬다. 문법적인 규칙과 시적 어법의 규범들로부터 이탈하여 명명하기 어려운 기이한 리듬에 휩쓸려 진행되는 김태동 시의 독특한 어법은 '피의 춤', 혹은 '물의 환'이 빚어낸 목소리인 것이다.

'죽음'의 비극성을 '피의 춤', 혹은 '물의 환'을 통해 극복하고 '하늘'에 도달하려 했던 김태동은 첫 시집 이후 변모된 시적 여정을 예고하고 있다. 김태동의 최근 시는 죽음의 운동성을 추진하는 중심 동력을 '물'의 이미지에서 '바람'의 이미지로 전환시킨다. '바람'은 '물'과 유동적 흐름이라는 공통점을 지니지만, 그 속성은 지상으로 침잠하여 흐르는 물과 달리 공중을 떠다니는 무형의 흐름을 이룬다. 이러한 변모는 '물의 환'을 통해 '하늘'에 도달하려는 첫 시집의 시도가 좌절된 후 생겨난 "내 텅 빈 가시"의 "안겨줄 것이 없는"(「흐르는 꽃잎들」) 상황과 결부되는 듯이 보인다.

가녀린 처마 허공에 모든 죽음을 소리로써 풀어주는 한 몸짓, 소리
있다
하늘 허공에 매달려 모든 죽은 육신들 바람에 젖어 바람에 흔들거리
는 연분홍
가지 하나!
땡그렁 땡-땡 철-렁

원한의 깊은 그 흔들림 소리 앞에 어떤 어머니가 두 손을 비나

그것은 물고기가 눈물 흘리며 뚝, 뚝 떨어지는 눈물인가 텅 빈

몸이 되어 허공에 매어 달린 허공에 옷과 이제 바야흐로 텅 빈 실체

가 되어

비로소 바람이 되어 바람이 되어 바람 텅 빈 가시가 되어

울고 있나 모든 헛된 바람을 허공으로 쓸어안으며 그것은

울고 있나 죽음이 떼어가지 못해 엉켜 있는 하늘 허공을 빈 몸으로

어루만지며 서럽게 서럽게 울고 있나

—「연분홍 가지 하나 하늘로 흘러가고」 전문

이 시는 첫 시집 이후 김대동 시의 양상과 특징을 집약적으로 보여
준다. "하늘 허공"과 "텅 빈/몸"에 주목해보자. "하늘 허공"은 "모든
죽음을 소리로써 풀어주는 한 몸짓"으로 나타나는데, 죽은 육신들은
이 "허공"에 매달려 "바람"에 젖고 흔들거린다. "텅 빈/몸"과 "텅 빈
가시"의 이미지는 죽은 육신들이 원혼을 달래 주는 '허공'과 '바람'에
의해 풍화됨으로써 생겨나는 것으로 보인다. 따라서 '텅 빈 몸'은 '하
늘 허공' 혹은 '바람'과 한 몸을 이룬다. '바람'의 풍화 작용에 의해 생
겨나는 '가시'의 이미지는, 결국 자신의 몸을 온전히 비워냄으로써 죽
은 자들의 원혼을 매개하려는 영매자의 '텅 빈 회로'의 몸을 의미한
다. '물의 환'으로부터 '바람의 뼈'로 전개되고 있는 김태동의 시는,
아직도 하늘에 도달하지 못하고 떠도는 원혼들의 거처를 마련하기 위
해 자신의 몸을 온전히 비워내고 있는 것이다.

윤의섭의 시 역시 죽음의 테마를 둘러싸고 소용돌이친다. 꿈과 현

실의 경계에 놓인 환상의 아우라로 현실에서 추방당한 자의 죽음에의 천착을 보여주던 윤의섭은, 최근 시에 이르러 새로운 기억의 방식에 근거하여 기존의 시간 개념을 넘어서는 모습을 보여준다. 윤의섭의 두번째 시집 『천국의 난민』(문학동네, 2000)에서 시간은 단 하나의 행로만 존재하는 것이 아니라, 다양한 가능성의 행로가 동시에 존재하는 양상으로 나타난다. 그리하여 삶과 죽음은 나란히 진행되며 다시 이어지고 겹침으로써 죽음 역시 삶의 일부가 된다. 윤의섭이 직선적 시간관에 대항하여 추구하는 것은 이처럼 과거, 현재, 미래가 서로 꼬리를 물고 회전하며 지속되는, 동시다발적인 시간관이다. 여러 갈래의 시간이 동시다발적으로 진행되고 이어지면서 삶과 죽음은 뒤섞이며 한 몸을 이루는 것이다. 이러한 새로운 기억의 방식, 혹은 시간 개념은 시인이 자신이 몸을 우주의 검은 구멍처럼 비우고 블랙홀을 형성함으로써 성립되는 것으로 보인다.

풀섶에서 쇳조각을 주워들자
주위 덩굴이 뿌리째 뽑혀 나왔다
이 쇳조각도
내년쯤엔 꽃망울 피우고 바람에 하느작거렸을 텐가
산길에 졸며 서 있는 전봇대
반은 나무가 되었다
두드려보면 오래 스민 수액이 찰랑거린다
딸애 머리에 들꽃을 꽂아주고도 모자라
토끼풀로 팔찌 발찌를 엮었다
사람이 꽃으로 피는 건 백년도 안 걸린다

산자락을 넘어선 바람이
비릿한 냄새를 풍기며 물 속을 헤엄친다
겨우 한나절 동안 이 별에서 생긴 일이다        ──「블랙홀」 전문


　이 시에는 윤의섭이 시도하는 새로운 시간관과 인식론과 존재론이
응축되어 있다. 이 시의 구조는 "쇳조각"과 "전봇대"와 "딸애"를 중
심으로 세 가지 상황을 제시하고, 각각의 상황에 의미를 부여하는 것
이다. 첫번째는 "쇳조각을 주워들자/주위 덩굴이 뿌리째 뽑혀 나"온
상황이다. 이러한 상황에 대한 의미 부여는 4행의 "내년쯤엔 꽃망울
피우고 바람에 하느작거렸을 텐가"에서 제시된다. 쇳조각이 풀과 한
몸을 이루어 꽃망울을 피우게 될 것이라는 생각은 '쇠/풀'의 이항 대
립, 즉 '기계 문명/자연'의 이분법을 해체하는 새로운 상상력을 보여
준다. 쇳조각이 풀과 한 몸을 이루어 꽃을 피우는 것은, 상식적인 차
원에서는 기적에 해당하는 존재의 전환을 의미한다. 이러한 '존재 전
이'는 전봇대가 반은 나무가 된 두번째 상황과, 딸애가 꽃으로 피어나
는 세번째 상황에서 반복되어 나타난다. 이것을 가능케 하는 것은 바
로 시간을 빨아들이는 우주의 배꼽, "블랙홀"이다. "내년쯤엔"의 미
래적 시간대와 "하느작거렸을 텐가"라는 과거형 서술어가 하나의 문
장에 결합되어 있는 것은, 과거 · 현재 · 미래의 시간이 하나의 공간에
겹쳐서 존재하는 차원을 보여주는 것이다. 또한 10행의 "사람이 꽃으
로 피는 건 백년도 안 걸린다"와 13행의 "겨우 한나절 동안 이 별에
서 생긴 일이다"에 나타난 상반된 시간의 단위는, "이 별"과 거대한
우주 공간 사이에 현실의 시간성을 빨아들이는 블랙홀이 존재함을 암
시한다. 이 블랙홀은 윤의섭의 텅 빈 회로의 몸속에서 소용돌이치는

새로운 기억의 방식과 상통하는 것이다.

　블랙홀은 직선적으로 진행되는 현대적 시간성을 무화시킬 뿐만 아니라, 우주적 카테고리 속에서 상이한 시간과 공간을 상호 소통케 함으로써 존재를 전환시킬 수 있다. 이처럼 동시다발적인 시간의 갈래, 즉 무수히 갈라진 시간의 연속과 전이를 받아들일 때, 우주적 시공 전체를 조망하는 거시적 시선을 통해 낙관적 세계 인식이 가능해진다. 인용 시에서 "바람"은 무수한 시간과 공간의 상호 소통, 혹은 존재 전환을 돕는 구체적인 매개로서 작용한다. 4행의 "내년쯤엔 꽃망울 피우고 바람에 하느작거렸을 텐가"에서, "바람"은 시간의 주름을 접고 펼침으로써 과거와 미래를 하나의 지점에 결집시켜 쇳조각이 꽃망울을 피우는 데 기여한다. 그리고 11~12행의 "산자락을 넘어선 바람이/비릿한 냄새를 풍기며 물 속을 헤엄친다"에서, "바람"은 무정형적 역동성으로 시간과 공간을 넘나들며 존재의 전환을 가능케 한다. 바람에 묻어온 비릿한 냄새는 곧 '물고기'를 연상시키면서 '사람'과 '꽃'과 '물고기'가 상호 전환되는 계기를 맞는다. 결국 이 시는 '바람'의 작용으로 형성되는 '블랙홀'을 형상화함으로써, 거대한 우주적 시공간 속에서 다양한 존재 전환이 진행됨을 보여주는 것이다. 다음의 시는 '빛'과 '거울'과 '바람'의 이미지가 결부되면서 또 하나의 블랙홀을 형성하고 있다.

　　서녘으로 가는 벌판에서 이상한 빛이 솟아올랐다
　　그곳에 가까이 간 사람들은 죄다 돌아오지 않았다
　　소문엔 황금 거울이 놓여 있어 다들 거울 속에 살 거란다
　　산자락을 타고 오르는데

볼을 스치는 바람에서 비린내가 났다

좀더 자세히 들여다보니 하늘을 나는 물고기였다

물고기 주둥이엔 편지가 물려 있고

지느러미를 흔들며 한 소식 전하러 지상으로 내려갔다

농부가 땅을 일구는데 낯선 지붕이 묻혀 있었다

아무리 파헤쳐도 층을 알 수 없는 고층 아파트가

뿌리내린 채 비상등을 켜놓았다

아파트에 사는 이들은 잠을 자고 있었고

그들의 꿈이 꼭은 이 세상을 이룬다고 여겨졌다

하루는 한 여인이 찾아와

자신을 사랑한 적이 없었냐고 물었다

어쩌면 이 여인은 먼 훗날 나를 꿈꾸고 있었는지도 모르겠다

허나 추억은 떠오르지 않았고

아직은 현생(現生)이 그립기만 했다 ——「천국유사(天國遺事)」 부분

서녁 벌판의 "빛"에 가까이 간 사람들은 돌아오지 않는다. 그곳에
있는 "황금 거울"이 현실과 환상, 이승과 저승의 문턱을 형성한다.
산자락을 타고 오를 때 볼을 스치는 "바람"은 "하늘을 나는 물고기"
였는데, 이 물고기 주둥이엔 편지가 물려 있다. "한 소식"을 담고 있
는 "편지"는 삶과 죽음의 경계를 넘어 전달되는 메시지의 의미를 지
닌다. 거시적 조망의 시선은 인용 시에서 '지상'과 '지하'의 공간적 형
식으로 전경화된다. 지하에 고층 아파트가 뿌리내린 채 존재하고 있
다는 상상은, '저수지'나 '바다'를 통해 형성한 '물 위/물 밑'의 공간
적 위상이 변주된 형태라고 볼 수 있다. 따라서 지상/지하의 관계는

일단 현실/환상, 삶/죽음의 관계망을 형성하고 있다. 여기서 주목할 점은 아파트에 사는 이들의 꿈이 이 세상을 이룬다고 여기는 것이다. 이는 현실/환상, 삶/죽음의 관계를 역전시킴으로써 단순한 이분법에서 벗어나 꿈과 현실, 삶과 죽음이 뒤바뀌는 미궁의 공간성을 보여준다. 이러한 미궁 속에서 한 여인은 먼 훗날의 나를 꿈꾸지만, 나에게 추억은 떠오르지 않고 현생이 그립기만 하다. 이것은 공간적 개념인 '미궁'에 '지속'의 시간 개념을 결부시켜 전생과 현생과 후생이 꼬리를 물며 몸을 바꾸는, '시간의 미궁'을 형성하는 것이다.

윤의섭의 이러한 상상력은 인과응보나 초월적 사유와는 달리, 주사위 놀이처럼 우연성에 의해 이루어지는 삶의 예측 불가능한 변전 가능성을 인정하고 받아들임으로써 결정론적 시간과 공간의 테두리를 이탈하는 것이다. 이 '시간의 미궁'을 통해 윤의섭이 도달한 낙관적 세계 인식이란 능동적 허무주의와 다르지 않다. "나는 또 누군가의 생애인가"라고 묻는 시인에게 "과거 현재 미래를 가로지른 텅 빈 세상 또는 마음으로서의 사막"에서 "바람 불면 소멸하고 새로 돋는 사막의 모래산처럼 존재"(「도서관에서의 추억」)하는 미궁의 시간은 그 자체가 허무의 바다다. 그러므로 윤의섭의 낙관적 세계 인식이란 우연성과 무한한 변전 가능성이 지배하는 이 세계의 허무를 있는 그대로 받아들이고 긍정하는 운명에 대한 사랑을 의미한다.


## 4. 통합 회로와 안/밖의 해체─이원·서정학

이원은 첫 시집 『그들이 지구를 지배했을 때』(문학과지성사, 1996)

에서 무의미해 보이는 일상의 사물을 치밀하게 묘사하는 극사실주의의 기법 위에서, 그것을 묘사적으로 왜곡하는 신표현주의의 기법을 시도한 바 있다. 극사실주의가 배제하는 주체의 정서나 관념을 개입시키는 동시에 초현실주의적, 혹은 표현주의적 왜곡의 강도를 절제하는 길항의 힘 속에서 "내 몸의 사방에 플러그가/빠져나와 있다"와 같은 표현이 생겨난다. 이 표현과 함께 "세계와의 불화가 에너지인 사람들/사이로 공기를 덧입은 돌들이/둥둥 떠다닌다"(「거리에서」)에서 선명하게 제시된 이원 시의 특징은, 세계와의 불화라는 비극적 인식을 자기 운명으로 삼는, 그래서 뿌리 없는 현대인의 탯줄 혹은 욕망의 젖줄을 테크놀로지적 전자 문명에 연결시키는 모습을 보여준다. "공기를 덧입은 돌들"은 대상의 즉물성과 주체의 의식이 상호 교섭하면서 길항하는 독특한 시선을 통해, 세계의 실상을 움직임 속의 정지된 장면으로 묘사하는 특유의 시적 방법론을 함축하고 있다.

여기서 주관과 객관, 의식과 대상, 사실주의와 표현주의가 상호 교섭하면서 하나로 통합되는 작용에 '몸'이 개입한다는 사실이 중요하다. "길은 그물이다 몸을 가진 것들은 걸린다"(「길 또는 그물」), "신발을 굽어보던 빈 몸이/뻣뻣해 벽에 몸을 기댄다"(「발자국은 신발을 닮았다」) 등에서 보듯, 이원 시에서 '몸'은 주체 내부의 의식과 외부의 현실이 교섭하며 만나는 장소이자 시적 언어의 태생지다. 이원 시의 언어는 주체와 객체, 의식과 대상이라는 두 차원이 신체의 통합회로에서 만나는 지점에서 생성된다. 두번째 시집 『야후!의 강물에 천 개의 달이 뜬다』(문학과지성사, 2001)에서 이원의 시는 객관적이고 사실적인 묘사 속에 주관적 왜곡을 강화하는 방향으로 전개된다. 현실의 리얼리티에 초현실적이고 표현주의적인 해석을 끼워 넣는 방식으로 디지털 문명이 지배하는 우리 시대의 문화적 현실을 묘사한다. 몸속에 '웹 브라우저'를 내장하게 된 것이다.

> 몸 속에 웹 브라우저를 내장하게 되었어. 야금야금 제 속을 파먹어 들어가는 달. 신이 몸 속에 살게 되었어. 신은 이제 몸 속에서 키울 수 있는 존재야. 〔……〕 기어이 제 살을 다 파먹은 달. 그물로 된 달. 그물에 걸린 신들의 꼼지락거리는 손가락들과 발가락들을 생각해봐. 몸 속이 점점 비좁아지고 있어. 〔……〕 더 이상 신전은 몸 밖에는 없어. 이제 낮과 밤은 몸 속에서 만나고. 낮과 밤은 몸 속에서 헤어지고. 신들은 내 몸을 로터스 꽃처럼 먹고 꾸역꾸역 자라. 몸은 구멍투성이야. 신들의 취미는 피어싱. 구멍은 신들의 수유구. 아니면 주유구. 세상은 구멍이야. 만개하는 몸이야. 열리고 닫히는 몸
>
> ──「몸이 열리고 닫힌다」 부분

이 시는 PC로 대표되는 디지털 문명 속에서 그것과 운명을 함께 하는 현대인의 존재 상황을 극적으로 묘사한다. "웹 브라우저"는 곧 신이다. 그러므로 웹 브라우저를 내장한 몸은 무엇이든 할 수 있는 신의 능력을 갖게 되는 듯하다. 그러나 몸은 디지털 문명과 존재 방식을 함께하므로, "몸 속이 점점 비좁아지고 있"으며, "구멍투성이"가 된다. "구멍투성이"의 몸, 그리하여 "열리고 닫히는 몸"은 사이버 공간 속에서 비선형적으로 전개되는 전자 신체의 움직임을 보여준다. "열리고 닫히는 몸"은 불모성의 세계와 신화적 세계가 겹치면서 뿌리없는 존재들의 상황을 디지털 문명이 열어주는 미지의 세계와 결부시킨다. 이 지점에서 이원 시의 '몸'은 '세계' 그 자체가 된다. "구멍투

성이"의 "열리고 닫히는 몸"은 하나의 중심을 갖지 않은 채 하이퍼텍스트로 존재하는 디지털 문명의 현실을 그 자체로 표현한다. 이원 시의 몸은 안/밖의 이원성이 해체된 통합 회로인 것이다. 그런데 이 시에서 중요한 이미지로 작용하는 '달'의 의미는 무엇일까? "그물로 된 달"은 디지털과 하나가 된 이원의 전자 신체를 의미하는 듯한데, "야금야금 제 속을 파먹어 들어가는 달"과 "기어이 제 살을 다 파먹은 달"이 내포하는 의미는 무엇일까? 이 질문에 답하는 것은 이원 시가 지닌 상상력의 비밀을 밝혀내는 중요한 실마리가 된다.

(1) 사막의 달은 차고 환해 내가 들여다봐도 내가 나오지 않는 거울이야: 인공 관절을 두 개 박고 병원 문 앞에서 다시 일어서려는 낙타와 그 낙타가 눈 속에 급히 쑤셔 넣은 모래의 허공과 어제의 표지로 뒹구는 뼈와 사막을 뜯어먹는 바람이야: 나도

———「거울 속에서 낙타는 어디까지 갔을까」 부분

(2) 흰 초생달이 서쪽에 떴다 그 달 아래 별도 하나 떴다 버려진 거울 속에 갇힌 지난 시간이 자꾸 운다 눈앞에서 허물어지고 금방 다시 지어지는 집들의 동쪽에도 별이 두 개 떠올랐다 그곳으로 머리를 한데 모아 비벼대는 시간들 초록색으로 떨며 서서 지구의 지붕을 뒤지는 시간들 흰 달 위에 위태롭게 올라탄 외눈박이 별들

———「시간에 관한 짧은 노트 1」 부분

(1)에서 전자 사막의 삭막하고 황량한 공간 속에 떠 있는 "달"은 "거울"과 동일시된다. "차고 환"하며 "내가 들여다봐도 내가 나오지

않는" "달"과 "거울"은, "허공" 및 "뼈"와 결부되면서 사막으로서의 디지털 공간을 암시한다. 그리고 "우리들이 저 거울의 모뎀을 공유하고 있지 않다면"이라는 구절에서, "거울"은 디지털 문명의 전자 장치와 동일시됨으로써 익명의 중심 없는 주체들이 형성하는 구멍투성이의 하이퍼텍스트라는 문화적 현실을 투영한다. 여기서 "달"은 사막의 불모성이라는 이미지만으로 국한되지 않는 어떤 신비의 아우라를 드리우는데, 그 비밀을 (2)가 알려준다.

(2)에서 "초생달"과 "별"은 그 거울 속에 "시간"을 함축하고 있다. 달이 뜨고 별이 뜨는 것은 그 자체가 시간의 개념을 내포하는 상징이다. "거울 속에 갇힌 지난 시간이 자꾸 운다" "그곳으로 머리를 한데 모아 비벼대는 시간들" "초록색으로 떨며 서서 지구의 지붕을 뒤지는 시간들"은, 웹 브라우저와 모뎀으로 대변되는 디지털 컴퓨터의 공간 속에서 구멍투성이의 몸을 통해 열리고 닫히는 시간의 구조를 주시하는 표현들이다. 그러므로 「몸이 열리고 닫힌다」의 "야금야금 제 속을 파먹어 들어가는 달"과 "기어이 제 살을 다 파먹은 달"이라는 표현에는, 디지털 공간 속에서 순차적 시간의 질서를 벗어나 과거·현재·미래가 초시간적으로 교차하는, 비선형적 미로의 시간 구조를 천착하려는 인식론적 주제 의식이 숨겨져 있다. '달'의 이미지가 지닌 시간성으로 인해 전자 사막이 지닌 불모성은 종교적·신화적 주술성과 만나는 계기를 마련한다. "s와 내가 걸어온 시간이 순식간에 지워지고 있다"(「미로에서 달마를 만나다」), "시간을 깎는 칼이 있다 〔……〕 그때마다 그물처럼 퍼덕거리는 시간이 있다"(「고요」), "이제 시간의 부메랑은 그들의 몸 안으로 던져졌다"(「노란 정지선」) 등에서 보듯, 시간의 이미지는 두번째 시집 도처에 우주의 신화적 세계로 통하는 구멍

을 뚫어놓고 있는 것이다.

　서정학의 첫 시집 『모험의 왕과 코코넛의 귀족들』(문학과지성사, 1998)은 텔레비전에서 비디오, 전자오락, 컴퓨터 시뮬레이션, 만화, SF 영화에 이르는 대중문화의 형식들을 차용하여 새로운 현실을 구축한다. 그의 시에 나타나는 현실은 기존의 개념인 물리적·자연적 공간이 아니라 가상공간에 벌어지는 사건이다. 서정학의 시는 이 가공된 현실의 사건이 실재화하는 가상현실을 형상화한다. 그의 시에서 현실/가상의 전통적인 구분은 무화되고 가공된 현실이 실재화됨으로써, 이미 이러한 공간 속에 살아가는 우리에게 새로운 현실 감각을 일깨운다. 테크놀로지적 언어를 통해 테크놀로지화된 삶을 투영하면서 그것을 다시 비판하는 서정학의 시는, 테크놀로지의 강력한 자장에 포획된 무기력한 자아를 드러냄으로써 주체를 해체한다. 서정학의 시에 기존의 시가 지닌 내면성과 서정성의 습기가 증발되고 메마른 권태와 우수의 아우라가 드리워지는 것은 이 때문이다. 내면성을 탈각한 사물화된 주체는 테크놀로지의 회로를 따라 현실과 가상을 넘나들면서 가상 주체와 겹쳐지고 분리되는 양상으로 전개된다.

　가상 주체를 매개로 한 가상과 실재의 연결, 테크놀로지화된 삶에 대한 고발과 무기력은 서정학의 시적 기법을 '열린 알레고리'로 설명하는 데 중요한 근거가 된다. 원래 알레고리는 비현실적인 공간에서 자체로 완결된 이야기 구조를 지니면서, 그것을 하나의 전체적 상징으로 현실에 적용하는 기법이다. 이때 내적 완결성은 의미의 중심을 현실로 전이시키면서 교훈적 메시지를 전달한다. 그러나 서정학 시의 알레고리는 가상의 공간 자체가 완결된 구조를 지니지 않고 가상 주체를 매개로 현실과 수시로 접속한다. 실재와 가상이 마치 뫼비우스 띠처럼 이어져 있는 양상을 띠는데, 따라서 우리는 이 기법을 '열린 알레고리'라고 말할 수 있을 것이다. '열린 알레고리'는 단순히 현실에 대한 비판이나 계몽의 차원에 그치지 않고, 그 비판과 계몽의 메시지가 거대한 테크놀로지의 자력권 속에서 무력할 수도 있다는 사실까지 알려준다. 결국 테크놀로지를 매개로 한 열린 알레고리의 기법은, 고정된 의미 중심을 지니지 않고 끊임없이 가상과 실재를 넘나들면서 유희와 현실 비판과 현실 인식을 되풀이한다.

뫼비우스 띠처럼 실재와 가상, 텍스트의 안과 밖이 이어진 통합 회로의 구조는 서정학 시에서 전통적인 의미의 현실과는 전혀 다른 새로운 현실의 시적 공간을 형성한다. 「매사추세츠 공중 강습」「오아시스」「은신처」「팸플릿의 오후」「유쾌한 마리아」「인천국제공항」 등의 시는 대중문화의 세부를 차용하여 현실과 가상의 경계를 넘나드는 시적 방식을 경유한 후, 안/밖의 경계가 해체된 가공된 현실의 공간을 형상화하는 지점에 도달한다.

　　나는 그래서 밀짚모자를 눌러썼다.
　　낚싯대를 멘 왼쪽 어깨가 아팠다. 멍청하게
　　떠 있는 태양, 따위를 탓해봐야 소용이,
　　눈가로 땀이 흐른다. 풀이 수북이
　　자라고 있는 활주로 위로 파리들이
　　날아다닌다, 하늘에서 내려오는 건, 모두, 나빠,
　　어쩌면, 레모네이드 한잔, 목젖이 튀어나올 정도로
　　크게 스피디를 부른다. 붉은색 몸체의

쌍엽기는 몇 년 전부터 그 자리에서 그대로
썩어들어가고 있다,

매사추세츠 은빛으로 반짝이는 벌판, 조용하고 끝없는 물결,

스피디의 시체가 썩어들어간다, 파리들이
새카맣게 달라붙어 있는, 정겨운 풍경

공습 경보와 하늘 높이 뜬 밀짚모자    ―「매사추세츠 공중 강습」 전문

　이 시는 우리가 상상하는 시적인 개념에서 이탈해 있다. 시의 언어
는 이미지와 비유 및 알레고리 등의 기법을 통해 그것에 상응하는 어
떤 의미를 내포하고 있으리라는 우리의 기대를 배반하는 것이다. "매
사추세츠"라는 공간적 배경은 물론이고, "공중 강습"이라는 상황도
그 전후 맥락을 이해하기 쉽지 않다. 다만 묘사되고 있는 시적 자아
의 상태와 활주로의 모습이 감지될 뿐이다. "밀짚모자"와 "낚싯대"로
부터 시적 자아가 낚시를 가고 있으며, "풀이 수북이/자라고 있는 활
주로"와 "파리"로부터 방치되어 있는 비행장이라는 공간성을 짐작할
수 있을 뿐이다. 그런데 이 장면에서 특이한 부분은 몇 년 전부터 썩
어가고 있는 "붉은색 몸체의/쌍엽기"와 애완견으로 짐작되는 "스피
디"의 "썩어들어"가는 "시체"다. 신체의 통합 회로를 통해 의식 주체
와 대상이라는 안/밖이 해체된 지점에서 생성되는 이러한 새로운 리
얼리티의 공간은, 권태스럽고 무미건조한 일상의 한 장면을 아무 의
미 부여 없이 옮겨놓고 있는 듯하다. 하지만 이 화면 속에서 초점을

형성하는 "부패"의 이미지에 모종의 의미망이 숨겨진 것은 아닐까? 첫 시집에 수록된 「평일의 동물원」과 이후 발표한 「위험한 동물원」을 비교하면 흥미로운 징후적 독해가 가능하다.

(1) 완벽한 평일 오후의 동물원

완벽한 평일에 동물원을 찾는 사람, 따위는 없다, 동물원행 버스는 텅, 텅 비고,
동물들은 보통의 불완전한 휴일과 다름없이 늘어져 자거나, 샌드위치 두 개와
반쯤 남은 오렌지 마멀레이드
한 병, 푸른색 체크 무늬의 냅킨이 들어 있는 피크닉 바구니가 우리 앞 벤치에
놓인다, 코뿔소의 뿔은 평일에 녹아 흐느적거리고 기린들의 목은 충분히 길지 않다, 평일의 하품으로 원숭이들은 마주보고 앉아 이를 잡는다, ──「평일의 동물원」 부분

(2) 쇠창살이 마음에 들지 않는다 한가로이, 염소들이 풀을 뜯고 있다 동물원은 확실히, 위험하다 야, 생, 동, 물, 들이 있다 쇠창살이 튼튼하지 않다 동물들의 냄새가 뺨을 스친다 여긴, 동, 물원이군 너무 가늘다 이 창살은, 동물들의 울음소리, 들린다 [……] 머리 위 햇볕은 쨍쨍, 이곳은 동물원이다 [……] 야생의 무서운 동물들 쇠창살 저쪽은, 동물원이다 [……] 야생의 무서운 동물들 쇠창살 저쪽은, 동물원이다 잔인한 늑대 무리가 지나가고 있다 나

는, 구경을, 한다 오랑우탄이 땅콩을 집어, 던진다 신기하고 재미
있는 동물, 들의 세계 〔……〕 야생동물들이 무섭긴 하지만, 저것
들은 현실이 아니야, 나는 팝콘을 먹으며 동물들을 구경, 한다 끔
찍한 야생의 세계

　　이 끝없는 동물원에 쳐져 있는 쇠창살 나와 야, 생, 동물들을
갈라놓은 가느다란 선　　　　　　　　　　　──「위험한 동물원」 부분

　(1)은 평일 오후의 한가로운 동물원 풍경을 묘사한다. "동물원을
찾는 사람"도 없고 "동물원행 버스"도 텅텅 비는, 이 한가하다 못해
지루하고 따분한 동물원의 풍경은, 그 자체가 시적 화자의 내면 풍경
인 동시에 동물들의 상황이 된다. "동물들"이 "보통의 불완전한 휴일
과 다름없이 늘어져 자"고 있다는 객관적 사실 묘사는, "코뿔소의 뿔
은 평일에 녹아 흐느적거리고 기린들의 목은/충분히 길지 않다"에 이
르러 주관적 왜곡에 의한 묘사로 전이된다. 이 장면에는 대상에 주체
의 감정과 의식을 밀어 넣는 주객의 융합이 일어나고 있다. 결국 이
시의 평이한 묘사 속에는 주체와 대상, 즉 의식의 안과 밖이 해체되
어 신체의 회로 속에 통합되면서 새롭게 가공된 현실을 형성하는 과
정이 숨어 있다. 동물원 밖에서 안쪽의 동물을 관찰하는, 쇠창살이라
는 경계의 영역이 해체된 형국인 것이다.
　한편 (2)는 쇠창살 밖의 의식 주체와 안쪽의 동물의 세계가 경계
지워진 이항 구조를 보여준다. 그러나 "쇠창살이 마음에 들지 않는
다" "위험하다" "쇠창살이 튼튼하지 않다" "너무 가늘다 이 창살은"
등은 시적 화자가 쇠창살을 의식하고 있음을 드러내는 동시에, 이 쇠

창살의 경계가 완강하지 않고 느슨하거나 허술하다고 느낀다는 사실을 드러낸다. "이 끝없는 동물원에 쳐져 있는 쇠창살 나와 야, 생, 동물들을 갈라놓은 가느다란 선"에서 압축적으로 표현된 이 안과 밖의 경계에 대한 의식은, 그러므로 교묘하게 전도되어 있다. "야생동물들이 무섭긴 하지만, 저것들은 현실이 아니야"와 "나는 팝콘을 먹으며 동물들을 구경, 한다 끔찍한 야생의 세계"는 서로 상반되는 의미망을 한 지점에서 충돌시킨다. 시적 자아는 일관되게 관찰자의 시선을 유지하지만, 쇠창살 안쪽의 동물의 세계를 "야, 생, 동, 물, 들" "끔찍한 야생의 세계"로 보는 눈과 "저것들은 현실이 아니야"라고 보는 눈이 교차한다. 쇠창살 속에 갇혀 있는 동물들은 이미 야생의 원초적 생명력을 상실하고 있으므로, "야, 생, 동, 물, 들" "동, 물원"에서처럼 호흡이 끊어지면서 다의성을 발생시킨다. 이 지점에서 시인은 관찰자적 의식이 바라보는 현실을 의심하는 회의자의 눈을 갖게 된다. 결국 이 시는 쇠창살이라는 경계를 의식하지만 관찰 대상의 현실성을 의심함으로써 (1)과는 다른 차원에서 주체/객체, 의식/대상이 지닌 안/밖의 경계를 해체하는 지점으로 나아가는 것으로 보인다.

서정학 시를 이해하는 또 하나의 중요한 모티프는 "햇볕은 쨍쨍"에 나타난 건조함과 '습기'의 대립적 이미지에서 발견된다. 서정학의 시는 내면성과 서정성의 인간적 습기를 증발시킨 무미건조한 권태와 우수의 아우라를 특징으로 한다. 서정성의 근간을 이루는 내면성을 탈각함으로써 안/밖의 이중성을 해체한 연후에 형성되는 통합 회로는 '습기'의 내습에 취약하다. 따라서 「매사추세츠 공중 강습」에서 "붉은색 몸체의/쌍엽기"와 "스피디"의 "시체"에서 발견되는 '부패'의 이미지에는, "멍청하게/떠 있는 태양"의 복사열 아래에서도 '습기'의 공습이 오래전부터 진행되어왔다는 의미가 내재된 것이 아닐까. "로렐라이의 노래는 동화책을 비로 적신다"(「백원」), "방 안 가득 습기에 번져버린 글자들 나는 읽을 수 없다"(「포도주 병의 연애 편지」), "습기가/많으면 모든 것이 썩는다"(「싱가포르, 좀비의 나라」), "창밖에는 비가 내리고 나는 유행가 가사를 쓴다"(「비 오는 유행가」)에서 보듯, 최근 시에 빈번히 등장하는 '물'의 이미지는 서정학 시의 통합 회로가 내면성과 서정성의 습기를 제거함으로써 고독과 더불어 가능하게 되었다는 사실을 역으로 증거해준다.


## 5. 젊은 시인들의 상상 세계, 혹은 현실

지금까지 우리는 유하·성기완·김태동·윤의섭·이원·서정학의 시를 통해 젊은 시인들의 상상 세계를 살펴보았다. 그들의 상상 세계는 세계-내-존재의 운반인 신체가 세계에 의해 구조화되면서 동시에 세계를 구조화하는 과정에서 생성된 것이므로, 세계의 구조와 신체의 구조가 상호 교섭하는 양상을 드러낸다. 따라서 젊은 시인들이 보여준 상상 세계는 곧 그들 신체의 현실이며, 더 나아가 우리 시대의 현실이 된다.

유하는 사랑의 희망과 허망, 혹은 욕망의 추구와 환멸이라는 신체의 이중 회로를 서정과 패러디 양식으로 문체화함으로써, '무림'에서 '압구정동'과 '세운상가'를 거쳐 '경마장'에 이르는 우리 시대의 욕망의 구조를 천착한다. 양식의 통합과 분화를 동시에 밀고 나가면서 유하는 상호 텍스트성의 목소리뿐만 아니라 이전 시에서 추구했던 목소리들까지 작은 흐름으로 지속시켜 더욱 복잡다기하고 거대한 다성성의 강물을 형성한다. 성기완은 이원성과 그 혼용의 추구라는 일관된 테마를 통해 다양한 형식 실험을 거쳐 시적 발상의 전환에까지 나아간다. 성기완에게 있어 자아의 분열은 이중 자아를 형성하며 남성과 여성, 인과율과 우연성, 양과 음의 근원적 대립으로 분화되며 확산된다. 록 음악을 통한 환각과 물리학적 사유를 통한 각성으로 이중 자아를 극단까지 밀고 나가는 과정에서 자의식과 이원성의 구조를 넘어서려는 시도를 보여준다. 또한 성기완은 '일상의 시화'라는 방법론을 밀고 나간 지점에서 언어적 유희에 의한 초현실적 사건을 통해 현실의 바깥에서 안을 들여다보는 새로운 시적 방식을 시도한다.

김태동의 시는 텅 빈 회로의 몸으로 죽은 자의 원혼과 접신하는 영매자, 혹은 무당의 노래다. '피의 춤' 혹은 '물의 환'을 통해 하늘에 도달하려는 시도가 좌절된 후, 김태동은 '바람의 뼈'를 통해 자신의 몸을 더 온전히 비움으로써 죽은 자들의 영혼을 위무하는 진혼곡을 부른다. 윤의섭의 최근 시는 텅 빈 몸의 회로 속에 우주의 시공간으로 응축되고 팽창하는 블랙홀을 내장함으로써, 과거·현재·미래의 시간이 하나의 공간에 공존하기도 하고, 하나의 시간대에 복수의 공간이 중첩되기도 하는 '시간의 미궁'을 형성한다. 우연성에 의해 이루어지는 삶의 예측 불가능한 변전 가능성을 받아들임으로써, 결정론적인 현대적 시간과 공간의 테두리를 벗어나는 새로운 기억의 방식을 보여준다.

이원은 대상의 즉물성과 주체의 의식이 상호 교섭하면서 길항하는 통합 회로를 통해 전자 문명이 지배하는 우리 시대의 문화적 현실을 묘사한다. 웹 브라우저와 모뎀으로 대표되는 디지털 문명과 운명을 함께하는 현대인의 존재 방식을 사막과 달의 이미지로 형상화함으로써, 불모성과 종교적 주술성이 교차되는 지점에서 전자 신체가 대면하게 된 시간의 구조를 천착한다. 서정학은 대중문화의 다양한 형식들을 차용하여 가상과 실재가 뫼비우스 띠처럼 이어져 순환하는 열린 알레고리의 기법을 형성한다. 그리고 그 연장선에서 현실/가상, 의식 및 텍스트의 안/밖이 해체된 통합 회로를 통해 가공된 현실이 실재화되는 새로운 현실을 구현한다.

지금까지 살펴본 젊은 시인들의 상상 세계는 현실의 구조와 신체의 구조가 만나서 상호 교섭하는 과정에서 빚어진 언어의 구조들이다. 따라서 이러한 언어의 구조는 신체의 구조뿐 아니라 현실의 구조까지도 이미 형성되고 완료된 고정체, 즉 불리적이거나 자연적인 회로가 아니라, 생성이 진행되는 시간과 공간 속에서 끝없이 변형되는 감각의 회로이자 감수성의 회로임을 말해준다. 젊은 시인들의 상상 세계를 들여다보면서 우리가 발견한 것은 바로 존재론적·인식론적 변화가 진행되고 있는 우리 시대의 사회적·문화적 현실이다. 유하·성기완에서 김태동·윤의섭을 거쳐 이원·서정학에 이르는 젊은 시인들의 상상 세계가 보여주는 것은, 신체의 '이중 회로'가 죽음의 '텅 빈 회로'를 거쳐 '통합 회로'로 진입하면서 낯선 리얼리티를 생성시키는 우리 시대의 새로운 현실인 것이다.

# 풍경의 소리와 빛깔

—송재학·고진하의 시

## 1. 풍경 속의 소리

시인에게 있어 풍경이란 무엇인가? 주체의 시각적 인지 대상인 풍경은 흔히 외부에 존재하는 객관적 사물로 이해되지만, 가라타니 고진은 그것을 내면성에 의해 사후적으로 발견된 것이라고 간주한다. 즉 풍경이란 주체의 내면성이 형성됨으로써 그 대척점에서 발견되는 대응물이라는 것이다. 가라타니 고진은 내면이나 풍경을 근대적 원근법의 발견과 밀접히 연관짓는데, 이처럼 근대적 사유 방식 혹은 감각법은 근본적으로 시각 중심주의의 속성을 띤다고 볼 수 있다. 그런데 가라타니 고진은 시각적 인지의 연상을 일으키는 풍경 속에 청각적 인지의 속성이 개입될 수 있다는 점을 간과한 듯하다. 일반적으로 풍경의 윤곽이나 색채는 시각적 연상으로 상상 가능하지만, 풍경의 침묵이나 소리는 상상하기 어려운 이유도 여기에 한몫을 했을 것이다. 그러나 시인들에게 풍경은 윤곽이나 색채로서 존재하거나 작용할 뿐만 아니라, 침묵이나 소리로서도 존재하거나 작용한다. 송재학과 고진하의 최근 시집을 통해 그 흔적을 찾아보기로 하자.

## 2. 송재학—울음 소리와 초록

송재학 시의 이미지는 풍경에 감각적으로 반응하는 시인의 신체로부터 미끄러져 나온다. 시인의 신체와 풍경이 상호 침투하면서 틈새를 통해 남겨지는 흔적이 이미지인 것이다. 이 이미지들이 교직되어 중층 구조를 이룰 때, 그것은 하나의 정서적 덩어리로 우리에게 전달된다. 네번째 시집 『그가 내 얼굴을 만지네』(민음사, 1997) 이후 송재학이 우리에게 보여주는 정서적 덩어리는 고요와 슬픔의 세계인데, 일곱번째 시집 『내간체를 얻다』(문학동네, 2011)에서 그 아우라가 더욱 깊어져 삶의 극단이자 원점에까지 근접한다.

눈물이 말라버렸다 너무 오래 눈물을 사용했다 물푸레나무 저수지의 바닥이 간당간당, 물푸레나뭇잎도 건조하다 일생의 눈물 양이 일정하다면 이제부터 울음은 눈물 없는 외톨이가 아니겠는가 외할머니 상가에서도 내 울음은 소리만 있었다 어린 날 울긋불긋 금호장터에서 외할머니 손을 놓치고 엄청 울었다 그 울음이 오십 년쯤 장기저축되어 지금 외할머니 주검에 미리 헌정된 것을 이제야 알겠다 그 잔나비 울음이야 얼마나 맑으랴 내 어린 날의 절명 눈물이었으니

—「눈물」 전문

시적 화자는 눈물이 말라서 울음에 소리만 남은 자신의 상황을 "물푸레나무 저수지"의 마른 바닥과 "물푸레나뭇잎"의 건조함에 비유한다. 외할머니 상가에서도 화자의 울음은 눈물 없이 소리만 있었다. 화자는 눈물 없는 울음에 대해 연민을 느끼고, 어린 날 외할머니 손을 놓치고 엄청 울었던 맑은 눈물을 기억한다. 이 시가 보여주는 소리만 있는 울음, 그리고 그 근원적 형태인 유년의 맑은 울음은 이번 시집의 복잡다기한 이미지들 중 하나의 핵심적 이미지라고 볼 수 있다. 어쩌면 이 시집은 순수 청각적 이미지에 대한 집중적 탐구의 결과라고 볼 수 있을지도 모른다.

내 귓속의 소리족(族)들은 오래 살림하며 번식해왔다 그들은 내 입이고 나는 그들의 비명이다 육신의 빈틈이 또다른 생의 거푸집이라는 예감은 있다 그 생이 또다시 무언가의 거푸집인 것도 분명하다

줄의 한쪽은 내 귀에 닿아 있고 다른 한쪽은 소리를 힘껏 물고 있다 내 몸통 안에 한 줄의 현악기가 있다는 느낌은 무얼까 갈대와 바람이 서로 눕히는 소리, 오늘 깨끗이 씻어야 하는 머윗잎 위의 하루를 적시는 빗소리, 너무 먼 곳까지 온 일몰에 잠기는 생각은 현악이지만 거푸집이 낡았다고 불평하는 건 어린 소리족들이다. 꽃잎의 낙하를 읽어, 라고 내 귀와 꽃의 귀에 동시에 속삭이는 늙은 소리들 덕분에 생의 느린 장면, 생의 정지 화면과 함께할 수 있다 씻어내려고 게워내려고 하지만 소리는 이미 내 귀를 나팔꽃 닮은 공명통으로 바꾸는 중이다

—「소리족(族)」 전문

시적 화자의 귓속에 살며 번식하는 "소리족(族)들"은 주어로서 화

자의 "입"이고, 화자는 술어로서 그들의 "비명"이다. 주체와 객체의
근대적 이분법을 넘어서는 '소리'에 대한 탐색은 "육신의 빈틈이 또다
른 생의 거푸집이라는 예감"과 관련되고, "그 생이 또다시 무언가의
거푸집"이라는 생각으로 이어지며 영겁회귀적 생의 신비에 접근한다.
여기서 주목할 것은 '소리'가 화자의 몸속에 거주할 뿐만 아니라 풍경
속에도 거주한다는 사실이다. 화자 몸속에 "한 줄의 현악기가 있다는
느낌"은 줄의 한쪽을 통해 "갈대와 바람이 서로 눕히는 소리" "머윗
잎 위의 하루를 적시는 빗소리"를 전달해준다. 또 한 가지 주목할 점
은 "어린 소리족들"이 "거푸집이 낡았다고 불평"하지만, "늙은 소리
들"은 "꽃잎의 낙하를 읽어"라고 화자의 귀와 꽃의 귀에 동시에 속삭
인다는 것이다. 거푸집의 낡음과 함께 낡아가는 몸속의 "늙은 소리
들"은 청각적 이미지를 중심으로 소리와의 연대를 만들어낸다. 이
"늙은 소리들" 덕분에 화자는 "생의 느린 장면, 생의 정지 화면"과
함께할 수 있으며, 화자의 귀는 "나팔꽃 닮은 공명통"으로 바뀐다.
그동안 송재학 시의 근간을 이루어온 '풍경과의 연대'가 시각적 이미
지를 중심으로 형성된다면, 이번 시집에서 '풍경과의 연대'는 청각적
이미지를 중심으로 형성되는 듯하다.

　　오늘 만어사에 와서 소리의 서책(書冊)을 보았습니다 흩지느러미
가름끈이 아름다운 소리책입니다 책등의 아가미로 숨 쉬는 책입니다
물고기 등뼈가 분류한 소리집(集)의 한국십진분류는 700 언어편이지
만 다시 미세 뼈가 분류한 숫자는 799, '비와 물고기의 소리편'입니다
비 새는 곳이 만어사와 내 몸뿐 아니라 저 가을길도 그래서 산길 골
라 왔습니다 지금 읽지 않는다면 비늘 떨구며 시나브로 사라질 소리입

니다 지금 소리의 앞뒤를 따라가면 내 몸에 송홧가루 필사본 책 한 권
이 채워집니다 누군가 이곳에서 그가 가진 짓소리를 다 게워놓았습니
다 청맹과니조차 무구정광대다라니경을 다 읽고 있습니다

—「소리책(冊)」 부분

　시적 화자는 소리로 만들어진 책을 소개한다. 화자가 만어사에 와
서 본 "홑지느러미 가름끈이 아름다운 소리책"은 물고기의 소리로 만
들어진 것이다. "책등의 아가미로 숨 쉬는" 이 책은 "물고기 등뼈"와
"미세 뼈"가 분류한 한국십진분류에 의하면 '799'이고 '비와 물고기의
소리편'이다. 아마 시인은 만어사를 방문하면서 들은 빗소리에서 물
고기 소리를 연상하고, 그 청각적 이미지를 문자적 이미지인 책으로
전환시킨 듯하다. 몸에 새겨지는 소리의 이미지를 책에 기록되는 문
자의 이미지로 전환시키는 기법은, 풍경 및 소리와의 연대를 통해 몸
과 세계가 상호 침투하면서 시적 언어를 생성시키는 송재학 특유의
시작 원리와 밀접히 연관된다. 그 비는 "만어사와 내 몸뿐 아니라 저
가을길"에서도 새고, 그 빗소리는 "지금 읽지 않"으면 "시나브로 사
라질 소리"다. 그 소리를 따라가면 화자의 "몸에 송홧가루 필사본 책
한 권이 채워"진다. 그러니까 만어사와 가을 길에서 들리는 '빗소리'
가 원본으로서 "소리의 서책"이라면, 그것을 화자의 몸이 읽고 기록
한 것이 "필사본"이 되는 셈이다. 외부 현실의 소리와 신체 내부의
소리, 혹은 원본의 소리와 필사본의 소리를 중첩시키고 일치시키면
「징」의 소리가 된다.

　소리는 담금질에 겨우 눈뜨면서

궁상각치우의 아픔을 받아들이는 거야

그래서 겨우 풋울음 하나가 여린 잎새처럼 만들어지는 거지

이건 아직 소리가 아니지 입보다 귀가 더 밝은 울음이야

소리가 되려면 얼마나 더 많은 소리를 귀에 달아야 할까

초록색 흰색 붉은색은 죄다 소리,

쓴맛 신맛 단맛도 죄다 소리,

그걸 모두 챙겨봐야 둔탁할 뿐,

울음에는 두터움과 얇음이 있고

울음에는 쟁쟁함과 우람함이 있으며

문득 높낮이의 좌우와 상하를 숨길 수 있어야

징헌 날숨과 들숨의 아퀴를 맞추지

멧자국이 은은하도록 더 두들겨 맞으면서 이제

소리는 저 자신을 두들기는 징징 소리로부터 목청 틔우면서

통성음을 득음하는 거지

온몸이 애타면서 바스라지면서

온몸이 울음이 되면서

그제서야 맑은 동심원 속으로 들어간다                ─「징」부분


   '징'의 경우, 소리는 아픔을 받아들이면서 생겨난다. "담금질"에 의해 "궁상각치우"를 받아들이고, "더 많은 소리를 귀에 달아야" 소리가 된다. 색채도 소리로 받아들이고, 맛도 소리로 받아들여야 하지만, 그래도 아직은 둔탁한 소리일 뿐이다. 징의 소리는 "두터움과 얇음" "쟁쟁함과 우람함"이 있어야 '울음'의 경지에 들어서고, "높낮이의 좌우와 상하를 숨길 수 있"어야 "날숨과 들숨의 아퀴를 맞"출 수

있다. 이 시는 '소리'가 아픔을 받아들이고 시련을 거쳐 단련되면서 '울음'의 경지에 들어야 "득음"할 수 있다는 의미를 담고 있다. 이것은 송재학 시의 원리인 풍경과의 연대에 있어서 시각적 이미지 중심에서 청각적 이미지로 전개되는 과정이 시적 성숙의 과정과 연관된다는 점을 잘 보여준다. 온몸이 울음이 되는 차원에 이르러 송재학의 시는 자신의 역량을 축적하고 숙성시켜 그 몸 자체가 "맑은 동심원" 속으로 들어간다. "내가 우는 게 아닙니다 징이 우는 게 아닙니다 귀 기울이는 당신도 울고 있지 않지만 울음은 모두를 감싸고 돕니다 비에 씻기는 울음입니다 내가 불타는 것입니다 징이 불타면 결국 당신은 불타는 울음소리를 듣고 있는 겁니다"(「누선(淚腺)」)와 같이 아름다운 구절은 이런 경지에서 생겨난다. 이번 시집에서 송재학 시의 '울음의 소리'가 특히 '초록'의 빛깔과 공명하는 것을 눈여겨볼 필요가 있다.

(1) 녹모파(綠帽派)는 오래전부터 존재해왔다 휘발성 초록이다 모든 물방울은 초록에 공양된다 한 모금 습기조차 경건하다 비가 오면 지의류는 빗방울처럼 낮아진다 겨울비가 아껴서 쇄골이 드러나는 물방울이 있다면 일몰을 간직한 단순한 초록은 서로 몸 섞지 않아도 이끼의 앞뒤, 검은 청동끼리 부딪히는 종소리가 초록이고 금언(金言)이라는 사실에 나 짐짓 숙연하다  —「이끼 사원」 부분

(2) 아직 나는 신들을 만나지 못했지만
    올해도 어김없이 봄의 식구를 맞이했다
    삼 층 창문까지 까치발로 닿는 백합나무 잎새들이다

참 사소한 식구들이다

매번 눈 마주칠 때마다

그들은 초록 위에 덧칠한 초록을 밥상에 올린다

태양을 닮은 잎의 문양에는 제법 햇살이 한 웅큼 고여 있다

새가 남기는 허공의 발자국처럼 초록 손자국은 내 몸에 녹새(綠

璽)를 찍는다

십만 룩스의 햇빛을 먹어치우는 광합성의 식욕도 놀랍지만

창문 근처 나의 초록 의자를 준비한 초대도 있다

아직 신들의 성별(性別)조차 느끼질 못하지만

초록 미열은 매일 나의 피돌기를 도와준다

—「신(神)들의 높이」부분


(1)에서 화자는 바위나 나무에 서식하는 "이끼"를 "녹모파(綠帽
派)"와 "휘발성 초록"으로 묘사한다. "모든 물방울은 초록에 공양된
다"에서 보듯, '물'의 이미지와 '초록'의 이미지가 공명하는 것은 일반
적인 경우에 해당하지만, "이끼의 앞뒤, 검은 청동끼리 부딪히는 종
소리가 초록이고 금언(金言)"이라는 점은 특별하다. 시인은 "이끼의
앞뒤"에서 "검은 청동끼리 부딪히는" 모습을 연상하고, 이로부터 "종
소리"를 떠올린다. 시각과 청각의 결합으로부터 "초록"과 "금언(金
言)"을 연상하는 것은 "검"과 "금"의 'ㄱ'음, "청"과 "종"과 "초"의
'ㅈ(ㅊ)'음, "은"과 "언"의 'ㅇ'음 등이 상호 호응하는 음운적 연금술
에서 기인한다. 또한 이것은 "금언"이 '부처의 입에서 나온 불멸의 법
어(法語)'를 뜻한다는 점에서, 시적 의미와 주제에도 중요한 역할을
담당한다. 이끼와 관련된 양상을 "사원"—"결가부좌"—"공양"—"종

소리" 등의 시어로 묘사해온 이 시의 의미가, "금언"에 이르러 완결되면서 전체적인 시적 주제를 형성하는 것이다. 또한 여기서 우리가 주목하는 것은 "종소리"와 "초록"이 상호 공명한다는 사실이다.

(2)에서 화자는 "백합나무 잎새들"을 "봄의 식구"로 맞이한다. 그것들은 "초록 위에 덧칠한 초록을 밥상에 올"리기도 하고, "내 몸에 녹새(綠璽)를 찍"기도 하며, "초록 의자를 준비한 초대"도 하고, "초록 미열"로 "나의 피돌기를 도와"주기도 한다. 아직 "신들을 만나지 못"하고 "아직 신들의 성별(性別)조차 느끼질 못"한다고 말하는 화자의 목소리는, "초록"의 "사소"함이 얼마나 위대한 자연의 빛깔인가를 역으로 말해준다.


## 3. 고진하 ― 침묵과 흰빛

첫 시집에서 '빈 들'의 황폐함을, 두번째 시집에서 '문명'의 어둠과 부패를, 세번째 시집 이후 '자연'의 생명력을 견성(見性)의 시선으로 바라보던 고진하는, 여섯번째 시집 『거룩한 낭비』(뿔, 2011)에서 앞의 세 가지 시적 특성들을 통합적으로 보여주면서 자신의 시력(詩歷)에 새로운 전기(轉機)를 마련하고자 한다. 이번 시집이 이전 시집들의 연장선에서 그 종합을 이루면서 새로운 출발을 시도한다는 점을 다음의 시가 잘 보여준다.

오래전 나는 빈 들의 시인이었다
노래하는 집시처럼 새빨간 혓바닥만 살아

젊음을 탕진하고 있을 때

신(神)은 나를 빈 들로, 텅 빈 들로 내몰았다

[……]

허허로운 빈 들의 보초 허수아비 흔들리듯

항상 흔들리는 곳이 내 시의 경작지였다 이젠

늦가을 빈 들의 말씀을 받아 적고 또 받아 적어온

내 안의 필경사가 누구인지 어렴풋하지만 죽음의 눈꺼풀이

내 눈을 감기기까지 나는 그를 계시하진 못하리라

불타는 볏가리, 빈 들이 키우는 침묵, 별들의 실종, 향기로운

들꽃의 신비, 이따위에 도무지 무관심한, 반인반수(半人半獸) 무리의

창궐, 하지만 그늘을 피해 갈 에움길을 찾기는 틀렸다 오늘도

나는 무죄한 생명이 떼죽음 당하는 땅에서 허수아비 같은 늙은이들을

보았다 지구의 빈 들에 무심코 절망을 삽질하는……

—「다시 빈 들에서」 부분


　시인과 거의 동일시되는 시적 화자는 오래전에 자신이 "빈 들"의 시인이었음을 고백한다. 신이 시인을 내몬 '빈 들'은 야생의 자연이기도 하고, 궁핍한 농촌 및 냉혹한 문명의 현실이기도 하며, 종교적 순례지이기도 했다. 그래서 화자는 "빈 들을 떠돌며 세상에 대한 기대를 버리는 건/어려운 일이 아니었다"고 말하지만, "어디 따로 낙원(樂園)을 예약한 적이 없었다"고 말한다. 황폐한 농촌 및 문명의 현실을 초월하지 않고 견성의 눈으로 바라보며 그 환멸을 몸소 체험한 고진하에게 '빈 들'은 바로 "시의 경작지"였던 것이다. 따라서 "빈 들의 말씀"을 "받아 적어온/내 안의 필경사가 누구인지 어렴풋하"다는

표현은, 시적 주체로서 자아가 아닌 다른 존재를 상정한다는 점에서 고진하 시의 계시(啓示)적 특성을 잘 보여준다. '계시'는 '사람의 지혜로는 알 수 없는 진리를 신이 영감(靈感)으로 알려주는 것'을 뜻한다. 따라서 "죽음의 눈꺼풀이/내 눈을 감기기까지 나는 그를 계시하진 못하리라"는 문장은, "내 안의 필경사"가 자아가 아닌 다른 존재라는 사실뿐만 아니라 계시의 주체가 신이라는 사실도 알려준다. 화자에게 '야생의 자연'으로서 '빈 들'은 "불타는 볏가리, 빈 들이 키우는 침묵, 별들의 실종, 향기로운/들꽃의 신비"지만, '농촌의 현실' 및 '문명의 현실'로서 '빈 들'은 이런 것들에 무관심한 반인반수의 무리들로 창궐한다. 시인은 이 절망적인 '빈 들'에 다시 서서 새로운 출발을 다짐하는 것이다.

아직도 덧없는 허명에 집착하고
속물의 삶을 그럴듯하게 미화하길 밥 먹듯 하는
나는 오늘도 죽지 않고 살아 있다

목숨 걸 일이 따로 없어
처마 끝에 걸린 고드름 같은 시 따위에 목숨을 걸면
나는 지구별에서 멸종을 모면한
생물의 지위를 계속 유지할 수 있을 것인가

이 혹한에 몹쓸 역병으로
수십만 마리 소 떼가 얼음구덩이 속에서 냉동되는 밤,
나는 오늘도 죽지 않고 살아서

가장 독한 화주(火酒)로 얼어붙은 시의 갈피를 적시며……

　　　　　　　　　　　　　　──「오늘도 죽지 않고 살아서」 부분

　이 시는 표면적으로 보아 시적 전언이 중심이 되고 시적 형상화 방식으로서 비유나 상징의 밀도는 높지 않은 듯이 보인다. 그러나 시적 전언 자체가 체험의 진정성을 함축하고 있으며, 자기반성을 동반한 현실 비판의 순도 및 강도가 그 어느 작품보다 높다. 그리고 작품을 음미하면, 섬세한 아이러니의 장치가 시적 주제의 깊이를 담아내고 있음도 알게 된다. 첫 연의 "허명에 집착하고/속물의 삶을 그럴듯하게 미화"하는 것이 시인의 현재적 삶의 모습이라면, "오늘도 죽지 않고 살아 있"는 것은 자신에 대한 통렬한 냉소와 비판인 듯이 보인다. 그런데 둘째 연에서는 아이러니를 구사하여 시적 의미를 복잡하게 만든다. 즉 "처마 끝에 걸린 고드름 같은 시"라는 비유는 금방 소멸해버릴 하찮은 시한부 생명이라는 1차적 의미에 물질 만능의 현실에 예리한 비판을 시도한다는 2차적 의미를 겹쳐놓는다. 또한 이런 "시 따위에 목숨을" 거는 모습은 무모하고 어리석은 행위라는 1차적 의미에 숭고한 정신적 행위라는 2차적 의미를 중첩시킨다. 그래서 "지구별에서 멸종을 모면한/생물의 지위"라는 표현도 이런 아이러니의 자장(磁場)에 놓인다. 더 나아가 셋째 연은 다시 한 번 아이러니를 구사하여 이중의 아이러니를 형성한다. 구제역으로 수많은 소 떼가 생매장되어 냉동되는 현실의 상황에서, "화주(火酒)로 얼어붙은 시의 갈피를 적시"는 시인의 모습을 통해 시가 가진 이중의 위상을 종합적으로 드러낸다. 시는 냉혹한 현실에 아무런 도움이 되지 않지만, 시인이 죽지 않고 살아서 시를 쓰는 행위는 얼어붙은 땅을 뜨거운 불로

녹이는 정신적 번제(燔祭)가 될 수 있다는 것이다. 이 시가 보여주는 현실 및 자신에 대한 반성과 각성, 그리고 이로부터 얻어지는 시작 (詩作)에 대한 새로운 각오는 '침묵'의 청각적 이미지와 '첫눈'의 시각적 이미지를 통해 가장 선명하게 드러난다.

　　벌써 두어 달 전 창작 공간에 들어와 있으나
　　숫눈 같은 파지(破紙)만 계속 쌓이고
　　답답한 맘 삭이려 자주 이 골짜기를 걷곤 하는데,
　　무뎌진 언어의 도끼날을
　　어떻게 벼리고 벼려야
　　침묵뿐인 통나무의 입을 쩍, 열리게 할 것인가.

　　시푸른 절벽에 아슬아슬 뿌리를 내리고 선
　　키 작은 침엽수들을 보면
　　이 따위 절망쯤이야 순 엄살에 불과하지만
　　가로 뛰고 세로 뛰며 모험의 날을 세우는
　　내 시의 열망도
　　깃털처럼 가벼운 사치로 치부될 테지만

　　아무것도, 아무것도 아닌 것 같은
　　이 흉작뿐인 노동을
　　난 오늘도 탁 접어버리지는 못할 것이다
　　혹한으로 꽝꽝 언 침묵의 통나무 속으로
　　은빛 도끼의 새 길을 내는 사내처럼

60

첫눈의 시를, 시의 첫눈을, 지상 가득 뿌리고 싶어

—「첫눈의 시」부분

시적 화자는 창작 공간에 들어와 "파지"만 쌓다가, 골짜기 농장 마당에서 늙은 사내가 은빛 도끼로 참나무 장작을 쪼개는 모습을 본다. "통나무"가 "침묵"하는 것은 어떤 '계시'에 대한 기다림의 표현일 것이다. "언어의 도끼날"로 "침묵뿐인 통나무의 입을 쩍, 열리게" 하는 것은 계시적인 시어로 신의 말씀을 담아내는 것을 의미한다. 세상의 관점에서는 "깃털처럼 가벼운 사치로 치부"될 수도 있고 "아무것도 아닌 것 같은" "흉작뿐인 노동"으로 보일 수도 있지만, 시인의 시작(詩作)은 "침묵의 통나무 속으로/은빛 도끼의 새 길을 내는" 작업, 즉 계시적인 시어로 신의 진리에 접근하는 작업이 된다. 화자는 이 작업의 결과로 얻어지는 순결한 시어를 "첫눈"에 비유한다. 결국 고진하가 추구하는 시의 궁극적 목표는 '침묵'으로 계시되는 신의 말씀을 첫눈의 '흰빛'으로 상징되는 순결한 언어로 표현하는 것이다.

아직 가벼운 깃을 달지 못한
창조의 열정은 솟아오르다 자주 곤두박질쳤고
유일한 도반(道伴)인 바람은
무거운 내 배낭을 찢어놓을 듯 사팔뜨기 눈을 흘겼다

오래된 사원을 뒤로하고 살얼음 낀 개여울을
따라 내려오는 길,
오늘 밤 일기장에 써넣을 경배 목록에는

시비에 새겨진 문장도 덧없는 명성도 황금부처도 아니고

마른 여울목 모래톱에 참배객들이 공들여 쌓아놓은
무명의 돌탑들이,
숫눈의 꼭두새벽을 기다리고 있는 듯싶었다
　　　　　　　　　　　　　—「숫눈의 꼭두새벽을 기다리며」 부분


　시적 화자는 시작(詩作)에 대한 "창조의 열정"을 "솟아오르다 자
주 곤두박질"치는 '추락'의 이미지로 표현한다. 그러나 이 추락은 표
면적인 자기 비하의 의미 속에 자존감과 자부심을 숨기고 있다는 점
에서 아이러니의 표현이라고 볼 수 있다. "솟아오르다 자주 곤두박
질"치는 모습은 "가벼운 깃을 달"고 비상하는 초월의 이미지와 대비
되면서 세상 속에서 깨달음을 얻는 시적 각성의 전제 조건을 이룬다.
이때 "유일한 도반(道伴)인 바람"이 화자의 "배낭을 찢어놓을 듯 사
팔뜨기 눈을 흘"기는 것은, 거센 시련과 단련을 거쳐 진리의 계시에
이르는 도정을 암시한다. 그러나 화자의 경배 목록에는 "시비에 새겨
진 문장도 덧없는 명성도 황금부처도 아니"라 "무명의 돌탑들"이 기
록되고, 이 돌탑들이 기다리는 "숫눈의 꼭두새벽"이 기록된다. 여기
서 "무명"은 표면적으로 이름이 없다는 '익명'의 의미지만, "시비에
새겨진 문장" "명성" "황금부처"와 대비되면서 '침묵'의 의미와도 상
통한다. 그리고 이 "무명의 돌탑들"이 기다리고 있는 "숫눈의 꼭두새
벽"은 첫눈의 '흰빛'으로 상징되는 순결한 언어와도 상통한다. '침묵'
으로 계시되는 신의 말씀을 첫눈의 '흰빛'으로 상징되는 순결한 언어
로 표현하는 가장 극적인 순간을 다음의 시가 담아내고 있다.

적설 30cm, 때아닌
폭설에 갇혀 모처럼 쉬다

그렇게 맥 놓고 쉬는데,
또 난분분 난분분 뜨는
창밖의 잔눈송이들 보며
詩情에 드니 모처럼 시다

오늘따라 낭비를 즐기시는 하느님이 맘에 든다
흰 눈썹을 낭비하고,
흰 섬광의 시를 낭비하는 하느님이 맘에 든다

내리는 족족 쌓이는 족족 공손히 받아 모시는
겨울나무들처럼

나 두 팔 벌려 하느님의 격정을 받아 모신다
받아 모시니

시다!                                    ——「거룩한 낭비」 전문


　시인의 견성의 시선에는 "적설 30cm, 때아닌/폭설"이 "흰 눈썹을
낭비"하고 "흰 섬광의 시를 낭비하는 하느님"의 은총으로 보인다. 그
흰 눈의 은총을 "공손히 받아 모시는/겨울나무들처럼", 시인은 자신

의 "두 팔 벌려 하느님의 격정을 받아 모"시니 그것이 바로 시라고 말한다. 고진하는 자아를 버리고 순결한 자연의 고요와 흰빛을 경유하여 하느님의 계시를 고스란히 영접하는 방식으로 시를 쓴다. 이때 황폐한 농촌과 욕망으로 가득 찬 도시의 현실은 '침묵'과 '흰빛'을 통해 자연의 순결과 하느님의 은총으로 정화되는 거룩한 순간을 맞이한다.

# 소음과 소통

## ─ 김기택·이문재의 시

## 1. 소음에 맞서는 몸의 방식

전일화되고 있는 도시적 메커니즘의 현실 위에서 시인은 어떤 몸의
방식으로 대응하는가? 후기 산업사회라고 불리는 현대 도시 문명은
정보 매체의 전방위적 그물망에 의해 촘촘히 구획되며 관리되고 있
다. 인터넷을 비롯하여 유비쿼터스에 이르는 전자 문명의 가공할 만
한 포획력은 우리 삶의 일상뿐만 아니라 사고 작용까지 지배할 정도
에 이르렀다. 테크놀로지의 거대하고 집요한 시스템에 의해 프로그램
화되어 있는 우리 시대의 존재들은 어떤 경쟁의 법칙에 사로잡혀 있
다. 경쟁은 속도에 의해 성패가 좌우된다. 파시스트적인 속도전에서
밀려나지 않기 위해 모두가 바쁘게 일하고 바쁘게 이동한다. 이 속도
가 낳은 결과물은 다름 아닌 '소음'이다. 거대한 소음의 자기장 속에
서, 현대 도시인들은 마치 자력에 쏠리는 쇳가루들처럼 부유하며 이
리저리 휩쓸린다. 소음은 자아가 내면의 소리에 귀 기울이는 것을 훼

방하며, 타인과의 진정한 소통을 가로막는다.

미셸 세르는 초기에 출간한 다섯 권의 연작 『헤르메스』의 부제목을 각각 '소통'—'개입'—'번역'—'분배'—'북서항해'라고 붙였다. 헤르메스는 여행의 신이자 전달자messenger이기도 하다. 세르는 인문학과 자연과학과 예술 등 여러 담론의 세계를 여행하는 여행자이기도 하고, 한 담론에서 얻은 통찰을 다른 담론에 건네줌으로써 상호 교류시키는 전달자이기도 한 것이다. 수학에서 시로, 물리학에서 철학으로, 미술에서 소설로 여행하며 상호 교류시키는 세르의 작업에서 핵심적인 것은 '소통'이라고 할 수 있다. 세르는 인문학과 자연과학과 예술 사이의 소통을 추구하는 데 있어 그것을 방해하는 장애물을 천착한다. 그는 이 소통의 장애물을 '소음noise'이라고 부른다. 소음은 소통을 방해하지만 소음이 없이는 소통도 없다는 것이 세르의 기본 생각이다. 소음의 저항 없는 메시지는 없다. 그러나 이 소음을 배제함으로써 비로소 명확한 소통이 이루어진다. 소음을 제거함으로써 잡다한 경험의 세계는 하나의 형식적 체계로 구조화되는 것이다.

우리 시대의 도시 현실이 낳은 '소음'과 세르가 말한 '소음noise'은 동일한 개념이 아니다. 그러나 지금 우리가 김기택과 이문재의 시를 읽으며 소음에 맞서는 몸의 방식을 살피고자 할 때, 이 두 개념 사이의 간격은 우리의 사유에 폭과 깊이를 제공할 수 있을지도 모른다. 우리가 던지는 질문은 다음과 같다. 김기택과 이문재는 각각 '소음'에 어떤 '몸'의 방식으로 대응하는가? 그리고 '소음'의 저항을 뚫고 어떤 '소통'의 방식을 추구하는가?

## 2. 사물의 몸─소음 속의 음악과 초록

김기택은 첫 시집『태아의 잠』(문학과지성사, 1991)에서 정적 속에 깃든 격렬한 움직임을 투시적 시선으로 관찰하고 묘사했다. 그리하여 인간적 행동과 표정과 희로애락의 현상을 꿰뚫고 들어가 동물적 본성 및 육체의 물질성을 복원시킨다. 이 작업은 산업 문명의 '현실'과 그 것을 뛰어넘어 본래적 생명력을 회복하려는 '꿈' 사이의 균형과 긴장 위에서 이루어진다. 시인은 두번째 시집『바늘구멍 속의 폭풍』(문학 과지성사, 1994)에서 이 균형을 깨뜨리고 '현실'로 무게중심을 옮긴 다. 그리하여 세속 도시의 폐허를 정면으로 직시하고 그 어둠을 환멸 로 드러내어 고발한다. 폐허와 어둠의 원인을 산업사회의 속도전에서 찾는 김기택은, 속도의 힘에 떠밀려 습관의 폭력에 길들여진 현대인 의 실상을 정직하게 드러내고 반성한다. 이 작업은 세번째 시집『사 무원』(창비, 1999)으로 이어져서 기계적 메커니즘에 적응하기 위해 길들여지고 왜소화된 도시인의 일상을 풍자적으로 형상화한다. 첫 시 집에서 세번째 시집에 이르는 전개 과정에는 연속과 변모의 양상이 함께 존재한다. 특유의 투시적 시선에 의한 관찰과 묘사, 그것에 의 해 포착된 정지 속의 움직임 등의 시적 방법론이 연속성이라면, 전반 적으로 원시적 생명력이 꿈틀대는 '꿈'과 도시 문명의 '현실' 사이의 균형으로부터 '현실'의 폐허와 어둠으로 무게중심을 옮겨온 시적 공 간성이 변모의 양상이라고 볼 수 있다. 네번째 시집에 해당하는『소』 (문학과지성사, 2005)의 시적 방법론과 공간성은 어떤 모습인지 살펴 보자.

트럭이 가파른 언덕을 올라가고 있다.

트럭은 굵고 짧고 느리다.

반경 수백 미터 이내의 허공에 가득 찬 소음이 몰려와

한없이 느린 트럭을 밀고 있다.

소음이 아무리 악쓰며 밀어도 트럭은 빨라지지 않는다.

더 많은 소음이 몰려오고 트럭은 더 느리게 올라간다.

소음을 견디기 위해 아파트들은 모두 콘크리트이고 사각이다.

더위를 피해 밖으로 나온 사람들이

돗자리 깔고 삼삼오오 모여 앉아

거대한 아파트 언덕에 붙은 트럭 소리를

고목에 붙은 매미 울음 소리로 듣고 있다.

여름 밤은 깊어가고 잠은 오지 않고

트럭도 이 밤 내내 저 언덕을 다 올라가지 못할 것 같다.

여름이 다 가고 나면

소음이 지나간 자리에 거대한 매미의 허물이 남게 될 것 같다.

—「열대야」 전문

　이 시가 보여주는 것은 여름 열대야 속에서 가파른 언덕을 올라가
는 트럭이 소리를 내는 장면이다. 상식적으로 트럭이 내는 소리가 소
음의 주된 원인이 되어 사람들의 귀를 어지럽힌다고 생각하기 쉽지
만, 시인은 "반경 수백 미터 이내의 허공에 가득 찬 소음이 몰려와/
한없이 느린 트럭을 밀고 있다"라고 표현한다. 이 문장에는 김기택의
시적 방법론과 공간성이 응축되어 있다.

첫째 특징으로서 시적 방법론은 '사물의 몸화'다. '소음이 트럭을 민다'는 관점은 사물이 몸체를 가진 주인이 되어 행위를 한다는 점에서, 원인과 결과, 혹은 주객을 전도시킨 표현 방식이다. 이를 '의인법'이라고 부르지 않은 이유는, 사물이나 현상을 인간적 관점으로 해석하는 것이 아니라 사물의 관점에서 관찰하고 묘사하기 때문이다. "도로가 죽음으로 질주하는 타이어를 강제로 잡아당기니"(「타이어」), "긴 세월은 남편이 되고 아이들이 되어/네 몸에 단단히 들러붙어"(「아줌마가 된 소녀를 위하여」), "겨울 산은 울퉁불퉁한 등을 구부리고 엎드려"(「황토색」) 등 도처에서 발견되는 이러한 표현 방식은 김기택 시의 핵심적인 방법론을 이룬다. 사물에 몸을 부여하고 그의 편에 서서 현상을 관찰하고 묘사하는 것은, 인간적 해석이나 의미 부여에 의해 자동화되고 관습화된 우리의 감각과 사유를 쇄신하는 낯설게하기의 효과를 낳는다. 현상 속에 숨어 있는 내면의 비밀을 드러내어 독자들로 하여금 그 실상을 깨닫게 만드는 것이다. 이 방법론은 첫 시집에서부터 시도된 '투시적 시선'의 연장선에 있다. 앞의 인용 구절이 드러내어 깨닫게 하는 것은 도시의 허공에는 소음이 가득 차 있고, 그것이 어떤 자발적 힘을 갖고 있다는 점이다. "소음을 견디기 위해 아파트들은 모두 콘크리트이고 사각이다"라는 표현은, '소음'과 도시 공간의 불모성을 대변하는 '아파트'를 대항체로 맞세워놓음으로써 그 위력을 역설적으로 보여준다.

그런데 여기서 '소음'이 지닌 의미의 이중성이 개입된다. 사람들은 "거대한 아파트 언덕에 붙은 트럭 소리를/고목에 붙은 매미 울음 소리로 듣고 있다". "트럭 소리"와 "매미 울음 소리"가 각각 기계 문명의 부산물인 공해와 자연의 원초적 생명력이라는 대립적 의미 맥락을 가지고 있다고 본다면, 이 표현은 도시 공간의 폐허와 불모성을 역설적으로 표현한 것일까, 아니면 이 폐허와 불모성 속에서 자연의 생명력을 발견하는 것일까? 나는 이 두 가지 모두 맞다고 생각한다. 이것은 일견 단순해 보이는 이 시의 의미 구조를 보다 풍요로운 모호성의 공간으로 끌어올리는 요소인 동시에, 김기택 시의 공간성이라는 두번째 특징과도 관련된다. 전반적으로 원시적 생명력이 꿈틀대는 '꿈'과 도시 문명의 '현실' 사이의 균형으로부터 '현실'의 폐허와 어둠으로 무게중심을 옮겨온 시적 공간성의 변모는, 이번 시집에서 '현실'의 폐허 속에서 다시 '자연의 생명력'을 발견하는 재생의 과정으로 전개되고 있다. 그러나 시인은 지금까지도 그러했듯이, 시원의 생명력을 회복하려는 염원과 더불어 현실의 폐허를 직시하는 현실주의자의 자세를 견지한다. 이 '염원'과 '현실' 사이에서 김기택의 시는 아슬아슬한 균형과 긴장을 유지한다. 인용 시의 '소음'은 바로 이 균형과 긴장의 저울대 위에서 떨고 있는 듯하다.

> 멀어져갔다, 아이가 부른 아빠들이
> 무수한 소리와 섞여 하나의 소음이 되는 거리 속으로
> 멀어져갔다, 아이가 부른 모든 아빠를 삼키고
> 고요하게 묵상하고 있는 거대한 거리의 소음 속으로.
>
> ──「복잡한 거리의 소음 속에서」 부분

이 시에서 거대한 거리의 "소음"은 아이가 부른 모든 아빠를 삼키고 고요하게 묵상하고 있다. "소음"은 표면적으로 도시의 기계적 메커니즘을 상징하는 부정적 의미인 듯하지만, 내면적으로 모든 소리들

을 삼킨 채 공기 속에서 부유하는 블랙홀과 같은 것이다. 따라서 김기택 시에서 '소음'은 모든 소리들의 집합체로서 기계와 생명, 문명과 자연, 동물과 식물의 생태계를 포괄하고 있는 근원적 잉여성의 세계라고 볼 수 있다. 이 잉여성의 세계로부터 "어둠 속에서 들으니 벌레소리들 환하다"(「풀벌레들의 작은 귀를 생각함」)의 '환한 소리'나 "가위 소리에서/찰랑찰랑 물소리가 나도록 귀 기울여 듣는다"(「머리 깎는 시간」)의 '맑은 소리'가 흘러나오기도 하고, "아스팔트와 마찰할 때마다/속이 텅 빈 금속성 소리가/잎맥에서 새어나온다"(「양철 낙엽」)의 '금속성 소리'나 "아무것도 모르는 승용차는 경박한 소음으로/그 고요하고 경건한 의식을 깨뜨리고 말았다"(「교동도에서」)의 '경박한 소음'이 새어 나오기도 하는 것이다.

　'현실의 소음' 속에서 '생명의 소리'를 발견한다는 점에서, 김기택의 시는 '안의 사유'를 형상화하고 있다. 이러한 시적 사유는 첫 시집이 보여준 '꿈'과 '현실' 사이의 이항 대립적 사유나, 둘째와 셋째 시집이 보여준 세속 도시에 대한 냉혹한 현실주의적 사유와 비교하면, 새로운 진전을 보여주는 것이다. 그러면 시인은 '현실의 소음' 속에서 '생명의 소리'를 발견하는 지난한 작업을 어떻게 수행하는 것일까?

　　달팽이 지나간 자리에 긴 분비물의 길이 나 있다

　　얇아서 아슬아슬한 감각 아래 느리고 미끌미끌하고 부드러운 길

　　슬픔이 흘러나온 자국처럼 격렬한 욕정이 지나간 자국처럼

길은 곧 지워지고 희미한 흔적이 남는다

 물렁물렁한 힘이 조금씩 제 몸을 녹이며 건조한 곳들을 적셔 길을
냈던 자리, 얼룩

 한때 축축했던 기억으로 바싹 마른 자리를 견디고 있다
——「얼룩」 전문

 "얼룩"은 "축축했던 기억으로 바싹 마른 자리를 견디고 있다". 이
기억과 견딤의 자세는 "슬픔"과 "격렬한 욕정"을 동반하는 '생명'의
회복을 기약한다. 이처럼 현실의 '희미한 흔적' 속에 깃든 '생명의 여
정'을 복구하는 시간적 투시의 기법은, '소음' 속에서 '생명의 소리'를
발견하려는 시적 방법론과 맞닿아 있다. "일그러진 승용차가 견인차
에 끌려 떠난 자리에/두 줄기 길고 검은 타이어 자국이 남아 있다"
(「타이어」), "검붉은 얼룩을 남기며 아스팔트 속에 스며들어 있다/흰
스프레이로 그려진 허물만 아스팔트 한복판에 남기고"(「흰 스프레
이」)에서도, 시인은 타이어 자국이나 흰 스프레이의 정지된 흔적 속
에서 그것이 겪었던 격렬한 속도와 힘을 기억하고 복원시킨다. '정지
속의 움직임'을 투시적 시선으로 포착하는 김기택의 시적 방법론은
이 지점에서 시간의 흐름을 복원하면서 '흔적 속의 생명력'을 끌어들
인다. 그리하여 도시 공간의 불모성 속에서 생태계의 순환 원리를 재
발견하려는 시인의 노력은 "기이한 은총"처럼 '소음'을 '음악'으로 전
이시킨다.

퇴근해서 집에 돌아오면

온몸에 진동으로 남아 한참을 지나도 그치지 않던 소음이

오늘은 음악으로도 들려오니

이 무슨 기이한 은총인가.

이 도시에서 하늘의 음악은 이미 깨어져 흩어진 지 오래.

귀는 자연의 음악을 알아듣지 못하게 된 지도 오래.

그런데 이 폐허의 소음이 또 다른 음악이었다니!

—「기이한 은총」 부분


폐허의 소음이 또 다른 음악으로 들려오는 "기이한 은총"은 "우연히 한 음을 얻어" "찾아온 것인지도 모"르지만, "집중하여" 듣는 시인의 내밀한 마음의 귀를 통해 얻어진다. '정지 속의 움직임'과 '흔적 속의 생명력'을 포착하는 시인의 투시적 시선이 고도로 섬세하고 정밀한 마음의 귀로 전이될 때, 폐허의 소음이 정화되어 또 다른 음악으로 들리는 것이다. 이 '소음 속의 음악'은 콘크리트 틈에서 솟아나는 '초록'의 색채로 변환되어 나타난다.


이렇게 많은 초록이 갑자기 일어날 줄은 몰랐다

아무렇게나 버려지고 잘리고 갇힌 것들이

자투리땅에서 이렇게 크게 세상을 덮을 줄은 몰랐다

콘크리트 갈라진 틈에서도 솟아나고 있는

저 저돌적인 고요

단단하고 건조한 것들에게 옮겨 붙고 있는

저 촉촉한 불길　　　　　　　　　—「초록이 세상을 덮는다」 부분

버려진 것들이 자투리땅이나 콘크리트 틈에서 초록의 생명으로 일어나는 장면은 '기이한 은총'에 해당한다. 그러나 "저돌적인 고요"와 "촉촉한 불길"이 내포하는 초록에 대한 믿음은 "봄이 오면 어김없이 매장량이 무한대인 초록빛을 뽑아 올립니다. 고엽제 같은 매연에도 아랑곳하지 않는 저돌적인 생명, 그 고집불통의 습관을 막을 힘이 이 가로수들에게는 없습니다"(「가로수」)에서 보듯, 자연 혹은 생명이 지닌 오래된 습관, 즉 본성에 대한 확인에서 얻어지는 것이어서 또 다른 비전을 형성하게 된다.


## 3. 개인의 몸—소음 밖의 침묵과 탈주


이문재는 첫 시집 『내 젖은 구두 벗어 해에게 보여줄 때』(민음사, 1988)에서 "옛집 푸른 지붕"으로 대변되는 유년 체험에 대한 기억을 회한과 그리움이 섞인 방랑자의 목소리로 들려주었다. 과거에 대한 기억은 어떤 종교의 발생지를 찾아가는 도보 고행승의 길 위에서 현재의 고단함과 상처와 황혼 병을 껴안고 휘감긴다. 두번째 시집 『산책시편』(민음사, 1993)은 "지하철 정거장"과 "공중도시"로 대변되는 세속 도시의 한복판에서 파시스트적 속도에 맞서는 게으름과 어슬렁거림의 '산책'을 통해 기계적 메커니즘에 일침을 가했다. 세번째 시집 『마음의 오지』(문학동네, 1999)는 '오래된 미래'인 '농업'의 은유를 통해 전일화되는 후기 자본주의 사회의 현란하고 섬세한 자본과 권력의 그물망에 대한 부정 의식을 형상화했다. 첫 시집의 기억이 가족사에 얽힌 개인적 과거에 대한 회상과 그리움이었다면, 세번째 시집의 기억은 농업과 관련된 인류적 과거에 대한 기억을 미래로까지 연결시키려는 문명사적 차원을 보여준다. 네번째 시집에 해당하는 『제국호텔』(문학동네, 2004)은 개인사에 얽힌 과거 회상, 디지털 문명과 제국에 대한 저항, 민족 공동체에 대한 그리움과 염원, 자연의 생명력과 몸의 생태학을 통한 개인의 회복 등을 함께 보여준다는 점에서, 지금까지의 시적 경향과 테마들을 결집시키고 융합하여 한 단계 상승시키고 있다. 이 여러 시적 경향과 테마들은 각기 분리된 듯하지만, 서로 긴밀히 연결되어 전체적인 의미 구조로 수렴되는 것이다.

전원(電源)에 연결되어 있던 삶에서 벗어나기가 여간 힘들지 않습니다
환청이 사라지는 것과 함께 향기들이 기습했습니다
한 홉씩 코를 틀어막는 냄새들이라니요
아픈 몸은 후각에 흔쾌해지면서 한 칸씩 몸으로 돌아오고 있습니다

며칠째 국지성 호우가 주둔하고 있습니다
하루에도 몇 번씩 컨테이너를 난타하는 빗줄기가 신랄합니다
거센 빗줄기 속에 앉아 있으면 진공 같은 고요가 찾아와 숙연해집니다
소음에서 소리로 건너가고 있는 것이지요          ──「서신」부분

시적 화자는 강원도 산골 오지에서 자연의 향기와 고요로 "전원(電源)에 연결되어 있던 삶"을 정화한다. 이 정화는 무엇보다도 후각과 청각 등 감각의 회복과 관련되어 있다. "아픈 몸은 후각에 흔쾌해지

면서 한 칸씩 몸으로 돌아오고 있습니다"와 "소음에서 소리로 건너가고 있는 것이지요"라는 두 문장은 이문재 시의 핵심적인 성감대를 함축하고 있다.

성감대의 첫째는 '몸'이고, 둘째는 '소음'과 '소리'다. 먼저 "아픈 몸"이 "몸으로 돌아"온다는 표현에 주목하자. "아픈 몸"은 "전원(電源)에 연결되어 있던 삶"으로서, 휴대폰과 라디오를 비롯한 TV와 인터넷 등의 대중매체, 더 나아가 자본과 권력의 그물망인 초국적 기업과 국제 금융자본 등의 제국에 지배당하는 후기 자본주의적 삶을 의미한다. 이 대중매체와 제국의 자력이 뿜어내는 결과물이 "소음"이다. 그러므로 "소음"이 "아픈 몸"을 낳는다. "몸으로 돌아온다"는 "소음"으로 인해 "아픈 몸"이 정화되고 회복된다는 뜻이지만, 정작 중요한 것은 "돌아온다"라는 회귀의 운동에 있다. 이문재가 전원과 네트워크로부터 벗어나는 거점은 바로 '자기 본래의 몸'인데, 시인은 이를 '개인'이라고 명명한다. 왜 '개인의 몸'인가? 전원(電源), 즉 대중매체와 제국의 네트워크는 예외 없이 모든 사람들을 균질화하고 동일한 시스템 속에서 동일한 사고 작용을 강요한다. 아니 강요하는 것이 아니라 자발적으로 포섭되게 만든다. 그러므로 시인은 이 네트워크로부터의 탈출을 도모하고, 그 거점을 '개인의 몸'에 두는 것이다. "내가 온통 중심이다" "내 안에서/해가 지고 달이 진다"(「안개침엽수지대」)와 "나의 근황은 이제 나만의 근황이다"(「격포에서」)를 보라. '개인의 몸'으로 돌아오는 것은 "소음"에서 벗어나 "소리"를 찾는 과정과 같은 궤적을 밟는다. 그런데 이 과정은 "진공 같은 고요", 즉 '침묵'의 깊이를 회복하면서 진행되는 것이다. 따라서 이문재 시의 성감대를 이루는 방법론은 '개인의 몸'을 통해 '소음'에 맞서는 '침묵'

의 소리를 찾는 작업이다. 이것은 후기 산업사회의 현실인 '소음'으로부터 탈주하여 '침묵'을 찾는다는 점에서, '바깥의 사유'라고 부를 수 있을 것이다.

'개인의 몸'에 대해 좀더 구체적으로 살펴보자. 이문재 시에서 '개인의 몸'은 세 가지 층위를 포섭한다. 첫째, 본래적 자아의 몸이다. 이때 몸은 "내가 죽어야/내 죽음도 죽는다"(「내가 죽어야 내 죽음도 죽는다」), "하느님, 저로 하여금 이 많은 화살들을 버리게 해주세요"(「화살기도」)에서처럼, 내면에 충만한 자아, 혹은 욕망을 비움으로써 본래적 몸으로 돌아가는 '회귀'의 운동을 보여준다. 둘째, 공동체적 몸이다. 이때 몸은 "너와 나, 아니 나의 모든 나들은 이제 함께 가야 한다/그렇지 않느냐, 우리보다 우리 삶이 커야 하는 것이다"(「기찻길은 기차보다 길어야 한다」), "숨을 내쉬며 나를/숨을 들이마시며 그대를/그리하여 온 세상을 끌어안으며/수직하는 것이다"(「이 땅이 부처다」)에서처럼, 분리된 자아들을 통합하거나 타인과 세상과 공동체까지 포괄하는 '통합과 확산'의 운동을 보여준다. 이 공동체적 몸의 차원은 「경원선」「남북상열지사」「금강경」 등 민족 공동체에 대한 그리움과 염원을 담아내는 일련의 작품들로 형상화되고 있다. 셋째, 문명사적 몸이다. 대중매체와 제국의 네트워크는 디지털 혹은 후기 자본주의라는 문명사적 차원에서 전개되고 있다. 이때 몸은 "마침내 언플러그드/빈틈없는 어둠/꿈 없는 잠/나는 탈주에 성공한 것이다"(「비박」)에서처럼, 제국의 네트워크로부터 벗어나려는 '탈주'의 운동을 보여준다. 그런데 이 세 층위의 '개인의 몸'과 그것이 보여주는 '회귀' '통합과 확산' '탈주'의 운동 양상이 사유의 측면이든 시적 형상화의 측면이든 분리되지 않고 어떤 고리에 의해 긴밀히 연결되어 있다는 점이 중요하다. 이는 앞서 이번 시집이 여러 시적 경향과 테마들을 결집시키고 융합하여 한 단계 상승시키고 있다고 한 말과 관련된다. 결국 이문재의 시는 인문학적, 사회학적, 문명사적 '인식'을 확장해나가는 방향과, 개인의 시적 '감성'과 '비전'을 심화시켜나가는 방향을 동시에 추구하면서, 그것을 하나의 시 세계 안에서 통합하며 상승시키는 보기 드문 성과를 우리에게 보여주는 것이다.

무엇보다도 이번 시집의 중심선을 이루는 것은 '제국의 네트워크'에 맞서는, 혹은 탈주하는 '개인의 몸'이다. '제국의 네트워크'는 "제국호텔" 연작시에서 지금까지의 이문재 시와는 다른 기법으로 형상화된다.

9월 22일의 태양이 9월 22일 아침에 떠오른다
혼자 외로운 아침이지만 조용하지는 않다
바코드가 박힌 유통기한들이 곳곳에서 손짓한다
저 호객행위는 유례없이 참담한 것이다
9월 22일의 자연광이 9월 22일 오전을 지나고 있다
혼자 외로운 아침이지만 혼자 있는 것은 아니다
광속으로 광고를 살포하는 광케이블
여우는 화끈한 밤을 즐기시라는 콘텐츠를
보내왔다 오늘 오전 섹스코리아도 안녕하다
이 네트워크는 근본주의자들의 테러를 능가한다
샤워기에서 뜨거운 디지털이 뿜어져나온다
혼자 외로운 아침 나는 혼자 있을 수 없다

—「제국호텔—9월 22일 아침, 외롭다」 부분

"제국호텔" 연작시의 화자는 '본국'의 명령을 받아 '원주민'들을 감시하거나 관리하는 하수인으로 설정되어 있다. '식민지' 출신의 이 화자는 제국호텔의 관리인, 혹은 직원일 것이다. '제국'은 전원, 전파, 인터넷, 병원 및 약, 카메라, 초국적 기업, 전쟁 등 자본과 권력의 그 물망으로 식민지 백성들을 부드럽게 순화시키고 마취시켜서 관리한다. 인용한 시는 네트워크에 접속되어 있는 화자가 외로움을 느끼지만 혼자일 수 없다는 내용을 담고 있지만, 내용 못지않게 그 형식적 특징이 중요하다.

　우선 문장을 보자. 각각의 문장들은 무미건조한 단문으로 이루어진다. "9월 22일의 태양이 9월 22일 아침에 떠오른다"처럼, 윤기와 물기가 증발된 채 정보 자체만을 담고 있다. "누런 얼굴들" "낡은 기계" "노란 햇살" "낙엽이 썩지 않는다는/저녁 종합뉴스"가 말해주듯, 이 식민지의 땅에서 원주민들은 본국의 디지털 정책에 의해 "물이끼"와 "달무리"로 대변되는 감수성을 상실한 것이다. 둘째로 배치를 보자. 1행의 "9월 22일의 태양이 9월 22일 아침에 떠오른다"와 2행의 "혼자 외로운 아침이지만 조용하지는 않다"는 5행과 6행에서 약간의 변화만 있을 뿐 거의 유사한 형태로 반복된다. 이 반복은 후반부에서도 다시 나타난다. 이는 제국에 포획된 식민지의 일상이 무의미하게 반복된다는 의미뿐만 아니라, 그 배치에 있어서 0과 1이 교차하면서 모든 사유가 진행되는 디지털 문명의 방식을 재구성하고 있다. 전체적으로 단편적인 이미지나 문장들을 산만하게 나열하거나 병렬하는 것도 파편화된 전자 문명의 양상과 관련될 것이다. 셋째로 어조를 보자. "저 호객행위는 유례없이 참담한 것이다"와 "이 네트워크는 근본주의자들의 테러를 능가한다"에서는 직설 어법으로 제국의 상업주의를 비판하지만, "오늘 오전 섹스코리아도 안녕하다"와 "샤워기에서 뜨거운 디지털이 뿜어져나온다"에서는 냉소적 아이러니로 제국의 식민지 현실을 비꼰다.

이러한 형식적 특징들을 종합하면, "제국호텔" 연작시는 가상현실에 패러디시와 풍자시를 결합하는 독특한 형식을 가진다고 볼 수 있다. 제국의 네트워크에 포획된 식민지의 현실을 디지털 문명의 방식으로 패러디하면서 그 무미건조함과 갇혀 있음과 상업주의의 횡포 및 획일적 균질성을 풍자적으로 비판하는 것이다. 이 독특한 형식은 이문재 시의 새로운 성과라고 볼 수 있으며, 앞으로의 진화 과정이 주목된다. 한편 이러한 '제국의 네트워크'에 맞서는, 혹은 탈주하는 '개인의 몸'은 생태학적 사유와 식물적 상상력을 중심으로 형상화된다.

        내 몸이 신전이라고
        말하는 친구가 생각날 때마다
        스카이라인 너머 바라보며
        몇 걸음 더 걷는다
        고개 둘 넘어 읍내까지 걸어다니는
        그 친구 떠오를 때마다
        녹황색 채소 오래 씹는다
        신전은 식물성이다
        암송아지 눈처럼 순한
        친구 눈동자 그리울 때마다
        첩첩 마음의 주름들 펴진다
        지하철 속에서도 눈감으면

신전으로 가는 길 보인다　　　　　—「미래로 부치는 편지」 전문

　"내 몸이 신전이라고/말하는" 것에는 생태학적 사유가 응축되어
있다. "내 몸"과 "신전"은 멀리 떨어져 있는 듯하지만, 생태계의 순
환 원리는 그 간극을 메우고 하나로 통합시킨다. 이문재에게 이 메움
과 통합의 과정은 바로 "걷는" 것이다. "녹황색 채소"로 대표되는 식
물성은 그것을 "오래 씹"어 소화시킬 때, 대지로 돌아가 다시 식물의
싹을 틔우는 퇴비로서 생명의 순환을 계속한다. 이것은 '제국의 네트
워크'에 저항하는 "연민과 배려의 네트워크"(「티벳버섯 이메일」)다.
시인에게 있어 '걷기'는 '식사' 및 "암송아지 눈처럼 순"한 '느림의 미
학'과 함께 '오래된 미래'에 해당한다.

　　나는 걷는다
　　젖은 신발 벗어
　　해에게 보여주지 않는다
　　달의 뒤편을 궁금해하지 않는다
　　오래된 책을 굳이 읽지 않는다
　　전쟁과 전쟁 사이가
　　평화라고 생각하지 않는다
　　시간이 어떤 의지를 갖고 있으리라고
　　나무가 인간을 먼저 배려하리라고
　　나는 믿지 않는다.　　　　　　　—「나는 걷는다」 부분

　이 시는 "나는 걷는다"와 "내가 걷는다"를 반복하면서 '걷기'의 새

로운 의미를 천착한다. "나는"과 "내가"의 반복 과정에는 '걷기'의 주체로서 '개인의 몸'에 대한 단호한 결의와 비전이 스며들어 있다. 이 신념은 "달의 뒤편"의 신비와, "오래된 책"의 경전과, "전쟁과 전쟁 사이"의 안일한 평화와, "시간이 어떤 의지를 갖고 있으리라"는 역사의식과, "나무가 인간을 먼저 배려하리라"는 자연관을 믿지 않을 정도로 단호하고 비장하다. 이문재의 이 결의와 비전은 "걷고 걷고 또 걸어서/나는 오직 걷는다는 것만으로/이 단순함에 도달하고 싶었던 것이다/자연과 나 사이에 아무것도 없다"(「몇 볼트의 성욕」)에 나타난 대로, '본래적 자아의 몸' '공동체적 몸' '문명사적 몸'이라는 세 층위의 몸과 그것이 가진 '회귀' '통합과 확산' '탈주'의 운동 양상들을 하나로 결집시키고 승화시켜 '개인의 몸'에 완전히 밀착함으로써 얻어지는 것이다.

# 환상과 향유
## ──황병승 · 김민정 · 이민하의 시

## 1. 표면의 언어──시뮬라크르

이 글은 2000년대 젊은 시인들의 새로운 시적 징후를 조명하기 위해 황병승·김민정·이민하의 시를 중심으로 논의하고자 한다. 기본적으로 이들의 시는 심층을 거부하는 표면의 언어로 이루어진다. 표면의 언어는 본질/현상, 형상/질료, 실체/표상, 원인/결과의 이원론을 근간으로 하는 플라톤주의를 거부하는 방법으로 심층으로부터 표면으로 옮겨 온다. 순수 사건과 생성으로서의 표면 효과는 마치 트럼프에 그려진 인물들처럼 깊이와 두께를 제거하고 표면의 넓이로 이행한다. 심층의 주름과 깊이로 들어가는 대신 표면으로 미끄러짐으로써 과거/미래, 능동/수동, 더/덜, 너무/아직 등의 구분을 벗어나며 동시에 두 방향의 진행이 가능해진다. 따라서 모든 사물이 일정한 방향성을 지닌다는 양식bon sense을 거부하고 동시에 두 방향을 긍정하는 역설para-doxa을 지지한다. 이 표면의 언어는 플라톤 이후 지속되어온 '원본—복사본—시뮬라크르'의 위계를 무너뜨리며 폄하되어온 시뮬라크르의 복권을 꿈꾼다.

우리는 새로운 시적 징후로 나타난 표면의 언어, 즉 시뮬라크르의 복권에 대해 다음과 같은 질문을 던질 수 있다. 첫째, 순수 사건과 생성으로서의 표면 효과에서 의미는 어디서 발생하는가? 둘째, 시뮬라크르는 새로운 시적 징후로 나타나는 환상 및 환각과 어떤 관련이 있는가? 셋째, 시뮬라크르는 어떻게 탈영토화의 에너지를 얻어 탈주의 선을 획득하는가? 이 세 가지 질문은 실상 내면적으로 연결되어 있다. 들뢰즈는 순수 사건과 생성으로서의 표면 효과가 바로 의미라고 말한다. 이 의미론은 지시 작용, 현시 작용, 기호 작용이라는 기존의 의미론과는 구별되는 차원을 가진다. 이것은 지시 작용, 현시 작용, 기호 작용 이후의 의미론이 아니라 그 이전의 잉여적 토대에 근거한 의미론이다. 즉 시뮬라크르가 먼저 있고, 그 토대 위에서 지시 작용, 현시 작용, 기호 작용 등의 의미화가 이루어진다는 것이다. 플라톤주의의 완전한 전복인 셈이다. 그렇다면 표면의 언어와 시뮬라크르는 차라리 무규정적 카오스와 혼돈을 의미한다고 볼 수 있다. 혼돈의 시뮬라크르에서 의미는 차라리 무의미에 가까운 것이며, 따라서 우리가 새로운 시적 징후를 고찰할 때, 기존의 의미론적 관점이 아니라 그 이전에 발생하는 무의미의 의미론을 치밀히 규명해야 할 것이다. 이를 규명하는 중요한 과제 중에 하나는 시뮬라크르와 환상 및 환각의 관계를 고찰하는 것이다. 새로운 시적 징후로 나타나는 환상 및 환각을 이해하기 위해서는 정신분석 및 분열분석을 참고하는 것이 요청된다.

## 2. 정신분석과 분열분석─환상과 환각

환상은 정신분석이 주된 대상으로 삼는 신경증의 증상으로 간주된다. 이것은 과거 사건의 기억은 무의식적 욕망에 따라 계속적으로 재형성된다는 사후성의 원리와 함께, 규정된 현실 개념을 흔드는 중요 개념이다. '현실/환상'의 이분법을 무너뜨리는 '현실∽환상'의 차원이 이미 정신분석적 환상의 개념에 내포되어 있는 것이다. 프로이트는 무의식적 욕망을 상연하는 무대를 가리키기 위해 환상이란 용어를 사용한다. 환상은 체계를 이루며, 고도로 조직화되어 모순이 없고, 의식 세계의 모든 이념을 이용한다. 주체의 삶 전체가 환상 체계라 부를 수 있는 것에 의해 빚어지고 구성되는 것처럼 보인다. 그러나 환상 체계를 하나의 테마 체계로 생각해서는 안 된다. 그것은 고유의 역동을 가지고 있으며, 자신을 표현하고 의식과 행동을 위한 출구를 찾으려 할 뿐만 아니라, 계속해서 새로운 소재를 받아들인다.

라캉은 환상을 의미화 구조 내에서 작용하는 이미지 세트라고 말한다. 그는 환상에 대해 욕망을 공연하는 시나리오라는 시각적 특징을 받아들이면서 방어 기제의 기능을 강조한다. 환상적 장면은 거세를 감춰주는 방어의 역할을 담당한다는 것이다. 따라서 신경증적 환상은 주체의 무의식적 욕망이 드러나는 동시에, 대타자의 결여에 대하여 자신을 방어하는 기제에 의해 왜곡된 형태로 욕망을 성취하는 각본이라고 정의할 수 있다. 인간의 욕망은 타자의 욕망에 대한 주체적 응답인 무의식적 환상을 통해 형성된다. 무의식적 환상 속 타자의 욕망에 응답하는 과정에서 주체는 자신의 진정한 욕망으로부터 소외된다.

이 소외로부터 해방되기 위해서는 환상을 가로질러 자신의 무의식과 욕망에 도달해야 한다. 이 환상 가로지르기를 통해 소외된 주체로 하여금 진정으로 욕망하는 주체와 향유jouissance의 주체로 거듭나게 하는 것이 정신분석의 목표이다.

한편 환각은 분열분석이 주된 대상으로 삼는 분열증의 증상으로 간주된다. 들뢰즈는 시뮬라크르와 관련하여 환각을 설명한다. 환각은 무의식적 욕망의 실현을 그리는 상상적 각본인데, 그것은 능동도 수동도 아니고, 내적이지도 외적이지도 않으며, 상상적인 것도 현실적인 것도 아니다. 들뢰즈는 현실적인 것과 상상적인 것의 구분보다 사태와 사건 자체의 구분을 더 중시한다. 이것은 환각—사건—이미지 등이 지닌 양면을 구분한다는 것을 의미한다. 다시 말해 환각—사건—이미지 등은 한편으로 물질적 운동의 표면 효과이지만, 다른 한편으로 의미를 담지하고 있는 것이기도 하다. 결국 환각-사건 들의 발생은 곧 의미의 발생이기도 하다. 환각은 에고와 관련하여 그 상황을 가리킨다. 환각의 내재적인 전개는 문법적인 변형들의 놀이 안에서 표현된다. 이것은 분열분석도 표현된 언어의 문법적 변형들을 분석함으로써 진행됨을 암시한다는 점에서 주목할 만하다. 실제로 들뢰즈는 무한 소급의 역설로부터 다른 모든 역설들이 파생되어 나오는 계열화를 분석함으로써, 계열들 사이의 관계하에서만 의미가 발생한다는 사실을 강조한다.

분열분석적 환각의 개념은 극단적인 운동성, 즉 이행의 힘을 가진다. 표면의 시뮬라크르와 환각은 심층의 환상을 대체하며, 외피를 미끄러지는 발산의 형식으로 의식에서 무의식으로, 밤의 꿈에서 낮의 몽상으로, 내부에서 외부로 옮겨가며 심리적 체계들 사이를 쉽게 주파한다. 환각은 자리 옮김, 펼쳐짐, 전개를 동반하며, 이 전개 안에서 고유한 시원을 이끈다. 그런데 들뢰즈는 환각이 오이디푸스 콤플렉스와 더불어 발생한다고 간주한다. 표면이 형성되는 것이 오이디푸스 단계이기 때문에 환각, 사건, 의미, 이미지가 발생하는 것도 오이디푸스 단계라는 것이다. 시뮬라크르와 환각에 대한 들뢰즈의 논의는 이 차원에서 환각에 대한 정신분석적 논의와 만난다. 환각에 대한 정신분석적 논의는 그것이 정신병의 전형적인 현상이라는 관점을 가지지만, 모든 주체에게 해당하는 욕망의 구조라는 점에서 또 다른 의미를 부여한다. 라캉은 정신병적인 환각을 '폐제'가 작동된 결과라고 주장한다. 폐제는 주체의 상징적 세계에서 아버지의 이름이 부재하는 것을 가리킨다. 환각은 배척된 기의가 실재계의 차원으로 되놀아온 것이다.

지금까지 살펴본 환상과 환각의 개념, 그리고 정신분석과 분열분석의 방식을 비교하면, 정신분석과 분열분석이 만나고 갈라지는 지점을 포착할 수 있다. 만나는 지점으로서 가장 중요한 것은 텍스트에 대한 내재적 탐색을 경유하여 진단—탐색—평가로 전개한다는 점이다. 환상 체계 내의 이미지와 상징을 분석하여 의미화 구조를 도출하는 방식과, 문법적 변형들의 놀이를 분석하면서 계열화의 선을 규명하는 방식은 상통하는 면이 있다. 한편 갈라지는 지점은 환상의 정신분석이 주체의 무의식적 욕망과 더불어 자기 방어를 통해 왜곡되고 소외되는 양상을 밝히는 방식인 데 반해, 환각의 분열분석은 표면의 언어인 시뮬라크르를 따라 발산하고 탈주하는 이행의 힘을 중시한다는 점이다. 이는 증상의 차이 및 분석 목표의 차이와도 직접 관련된다. 증상의 측면에서, 환상이 신경증적 증상으로서 아버지의 이름을 '억압'

하는 메커니즘인 데 비해, 환각은 분열증적 증상으로서 아버지의 이름을 '폐제'하는 메커니즘이라는 점에서 차이가 있다(도착증의 메커니즘은 아버지 이름의 '부인'이다). 분석 목표의 측면에서, 정신분석이 환상 가로지르기를 통해 소외된 주체로 하여금 욕망 및 향유의 주체로 거듭나게 하는 것을 목표로 한다면, 분열분석은 욕망을 반욕망과 분리함으로써 근원적 욕망을 복원해나가며, 환각이 지닌 극단적인 운동성과 발산의 형식을 그 자체로 중시한다는 차이가 있다.

그런데 여기서 유의할 점은 정신분석 및 분열분석과 문학비평이 동일한 것은 아니라는 점이다. 또한 2000년대 젊은 시인들의 시적 징후로서 등장하는 환상 및 환각도 정신분석이나 분열분석의 그것과 완전히 일치하는 것은 아니다. 시에 나타나는 환상 및 환각은 임상적 차원의 환상 및 환각의 기제를 시적 기법으로 전치시킨 것이므로, 시적 창작 방법으로서 설정되고 재구성된 환상 및 환각의 차원으로 이해되어야 하기 때문이다. 따라서 정신분석 및 분열분석적 개념인 '환상'과 '환각' '소외'와 '분리' '가로지르기' 등의 개념을 그대로 작품 해석에 적용하려 해서는 안 된다. 다만 정신분석이 피분석자의 말에 선입견 없이 귀 기울이는 듣기의 방법에서 시작하고, 문학비평 또한 작품 내부의 목소리를 경청하며 침잠하는 데서 시작한다는 점에서, 문학비평은 정신분석을 참조할 필요가 있다. 의식의 장벽 너머에, 혹은 그 내부에 숨어 있는 무의식의 목소리를 듣기 위해서 정신분석이 꿈, 말실수, 농담, 자유연상 등을 주목한다면, 문학비평 또한 텍스트의 의식적 언술의 질서를 비집고 새어 나오는 '말해질 수 없는 것' 또는 '반쯤 말해진 것'들에 유의할 필요가 있다. 한편으로, 정신분석 및 분열분석적 비평은 '작가의 무의식'이나 '등장인물의 무의식'을 탐색했던 전통적 방식에서 벗어나, '텍스트의 무의식'을 탐구하는 데 관심을 기울여야 한다. 텍스트가 지닌 언어 체계의 '구조화 원리' 및 '형상화 기법'에 대한 분석과 해명을 경유해야만 진정한 정신분석 및 분열분석적 비평에 도달할 수 있는 것이다. 그리하여 정신분석을 참조한 정신분석적 비평은 텍스트가 지닌 환상 체계 내의 이미지와 상징을 면밀히 분석하여, 대타자의 욕망 앞에서 자기를 방어함으로써 분열되고 소외되는 양상을 밝히는 동시에 그것으로부터 탈주하려는 무의식적 주체의 욕망을 밝히고, 분열분석을 참조한 분열분석적 비평은 환각이 보여주는 물질적 운동의 표면 효과와 그것이 담지하고 있는 의미를 추적하고, 언어의 문법적 변형의 놀이를 분석하면서 계열화의 선을 규명한다.

이러한 관점을 체계화한다면, 정신분석과 분열분석을 대결시키고 상호 침투시켜 분열분석을 정신분석화하고 정신분석을 분열분석화하는 비평의 방식을 설정할 수 있을지도 모른다. 이 방식은 2000년대 젊은 시인들의 새로운 시적 징후를 좀더 중층적이고 복합적으로 규명하는 가능성을 열어줄 수 있을 것이다. 이 가능성은 작품에 대한 기법적 고찰을 좀더 치밀히 수행해야 한다는 점과도 관련되는데, 따라서 우리는 젊은 시인들이 환상 및 환각의 기제를 어떻게 시의 기법으로 전치시키는지 규명할 필요가 있다. 이 글은 이러한 비평의 방식으로 황병승·김민정·이민하의 시를 읽으려는 하나의 시도이다.

## 3. 황병승 ―입의 계열선: 공간성, 먹기, 말하기

  황병승의 첫 시집 『여장남자 시코쿠』(랜덤하우스중앙, 2005)는 표면의 언어, 즉 시뮬라크르로 이루어져 있다. 순수 사건과 생성으로서의 표면 효과는 과거/미래, 능동/수동, 더/덜, 너무/아직 등의 구분을 벗어나며 동시에 두 방향의 진행을 용인한다. 그리하여 황병승의 시는 이장욱이 정확히 지적한 것처럼, 파편적 서정성, 이질적 화법, 혼종적 이미지들로 가득 차게 된다. 혼종성, 즉 이질 혼재성의 시적 원리는 불일치와 전도와 변신을 그 자체의 존재 방식으로 삼는다. 이질 혼재성의 원리는 무한히 증식하는 비선형적 이야기의 형식 안에서 분열과 균열을 거듭 생산한다. 우리는 이 혼종성의 카오스 안에서 이미지와 상징들의 계열선을 추출하여 환상 체계를 재구성할 수 있으며, 문법적 변형들의 놀이를 분석하면서 계열선들 사이의 차이를 규명할 수도 있다.

  나는 누구의 것인지 모를 커다란 입 속으로 걸어들어갔다 깊이 더 깊이

  아버지와 어머니 사랑하는 누이가 식사를 하고 있었다 큰 소리로 웃고 떠들며 더 크고 많은 입을 원하기라도 하듯 눈이 있어야 할 자리에 귀에 이마에 온통 입을 달고서 입이 하나뿐인 나는 그만 부끄럽고 창피해서 차라리 입을 지워버리고 싶었다

2

　입 밖으로 걸어나오면, 아버지는 입이 없는 거나 마찬가지로 조용한
사람이었고 어머니와 누이 역시 그러했지만,

　나는 입의 나라에 한번씩 다녀올 때마다 가족들과 함께하는 침묵의
식탁을 향해

　'제발 그 입 좀 닥쳐요' 소리가 목구멍까지 올라왔다

—「주치의 h」 부분

　황병승의 등단작인 이 시는 비선형적 이야기의 형식 속에 시적 출
발점이 되는 핵심적 상징을 제시하는 점에서 주목된다. 무한 증식하
는 이미지와 상징의 출발점이 되는 것은 바로 "입"이다. "입 속으로
걸어들어갔다"와 "입 밖으로 걸어나오면"이라는 두 문장은 황병승 시
세계의 입구와 출구인데, 그 사이에 제시된 입속의 세계는 일단 환상
의 장면, 즉 무의식과 욕망의 무대인 것처럼 보인다. 이 무대 위에 등
장하는 인물은 아버지와 어머니와 누이와 나고, 사건은 식사를 하는
장면인데, 중요한 점은 나를 제외한 다른 가족들은 모두 식사를 하며
웃고 떠들고 있다는 점이다. 가족극의 장면 속에서 나는 '먹기'와 '말
하기' 양쪽 다 소외되어 있다. 이 장면은 욕망의 성취라기보다 좌절
에 가깝다. 따라서 이 환상은 쾌락원칙이 아니라 현실원칙이 지배하
는 의식적 환상, 혹은 죽음 충동이 지배하는 실재의 장면이라고 볼
수 있을 것이다. 입 밖의 세계는 역전된 장면을 보여준다. 아버지와
어머니와 누이는 조용하고, 나는 침묵의 식탁을 향해 '제발 그 입 좀
닥쳐요'라는 소리가 올라온다. 이 장면이야말로 욕망의 성취를 보여

주는 무의식적 환상이다. 그런데 이 욕망의 성취는 '제발 그 입 좀 닥쳐요'라는 소리가 보여주듯, 전도되고 도착되어 있다. 황병승은 입안의 세계와 입 밖의 세계를 통해 현실과 환상, 혹은 의식적 환상과 무의식적 환상의 무대를 만들고, 그 관계를 전도시킴으로써 착종된 욕망의 양상을 형상화하는 것이다.

여기서 주목할 점은 다음과 같다. 첫째, 입의 세계가 '공간성'을 확보함으로써 무의식과 욕망의 무대를 형성한다. 둘째, 입 안팎의 공간성이 물고 물리는 전도와 착종을 통해 이질 혼재성의 시적 원리와 비선형적 이야기의 증식을 가능케 한다. 셋째, 입의 세계, 즉 구강성은 두 개의 계열선으로 분리된다. 하나는 '먹기'의 계열이고, 다른 하나는 '말하기'의 계열이다. 이 두 계열선을 따라 황병승 시의 환상 체계를 가로질러 여행해보기로 하자.


　　나의 또 다른 진짜는 항문이에요
　　그러나 당신은 나의 항문이 도무지 혐오스럽고
　　당신을 더 많이 알고 싶은 나는
　　입술을 뜯어버리고
　　아껴줘요, 하며 뻐끔뻐끔 항문으로 말할까 봐요

　　부끄러워요 저처럼 부끄러운 동물을
　　호주머니 속에 서랍 깊숙이
　　당신도 잔뜩 가지고 있지요

　　부끄러운 게 싫어서 부끄러울 때마다

당신은 엽서를 썼다 지웠다
손목을 끊었다 붙였다
백 년 전에 죽은 할아버지도 됐다가 고모할머니도 됐다가……


부끄러워요? 악수해요


당신의 손은 당신이 찢어버린 첫 페이지 속에 있어요

——「커밍아웃」 부분


　이 시는 입의 두 계열선, 즉 '먹기'와 '말하기'가 각각 '입술—항문'
과 '입술—손—엽서'라는 두 관계 항을 따라 연상의 고리를 형성하며
전개된다. 우선 '입술—항문'의 관계 항을 보자. "입술"과 "항문"은
일차적으로 먹고 배설하는 생리 기관으로서 대립 항을 이루지만, 한
편으로 성기를 대신하는 유사 성교의 기관으로 작용한다는 점에서 공
통점을 보여준다. '커밍아웃'이라는 제목이 암시하듯, 동성애자의 경
우 더욱 그러할 것이다. 이것은 입의 세계가 '먹기'에서 '성교'로 전이
됨을 의미한다. 그런데 "항문으로 말할까 봐요"라는 표현은 '먹기'에
서 '성교'로 전이된 입의 세계가 '말하기'로까지 전이됨을 보여준다.
입의 세계가 경험한 이 전이는 "호주머니 속에 서랍"이라는 공간성과
중첩되면서 "나"와 "당신"의 관계를 상호 순환시킨다. "당신"은 "나"
의 외부적 타자인 동시에 내부적 타자다. 즉 "당신"은 타인인 동시에
"나"의 또 다른 자아이다. '입술—항문'의 대립 항은 두 자아의 모순
과 갈등을 함축하며, 이로부터 "부끄러"움이 발생한다.
　다음으로 '입술—손—엽서'의 관계 항을 보자. 입의 세계가 지닌

'말하기' 계열의 연장선에서 '쓰기'의 계열선이 파생된다. 입술을 뜯어버리고 항문으로 말하고자 하는 욕망은 부끄러움을 낳지만, 이 부끄러움은 엽서를 쓰는 행위로 전환된다('말하기'의 이복형제인 '쓰기'는 이야기를 서술하는 방식인 황병승의 시 쓰기를 의미하기도 한다). 여기서 "손"은 편지를 쓰는 손이지만, "엽서를 썼다 지웠다" 하는 '쓰기'의 과정과 "손목을 끊었다 붙였다" 하는 '자해'의 과정이 중첩되면서 다시 두 계열로 분화된다. 자해는 죽음을 목표로 하므로 "죽은 할아버지도 됐다가 고모할머니도 됐다가" 하는 '변신'의 동력이 된다. 이어서 "악수"하는 손은 '당신'과의 '만남'과 교류의 상징이다. 결국이 시는 입의 세계가 '입술—항문'의 관계 항을 통해 '먹기—성교—말하기'의 계열선으로 분화되고, '입술—손—엽서'라는 관계 항을 통해 '말하기—쓰기—자해—변신—만남'의 계열선으로 분화되는데, 이 두 계열선에 '호주머니 속 서랍'의 공간성을 접속하여 "나"와 "당신"의 관계, 혹은 주체 안팎의 관계를 착종시키고 순환시킨다.

이처럼 전방위적으로 파생되는 이미지와 상징의 전개, 혹은 계열선의 분화는 수목적 뿌리가 아니라 리좀rhizome적이라 할 만하다. 리좀은 질적 복수성을 지닌 다양체로서 동일성에 예속되지 않는 차이를 생성하고, 그것을 다른 존재에게 감염시킨다. 그런데 황병승 시의 리좀은 연상 고리에 의해 전개되는 일정한 계열선을 따라 흐름을 지속한다는 점에서 일종의 질서를 가진다. 이 연상의 질서는 '은유'와 '환유'라는 수사학적 개념을 통해서도 설명될 수 있을지 모른다. '입술—항문' '입술—손—엽서' '호주머니—서랍' 등의 관계, 그리고 '먹기—성교—말하기' '말하기—쓰기—자해—변신—만남' 등의 관계는 모두 은유이기도 하고 환유이기도 하다. 더 정확히 말하면, 은유가 내포된 환유라고 볼 수 있다. 정도의 차이는 있지만, 대부분의 연상이 환유를 중심으로 은유까지도 환유적으로 흡수하는 수사학의 방식으로 이루어진다. 황병승의 시에서 표면의 언어, 즉 시뮬라크르가 미끄러지고 발산하는 강도가 강해질수록 환유성이 강화된다. 그러나 비선형적 이야기의 형식 안에서 분열과 균열을 거듭 생산하며 혼종성이 증폭될 때, 이 환유성은 인접성의 원리라는 수사학적 정의를 무너뜨리며 비약한다. 이 순간 황병승의 시는 차라리 은유와 환유를 충돌시켜 새로운 제3의 수사법을 만든다고 말하는 게 나을지 모른다. "서랍은 지난주 금요일이며 숲에서 짧은 순간 마주쳤던 흰 뱀"(「서랍」)에서 '서랍－금요일－숲－흰 뱀'으로 진행되는 연상의 고리는 환유가 근거하는 인접성의 원리마저 뛰어넘고 있다. "삼백육십 더하기 피눈물 곱하기 달 없는 밤은?" "뒤바뀐 옷장 더하기 눈물콧물 나누기 삼백육십 개의 회초리는?"(「너무 작은 처녀들」)에서 더하기와 곱하기와 나누기로 가시화된 것은 인접성을 무너뜨린 환유의 이질적 연산법칙이다.

앞에서 '공간성'의 예로 인용한 "항문" "호주머니" "서랍"(「커밍아웃」) 이외에도, 황병승의 시에는 "무덤" "독 안" "뱃속"(「존재의 세 가지 얼룩말」), "검은 바지" "자궁"(「검은 바지의 밤」), "모자"(「후지산으로 간 사람들」), "자루 속"(「너무 작은 처녀들」) 등 무수히 많은 공간적 상징들이 등장한다. 이 공간적 상징들은 세 가지 계열로 구분될 수 있는데, '호주머니'와 '무덤'과 '자궁'이 대표적인 상징으로서 각각의 계열을 이끈다. '호주머니(바지, 서랍, 모자, 자루)'는 성적 상징, 존재의 상징, 시간과 공간의 이동, 현실과 환상의 통로 등을 함축하는 가장 기본적이고 광범위한 기능을 담당한다. '무덤(독 안)'은 죽은 자가 다시 살아나 현실에 개입하거나 그 역을 보여주는 경우로서, 삶과 죽음, 이승과 저승의 경계를 허물며 착종시키는 기능을 수행하고, '자궁(뱃속, 항문)'은 트랜스젠더의 혼합적 정체성과 함께, 출산을 통해 가족적 위계의 허상을 전도시키는 기능을 담당한다. 무엇보다도 이 공간성들은 무한 소급과 증식을 가능케 하는 '빈칸'의 기능을 수행한다는 점에서 중요하다. 레비-스트로스의 '떠다니는 기표'나 라캉이 포Poe론에서 말한 '움직이는 기표'처럼, 환상 체계는 그 속에 난 구멍, 즉 빈칸을 통해 무한 소급과 증식을 순환시키고, 동시에 두 방향을 긍정하는 역설을 전개한다. 입의 세계를 입구로 출발한 황병승의 시는 이러한 '공간성'의 '빈칸'을 통해 안팎의 영역을 전도하고 착종하며 순환시켜 비선형적 이야기의 증식을 가능케 한다. 이 복합적이고 다층적인 공간성 속에서 입의 세계는 '먹기'와 '말하기'의 두 계열선으로 전개되면서 분열과 균열을 증폭시키며 환상 체계를 구축하는 동시에 허물어나간다. 그러면 '먹기'와 '말하기'가 지닌 의미는 무엇일까?

나는 가족들과 함께 식사하는 것을 싫어했어요
리타 아침 먹어라 리타 배도 안 고프니 리타! 리타!
새엄마의 발소리가 사라진 뒤에야, 나는 도어 록을 풀고 식당으로 내려가죠
대개 가족들이 식사를 마치고 난 후에 혼자서 밥을 먹는데
어떤 날, 내가 미처 모르는 무슨무슨 기념일이나 축하연 자리에
언니 형부 이모 나부랭이들이 식당을 꽉 메워버린 날,
맙소사! 그런 날은 마치
새엄마가 나를 똥구덩이에 처넣은 듯한 기분이 들곤 했죠

> 그 피할 수 없는 함정,
> 처음엔 입을 다물었어요
> 다음엔 용기를 내어 옆사람의 수프를 떠먹었고
> 그 다음엔 이모부에게 이렇게 말했죠
> 내 꺼 볼래?
>
> ──「리타의 습관」 부분

　'먹기'는 신체적, 혹은 물체적 작용의 모델이며, 원인과 결과, 능동과 수동이 공존하면서 혼합되는 심층의 유형이다. 그러나 '말하기'는 언어적, 혹은 비물체적 부대물이며, 원인과 결과, 능동과 수동의 구분이 무화되는 표면적 사건들의 운동이다. "가족들과 함께 식사하는 것을 싫어"하는 화자의 무의식에는 심층적 혼합의 유형, 즉 본질, 형상, 실체, 원인 등에 대한 거부가 숨어 있지만, 중요한 점은 이것이 가족들에 대한 거부와 동행한다는 것이다. "언니 형부 이모 나부랭이들이 식당을 꽉 메워버린 날"에서 보듯, 가족과의 관계성을 거절하고픈 욕망 속에 '먹기'의 심층적 혼합의 형식을 거부하는 욕구가 섞여있는 것이다. "똥구덩이에 처넣은 듯한 기분"은 그 결과로서 '입'의 '먹기'가 '항문'의 '배설'로 전이되는 양상이다. "그 피할 수 없는 함정"은 가족 혹은 심층의 유형을 거부하고픈 욕망과 그것을 견딜 수밖에 없는 좌절 사이의 딜레마를 표현한다. 이 상황은 "함정"이 암시하듯, 심리적 갈등의 드라마를 함축하고 있다. 정신분석적 관점에서 볼 때, 이 지점에서 화자의 무의식은 억압과 욕망, 금기와 위반이 충돌하며 심리적 에너지를 저장했다가 '억압된 것의 회귀'를 발생시킨다. 그러나 이 회귀는 현실원칙의 압력으로 인해 왜곡된 양상으로 욕망을 성취한다. "처음엔 입을 다물었어요"-"다음엔 용기를 내어 옆사람의 수프를 떠먹었고"―"그 다음엔 이모부에게 이렇게 말했죠/내 꺼 볼래?"로 전개되는 과정에는 이러한 심리적 전이가 숨어 있다.

주체의 무의식적 욕망이 드러나는 동시에, 대타자의 결여에 대한 방어 기제로서 왜곡된 형태로 욕망을 성취하는 각본이 '환상'이라면, 이 대목은 바로 황병승 시의 '환상'이 발생하는 과정을 보여준다. 이 환상의 형식은 '말하기'며, 그 양상은 '도착'이다. '먹기'를 거부하고 '말하기'로 전이되는 과정은 심층의 유형에서 표면으로 올라오는 과정이고, 사건과 생성으로서의 표면 효과를 발생시키는 과정이다. 그런데 이 표면의 언어인 "내 꺼 볼래?"가 보여주는 것은 도착적 증상이다. 화자는 여성(혹은 트랜스젠더)으로 설정되어 있으므로, 이모부에게 하는 이 말은 도착증적 언어이다. 황병승의 시는 '입의 세계'로부터 파생된 '먹기'와 '말하기'의 두 계열선 중 전자를 거부하고 후자를 선택한다. 그래서 표면의 언어인 시뮬라크르들을 무한 소급하고 증식하고 발산하면서 환각을 만들기도 한다. 황병승 시의 화자들은 "죽음도 삶도 아닌 세계, 붉은 해초들이 피어오르는 환각 속에서" (「에로틱파괴어린빌리지의 겨울」) 헤엄쳐 가는 사람이며, "언젠가 환각 속에서 스쳐 지난 적 있는, 어느 외로운 말을 타는 자들의 땅을 내려다보며 조금씩 서서히 한 덩어리의……, 밍따오들"(「밍따오 익스프레스C코스 밴드의 변」)이다. 이 환각은 도착증 및 분열증의 운명을 앓고 있는 자의 비애를 동반하지만, 이 비애는 "걱정 마세요 수간호사님, 이건 그저 연기일 뿐이니까요"에서 보듯, 운명을 조롱하는 유희적 차원과 함께 환상 및 환각을 설정하고 재구성하는 시적 방법론과 접속되면서 새로운 에너지를 발생시킨다.

## 4. 김민정— '눈알'의 시선과 '반죽'의 질료

김민정의 첫 시집 『날으는 고슴도치 아가씨』(열림원, 2005)는 무의식적 악몽의 드라마를 날것의 목소리로 들려준다. 그녀의 시가 보여주는 환상은 무의식적 욕망의 성취와 왜곡된 위장을 담고 있다. 이질 혼재성의 시적 원리는 무한히 증식하는 불협화음의 형식 안에서 분열되면서 동시에 증폭된다. 시집의 첫머리에 놓인 「내가 그린 기린 그림 기림」은 김민정 시의 환상 체계를 엿볼 수 있는 실마리를 제공한다.

계란이 터졌는데 안 닦이는 창문 속에 네가 서 있어

언제까지나 거기, 뒤집어쓴 팬티의 녹물로 흐느끼는

내 천사

은총의 고문으로 얼룩진 겹겹의 거울 속 빌어먹을 나야
——「내가 그린 기린 그림 기림」 전문

이 시에서 주목의 대상이 되는 이미지는 "창문"과 "녹물"이다. 시적 화자인 "나"가 보는 너, 즉 기린은 "천사"처럼 순결하고 숭고한 존재지만, "팬티의 녹물"처럼 저속하고 비열한 모습을 함께 보여준다. "은총의 고문"으로 요약되는 이 양가성 혹은 이율배반성은 어디서 기인하는가? 첫째, "창문"의 불투명성과 "거울"의 다중성 때문이다. 이 시의 창문은 불투명하여 너의 모습을 "창문 속"에서만 보여준다. 따라서 "창문"은 "나"를 비추는 "거울"이 되는데, 이 거울은 "겹겹의 거울"이므로 무수히 많은 '나들'을 비추는 복수적 다층성을 낳는다. 둘째, "계란"의 혼돈과 "녹물"의 부패와 "얼룩"의 상처 때문이다. 터진 계란은 흰자와 노른자의 뒤섞임으로 인해 정체성의 혼란 혹은 카오스의 상태를 보여준다. 이 정체성의 혼돈으로 인해 나(너, 기린)는 "팬티의 녹물"을 뒤집어쓴다. "팬티"와 "녹물"이라는 대립적 이미지의 충돌은 이율배반성으로 인해 "얼룩"을 남긴다. "얼룩"은 트라우마의 원인이자 결과물이다. 김민정의 시는 "은총"이자 "고문"이라는 이율배반성이 충돌하여 남긴 얼룩과도 같은 것이다.

　김민정 시의 환상 체계를 형성하는 두 축은 '창문－거울'과 '계란－녹물－얼룩'인데, 여기서 주목할 점은 다음과 같다. 첫째, '창문－거울'은 불투명성과 다중성의 원리를 가지고 '시적 시선'을 확보함으로써 무의식과 욕망의 무대를 투영한다. 둘째, '계란－녹물－얼룩'은 혼돈과 부패와 상처라는 정체성의 '시적 질료'로서, 이것을 '시적 시선'에 부착함으로써 불협화음과 이율배반이라는 무의식과 욕망의 특성을 규정한다. 셋째, '터진 계란'이 보여주는 정체성의 혼란과 카오스는 "은총"이자 "고문"이다. 자아의 동일성이라는 감옥에서 벗어나 "기린"의 동물－되기로 전개되는 탈주선을 탈 수 있는 점에서 은총이라면, 혼돈에 갇혀 "녹물"과 "얼룩"의 상처로 남을 수 있는 점에서 고문이다. "흐느끼는"의 비애적 어조가 "빌어먹을"이라는 냉소적인 어조로 이동하는 과정에는 비극과 환멸을 희극과 유희로 전이시키려는 파토스적 의지가 스며 있다.[1]

결국 김민정의 시는 '창문―거울'의 '시적 시선'과 '계란―녹물―얼룩'의 '시적 질료'를 결합하고, 그것이 낳은 불협화음과 이율배반을 자신의 운명으로 받아들임으로써, 육체적 섹슈얼리즘과 신체 절단의 엽기성, 동물―되기의 탈주선과 "녹물" "얼룩"의 상처, 비극과 희극, 자조와 유희가 동거하는 이질 혼재성의 무대극을 만들어낸다. 김민정 시의 환상 체계 내부에서 '창문―거울'의 '시적 시선'은 '눈알'의 계열선을 따라 증식과 복제와 전도를 거듭하며 전개되며, '계란―녹물―얼룩'의 '시적 질료'는 '반죽'의 계열선을 따라 변주와 변형과 변신을 거듭하며 전개된다. 이 두 계열선을 따라 김민정 시의 환상 체계를 가로질러 여행해보자. 먼저 '눈알'의 계열선이다.

   (1) 나는 한 그루의 거대한 눈알나무 밤마다 내 몸에서는 사랑스런
       난자 대신 눈알들이 자라났다 개중 뼈가 휘도록 탱탱하게 살찐 녀
       석들은 고무공처럼 이리 팅 저리 팅 튀겨다니더니 나만 모르게 꼭
       꼭 숨어버리곤 했다 어디 갔을까, 어디로 사라져버렸을까 어느 날
       맞아죽은 개의 악다문 입 속에서 말똥말똥 눈동자를 굴리고 있는
       눈알 한 개를 찾아냈다 하지만 망치로 개의 이빨을 깨부수는 동안
       부풀 대로 부푼 눈알은 오히려 죽은 개를 한입에 삼켜버리고 마는
       것이었다                              ―「멀리 개 짖는 소리 들리더니」 전문

   (2) 소녀는 거기 그렇게 똬리 튼 무한대의 두 눈동자 속에서 무한대

<hr/>

1) 이것은 제목에서 제시된 "기림"과도 관련된다. "기림"은 '기리다'의 명사형으로서, '칭찬
   하다' '찬사를 보내다'라는 뜻을 가진다. 시적 화자는 자신이 그린 기린 그림에 찬사를
   보냄으로써 "은총의 고문"을 기꺼이 자기 운명으로 받아들이는 것이다.

로 분열하며 무한대로 숱 불어버린 털붓들의 등뼈로 물구나무선
다. 잃어버린 제 털 한 가닥을 찾기 위해 털붓들은 머리를 질끈
묶은 예민한 혀끝으로 까끌까끌 점자처럼 쓰라린 찍찍이를 밤의
하얀 페이지 위에 풀 발라 놓는다. 어서 오라 반가움이여, 사랑스
런 나의 밤이여 그래 털붓들의 아침,

—「지렁이 날자 나 떨어졌다」 부분

(3) 눈 내리는 거리로 다시 나선 눈알 팔이 소년이 텅 빈 바구니를
들고 아이의 눈알을 구걸한다 아이의 요요가 눈알 팔이 소년의 뒤
통수를 단번에 뻐개놓는다 눈알 팔이 소년의 뻥 뚫린 눈두덩에 가
박히는 요요 아이가 천천히 요요를 감아들였을 때 눈알 팔이 소년
은 계란말이처럼 아이의 품 안으로 말려든다 눈알 팔이 소년이 눈
꺼풀을 깜박거리자 찰칵찰칵 요요 안에 배터리 켠 감시용 카메라
가 작동을 시작한다.

—「눈 내리는 거리에 눈알 파는 소년들이 들끓었다」 부분

(1)의 '눈알'은 '증폭'과 '전도'의 기제다. "눈알들"은 복수성으로
인해 다중적 시선을 보장받고, 운동성으로 인해 공간 이동을 성사시
킨다. 김민정 시의 다층적 공간성과 역동적 이동성은 이 '눈알들'의
'시적 시선'에 의해 만들어진다. "난자"를 "눈알"로 대신하는 것은 신
체 절단의 상상력에 근거한다는 점 이외에도, 여성성 혹은 모성을 다
중 시선의 기능으로 대체한다는 점에서도 주목된다. 이 '튀는 눈알'은
비정형의 환상을 추진하면서 즉흥적이고 도발적인 비약을 감행한다.
급기야 부풀어 올라 개를 한입에 삼켜버리는 '눈알'은, 자기 '증폭'을

통해 공간의 안과 밖을 역전시키는 '전도'를 실행한다.

(2)의 '눈알'은 '분열'과 '변신'의 기제다. 음모 한 가닥에서 시작된 환상의 고리는 깜둥이 소녀의 눈동자로 전이된다. 소녀는 "똬리 튼 무한대의 두 눈동자" "속에서" 무한대로 분열하며 털붓이 된다. 여기서 "눈동자"는 그 내부에서 주체를 분열시키며 다른 존재로 변신시키는 '분열'과 '변신'을 실천한다.

(3)의 '눈알'은 '증식'과 '변형'의 기제다. 우리는 이 환상 내부[2]의 무의식을 탐색할 필요가 있다. 등장인물들 사이에 벌어지는 사건을 순차적으로 정리하면, '증여－매매－감시－자선－구걸－폭력－존재 함입－카메라 작동'이 된다. 환상은 개인적 욕망만을 실현하지 않고 사회적 인력을 개입시킨다. 이 시가 보여주는 환상 내부의 무의식에는 '증여/매매' '자선/구걸'이라는 경제적 행위의 메커니즘과, '감시/폭력/존재 함입(구속)'이라는 사회적 억압의 메커니즘이 잠입해 있다. "눈알"이 "눈송이"－"요요"－"감시용 카메라"로 '증식'하며 '변형'되는 것은, 개인적 욕망과 연루되어 있는 경제적·사회적 메커니즘을 확인하고 인화하는 시적 시선의 작용이다. '낭만성(눈송이)'과 '유희(요요)'와 '통제(감시용 카메라)'라는 이질적 의미망을 가로지르는 '눈알'의 '증식'과 '변형'의 기제는, 김민정 시의 환상에 접근하는 중요한 통로가 된다.

한편 환상이 진행되는 연상의 방식에도 주목해보자. "눈알"－"눈

---

2) 인용문 이전의 내용을 요약하면 다음과 같다. '나'는 "눈알 팔이 소년"을 위해 두 눈알을 뽑고, 눈알 팔이 소년은 뻥 뚫린 내 안구 속에 감시용 카메라를 설치한다. 눈알 팔이 소년은 탁구장, 동춘 서커스단, 한상민 베이커리를 찾아가고, 자선냄비 속에 눈먼 두 눈알을 버리고 도망간다. 구세군은 자선냄비 속에서 발견한 눈송이 두 개를 자루에 담고 영락고아원을 방문한다. 아이는 눈송이를 고무줄로 엮어 요요를 만든다.

송이"-"요요"-"감시용 카메라"의 전개는 일정한 질서나 규칙을 가지고 있지 않다.[3] 수사학적 개념으로 말한다면, 유사성에 근거한 '은유'와 인접성에 근거한 '환유'를 전방위적으로 충돌시켜 무규칙적 자유연상의 수사법을 시도한다. 이처럼 김민정 시의 환상은 무규칙적이고 비선형적인 자유연상의 연결 고리와 수사법에 의해 형성된다. 더구나 비약적인 공간 이동을 통해 변전되는 각각의 사건이나 이야기는 '눈알'의 시적 기제가 발생시키는 증폭과 전도, 분열과 변신, 증식과 변형을 통해 리좀적인 질적 복수성을 지닌 다양체로서 형상화된다.

다음으로, '반죽'의 계열선을 추적하자. 이 계열선은 주로 빨고 먹고 마시고 소화하고 배설하는, 신체의 생리 작용을 중심으로 환상의 고리를 형성한다.

> (1) 엄마의 누런 코를 삶은 조갯살이라며 아빠가 날름 핥아먹으며 웃는다 아빠의 계란흰자 같은 가래로 엄마가 미끈미끈 얼굴 마사지하며 웃는다 오븐이 돌아간다 둥글게 둥글게 중불에서 오븐이 돌아간다 시꺼멓게 살이 타고 빠삭빠삭 뼈가 익는다 불 더 줄여줘 엄마 엄마가 빨간 다라이에 딸기향 고무반죽을 담아 발로 반죽한다 간간이 아빠가 오줌을 누어 고무반죽을 찰지게 한다 질겅질겅 쟁여 밟는 엄마의 발가락 사이사이로 고무송이가 열린다 아빠가 송이 하나를 떼어 껌처럼 씹더니 풍선을 분다 부풀부풀 풍선 속에서 세발자전거에 탄 아이들이 페달을 감아가며 신나게 달려 나온

---

3) "눈알"-"눈송이"는 '눈'이라는 동음이의어의 음운적 유사성에 기인했고, "눈알"-"요요"는 형태적 유사성에 말미암았으며, "눈알"-"감시용 카메라"는 시선이라는 기능적 유사성에 의해 연상이 일어났다.

다 꼴락지로 세발자전거에 오른 내가 부풀부풀 풍선이 부풀기를
기다린다 풍선은 불다 찌그러지고 불다 쪼그라든다

—「살수제비 끓이는 아이」 부분

(2) 밤마다 물먹은 고무장갑처럼 퉁퉁 불은 내
    심장을 갉아대던 이빨 갈림은 꿈이 아닌 내 안에 너의
    존재 방식, 살 다 발라먹고 난 닭뼈처럼 나 말라갈 때
    그 많은 비곗덩어리 오려 몸치장하던 것도 내 안에 너의
    존재 방식, 먹물 들인 옥수수수염처럼 무성한 내
    음모를 잡아 뽑을 때 머리 끈이 툭 터지면서 일순
    숱이 불어나던 네 머리카락도 꿈이 아닌
    그래, 그래, 내 안의 너의 존재 방식
    이제 내가 불신하는 건 나의 지문, 나의 배내똥
    이제 내가 머리 두는 땅은 피 끓는 너의 단속곳
    다시 무정란 속으로 역류하여 들어차는

    이 달짝지근한 액취……

    오오 버려짐의 축복이여!      —「다시 무정란 속으로」 부분

(1)은 한 편의 잔혹 가족극이다. 여기서 "누런 코"와 "계란흰자"가
시각이 아니라 촉각에 의해 존재의 '환유'로서 작용한다는 점이 중요
하다. "핥아먹으며 웃는다"와 "마사지하며 웃는다"는 아빠와 엄마가
상호 침투하며 '공모'하고 있음을 암시한다.[4] 이 이미지들은 "딸기향

고무반죽"으로 전이되는데, '고무반죽'이야말로 존재의 변형과 변신을 가능케 하는 물질적 질료가 아닌가. "세발자전거에 탄 아이들"은 '나'와 자매들의 유년 시절 분신이라고 볼 수 있다. '나'와 자매들은 아빠와 엄마가 합작하여 낳은 고무반죽과도 같은 존재이니까. 풍선이 "찌그러지고" "쪼그라"드는 것은 결핍과 좌절을 암시한다. 그 결과 "이미 죽은 내"가 아빠와 엄마의 몸을 절단하고 뼈와 살을 발라 살수제비를 끓여 먹는 장면으로 시의 후반부가 전개된다. 이것은 결핍과 좌절을 강요한, 혹은 방관한 아빠와 엄마에 대한 복수극이라 할 만하다. 그러나 '부모-먹기'는 자기 존재의 기원으로 되돌아가려는 욕망의 발현이라고도 볼 수 있다. 이것은 화해와 재생이라기보다 끝도 시작도 없는 무의 공간으로 진입하려는 무의식과 관련된다. 즉 쾌락원칙이나 현실원칙보다 더 근본적인 무의식으로서 죽음 충동(타나토스)과 결합된 쾌락인 '향유jouissance'에 부합하는 것이다.

(2)에서 "너"는 "내 안의" 타자이다. "너"는 "나"의 심장을 이빨로 갉아대고, 비곗덩어리를 오리며, 음모를 잡아 뽑는, 가학적 방식으로 존재한다. 심장, 비곗덩어리, 음모를 비롯하여 김민정 시에 출몰하는 젖, 피, 살, 털, 뼈, 난소, 정자, 염통, 젖꼭지 등의 절단된 신체 및 분비물의 이미지는, '반죽'의 질료적 촉감에 의해 증폭과 증식과 변형을 거듭하는 '자아의 분열'을 표상한다. 한편 '반죽'의 시적 촉감은 이렇게 절단된 신체의 파편성을 먹고 마심으로써 근원적 존재로 회귀하려 한다. 이것은 '기관 없는 신체,' 즉 분화되기 이전의 '알'을 추구하

---

4) 김민정의 시에서 '엄마'는 '아빠'와 공모하여 '나'의 가해자가 되기도 하고, '나'와 연합하여 '아빠'에게 복수하는 조력자가 되기도 한다(「매일매일 놀러 오는 우리 죽은 아빠」)는 점에서, 이중적 위상을 가진다.

는 양상이다. 인용 시는 "너"의 젖을 빨고 피를 맛보는 "나"와, "나"의 심장과 비곗덩어리와 음모를 학대하는 "너"의 만남을 통해, 분열되기 이전의 존재적 근원으로 역류하는 모습을 보여준다. 이처럼 '반죽'의 계열선이 보여주는 '분열'과 '역류'의 양면성은 실상 한 몸을 이룬다. 유기체적 존재의 동일성으로부터 벗어나 탈주선을 타는 것은 분열을 극대화함으로써 '기관 없는 신체'의 지각 불가능한 원형질에 이르는 과정이기 때문이다.

## 5. 이민하— '유리'의 스크린과 '피'의 원천

이민하의 첫 시집 『환상수족』(열림원, 2005)은 훼손된 신체와 이로부터 유출되는 분비물을 조합하여 그로테스크한 이미지를 인화한다. 그녀의 시가 보여주는 환상은 물화된 육체가 환각의 힘으로 분열과 소외를 겪으며 동시에 그것을 넘어서는 욕망의 탈주선을 그린다. '소외/탈주'의 역설을 생성하는 '환상수족'의 양상을 섬세히 이해하기 위해서는, 그 심층에 도사리고 있는 '환상의 시적 기제'를 살펴볼 필요가 있다.

안개의 거리 끄트머리에 모퉁이가 있네
옆구리에 빵냄새를 겨누고
붉은 피톨을 터는 빵가게가 있네
맛보지 못한 무수한 빵의 종류와
이끼로 뒤덮인 축축한 티비가 있네

종일 생중계되는 수족관이 있네

[……]

여자가 엎드려 닦는 바닥에

기억 속으로 전송된 여자의 남겨진 핏자국이 있네

그걸 무심히 바라보는 창 밖의 여자가 있네

그녀들을 이야기하는 길가의 여자와

그 이야기에 귀기울이는 길 밖의 여자가 있네

안개거리와 빵가게 사이

길모퉁이가 있네

손을 대면 사라지는 한 칸의 유리가 있네

—「안개거리와 빵가게 사이」 부분

이 시에서 주목의 대상이 되는 이미지는 "유리"와 "피"다. "유리"는 "안개거리와 빵가게 사이"에서 안과 밖의 경계를 이룬다. 투사할 수 있지만 침범할 수 없는, 그리고 "손을 대면 사라지는" "유리"는 무의식의 극장에 걸려 있는 스크린이다. 스크린 안에는 "축축한 티비"와 "수족관"이라는, 또 다른 스크린이 내재한다. 스크린에 투영되는 주인공은 "여자들"인데, 유리창 안에는 여자들이 등장하고, 유리창 밖에도 여자가 등장한다("창 밖의 여자"–"길가의 여자"–"길 밖의 여자"는 중층적 액자 구도를 보여준다). 이 "여자들"의 정체를 밝히는 데 중요한 것은 "핏자국"의 흔적이다. '피'는 "축축한 티비"–"수족관"–"저수지"–"새벽비"로 이어지는 '물'의 이미지들을 결집하는 핵심적 상징이다. "기억 속으로 전송된 여자의" 흔적인 "핏자국"은 어떤 원초적 결핍, 혹은 트라우마를 상기시킨다. 그런데 이것이 결핍과 상처만을 의미하는 것일까?

이민하 시의 환상 체계를 형성하는 두 축은 '유리'와 '피'인데, 여기서 주목할 점은 다음과 같다. 첫째, '유리'는 무의식이 상영되는 극장의 스크린이다. 스크린에 등장하는 '유리 안'의 여자들이 화자의 "기억 속으로 전송된" 과거의 무의식적 주체라면, 그것을 바라보는 '유리 밖'의 여자는 현재의 의식적 주체라고 볼 수 있다(중층 구도라는 점에서 안과 밖의 중첩과 함입이 내재되어 있다). 따라서 '시적 시선'은 바깥에 존재하고, '유리'는 이 시선이 바라보는 무의식의 '스크린'이 된다. '유리'는 중층성의 원리를 가지고 '시적 스크린'을 제공함으로써 '시적 시선'과 일정한 관계를 맺으며 무의식과 욕망을 중층 결정적으로 투사한다. 둘째, '피'는 원초석 설법, 혹은 트라우마를 상기시키는 상처의 흔적인 동시에, 그것을 딛고 돌파하려는 질주의 원동력이기도 하다. 인용 시의 "남겨진 핏자국"은 "기억 속으로 전송된" '과거'의 유산이지만, 무의식적 기억은 미래를 향해서도 뻗어나가므로 상처를 넘어서 욕망을 실현하는 힘의 원천이 되기도 한다.[5] '피'는 상처와 욕망, 죽음과 향유, 소외와 탈주 등의 이중성을 가지고 '시적 원천'을 표상함으로써, 절단되고 훼손된 신체(현재)의 '시적 질료'가 생성된 근거(과거)와 추구하는 지향점(미래)을 동시에 형상화한다.

결국 이민하의 시는 '유리'의 '시적 스크린'에 무의식과 욕망의 화면을 영사하면서 '피'의 '시적 원천'을 숨기듯 드러냄으로써, 훼손된

---

5) 시집의 첫번째 작품인 「열리는 문: 손가락 사이에서 흘러나온 찢어진 비둘기 구름을 쪼며 질주하는 잉크빛 혈관」을 보라. 폐쇄된 문을 열고 등장하는 "비둘기"와 "잉크빛 혈관"은 상호 치환 관계에 있으면서 "흘러나온 찢어진"의 수동태 과거형과 "쪼며 질주하는"의 능동태 현재형을 동반한다.

신체("마네킹")의 상처·결핍·불구의 원인뿐만 아니라 그것을 넘어서 탈주하려는 욕망의 역동성을 그려낸다("환상수족"). 이민하 시의 환상 체계 내부에서 '유리'의 '시적 스크린'은 '시적 시선'과 맺는 상이한 관계를 통해 다양한 '프레임'으로 나타난다.

(1) 원형 탁자 위로 물 한 컵을 갖다 놓는다. 나는 오늘도 밤새울 모양이다. 창백한 몸뚱이가 한쪽 벽을 부여잡은 채 놓여 있다. 몸뚱이에서 관절들이 풀려 공중으로 추락한다. 지나가던 사람이 전화선을 타고 방으로 들어온다. [……] 강을 건너간 사람이 잠시 돌아와 추억을 벗어 말리고 바다로 간다. [……] 그리고는 벽쪽으로 가 몸뚱이에 묻은 발자국들을 물걸레로 훔치는 사이 몸뚱이는 꿈을 꾼다.
                                          —「나비잠」 부분

(2) 도로 한복판에 머리가 잘린 버드나무 한 그루
　　가지마다 길이 뻗쳐오르고 털이 많은 녹색 새들이 꿈틀거리고 있다

　　흐물거리는 나무의 몸통, 그 위로 사람들의 지문 자국이 뒤덮고 있다
　　드문드문 떨어져나온 나무껍질 같은 손바닥들이 길바닥에서 뒹굴고 있다
　　　　　　　　　　　—「입구—벽화 240×240cm, 2000」 부분

(3) 그는 지붕 위에 올라 녹색 루주를 바른다
　　학교에 가지 않는다고 집에서 쫓겨난 남자

무슨 소용이에요 어머니,

벽 속의 열대어들을 꺼내 주는 칠판은 없는걸요

그는 오늘도 내가 준 지폐에 노란 매니큐어로 편지를 쓴다

넥타이를 매다 말고 나는 연인의 지느러미를 만져 준다

바닥까지 늘어뜨린 그의 지느러미에서

불에 타다 만 풀 냄새가 난다

지붕 위의 그가 불안해

지느러미를 잡아흔들어 방바닥으로 떨어뜨린다

편지에 쓴 철자법을 검사하고

스타킹처럼 달라붙는 교복 안에 그를 집어넣고 밀봉을 한다

　　　　　　　　　　　　　　　　　　　—「물고기 연인」 부분

　(1)은 '시적 스크린'이 현실과 환상 사이에 걸쳐 있는 프레임을 보여준다. 화자가 일상적 행위를 근간으로 이미지를 변형하거나 전도시켜 그로테스크한 표현을 만들어내는 것이다. 인용 시는 일상적 현실에서 무의식적 환상으로 빠져드는 과정을 보여주는데, 시의 후반부는 환상에서 현실로 복귀한다. "꿈"이 하나의 단어로 대상화되어 있는 점에서, 시적 시선은 현실 쪽에 놓여 있고, 시적 스크린은 현실과 환상의 경계에 걸쳐 있으면서 왕래한다. 이 유형의 시는 시적 시선이 작품에 내재하고 있으며, 시간의 흐름에 따른 서사적 구조 속에서 시적 화자인 '나'를 중심으로 이미지의 변형과 전도가 이루어진다.

　(2)는 작품 자체가 '시적 스크린'이 되는 프레임이다. 상황의 객관성보다 무의식의 추상성이 강화되어, 이미지가 현실적 상황에 대한 상징의 차원을 넘어 환상 자체를 이룬다. 이 경우 시적 시선은 작품

의 외부에 있고, 시적 스크린은 작품 자체가 된다. 이러한 프레임은 제목이 보여주듯, 하나의 추상화와 같은 구도가 된다. 시간의 흐름은 화면 위에서 압축되거나 정지된다. 서사가 제거된 화면 위에서 시적 화자는 등장하지 않고 3인칭의 존재나 사물 들이 등장한다. 이미지는 의미가 암시적으로 응축된 감응으로 현현한다.

(3)은 '시적 스크린'이 (1)과 (2)의 경계에 놓인 프레임을 보여준다. 1인칭("나")과 3인칭("그" "어머니")이 동거하며 서사적 흐름을 보여주는, 이 시는 '꿈'의 장면과도 같다. '꿈'의 '환상'은 현실의 구체적 계기와 무의식적 욕망이 상충하여 왜곡되고 변형되며 생겨난다. 주지하듯, 꿈은 억압된 욕망의 위장된 성취인데, '꿈'은 그 자체로 이미지이지만 이야기이기도 하다. 시적 시선은 작품의 내부에 존재하면서 동시에 외부에도 존재한다. 꿈속의 '나'의 사건을 이야기하는 이는 꿈 밖의 '나'이기 때문이다. 이때 '시적 스크린'은 일단 '꿈'의 장면 자체이지만, 시적 시선의 동시적 개입에 따라 작품의 안과 밖을 뫼비우스 띠처럼 순환하며 회전한다.

이처럼 다양한 '시적 시선'과 '시적 스크린'은 이민하 시의 환상 체계가 중층적이고 복합적인 구조를 형성하고 있음을 보여준다. 이제 (1)과 (2)와 (3)을 포괄하여 이민하 시의 환상 체계를 재구성해보자. (1)의 화자가 현실에서 환상으로 전이되는 매개물은 "물"이다. "물"-"강"-"바다"로 이어지는 이미지의 연쇄는 "꿈"이 "추억"과 관련됨을 보여준다. "벽"에 갇혀 있는 화자는 "물"을 매개로 "꿈"과 "추억"으로 흘러감으로써 탈출을 꿈꾼다. (2)에 등장하는 "버드나무"와 "새"의 절단된 신체는 인간의 절단된 신체와 다시 합체한다. 이처럼 절단되고 합체되는 신체는 화자가 자신의 결핍 및 욕망을 "버드나무"와 "새"에 투사하고 있음을 보여준다. '나무'와 '새'는 결핍으로 인해 절단되었으되, 욕망으로 인해 어떤 역동성을 실현한다. "뻗쳐오르고" "꿈틀거리고" "뒤덮고" "뒹굴고" 있는 양상이 그것이다. (3)에서 "학교"에 가지 않아 집에서 쫓겨난 "그"는 "벽 속의 열대어"로 치환된다. "벽"은 "학교"－"칠판"－"철자법"－"교복"의 계열선을 따라 구속과 감시와 처벌의 제도적 억압을 암시하고, "물고기"는 "지느러미"－"풀"－"타액"의 계열선을 따라 욕망의 탈주와 해방을 암시한다. 그런데 "그(물고기)"와 "어머니(벽, 집)"의 대립적 구도 속에서 "나"의 위상은 이중적이다.[6] 또한 이 시의 환상은 "학교"로 대표되는 제도적 억압의 메커니즘이 "지폐"로 대표되는 경제적 속박의 메커니즘이나 "녹색 투주" "노란 매니큐어"로 대표되는 성적 위장의 메커니즘과 결부되어 있음을 보여준다.

이민하 시의 환상 체계를 요약하면, '벽'의 계열선(학교, 아버지, 어머니, 새장)과 '훼손된 신체'의 계열선(머리 잘린 버드나무, 목 잘린 나비, 마네킹)과 '물'의 계열선(물고기, 나무)이 주축을 이룬다. '벽'이 구속과 감시와 처벌을 행하는 대타자라면, '훼손된 신체'는 이 대타자의 욕망 앞에서 분열되고 소외되는 주체를 표상하는 동시에, 상실한 욕망의 근원을 찾아 탈주하는 주체를 표상한다. '물'은 이 회복과 탈주의 길을 인도하는 매개물이며, 그 종착지에 '피'가 있다. 따라서 '훼손된 신체'의 분열과 소외는 '물기'와 '핏기' 없이 메마른 양상으로 나타나며, 탈주와 해방은 '물기'와 '핏기'를 찾아 운동성을 발휘

---

6) "나"는 무의식의 다른 자아인 "그"의 저항을 변호하는 옹호자인 동시에 "그"를 검사하고 사육하는 관리자라는 점에서, '억압에 대한 저항'과 더불어 '탈주에 대한 현실적 봉합'의 이중성을 드러낸다.

하는 양상으로 나타난다.

(1)                    당신을 만났다, 오늘도 달려가는 당신

　　낡은 교과서를 펼치면 개미알 같은 아버지가 쏟아져 구르고 나
는 뒤를 밟았을 뿐인데 등이 굽은 아이들이 채찍을 휘두르며 내
눈에서 하나 둘씩 빠져나갔다고 우겼다
　　아버지가 아픈 배를 움켜쥐고 구르는 밤이면 잇몸에서 생살을
찢으며 피흘리는 박꽃 같은 이빨이 자라났다고 우겼다

                       당신을 만났다, 오늘도 굴러가는 당신

　　아침마다 알람을 맞춰논 라디오에서 피가 흘러나와 두 귀를 적
셨다고 우겼다                               ─「탱크로리」 부분

(2) 시계를 목에 끼우고 멘스를 줄줄 흘리는
　　마네킹 M.
　　나는 과잉 분출된 그녀의 분비물을 시선에 담아 객석으로 나
른다.
　　오늘은 우리 모두의 생일.
　　안녕,
　　서로의 환생을 축하하며
　　두 개의 유리알─숨쉬는 눈과 숨죽인 눈이 폭죽을 터뜨린다.

〔······〕

사람들은 아직 방전되지 않은 눈을 헐떡거린다.
암실을 통과한 두 개의 유리알
상처난 눈과 상상하는 눈을 전구알처럼 갈아끼우는
우리의 모든 날은 생일이므로.
어제의 시체를 파먹고 시간을 수혈하며 날마다 태어나는 마네
킹 M.
안녕,
서로의 명복을 주고받으며
생일 축하해. 생일과 함께 시작되는
기억의 멘스.                              —「20031010」부분


(1)은 '벽'("낡은 교과서"-"개미알 같은 아버지")에서 '훼손된 신
체'("등이 굽은 아이들")가 생겨나고, 이로부터 '피'의 이중성이 전개
되는 과정을 함축적으로 보여준다. "생살을 찢으며 피흘리는"과 "피
가 흘러나와"에서 '피'는 수동태인 듯하지만 동시에 능동태를 내포한
다. "오늘도 달려가"고 "오늘도 굴러가는" "당신"은 바로 '피'이기 때
문이다. 이 시에서 '피'는 생리혈을 의미하는 듯하다. 생리혈은 과잉
된 피 혹은 쓸모없어진 피이지만, "달려가"고 "굴러가는" 역동성은
'훼손된 신체'를 회복할 수 있는 욕동을 내장한다. 이것은 "우겼다"
라는 서술어에 함축된 의미이기도 하다. 죽은 피를 생동하는 피로 전
환시키려는 화자의 의지가 이 단어에 담겨 있기 때문이다.
  (2)는 (1)의 다른 버전이다. "과잉 분출된 그녀의 분비물"은 "마

네킹 M"의 "멘스"다. "멘스"는 '훼손된 신체'("마네킹")를 '살아 있는 신체'("생일"—"환생")로 전환시키는 역설적인 '시적 원천'에 해당한다. 여기서 주목해야 할 이미지는 "시선"과 "시계"이다. "시선"은 '시적 원천'을 운반하는 매체이며, 동시에 중층적 관계망("마네킹"— "나"—"객석")과 중층적 스크린(마그리트의 그림—시—시 읽기의 퍼포먼스)을 형성하는 '시적 기제'가 된다. "숨쉬는 눈"과 "숨죽인 눈" "상처난 눈"과 "상상하는 눈"은 '피'뿐만 아니라 '시선'도 상처와 욕망, 죽음과 향유, 소외와 탈주 등의 이중성을 내포하고 있음을 보여준다. "시계"는 '피'가 '시간'을 담고 있음을 암시한다. "생일과 함께 시작되는/기억의 멘스"는 죽음을 극복하는 생명의 미래적 시간이 과거의 시간과 맞닿아 있음을 드러낸다. '피'는 환생(幻生/還生)의 연료이자 촉매이며 원천이자 지향점인 것이다. "기억 속으로 전송된 여자의 남겨진 핏자국"(「안개거리와 빵가게 사이」), "그가 제8요일에 만든 건 시간의 생식기"(「세상에 하나뿐인 수리공 K의 죽음」), "기억의 정육점에 매달려 있는/*사랑스런 육체*들"(「뫼비우스가 사라진 뫼비우스맵」) 등에 등장하는 "기억"과 "시간"은, 이민하의 시에서 '피'가 욕망의 과거적 원인이자 미래적 대상임을 보여준다.

## 6. 탈주와 향유, 접속과 통합

황병승·김민정·이민하 시의 환상은 대타자의 억압이나 결여 앞에서 자신을 방어하는 동시에 주체의 무의식적 욕망을 드러내기 위한 상상적 시나리오다. 대타자에 의해 주체는 분열되고 소외되지만, 무의식적 욕망은 그 실현을 통해 탈주와 해방을 시도한다. 이 과정에서 환상은 상상과 상징으로 재현할 수 없는 실재의 모습을 언뜻언뜻 드러낸다. 탈주선은 자아의 분열을 극대화하여 기관 없는 신체에 도달하려 한다. 그리고 탈영토화의 과정에서 재영토화를 파생시키며 상호 교차시킨다. 황병승 시의 탈주선은 '입의 세계'로부터 '먹기'와 '말하기'의 계열선으로 전개되면서 심층을 거부하고 표면의 시뮬라크르의 세계로 이행한다. 김민정 시의 탈주선은 '눈알'의 '시적 시선'을 따라 증식·복제·전도를 거듭하며 '반죽'의 '시적 질료'를 따라 변주·변형·변신을 거듭하면서 전개된다. 이민하 시의 탈주선은 '유리'의 '시적 스크린'을 중층적으로 형성하면서, '피'의 '시적 원천' 및 '시적 지향점'을 통해 훼손된 신체의 기억을 통과하여 환생하려는 역농성을 그려낸다.

시사적 관점에서 2000년대 한국 시의 흐름은, 전통적으로 지속되어온 '서정의 형식,' 1990년대 초반부터 전개되어온 '폐허의 형식,' 1990년대 중반부터 진행되고 있는 '변신의 형식'으로 크게 유형화할 수 있다. 황병승·김민정·이민하의 시는 '변신의 형식'에 속하면서 그 다양한 계보 중에서 박상순—이수명의 '무의식적 타자성의 시,' 김혜순—박서원의 '마녀적 광기의 상상력,' 유하—장정일—함성호의 '대중문화의 패러디' 등의 시적 계보를 이어받고 있다. 이들의 영향을 받으면서도 황병승·김민정·이민하의 시는 '표면의 언어,' 즉 '시뮬라크르적 사건과 생성'의 자리를 확보한 점에서 새로운 시적 차원을 획득한다. 지금까지 이들 시의 특성으로 지적되어온 하위문화적 요소와 이질 혼재성 및 잡종성도 이 '표면의 언어'라는 특성과 연관될 수 있을 것이다. 또한 이들의 시는 환상 및 환각의 기제를 중측적인 시적 기법으로 전치시켜 무의식적 욕망의 내부를 탐사한 점에서 새로운 시적 차원을 획득한다. '나—아빠—엄마'를 중심으로 전개되는 가족 관계가 오이디푸스 삼각형의 도식에서 벗어나 있다는 점(일반적인 오이디푸스 삼각형에서 벗어나 있을 뿐만 아니라, 황병승의 시에서 삼각형은 불투명하게 지워져 있고, 김민정의 시에서 '엄마'의 위상이 이중적이라면, 이민하의 시에서는 '나'의 위상이 이중적이다), 환상이 개인적 욕망을 실현하면서 동시에 사회적 인력을 개입시킨다는 점 등도 중요한 성과가 될 수 있다. 이러한 시적 성취는 한편으로 탈주선이 동반하는 고독과 허무를 견디는 용기가 요청되며, 다른 한편으로 무한 증식과 전도와 변신의 메커니즘이 낳을 수도 있는 자기 복제의 위험으로부터 벗어나야 한다. 과잉의 코드화라는 부정적 징후로 흐르는 것을 제어하기 위해 황병승·김민정·이민하가 추구하는 방법이 바로 재영토화의 방향일지도 모른다. 이들에게는 두 가지 진로가 주어져 있는 것으로 보인다. 하나는 생성의 탈주선과 리좀적 수사법을 더 극단적으로 밀고 나감으로써 향유의 주체로서 기관 없는 신체에 진입하는 방향이고, 다른 하나는 재영토화가 지닌 도식의 함정을 넘어서면서 탈영토화와 재영토화 사이의 충돌을 강화하여 시적 긴장과 역동성을 얻는 방향이다. 전자는 탈주와 향유의 운동이고, 후자는 접속과 통합 사이의 충돌이라고 말할 수 있을 것이다.

# 평면, 혹은 우발성의 시

## ──신해욱 · 하재연 · 이근화의 시

## 1. 실험적 전위시의 계보

2000년대 전위시의 양상을 살펴보기 위해 우리는 김인환이 설정한 한국 현대시의 위상학과 계보학을 주목할 필요가 있다. 김인환에 의하면, 한국 현대시는 김소월과 이상이라는 양극단 사이의 스펙트럼으로 위상화할 수 있으며, 이후의 역사적 전개는 이 두 시인을 꼭짓점으로 파생된 다양한 계보를 보여준다. 여기서 중요한 형식적 척도는 시조다. 현대시인들 가운데 시조에 가장 가깝게 있는 시인이 김소월이라면, 가장 멀리 있는 시인이 이상이다. 김소월의 시가 시조와 현대시의 경계에 있다면, 이상의 시는 시와 비시의 경계에 있다. 20세기 후반기의 한국 시는 이상의 시를 하나의 준거로 삼고 끊임없이 그로부터 시적 직관을 끌어내왔다. 1950년대 시인들에게 준거가 된 시인이 정지용과 이상이라면, 1970년대와 1980년대의 시인들에게 영향을 준 시인은 서정주 · 김춘수 · 신동엽 · 김수영이었는데, 이 시기에도 이승훈· 황지우· 박남철의 시는 이상의 영향을 두드러지게 드러내고 있다. 1990년대의 한국 시는 박서원· 이경림의 여성주의와, 하재봉· 유하· 장정일의 전위주의와 송찬호· 박태일· 이윤학의 신비주의라는 세 방향으로 전개되고 있다. 오늘의 젊은 시인들은 이상으로부터 겉멋의 장식 및 자기기만을 배제한 정직한 시선을 배워야 하며, 현대시의 운율과 비유를 파괴함으로써 야기한 실패를 교훈 삼아야 한다.[1]

김인환이 설정한 '이상 시의 계보'를 좀더 밀고 나가면, 1990년대 이후 한국의 실험적 전위시의 계보를 세부적으로 살펴볼 수 있을 듯하다.[2] 1990년대에 전개된 실험적 전위시는 '죽음의 시학' '마녀적 상상력' '대중문화의 패러디' '테크놀로지적 상상력' '무의식적 타자성'으로 크게 유형화될 수 있을 것이다. 기형도· 남진우· 박주택으로 대표되는 '죽음의 시학'은 부패와 소멸과 죽음을 대면하는 시적 제의를 통해 묵시록적 상상력을 보여주고, 김혜순· 박서원· 이경림으로 대표되는 '마녀적 상상력'은 무의식의 장막을 찢고 유출되는 착란의 어법으로 가학성과 피학성, 에로스와 타나토스가 얽히는 양상을 보여준다. 유하· 장정일· 함성호로 대표되는 '대중문화의 패러디'는 후기 자본주의적 소비문화에 대한 매혹과 반성을 동시에 보여주고, 성기완·

---

1) 김인환, 「이상 시의 계보」, 『기억의 계단』, 민음사, 2001, pp. 276~99 참고.
2) 김인환이 제시한 위상학의 한 축인 '소월 시의 계보'도 한국 현대시의 중요한 흐름을 차지하고 있다. 시조에 가까운 형식적 척도를 가지고 구성된다는 점에서, 이 '서정시의 계보'는 김소월· 이육사· 조지훈· 박목월· 김종삼· 박용래 등을 거쳐 신경림· 최동호· 이시영· 김용택· 박태일· 문인수· 장석남 등으로 이어진다고 볼 수 있다. 내용의 측면에서 사유 혹은 정념의 극한까지 진입하는 '전위적 서정시의 계보'를 추가한다면, 김소월· 한용운· 백석· 서정주· 유치환· 박두진· 이형기 등을 거쳐 김명인· 조정권· 이성복· 송찬호 등으로 전개된다고 간주할 수 있다. 이처럼 '실험적 전위시'뿐만 아니라 '서정적 전위시'도 존재한다는 것이 나의 생각이다.

서정학·이원으로 대표되는 '테크놀로지적 상상력'은 메마른 기계와 사물의 언어를 통해 테크놀로지의 메커니즘에 포획되는 동시에 다시 탈주함으로써 자본과 권력에 오염된 주체로부터의 이탈을 추구한다. 박상순·이수명·김점용으로 대표되는 '무의식적 타자성'은 꿈의 (비)문법을 차용한 무의식의 언술로 기존의 시적 문법이나 통사 구조를 해체함으로써 주체의 동일성에 의해 억압된 타자성을 회복하려는 시도를 보여준다.

2000년대의 한국 전위시는 1990년대 전위시의 계보들이 계승되는 동시에 복잡다기한 연계를 이루어 새로운 경작지를 개척하고 있다. 우리는 2000년대 실험적 전위시의 대표적 유형으로 '마녀적 무의식의 시'와 '환상시'와 '우발성의 시'를 들 수 있다. 이 중 이장욱과 김행숙으로 대표되는 '우발성의 시'는 원근법과 선형성이 제거된 시공간 위에서 아우라와 잉여의 감각을 통해 실재를 드러내는 시뮬라크르를 보여준다. 이 글의 주된 목적은 '우발성의 시'의 계보를 이어가고 있는 신해욱·하재연·이근화의 시를 기법 혹은 구성 방식에 주목하여 살펴보는 데 있다.[3] 이를 통해 이 계보의 시적 특질에 접근하는 한편, 2000년대 실험적 전위시의 유형학을 시도해 보고자 한다.

## 2. 신해욱—평면성, 광학적 시선의 절개

신해욱의 시는 기본적으로 공간성에 근거한 회화적 구도를 가진다.

---

3) 이 글에서 언급되는 시의 출처는 『간결한 배치』(신해욱, 민음사, 2005), 『라디오 데이즈』(하재연, 문학과지성사, 2006), 『칸트의 동물원』(이근화, 민음사, 2006)이다.

서구의 근대 회화는 원근법을 토대로 현실감(리얼리티)을 부여한다. 하나의 소실점을 기준으로 거리를 조정함으로써 시간과 공간에 질서를 부여하고 깊이를 만들어낸다. 그런데 이 현실감이 원근법에 의해 만들어진 것이라면? 그래서 근대적 리얼리티가 가상에 불과하다면? 우리는 이런 회의를 거쳐 다른 방식의 회화적 구도를 생각해볼 수 있다. 이미 동양화나 민화에는 원근법에서 자유로운 평면적 구도가 존재해왔지 않은가. 신해욱의 시는 원근법을 제거한 '평면의 회화'를 시도한다.

바람이 몰아쳤다. 잠깐 떠올랐다 떨어지는 순간, 여기 있던 모래 언덕이 지평선 근처로 이동하였다. 지금 여긴
　오 분 전이다

여기는 평면의 고장. 여기는 지평선의 건너편. 모든 모래가 같은 거리를 유지한다. 오 분 간의 촘촘한 시간이 스며 있을지도 모른다. 여기는 그렇게
　오 분 속이다.

오 분 뒤에 숨었던 바람이, 다시 나를 들어 올릴 때, 머무르라, 그대는 아름답다, 는 마르고 깔깔한 속삭임. 모르는 이름이 나를 가둔다. 여기는 다시
　오 분 전이다.
　　　　　　　　　　　　　　　　　　　　　　　—「某某」 전문

신해욱 시의 방법론을 함축하는 작품이다. 바람이 몰아쳐 몸이 잠

시 떠올랐다 떨어지는 순간, "평면의 고장"이 도래한다. "모든 모래
가 같은 거리를 유지하"는 것은 시선의 원근법이 제거되었기 때문이
다. 그런데 여기에 "스며 있을지도 모"르는 "촘촘한 시간"은 무엇일
까? 1연과 3연의 "오 분 전"이나 "오 분 뒤"는 시간의 순차적 흐름에
서 분절된 지점으로 이동함으로써 현재로부터 비껴나는 시간대를 구성
한다. 2연의 "오 분 간"과 "오 분 속"은 이 어긋난 시간대가 정지된 상
태로, 정확히 말하면 순간의 지속으로 머물러 있는 것을 의미한다. 시
간의 순차적 질서를 벗어나 과거·현재·미래가 하나의 평면 위에 공존
하는 카오스의 시간을 형성하는 것이다. 결국 이 시는 원근법의 제거
가 평면성을 낳는 동시에 카오스의 시간성까지 동반함을 보여준다.

　원근법의 제거는 기존의 서정적 자아에서 벗어나는 것과도 연계되
어 있다. 그런데 3연에서 시적 화자의 판단이 개입하는 부분을 주목
해보자. "머무르라, 그대는 아름답다"라는 문장은 문맥으로 보아,
"모르는 이름" 즉 비인칭적 타자의 음성인 듯한데, 이것이 "마르고
깔깔"한 것은 객관적 양상이지만 "나를 가둔다"는 것은 화자의 판단
이다. 비인칭적 타자의 음성과 화자의 판단 사이의 긴장은 신해욱 시
의 어떤 비밀을 보여준다. 시인은 원근법을 제거하여 모래처럼 평면
화된 시공간으로 진입했지만, 이것이 주는 매혹과 두려움을 동시에
겪고 있는 것은 아닐까. 이와 함께 중요한 것은 "마르고 깔깔한 속삭
임"이 주는 미학적 특성일 것이다. 원근법의 제거는 서정적 자아의
내면성을 탈각하는 것과 병행한다. '평면의 세계'는 내면의 인간적 정
서를 벗겨버림으로써 독특한 아우라를 만들어낸다.

　　검은 구름에서 단 하나의

무거운 물방울이 떨어졌다.
아주 느린 속도로 내려와
나의 머리 위에 멈추었을 때
이마에 닿은 건 오직
맑고도 차가운 그림자.
세 줄기로 갈라져
얼굴을 타고 흘렀다.
입가의 웃음이 농도를 조절하며
함께 녹아 내렸다.
                                    ―「정지」 부분

  '평면의 시'가 가진 세 가지 미학적 장치가 암시된다. 첫째는 '속도
조절'이다. "아주 느린 속도"는 '느린 화면'이나 '정지된 화면'을 만들
어 대상의 시간성을 조절하는 기법을 보여준다. 둘째는 '습도 조절'이
다. "맑"음은 "무거운 물방울"이 "그림자"로 변화되었을 때 그 습도
를 조절하는 기법을 보여준다. 셋째는 '얼굴의 조절'이다. "웃음"의
"농도를 조절"하는 것은 서정적 자아의 내면성을 벗겨내고 그 단면을
드러내는 기법을 보여준다. 결국 이 시는 속도와 습도와 얼굴의 조절
을 통해 평면성의 독특한 아우라가 형성됨을 암시하는 것이다.
  신해욱의 시에서 '속도 조절'은 "나는 가파르게 정지했다"(「103번
국도」), "내가 있기 오래전에 끝난 노래들"(「모르는 노래」) 등에서 시
간의 순차적 질서를 벗어나고, '습도 조절'은 "마지막 물을 바라보는
아주 마른 눈"(「가장 마른 사람」), "눈물이 안쪽으로 쏟아진다"(「밀
실」) 등에서 내면적 정서를 벗겨내며, '얼굴의 조절'은 "얇은 얼굴"과
"접힌/얼굴"(「이방인」), "얼굴에 가는 금이 갔다"(「한 사람 2」) 등에

서 주체의 내면성과 깊이를 제거한 '평면적 얼굴'을 형상화한다. '얼굴'과 더불어 "등이 없"(「103번 국도」)고 "지문이 풀어"(「마지막 잎새」)지며 "휘발"(「암실」)하기까지 하는 주체의 양상은, 신해욱 시에서 탈주체성과 탈내면성의 특성을 잘 보여준다. 그런데 '평면의 시'가 지닌 탈주체성에 대해서는, 이러한 미학적 특성들을 생성시키는 원리와 함께 좀더 섬세한 고찰이 필요하다.

(1)  불규칙한 햇빛 속에서
　　　때때로 구겨지지만
　　　구겨지면서도 당신은
　　　정교하게 접히는
　　　이름, 혹은 마른 영혼,
　　　빈 얼굴로 가득 웃지.

　　　햇빛을 빌려 당신은
　　　어쩌면 등 뒤만을 지운 것.
　　　동구 밖엔 아주 천천히
　　　응고되는 당신의 시간이.
　　　안개에 섞이는
　　　당신의 무수한 표정들이.　　　　　　　　——「초입」 부분

(2)  어떤 햇빛이 열몇 개의 각으로
　　　내 눈을 미분했고

바람은 북북서의 방향에서
아직도 불어오는데

내가 시선을 긋는 것마다
모조리 두 쪽으로 갈라지고        —「너무 늦게 온 아이」 부분

　(1)에서 "햇빛"에 의해 "당신"은 구획되고 구겨진다. 그런데 묘하게도 "당신"은 대상에 머물지 않고 어떤 주체의 능동성을 발휘한다. "햇빛"에 의해 "구겨지면서도" "정교하게 접히는" "당신"은 "접히는/이름"과 "마른 영혼"과 "빈 얼굴"로 존재한다. 이것은 '탈주체'라기보다 내면성이 탈각된 '최소 주체'라고 부를 만하다. "등 뒤만을 지운" '최소 주체'는 내면의 입체성과 깊이를 제거하고 "빈 얼굴"로 남지만, "시간"을 "응고"시키고 "무수한 표정들"을 만들어낸다.
　(2)는 '최소 주체'의 능동성이 어떤 미학적 원리로서 작용함을 보여준다. 시적 화자는 "햇빛"에 의해 "미분"된 "눈"으로 대상을 주시함으로써 그것을 절개한다. 이 시선으로 인해 신해욱 시의 '평면성'이 생겨난다. 우리는 이 미학적 원리를 '광학적 시선의 절개'라고 부르고자 한다. 시인은 햇빛에 의해 미분된 눈, 즉 광학적 시선으로 사물과 존재와 세계를 바라봄으로써, 느리거나 정지된 시간을 만들고, 습기를 증발시키며, 웃음의 농도를 조절하거나 얼굴을 접고 등 뒤를 지우는, 다양한 미학적 실험을 시도하는 것이다.
　이 실험을 통해 신해욱은 '평면의 미학'이라는 새로운 시적 차원을 열어나간다. 이 과정에서 시인은 "내가 거기에 없는데/내 눈이 거기에 있다는 건/잘 참을 수 없는 일"(「남는 것과 사라지는 것」)에서처럼

주체와 시선 사이의 간격으로 회의하기도 하고, "두 눈을 크게 감고/ 이제는 核心만을 보는 거야./너무 검은 저기"(「보는 사람」)에서처럼 바깥 풍경을 도려내는 광학적 시선을 미지의 세계로 전환시키기도 한다. 어쩌면 깊이를 제거한 신해욱 시의 평면의 미학은 이미 미지의 핵심이 지닌 신비로운 깊이를 음각으로 보여주고 있는지도 모른다.


### 3. 하재연—우발성, 서사적 인과의 분절


하재연의 시는 기본적으로 시간성에 근거한 서사적 진술을 보여준다. 근대적 시사 양식은 인과성을 토대로 현실감(리얼리티)을 부여한다. 인과율을 기준으로 개연성과 선형성을 형성하여 시간과 공간에 질서를 부여하고 깊이를 만들어낸다. 그런데 이 현실감이 인과성에 의해 만들어진 것이라면? 그래서 근대적 리얼리티가 가상에 불과하다면? 우리는 이런 회의를 거쳐 다른 방식의 서사적 진술을 생각해 볼 수 있다. 하재연의 시는 인과성을 제거한 '우발성의 진술'을 시도한다.

그림자들이 여러 개의 색깔로 물든다
자전거의 은빛 바퀴들이 어둠 속으로 굴러간다

엄마가 아이의 이름을 길게 부른다
누가 벤치 옆에
작은 인형을 두고 갔다

시계탑 위로 후드득 날아오르는 비둘기
공기가
짧게 흔들린다

벤치, 공원, 저녁과는 상관없이                    ——「휘파람」 전문

　저녁의 공원 풍경을 묘사한 듯한, 전반부 3개의 연은 서로 무관하
게 펼쳐진다. 각 연마다 병치된 두 문장 사이에도 긴밀한 연관성이
존재하지 않는다. 단지 4연의 "벤치, 공원, 저녁"만이 3개의 연 사이
의 관련성을 제시하고 있다. 그러나 "상관없이"가 보여주듯, 이 최소
한의 연관도 이 시가 의도하는 것이 아니다. 동일한 시간과 공간에서
벌어지는 사건들도 상호 무관할 수 있다는 것이 이 시의 의도인 듯하
다. 그러면 제목인 "휘파람"은 어떤가? 일차적으로 청각적 이미지를
형성하는 "이름을 길게 부른다"나 "후드득 날아오르는 비둘기"와 연
결될 수도 있지만, 궁극적으로 이것이 부여하는 것은 우발적이고 불
확실한 어떤 느낌과 분위기가 아닐까.
　이 시가 보여주는 것은 우발성을 통해 부여되는 미묘하고 은밀한
아우라와 잉여적 감각의 세계다. 모든 우연들을 단번에 응축하는 우
발성은 전개체적이고 비인칭적이며 비개념적인 사건이다. 즉 존재나
개념 이전의 빈칸이나 유동성에 상응하는 흔적이다. 이 시의 우발성
은 시간적·공간적 배경과 무관한 사건들 사이에서 빚어지지만, 인물
들 사이의 무연관성에서도 빚어진다. 서사적 인과를 벗어나는 우발성
은 인물들 사이의 관계 및 화자와 인물 사이의 거리를 희미하게 증발

시키는 기법과도 관련되는 것이다. 2연의 "아이"와 "누가"를 주목해
보자. 이 시에 등장하는 인물은 "엄마"와 "아이"와 "누가"인데, 실존
하는 것은 "엄마"의 음성과 "작은 인형"일 뿐 "아이"와 "누가"는 부
재하는 형식으로 주어져 있다. 이 '부재의 형식'은 '우발성의 미학'을
발생시키는 중요한 요소가 된다.

> 그녀는 책장을 넘기고 있었고
> 남자가 문 열린 차를 타고 벼랑으로 내달았고
> 고양이가 식탁 위의 커피잔을 건드렸고
> 양탄자가 약간 들썩거렸고
> 고장난 시계 초침이 열두 번을 돌았고
> 소년은 마라톤 결승 테이프를 끊었고
> 그녀는 행운을 빌었으나
> 양손이 쪼글쪼글해지고
> 머리칼이 가늘어지고
> 커피는 쏟아졌고 양탄자는 젖지 않았고
> 남자가 녹색 지붕 아래 비행하는 순간          ─「동시에」 전문

  이 시의 인물과 사건들은 "그녀"─"책장"─"행운"과 "고양이"─
"커피잔"─"양탄자"와 "남자(소년)"─"차"─"마라톤"─"비행"의 세
계열로 정리될 수 있다. "그녀"와 "고양이"와 "남자(소년)" 사이에,
그리고 이들의 행위 사이에 인과성을 찾기는 어렵지만, 미묘한 뉘앙
스 속에 어떤 연결 고리가 숨어 있는 듯하다. "고양이"가 암시하는
것은 바로 이 모호한 우연성의 비밀 자체가 아닐까. 그렇다면 모호한

관계의 중심에는 "그녀"와 "남자(소년)"가 있다. "그녀"는 "책장을 넘기"거나 "행운을" 비는 반면, "남자(소년)"는 "차를 타고 벼랑으로 내달"리거나 "마라톤 결승 테이프를 끊"거나 "녹색 지붕 아래 비행" 한다. 두 가지 질문이 가능하다. 첫째, "남자"와 "소년"은 동일 인물 일까? 둘째, "양손이 쪼글쪼글해지고/머리칼이 가늘어지"는 것은 무엇을 의미할까? "양손이 쪼글쪼글해지고/머리칼이 가늘어지"는 것은 시간의 경과를 의미하므로, "소년"과 "남자"는 일단 동일 인물의 성장 과정을 상징한다고 볼 수 있다. 한편으로 그가 보여주는 사건들은 모두 최후의 순간을 의미하지만, "그녀"의 기원은 "소년" 및 "남자"에게 도달하지 않은 것으로도 해석할 수 있다. "당신은 소멸을 이야기하지만/약 오 분간의 착시에 대해/나는 한동안 당신과 무관하게 기억하는"(「간선도로」) 것이다.

여기서 인물과 사건의 관계보다 중요한 것은 '시간의 경과'를 내포하고 있는 '동시성'이다. "동시에"라는 제목은 '시간의 경과'를 보여주는 시의 본문 내용에 위배된다. 그러니 정작 이것이 의미하는 것은 과거·현재·미래라는 상이한 시간대를 분절하고 그 사건의 조각들을 하나의 평면 위에 배치하는 '몽타주 기법'이다. 하재연 시의 서술 방식은 서사가 지닌 인과성과 선형성을 분절하여 '동시에' 그리고 '상호 무관'하게 배열하는 것이다. 앞의 인용 시를 다시 보면, "휘파람"이라는 제목도 과거의 존재인 "아이"와 "누가"를 현재의 시간 속에서 호명하는 '몽타주 기법'과 관련된다고 볼 수 있다. 즉흥적으로 스쳐 지나며 공기를 가르는 듯한 뉘앙스와 음색을 가진 "휘파람"은, 시간의 경과를 분절하고 그 사건의 조각들을 하나의 평면 위에 무관하게 배열하는 '청각적'인 '몽타주 기법'인 셈이다.

(1) 당신은 발자국 소리가 없어요

　　고양이의 영혼

　　아이들은 당신을 두려워하지 않지요

　　당신에게는 시간이 오래 머물러 있습니다

　　나에게서 아주 조금만 가져가준다면

　　나는 당신과 영원히 함께 있을 텐데

　　나는 당신의 주름을 가만히 움켜잡고 싶습니다

　　　　　　　　　　　　　　　　　　　　　　—「천국의 계단」 부분


(2) 나는 무거운 여자입니다 원하는 게 무언지 알 수 없을 땐 손톱 거스러미를 정리해요 상승하고 싶었어요 황금색 약이 씻겨 내려가는 휘발성 오후처럼 당신이 왔다가 당신이 돌아가고는 해요 제1의 당신이 면회 나와 나를 기다리고 있을 때 제2의 당신하고 여관방에 들어갔는데 메리야스가 창피해서 제2의 당신이 내 뺨을 때리는 동안 〔……〕 제5의 당신이 떠나버리고 기화하는 술을 여러 잔 마시고 〔……〕 나는 매번 평범했습니다 농담처럼 가벼워지고 있는 건가요?　　　　　　　　　　　—「스텔라 미장원」 부분


　(1)은 "나"와 "당신"의 관계를 중심으로 전개된다. "고양이의 영혼"처럼 "발자국 소리가 없"는 "당신"은 모호하고 신비로운 존재이다. "시간이 오래 머물러 있"는 "당신"은 '영원'이라는 시간 자체일 것이다. 과거와 미래의 존재이면서 기억 속에서 되살아나는 "당신"은 다름 아닌 현재에 틈입하는 시간의 분신들이다. 여기서 "나"는 무엇

을 "아주 조금만 가져가"주기를 원하는 것일까? 아마 현재의 시간일 것이다. 결국 하재연의 시에서 "나"에게 주어진 시간과 "당신"의 시간은 간극을 가진다. "다가서는 순간/등의 표정은 무너지고"(「나비효과」) 마는, 이 간극을 주시하며 어긋난 시간의 조각들을 무관한 듯 병치시키는 기법이 하재연의 시적 방법론이다.

(2)도 "나"와 "당신"의 관계가 중심을 이룬다. "나"는 "상승하고 싶"은 "무거운" 여자인 데 반해, "당신"은 "휘발성 오후"가 암시하듯 가벼운 존재이다. 둘 사이의 간격은 "나"와 분화된 "당신"들의 무미건조한 일상적 행위들로 형상화된다. 이 '당신들'은 시간의 분신들이며, "당신"의 시간적 경과와 전이를 가시화한다. "휘발성 오후"와 함께 "기화하는 술"은 하재연이 추구하는 '우발성의 미학'이 내면의 깊이를 증발시킴으로써 "농담처럼 가벼워지는" 효과를 얻고 있음을 보여준다. 불투명하고 희미한 몽타주 속에서 "당신"의 정체는 "다가서는 순간" "무너지"는 "등의 표정"처럼, 드러날 듯 감추어져 있다. 이처럼 "아무 일도 도모하지 않기 위해/다른 나라 말을 하기 시작"하는 하재연의 시는 신비로운 아우라의 매력을 발산한다. 이 매력의 비밀을 감지하기 위해, 우리는 '부재의 형식'에 부여된 모호한 미학적 거리를 카메라의 줌 렌즈를 통해 끌어당기거나 늘이면서 시간의 틈새에 노출된 몸의 표정을 엿볼 필요가 있다.


## 4. 이근화—고양이의 형식, 연쇄·교차·휘발

신해욱의 시가 원근법을 제거한 '평면의 묘사'로 주체의 내면성에서 벗어나고, 하재연의 시가 인과성을 제거한 '우발성의 진술'로 주체의 내면성에서 벗어난다면, 이근화의 시는 이들을 종합하면서 개별 존재가 지닌 '형식에 대한 질문'을 시도한다. '형식에 대한 질문'이란 칸트적 의미의 초월론적transcendental 비판을 통해 존재의 경험을 가능케 하는 근거를 객관적으로 파악하는 것을 뜻한다. 경험에 선행하는 가능 조건을 탐구하는 것인데, 이 질문을 통해 이근화는 인간 중심적인 사유와 감각에서 벗어나고자 한다.

　　스킨헤드族이었고, 샤넬의 새로운 모델이었던 그녀가 로마 가톨릭에 귀의하여 사제의 발걸음을 배울 때, 일요일의 종소리는 열두 시와 여섯 시에 한 번

　　나는 이 형식을 벗어나서 휴식을 취할 수 없다

　　독일式 화이버를 쓴 남자는 일 초 전이나 일 초 후의 내 자리를 지나고 휘파람을 씨익 불지만 저기 멀리 달아나는 오토바이의 시간

　　오토바이는 오토바이의 형식으로 달리고
　　모래는 모래의 날들 위에 반짝인다

　　누군가 목격하였다고 해도 나는 같은 형식으로 잠들고 멀지 않은 곳에서 사제는 사제의 발걸음을 옮긴다 종소리는 열두 시와 여섯 시에 한 번
　　　　　　　　　　　　　　　　　　　　　　　—「피의 일요일」 전문

이근화의 시적 질문을 함축하는 작품이다. 시 속에 "그녀"와 "남자"와 "나"의 삶의 단면이 제시되지만, 이들 사이에 연관성을 찾기는 쉽지 않다. 제 갈 길을 가는 세 인물의 엇갈리는 생의 방향을 보여주는 듯하다. 즉 인생 유전을 겪는 "그녀"의 가벼운 듯 무거운 삶과, 오토바이를 타고 스쳐 가는 "남자"의 무거운 듯 가벼운 삶과, 일요일의 종소리와 더불어 휴식하거나 잠드는 "나"의 무미건조한 삶이 주는 어떤 느낌, 그리고 이들 사이의 무연관성이 주는 무심한 분위기가 이 시의 정체인 듯하다. 여기서 세 가지 질문을 해볼 수 있다. 첫째, 과연 세 인물은 무관한가? 둘째, "일요일의 종소리"는 어떤 역할을 하는가? 셋째, 제목의 "피"는 무엇을 의미하는가?

이 질문들에 대답하는 중요한 열쇠는 "형식"이라는 단어다. 이 시에는 네 가지의 '형식'이 등장한다. "그녀"와 "남자"와 "나"의 삶의 "형식" 외에 "종소리"의 "형식"이 있다. "열두 시와 여섯 시에 한 번" 치는 "일요일의 종소리"의 "형식" 말이다. 네 가지의 '형식'은 개별적 가능 조건으로 인해 공통 감각에 이르지 못하는 듯하지만, "종소리"의 "형식"이 "그녀"와 "나"의 삶의 "형식"을 매개한다. "일요일의 종소리"는 "사제의 발걸음을 배"우는 "그녀"와 연관되는 동시에, 그 종소리의 "형식을 벗어나서 휴식을 취할 수 없"는 "나"와도 연관되기 때문이다. 물론 이것은 '느슨한 연관성'이다. "그녀"의 삶과 "나"의 삶은 결정적으로 일치하지도 만나지도 않는다. 우리는 이 연쇄의 방식을 '우연성의 효과'라고 부를 수 있을 것이다. 결국 이 시의 구도는 "그녀"—"종소리"—"나"의 "형식"이 지닌 우연성의 효과, 그리고 이것과 "남자"의 "형식" 사이의 무연관성이라고 볼 수 있다. "피"는 이처럼 우연성의 효과와 무연관성이 공존하며 빚어내는 세계의 어떤 비극적 단면의 이미지가 아닐까.

이근화의 시적 질문은 개별 존재의 가능 조건에 주어지며, 그 사이의 무연관성 혹은 느슨한 연관성을 통해 야기되는 삶의 기미와 뉘앙스가 시적 정체를 이룬다. 여기서 이근화 시의 방법론으로 '무연관성'과 '우연성의 효과' 사이의 다양한 스펙트럼을 주목할 수 있다. 우연과 필연 사이의 농도 조절이라고 말할 수 있는, 이 방법론은 '고양이'의 '존재 형식'을 통해 전형적으로 형상화된다. "고양이와 내가 살아가는 교묘한 방식"(「멍든 자국」)이 바로 이근화 시의 방법인 것이다.

고양이는 뜻없이 멈추고 고양이는 뒤돌아본다 이 밤에 얼마나 배가 고플까 얼마나 길어질 수 있을까

고양이는 더럽고 고양이의 얼룩은 번지고 이 마을과 저 동네를 거쳐 고양이는 두 개의 다른 얼굴을 내민다

[⋯⋯]

고양이는 한없이 길어지고 고양이는 어떤 태도를 감추고 있네 단숨에 뛰어넘을 수 없는 거리를 가졌지

슈퍼맨은 어지럽고 고양이는 감쪽같이 사라졌어 내 머리 위에서 돌아가는 저 어두운 별, 별.　　　　　　　　　　──「이중 모션」 부분

미묘하고 복잡하며 섬세한 '고양이의 형식'은 세 가지로 요약될 수

있다. '연쇄(멈춤, 뒤돌아봄, 길어짐)' '교차(다른 얼굴, 거리)' '휘발
(감춤, 사라짐)'이 그것이다.


    (1) 이것은 나의 몸이다

        왕의 항아리다

        나는 팔과 다리가 없다

        한 번 베어진다면

        목을 내놓겠으나

        소문의 항아리는

        이야기를 닮았고

        이야기의 배는 부르다

        구른다면 한 번뿐인

        몸이나 이것은

        기억의 항아리다                    ——「왕의 항아리」 부분


    (2) 나무는 초록과 분노로

        나무는 말이 없다

        나무를 사랑해


        [……]


        당신의 머리칼은 바람에 기대고

        당신은 자유롭게 연애를 즐기고

        당신에게는 미끄러짐의 물매가 있다  ——「단지 금발인 여자」 부분

(3) 아이들 공놀이를 하고 거짓말같이 공이 떠오르고 엄마는 멀리
　　그늘에서 고구마의 어린순을 다듬고 손끝에 핏물 곱게 들고 나팔
　　꽃 지지배배 몰래 울고

　지나갈 비가 지나고 거짓말같이 옷이 마르고

　공원에는 시작되는 연인들 끝나는 연인들 쌍을 지어 날아오르고 못
본 척 즐겁게 춤을 추다가 그대로 멈출 수 있는 아이들 멈추지 않고 자
라고 또 자라서, 내 오랜 엄마는 어둡고　　　　　　　━「공놀이」 부분

　(1)은 '연쇄'의 방식을 보여준다. "꼬리에 꼬리를 물고"(「칸트의 동
물원」) 도는 고양이의 '순환적 연쇄'가 변형되어 "항아리"에 함축된
다. "나의 몸"은 "왕의 항아리"라서 "소문의 항아리"고 "소문의 항아
리"라서 "기억의 항아리"다. "항아리"는 유추 혹은 연상 효과를 통해
잠시 멈추고 뒤돌아보며 길어지는 순환을 형상화한다. 이것은 일종의
인과적이고 선형적인 연결이지만, 그 끝없는 반복적 전개 속에서 우
연성과 무연관성에 접근한다.
　(2)는 '교차'의 방식을 보여준다. 1연의 1행과 2행의 주어는 "나
무"로서 동일하지만, 그 양상은 개별적이다. 한 존재가 다른 두 얼굴
을 보여주는 방식이라고 볼 수 있다. 3행에서 "나무"는 목적어가 되
어 1행 및 2행과 별개로 전개된다. 개별자들 사이의 상이한 존재 형
식을 보여주는 방식이라고 볼 수 있다. 이 두 방식은 "당신의 머리
칼"의 수동성과 "당신"의 능동성으로, 그리고 화자에 의해 판단되는

"당신"의 양상으로 변주된다. 시인은 한 존재의 얼굴 바꿈이나 개별 자들의 상이한 존재 형식을 병치하면서 그 '어긋남'을 통해 연관성을 제거하는 것이다.

(3)은 '휘발'의 방식을 보여준다. 1연은 "아이들"—"공놀이"와 "엄마(나팔꽃)"—"핏물(울고)"의 두 계열선으로 이루어지는데, 둘 사이의 차이는 "거짓말같이 공이 떠오르"는 모습에 의해 드러난다. 현실의 무게를 가볍게 들어올리는 효과를 낳는 '떠오름'은, 2연에서 "비"를 '증발'시킴으로써 "엄마"를 둘러싸고 있는 물기(핏물, 울음, 비)를 말리는 기능까지 담당한다. 그리하여 고통과 슬픔의 현실은 기억의 습기를 말리는 '휘발'의 미학적 효과로 전이된다. 왜 그런가? "멀리 그늘에서"와 "내 오랜"은 "엄마"가 과거로부터 지속되는 기억 속의 인물이고, "날아오르"는 "연인들"과 "멈추지 않고 자라고 또 자라"는 "아이들"은 현재와 과거(미래) 사이에서 상호 중첩되는 인물임을 보여준다. 화자의 시점은 "아이들"과 "연인들" 사이를 왕래하면서, 이 시점에서 과거로부터 지속되는 기억 속의 "엄마"를 바라본다. 결국 "아이들"의 "공놀이"가 가진 '휘발'의 방식은 아련한 동화적 아우라를 부여하면서, "엄마"의 고통과 슬픔의 세계가 가진 시간의 주름을 말리고 증발시키는 것이다.

'연쇄' '교차' '휘발'의 미학적 실험을 통해 이근화는 '고양이의 형식'이라는 새로운 시적 차원을 열어나간다. 인용한 시를 다시 보면, 「피의 일요일」과 「공놀이」는 이 세 가지 방식이 공존하며 이근화 시의 미학을 종합하고 있다. 전자에서는 누가 "휘파람"을 부는지, 후자에서는 누가 "거짓말같이 공"을 "떠오르"게 하는지 알 수 없다. "휘파람"과 "떠오르"는 "공"은 개별 존재들 사이의 우연성의 효과나 무연관성조차 '휘발'시키며 어떤 순진무구한 놀이의 차원을 만들어낸다. 이것이 자아내는 모호하고 신비로운 아우라가 이근화 시의 정체다.

## 5. 2000년대 실험적 전위시의 유형

신해욱의 시는 원근법을 제거한 '평면의 묘사'로 주체의 내면성에서 벗어나고, 하재연의 시는 인과성을 제거한 '우발성의 진술'로 주체의 내면성에서 벗어나며, 이근화의 시는 이들을 종합하면서 '연쇄' '교차' '휘발'의 방식을 통해 '고양이의 형식'을 시도한다. 이들의 시는 공통적으로 '최소 주체'와 '탈내면성'에 도달하는 다양한 방법적 실험을 추구한다. '최소 주체'의 '탈내면성'은 풍경의 깊이를 절개하여 '평면의 미학'을 형성하고, 시간의 질서를 분절시켜 '우발성의 미학'을 형성한다. '평면성'과 '우발성'은 개별 존재들 사이의 '우연성의 효과'와 '무연관성'과 '순진무구한 놀이'의 아우라를 발생시킨다.

앞에서 우리는 2000년대 실험적 전위시의 대표적 유형으로 '마녀적 무의식의 시' '환상시' '우발성의 시'를 들었다. 진은영 · 김이듬 · 이기성 · 조말선 등으로 대표되는 '마녀적 무의식의 시'는 꿈의 (비)문법을 차용한 불협화음과 착란의 어법을 통해 의식의 동일성과 길항하는 마녀적 타자성을 표출하고, 황병승 · 김민정 · 이민하 등으로 대표되는 '환상시'는 환상과 향유를 통해 실재와 충동의 대상을 포획하면서 대타자의 욕망에 대답하는 동시에 자기 욕망을 실현시킨다. 이장욱 · 김행숙에 이어 신해욱 · 하재연 · 이근화 등으로 대표되는 '우발성의 시'는 원근법이 제거된 평면적 공간 위에서 인과성이 제거된 우발적 사건을 드러냄으로써, 개별자들 사이의 우연성의 효과와 무연관성과 순수한 놀이의 아우라를 발생시킨다. 첫째 유형이 1990년대 이후의 '마녀적 상상력'과 '무의식적 타자성'의 창조적 계승자라면, 둘째 유형은 '마녀적 상상력'과 '무의식적 타자성'과 '대중문화의 패러디'의 창조적 계승자고, 셋째 유형은 '무의식적 타자성'과 '테크놀로지적 상상력'의 창조적 계승자라고 볼 수 있다.

이 세 유형은 기존의 서정적 자아로부터 이탈한다는 점에서 친연성을 가지지만, 실재 및 시뮬라크르를 드러내는 방식에서 중요한 차별성을 보여준다. '마녀적 무의식의 시'가 카오스의 시간과 공간을 유영하는 무의식이 어떤 고정점을 포착함으로써 시뮬라크르와 이것을 배반하며 솟아오르는 상징의 틈새에서 실재를 드러낸다면, '환상시'는 환상과 향유를 통해 실재를 드러내는 시뮬라크르를 보여주고, '우발성의 시'는 아우라와 잉여의 감각을 통해 실재를 드러내는 시뮬라크르를 보여준다. 우리는 상상계와 상징계와 실재계가 불화를 겪으며 복잡한 관계망(보로메오의 매듭)을 이루고 내면의 무의식을 드러낸다는 점에서, '마녀적 무의식의 시'를 '심층의 시'라고 부를 수 있다. 그리고 표면의 시뮬라크르가 우선하지만 심층과의 관계를 내포하고 그것과의 공모·저항·탈주를 시도하며 환상과 향유를 표현한다는 점에서 '환상시'를 '표면의 시'라고 부르고, 내면성의 깊이를 제거하는 광학적 시선과 비선형적 서사를 통해 순간적으로 촉발되고 휘발하는 아우라와 잉여의 감각을 시뮬라크르로 표출한다는 점에서 '우발성의 시'를 '평면의 시'라고 부를 수 있을 것이다.

'심층의 시'가 시뮬라크르의 바다, 즉 심층적 환유의 연쇄 위로 섬광처럼 솟아오르는 은유를 고정점으로 표현하는 것과 달리, '표면의 시'는 시뮬라크르의 환유를 중심으로 상상적 영상이나 환영을 전개하면서 그 아래 숨어 있는 은유를 언뜻 드러낸다는 점에서, '심층의 시'를 거꾸로 뒤집어놓은 위상학을 보여준다. 이 뒤집음으로 인해 시뮬라크르의 환유가 전면에 등장하면서 고정점은 약화되는 반면 충동과 환상의 강도가 강해지는 것이다. 한편 '평면의 시'는 '표면의 시'에서 심층의 은유를 제거함으로써 시뮬라크르의 환유성이 더 강화되고 탈주에 가속도가 붙어 우발성과 휘발성에 도달하는 양상을 보여준다. 수사학의 측면에서, '표면의 시'가 환상과 향유를 통해 충동과 실재를 '과잉된 파토스'와 '과도한 표현법'으로 표현하는 '플러스(+)의 수사학'을 보여준다면, '평면의 시'는 아우라와 잉여의 감각을 통해 흔적과 실재를 '희박한 파토스'와 '절제된 표현법'으로 표현하는 '마이너스(-)의 수사학'을 보여준다. '표면의 시'와 '평면의 시'는 심층과의 관계를 내포하는가 아니면 절개하는가에 따라 구별되지만, 시뮬라크르를 통해 실재를 드러낸다는 점에서 유사하다. 시뮬라크르, 즉 상상적 영상이나 가상이 표면이나 평면에 출현할 때 상징은 약화되고 실재가 혼재된 양상으로 드러나는 공통점을 보여주기 때문이다. '표면'과 '평면'은 들뢰즈와 가타리가 말한 '매끄러운 공간'에 해당하며, 이 위에서 시뮬라크르는 미끄러지듯 탈주하며 탈영토성을 추구하다가 휘발되기도 하고 새로운 주체화의 점을 찾아 재영토화되기도 한다.

'실재'의 유형학을 시도한다면, 왜상적 얼룩이나 원초적 대상을 통해 체계를 파괴하는 심연의 소용돌이를 보여준다는 점에서 '표면의 시'는 '실재적 실재'를 표출하고, 불가사의한 미지의 세계, 혹은 깨지기 쉬운 순수 외관을 드러낸다는 점에서 '평면의 시'는 '상상적 실재'를 표출하며, '심층의 시'는 이 두 실재에 공식으로 환원된 기표인 '상징적 실재'까지 포함하는 양상을 보여준다. 2000년대 실험적 전위시가 이상 시의 계보를 계승하면서 경작하고 개척한 새로운 시적 차원은, 기본적으로 무의식적 욕망과 충동, 환상과 향유, 아우라와 잉여적 감각의 세계지만, 더 핵심적인 지점은 이처럼 상상 및 상징과 중층적인 관계를 맺으며 복잡하고 다양하게 표출되는 실재의 세계라고 생각한다. 이 세 유형의 실험적 전위시는 차이의 생성과 복수성에 대한 추구가 주체의 분열을 통과하여 최소 주체 및 타자성에 이르는 과정을 공유하지만, 그 이후에 평면성과 우발성을 강화하는지 심층과의 연관성과 우연성의 효과를 강화하는지에 따라 방향이 달라진다. 우리는 이 세 유형의 실험적 전위시가 탈주체화의 극한으로 나아가는지, 아니면 새로운 주체화의 점을 모색하는지 지켜보게 될 것이다. 어느 방향에 정답이 있는지 알 수 없다. 실재에 대한 끝없는 질문과 모험이 있을 뿐이다.

# 시적 강도와 밀도
—— 마종기 · 조원규 · 문태준 · 정영 · 김경주의 시

1

 최근 출간된 시집들을 읽으며 시적 표현에 있어서 진술이 주를 이루고 있음을 발견한다. 시적 표현은 크게 묘사와 진술로 구분되는데, 최근 시에서 묘사보다 진술의 비중이 커지고 있음을 확인하는 것은 새삼스러운 일이 아니다. 이 현상은 시의 역사적 흐름이 정형시로부터 벗어나 자유시의 내재율을 실험하고 그 연장선에서 산문시로 전개되는 경향과도 무관하지 않아 보인다. 이러한 산문화의 경향에 대해 어떻게 진단하고 평가할 수 있을까. 이 질문에 대답하려 할 때, 우리는 시적 강도와 밀도에 대해 사유할 필요를 느낀다. 시는 함축적 언어로서 압축과 암시를 그 존재적 본성으로 가진다고 볼 수 있다. 일단 압축성과 암시성을 가진 언어를 시적 언어라고 간주할 때, 그 강도와 밀도를 측량하는 것은 시성(詩性)을 평가하는 하나의 척도가 될 수 있다. 그러나 물론 자유시냐 산문시냐의 여부가 시적 강도와 밀도

를 직접 결정하는 것은 아니다.

시적 강도와 밀도는 두 가지 층위에서 살펴볼 수 있다. 하나는 시의 형태적 측면이고, 다른 하나는 문체나 문채의 측면이다. 전자가 리듬과 관련된다면, 후자는 비유와 관련된다. 시의 형태적 측면은 지금까지 관례화된 정형시, 자유시, 산문시라는 분류와 연결되는데, 우리는 이 분류를 참고하면서 각각의 유형 내부에서 펼쳐지는 리듬의 세부 양상에 대해서도 살펴볼 필요가 있을 것이다. 같은 자유시 내부에서도 리듬의 다양한 차이가 존재하며, 산문시의 경우에도 그러하기 때문이다. 문체나 문채의 측면은 비유의 기능 및 효과와 연관된다. 시의 형태적 측면의 강도와 밀도가 작품의 전체적 음악성과 결부된다면, 문체나 문채적 측면의 강도와 밀도는 문장의 세부적 비유와 맞닿는다고 볼 수 있다. "운율을 통해 시간이 압축되고, 비유를 통해 공간이 겹쳐짐으로써 경험 세계는 시의 세계로 변형된다"(김인환, 『비평의 원리』, 나남, 1994, p. 98)라는 지적을 참고하면, 이 두 층위에서 시적 강도 및 밀도를 측정하는 것은 시간과 공간을 압축하는 시의 본질적 원리에 대해 질문하고 규명하는 것이기도 하다. 그리하여 이 방식은 다양한 시적 형태와 비유의 양상이 공존하는 우리 시대의 시를 '시적 원리'의 측면에서 고찰하는 하나의 관점이 될 수 있을 것이다.

우리 시대의 시 가운데 중진 시인들보다 젊은 시인들의 시에서 시적 진술, 혹은 산문화의 경향이 더 선명히 드러나고 있다. 2000년대 젊은 시인들의 시적 특징을 서사적 산문성과 장광설로 설명하는 것은 이제 상식에 속한다. 이와 관련하여 2000년대 시를 '서정적 경향의 시'와 '환상적 경향의 시'로 대별하고 그 특성을 고찰하는 것도 관례가 되고 있다. 그러나 이러한 분류는 어느 정도 세대론적인 관점에서 자유롭지 못하고, 이분법적 대립을 전제하고 있기도 하다. '자유시'인가 '산문시'인가, 혹은 '서정시'인가 '환상시'인가의 구분이 좋은 시를 분별하는 기준이 되기는 어렵다. '서정시'든 '환상시'든 작품을 평가할 때 소재적 측면이나 형식과 내용에 대한 현상적 진단이 아니라 작품의 질적 수준을 분별하는 기준을 마련할 필요가 있다. 더 나아가 우리는 '서정성'과 '환상성' 사이의 상호 침투나 습합 양상에 대해서도 섬세히 살펴봐야 할 것이다. 이런 관점에서 시의 리듬과 비유라는 두 층위에서 시적 강도 및 밀도를 측량하는 기법적 고찰은, 작품의 질적 수준을 평가하는 하나의 접근 방식이 될 수 있을 것이다.


2


마종기의 최근 시집 『우리는 서로 부르고 있는 것일까』(문학과지성사, 2006)는 시적 화자의 고독한 영혼이 과거와 현재와 미래의 시간을 순회하며 작고 여린 사물들을 호명한다. 진솔한 일상적 어법으로 전개되는 진술의 문장들은 자칫 산문성을 드러낼 수 있지만, 시인은 자유시의 형태 속에서 독특한 리듬의 밀도를 만들어낸다. 투명한 언어의 아름다움과 더불어 이 리듬의 효과가 마종기의 시에 시성을 부여한다.

추운 밤 참아낸 여명을 지켜보다
새벽이 천천히 문 여는 소리 들으면
하루의 모든 시작은 기적이로구나.

지난날 나를 지켜준 마지막 별자리,
환해오는 하늘 향해 먼 길 떠날 때
누구는 하고 싶었던 말 다 하고 가리
또 보세, 그래, 이런 거야, 잠시 만나고—

길든 개울물 소리 흐려지는 방향에서
안개의 혼들이 기지개 켜며 깨어나고
작고 여린 무지개 몇 개씩 골라
이 아침의 두 손을 씻어주고 있다.                    —「기적」전문

  새벽의 "여명"을 지켜보고 그 "소리"를 들으며 "하루의 모든 시작
은 기적이로구나"라고 말하는 것은 평범한 일상적 표현일지도 모른
다. 그러나 2연에서 "나를 지켜준 마지막 별자리"가 "먼 길 떠"난다
고 표현하는 대목은, 잔잔하지만 숙연한 비극성을 느끼게 한다. "누
구는 하고 싶었던 말 다 하고 가리"는 말하지 못함을 통해 오히려 간
절한 사랑의 밀도를 형상화한다. 그리고 "또 보세, 그래, 이런 거야,
잠시 만나고—"는 화자가 청자와 주고받는 생생한 대화의 형식을 통
해 시적 긴박감을 형성한다. 일종의 교창(交唱)을 만들어 진술의 흐
름에 리듬의 강도와 밀도를 개입시키는 것이다. 이 교창의 방식은
"다른 시선과 시선은 서로 만나/손잡고 보석이 되었다"(「시선」)에서
보듯 상호 시선의 장치로서, 마종기 시의 화자에게 개별자적 '나'가
아닌 공동체적 '우리'의 아우라를 부여한다. 그런데 상호 대화의 내용
은 인용 시에서 보듯, 무심하고 즉흥적이어서 오히려 묘한 시적 여운

을 발생시킨다. 만나고 사랑하고 헤어지는 인간사에 대한 깊은 애정
과 연민을 스치듯 지나치는 간결하고 평이한 인사말로 표현함으로써,
일종의 반어적 효과를 얻는 것이다.

　이것을 리듬의 밀도라고 본다면, 3연에서는 비유의 밀도를 발견할
수 있다. "안개의 혼들"이 보여주는 "깨어"남과 "씻어"줌은 그 자체
로 새벽의 풍경을 신선하고 정결한 이미지로 형상화한 것이면서, 동
시에 이별의 아쉬움 속에서 각성과 정화에 이르는 새벽의 기적을 압
축적으로 형상화하고 있기 때문이다.


　월드컵 4강 진출은 거창했었지. 미국에서도 오대호 근처의 작은 도
시에 살아서, 혼자 새벽 두시나 네시에 일어나 대한민국을 외치며 흥
분했던 한판의 역사. 월드컵 다 끝난 날. 오래 같은 촌에 모여 사는 한
국 친구들 몇 모여 축하주를 나눌 때, 자동차 공장 노동자로 30년째
일하는 대졸 미스터 김의 눈, 술잔 부딪치며 언뜻 보인 붉은 눈시울은
무슨 뜻이었을까. 기쁨이었겠지. 슬픔이었을까, 충만감이었을까 아니
면 외로움의 한이었을까.


　　너무 아름답고 빛나서
　　보이지 않는 詩,
　　의미가 없어진 詩,
　　너무 순하고 깨끗해서
　　이해할 수 없는 詩,
　　아무 소리도 들리지 않는 詩,
　　혈혈단신의 몸이 다시 되어

그 詩 속에 들어가 살고 싶다.

그 詩의 눈물에 빠져

끝없이 헤엄치고 싶다.                    ─「잡담 길들이기 7」 전문

   이 시는 산문시와 자유시를 동시에 시도하는 혼합 양식을 보여준다. 1연은 일상의 경험을 산문적으로 진술하여 마치 수필 같은 느낌마저 준다. 그러나 문장의 어미가 "거창했었지" "무슨 뜻이었을까"라는 식으로 청자를 상정하는 독백적 진술이어서 친근감을 준다. 이 친근감은 "기쁨이었겠지. 슬픔이었을까. 충만감이었을까 아니면 외로움의 한이었을까"로 이어지면서 정서적 밀도를 상승시킨다. 밀도가 높아진 정서는 2연의 자유시 형태에서 어떤 비약을 통해 시인이 희구하는 시의 이상으로 표현된다. "보이지 않는 詩" "의미가 없어진 詩" "이해할 수 없는 詩" "아무 소리도 들리지 않는 詩" 등으로 표현된 시적 이상은, "詩의 눈물"이라는 비유에 결집되어 시적 강도와 밀도를 만들어낸다. "눈물"의 이미지는 1연과 2연의 연결 고리가 되어, 일상의 사소한 경험에서 투명하고 순수한 시의 언어를 길어내는 마종기 시의 특징을 보여주는 동시에, 그 시의 언어 속에 "기쁨"과 "슬픔" "충만감"과 "외로움"이 함께 스며 있음도 보여주는 것이다.


3


   조원규의 다섯번째 시집 『밤의 바다를 건너』(문학동네, 2006)는 신비적 세계에 대한 황홀한 체험의 순간과 그것을 온전히 포착하지

못하는 언어의 한계 사이에 놓인 간극을 먼 시선으로 형상화한다. 신비를 경험한 멀고 낯선 눈으로 세속의 현실을 바라본다는 점에서, 조원규의 시는 망원경적 시선을 가진다. 이 시선으로 바라보는 현실의 삶은 세부가 생략되고 윤곽만 드러나는, 무심하고 무표정한 풍경으로 인화된다. 자유시의 형태 속에 전개되는 간명한 진술의 어법은 무한한 여백을 품고 있는데, 이 여백을 움켜쥐는 시적 강도와 밀도는 리듬의 측면에서 반복이나 대화를 통해, 그리고 비유의 측면에서 병치의 기법을 통해 얻어지는 듯이 보인다.

> 어두운 사내가
> 어두운 풍경 속을 간다
> 어두운 등불로
> 어두운 길 비추고
> 어두운 아내는
> 어두운데 부스럭
> 아이를 낳는다
> 엄마 왜 찡그려요?
> 응, 눈이
> 부시구나 갑자기
> 엄마 안개는
> 왜 이렇게 희어요?
> 누군가 아직
> 어디선가
> 꿈을 꾸나보지

그럼 희어요?

그럼 희지

보렴 이제 희다                                    —「이제 희다」 전문

   이 시는 '어둠'과 '흰빛'의 대립을 근간으로 전개된다. 단순한 구도
와 간명한 문장에도 불구하고, 시의 공간이 무한히 확장되는 것은 풍
부한 여백 때문이다. 자유시의 형태 속에서 비교적 짧은 행을 일정하
게 유지하여 느린 호흡을 형성하지만, 간결한 문장과 그 반복의 장치
가 속도감을 부여한다. 느린 호흡과 속도감 있는 문장 사이의 엇박자
가 조원규 시의 리듬에 밀도를 제공하는 것이다. 1행에서 5행까지 반
복되는 "어두운"은 시인이 비극적 시선으로 세상을 바라보고 있음을
보여준다. 6행의 "어두운데"는 전환이며, 7행의 "아이를 낳는다"는
전환의 결과이자 반전의 시작이다. 8행 이후로 "아이"와 "엄마"의 대
화가 전개된다. 이 문답식 대화 또한 리듬에 박진감을 불어넣는다.
"눈이/부"신 것은 '빛'이 비쳤기 때문이며, 안개가 흰 것은 누군가
"꿈을 꾸"기 때문이다. "안개"와 "꿈"을 둘러싼 '흰빛'은 '어둠'의 현
실을 견디게 하는, 혹은 치유하는 신비의 세계다. 어쩌면 엄마가 아
이를 낳는 출산의 행위가 '어둠'을 '흰빛'으로 반전시키는 신비의 원천
인지도 모른다. 이러한 해석은 조원규가 추구하는 신비주의를 초월적
차원으로만 이해하지 않고, 내재적 초월로 이해하는 관점과 관련된다.

   흐르지 않는 정경 속 불빛과 나무들 사이를 걸어

   흐르지 않는 정경 속 언덕을 오르고 언덕을 내려

   흐르지 않는 풍경에서 내가 사라지지 않는다

호르지 않는 풍경에서 내가 끝나지 않는다

칠월의 과일가게를 지나
태양 속으로 쓰러지는 이를 본다
내내 소란하고도
단 한 번 기척을 내지 못하던 삶
글썽이다 마르는 그 자리에
누군가 또 살기 위해 자리를 편다

상처의 거리에서 거리로 이어지는 불빛들의 너른 바다
은성(殷盛)한가, 핏빛으로, 삼시 석박 그리고 적막

—「잠시 적막」 전문

"흐르지 않는" "정경"과 "풍경" 속에 "걸어" "오르고" "내"리는
"내"가 있다. 시적 화자는 현실 너머의 신비적 세계에서 먼 시선으로
현실 속의 자신을 바라본다. "흐르지 않는" "정경"과 "풍경"은 이 먼
시선의 작용으로 생겨난다. 2연에 제시되는 것은 소란하고 누추한 세
속의 삶이다. 이 현실은 3연의 "상처의 거리"로 수렴된다. 그런데 이
'상처'는 "상처의 거리에서 거리로 이어지"면서 "불빛들의 너른 바
다"로 전이된다. "상처의 거리"가 현실의 고통스러운 삶이라면, "불
빛들의 너른 바다"는 그것을 치유하는 신비의 세계라고 해석할 수 있
을지도 모른다. 만약 그렇다면, 이 전이에는 간극을 넘어서는 비약이
있다. '현실의 상처'를 '신비의 바다'로 비약시키는 연결 고리는 "불빛
들"이다. 이 "불빛들"은 1연의 "불빛과 나무들 사이"에서 등장했고,

2연의 "누군가 또 살기 위해 자리를" 펴는 공간인 '거리'에도 숨어 있다. '거리의 불빛'에서 '신비의 불빛'을 발견하려는 이 먼 시선이야말로 조원규 시의 비밀을 함축한다.

이 시선은 정지된 순간의 풍경들을 나란히 세우는 '병치'의 비유법을 파생시킨다. 1연의 4개의 "흐르지 않는" "풍경" 속에 제시된 "불빛" "나무들" "언덕" "내"가 그 구체적 예가 된다. 3연의 "상처의 거리에서 거리로 이어지는 불빛들의 너른 바다"는 이 병치의 배열을 하나의 문장 안에서 연결시키는 '압축된 병치'의 기법이라고 볼 수 있다. 이것이 조원규 시의 아득한 여백에 비유의 밀도를 부여하는 힘으로 작용하는 것이다. 역으로 시인이 경계해야 할 것은 리듬과 비유의 밀도가 낮아질 때, 아득한 여백의 간극을 지탱하지 못하는 경우도 생겨난다는 점이다.


4


문태준의 세번째 시집 『가재미』(문학과지성사, 2006)는 현대성의 주된 흐름인 속도로부터 벗어난 바깥의 세계에서 느림의 미학을 펼쳐 보인다. 낮고 부드럽게 스며드는 고요를 여리고 섬세하게 형상화하는 시적 언어는 그 속에 고독과 어둠을 간직하고 있다. 문태준의 시는 주로 자유시의 형태에 진술과 묘사를 혼합하는 어법을 보여준다. 이 어법은 전형적 서정시가 지닌 여백의 미학을 보여주지만, 그 내부에 흐르며 스며드는 그늘의 기미가 시간의 흐름을 개입시킨다. 문태준의 시는 이 느림의 미학적 기법을 통해 리듬의 측면에서 시적 밀도를 얻게 되는 듯이 보인다.

독의 뚜껑을
하나하나씩 덮는

저녁은
저녁은
깊이깊이
들어간다

나는 예닐곱
뚜껑을
덮고
天蓋로 나의
바깥을 닫고

미처 돌아오지 못한 것이 있다.　　　　——「어느 저녁에」부분

　　이 시는 저녁 어스름이 덮이는 풍경 속에서 고즈넉한 사념의 한 자
락을 형상화한다. 저녁은 독의 뚜껑을 하나씩 덮으며 깊이 들어가고,
시적 화자는 뚜껑을 덮고 바깥을 닫는다. 이 장면은 무엇을 의미하는
가? 하늘에서 지상으로 내려오는 저녁 어스름은 시간의 흐름을 개입
시키는 동시에, 존재와 사물의 이면에 숨은 비밀을 들추어낸다. 이때
독의 뚜껑을 덮으며 천개(天蓋)로 자신의 바깥을 닫는 화자의 행위는

밀폐된 자아의 내면으로 들어가는 것으로 이해할 수 있다. '천개'를 관(棺)의 뚜껑으로 해석하건 용상이나 불상 위에 만들어놓은 집 모양의 장식으로 해석하건, 바깥을 닫는 행위는 내면의 공간으로 들어가는 것을 의미하기 때문이다. 이 공간으로 "미처 돌아오지 못한 것"은 시의 후반부에 나타나는 "너"다.

우리가 주목하는 것은 다른 시간의 개입과 자아 내부로의 닫힘이 시의 형태적 측면에서 느림의 장치를 통해 형상화되는 점이다. 자유시의 형태 속에서 한 행의 길이를 대폭 줄이고 행과 연의 여백을 풍부히 남겨두는 방식은, 느리고 유장한 리듬을 얻어내는 호흡상의 장치이다. 또한 2연에서 "저녁은"과 "깊이"를 두 번 반복하는 것은 느리고 고즈넉한 호흡을 형성하는 동시에, 어스름이 내려오는 시간적 경과를 시각적으로 형상화하는 기법이기도 하다. 따라서 이 시는 느림의 미학이 지닌 리듬의 밀도와, 시간의 개입과 자아의 태도를 병치시키는 비유의 밀도를 통해, 독특한 깊이와 여운을 형성한다. 이 깊이와 여운에 좀더 근접하기 위해 다음의 시를 읽어보자.

새가 전선 위에 앉아 있다
한 마리가 외롭고 움직임이 없다
어두워지고 있다 샘물이
들판에서 하늘로 검은 샘물이
흘러들어가고 있다
논에 못물이 들어가듯 흘러들어가
차고 어두운 물이
미지근하고 환한 물을 밀어내고 있다

물이 물을

섞이면서 아주 더디게 밀고 있다

더 어두워지고 있다

환하고 어두운 것

차고 미지근한 것

그 경계는 바깥보다 안에 있어

뒤섞이고 허물어지고

밀고 밀렸다는 것은

한참 후에나 알 수 있다 그러나

기다릴 수 없도록 너무

늦지는 않아 벌써

새가 묽다                                              ──「묽다」 전문


　외로운 새 한 마리가 전선 위에 앉아 있다. 그 위로 어둠이 내린다.
그러나 화자는 "들판에서 하늘로 검은 샘물이/흘러들어가고 있다"라
고 말한다. "차고 어두운 물이/미지근하고 환한 물을 밀어내"는 장면
은, 지상과 하늘의 대비 속에서 어두운 물이 환한 물과 섞이며 진행
되는 시간의 흐름을 형상화한다. 「어느 저녁에」의 어스름이 하늘에서
지상으로 내려오는 것이라면, 「묽다」의 어둠은 지상에서 하늘로 올라
가는 것이다. 그러나 두 경우 모두 안과 밖의 경계가 뒤섞이면서 느
리고 고요하게 시간의 흐름이 진행된다는 공통점을 가진다. "그 경
계"가 "바깥보다 안에 있"다는 말은, 이 장면들이 시적 화자의 내면
에 비친 시간의 풍경이라는 사실을 드러내고 있다.
　우리는 문태준 시의 특성을 다음과 같이 정리할 수 있다. 첫째, 현

재의 시간 속에 스며드는 다른 시간의 기미가 문태준 시의 미학을 결정짓는 중요한 요소이다. 이 시간의 개입은 위에서 아래로, 혹은 아래에서 위로, 즉 수직적 움직임을 보여준다. "배꽃이거나 석류꽃이 내려오는 길이 따로 있어/오디가 익듯 마을에 천천히 여럿 빛깔 내려오는 길이 있어서"(「길」)를 보라. 둘째, 이 시간의 개입에 대응하는 시적 자아의 태도는 문을 닫고 내면으로 들어가거나, 그 현상을 지켜보며 기다리는 것이다. 내면으로의 닫힘이나 기다림의 자세는 그의 시에서 "평면의 힘!"(「수련」), "고요한 수평"(「水平」)이 보여주듯, 수평적인 정지로 나타난다. 문태준 시가 지닌 비유의 밀도는 이 두 힘 사이의 긴장, 즉 수직적 움직임에 맞서는 수평적 정지의 팽팽한 길항에서 빚어지는 것이다.

5

정영의 첫 시집 『평일의 고해』(창비, 2006)는 죽음으로 삶을 대적하려는 냉소와 저주의 상상력을 가학적이고 자학적인 이미지로 형상화한다. '검은 무덤'의 그로테스크한 미학은 삶의 부조리와 불협화음을 직시하지만, 이 비극적 운명을 찬미하는 발랄한 상상력이 그녀의 시를 '쾌활한 역설'로 이끈다. 자유시와 산문시의 형태를 번갈아 활용하는 정영의 시에서, 압축적인 비유의 밀도 및 빠르고 경쾌한 리듬의 강도가 '쾌활한 역설'을 생성시키는 동력으로 작용하는 듯이 보인다.

아버지가 처음 나를 내려다보았을 때

모래구름이 내려와 심장의 봉분을 만들어주었다
태어난 이후로 내가 가장 빨개지자
바람의 영혼들이 인사했다
붉은 상자야, 안녕

나는 내 눈동자 속으로 걸어들어가
다락방 고양이들의 출산을 훔쳐보았다
검은 고양이가 점박이 새끼를 낳을 땐
어머니가 눈이 멀 것처럼 울었다
밤과 낮이 엉켜 나를 조금 닦아주었다
바람의 눈동사들이 인사했다
붉은 운명아, 안녕

우우—바람에게 불려나오는 내 붉은 찬미들!

———「찬미들, 안녕」부분

 "잘못 배달된 피자였다"로 시작하는 이 시는, 원하지 않은 탄생에
대해 저주하면서 동시에 그 운명을 사랑하는 이율배반적 시의식을 보
여준다. 자유시의 형태 속에서 우리의 눈길을 끄는 것은, 암시성이
풍부한 상징적 비유의 밀도이다. 우선 불협화음의 이미지를 보자.
"모래구름"과 "심장의 봉분"은 모순을 한 몸에 지닌 조어라는 점에
서, 죽음과 삶, 환멸과 연민이 상충하는 시의식의 양상을 압축적으로
표현한다. 정영의 시에는 "자궁 속에 봉분"(「먼 나라 푸른 사내의 아
내」)처럼, 삶과 죽음이 서로 꼬리를 무는 역설적 비유가 빈번히 등장

하여 시적 밀도를 높인다. 다음으로 색채의 암시적 비유법을 보자. 이 시를 지배하는 색채는 '붉은색'이다. "태어난 이후로 내가 가장 빨개지"는 것은 어떤 상황을 의미할까? 이후 전개되는 "검은 고양이가 점박이 새끼를 낳을 땐"을 미루어 짐작하면, 이것은 첫 월경이나 첫 성교의 경험을 의미하는 것으로 보인다. 이후 "붉은 상자" "붉은 운명" "붉은 찬미" 등으로 연결되는 이 '붉은색'은 저주와 찬미를 동반하고 있다는 점에서, 역시 역설적 비유에 해당한다. 그런데 이 암시적이고 역설적인 비유의 밀도를 만들어내는 것은 "내 눈동자 속으로 걸어들어가"는 무의식의 시선인 듯하다. 초현실주의적이고 환상적인 비유의 양상들은 "내 눈동자 속"에서 세계를 "훔쳐보"는 무의식과 욕망의 그림자들인 것이다.

　　나를 끌고 가는 검은 개 무리, 눈감을게요, 땅 밑으로 검은 꽃 피는 밤, 그 꽃 나 빨아대는 밤, 툭 뱉으면 나 툭 창문에 터지는 밤, 내 귀 질질 끌며 그대 벽으로 뛰어다니는 밤, 내 입술 떼어내어 천장에 던지며 놀고, 내 눈 그대 발톱에 박혀 뽑히질 않고, 내 허파 도려내 부풀리고 그대 새빨간 거짓말 끝없이 부풀고, 그대 나 찢어, 버린다 하고, 나, 괜찮다 하고, 그대 내 몸 털로 양말 만든다 하고, 나, 괜찮다 하고, 내 가슴 이슬 맺힌다면, 나, 죽어도 여한없다 하고, 심장에 땀 맺히도록 그대 안는다면, 나 좋다 하고, 그대 늑골, 그대 등줄기, 그대 구멍에 침을 발라 침을 발라 흥건히　　　　　　―「이해해요」 부분

이 시 또한 초현실적이고 그로테스크한 비유들로 넘쳐난다. 불길하고 음산한 분위기가 "검은 개"와 "검은 꽃"을 둘러싸고 휘감기며,

"귀" "입술" "눈" "허파" "가슴" "심장" 등 절단된 신체의 이미지는 가학적이고 피학적인 표현들과 어울려 극단적인 장면을 연출한다. 앞서 언급한 불협화음의 역설적 이미지 및 색채의 암시적 비유법과 더불어, 가학과 피학적 행위를 통해 성교의 상황을 무의식적 욕망의 렌즈로 투영하고 있는 듯하다. 이 비유의 밀도 이외에 우리가 주목하는 것은, 산문시의 평면적인 흐름에 긴장을 부여하는 빠르고 경쾌한 호흡이다. 쉼표를 활용한 경쾌한 리듬은 "나"의 독백 속에 "너"의 목소리를 교차시켜 상황을 생동감 있게 표현한다. 이것은 가학과 피학의 행위가 가져오는 불길하고 음산한 분위기를 어떤 비극적 흥분으로 이끈다. 결국 정영 시의 미학은 '죽음까지 파고드는 삶'인 에로티시즘으로 귀결된다고 볼 수 있을 것이다.

6

김경주의 첫 시집 『나는 이 세상에 없는 계절이다』(랜덤하우스중앙, 2006)는 추상적 관념과 구체적 감각, 인성(人性)과 외계성(外界性), 시간과 공간, 현실과 환영, 잠언적 진술과 일상적 진술 등을 강하게 충돌시킨다. 이 충돌의 강도는 그의 시에 밀도를 높이는 요인으로 작용한다. 대립적 양극을 충돌시키며 소용돌이를 만들어내는 이 특성은 시의 형태적 측면에서도 작용한다. 자유시와 산문시를 동시에 시도하면서 그 다양한 변형과 변종들을 만들어내는 것이다.

　　외로운 날엔 살을 만진다

내 몸의 내륙을 다 돌아다녀본 음악이 피부 속에 아직 살고 있는지
궁금한 것이다


열두 살이 되는 밤부터 라디오 속에 푸른 모닥불을 피운다 아주 사
소한 바람에도 음악들은 꺼질 듯 꺼질 듯 흔들리지만 눅눅한 불빛을
흘리고 있는 낮은 스탠드 아래서 나는 지금 지구의 반대편으로 날아가
고 있는 메아리 하나를 생각한다
　나의 가장 반대편에서 날아오고 있는 영혼이라는 엽서 한 장을 기다
린다


오늘 밤 불가능한 감수성에 대해서 말한 어느 예술가의 말을 떠올리
며 스무 마리의 담배를 사오는 골목에서 나는 이 골목을 서성거리곤
했을 붓다의 찬 눈을 생각했는지 모른다 고향을 기억해낼 수 없어 벽
에 기대 떨곤 했을, 붓다의 속눈썹 하나가 어딘가에 떨어져 있을 것 같
다는 생각만으로 나는 겨우 음악이 된다

──「내 워크맨 속 갠지스」 부분


　이 시는 김경주의 시적 표현이 주로 진술, 특히 고백의 형식에 기
대고 있음을 보여준다. 이 시는 우선 산문시지만, 연의 구분을 통해
전형적 산문시의 형태를 변형시킨 점을 주목할 수 있다. 1연은 한 행
만으로, 2연은 하나의 문장만으로 연을 설정하고, 3연은 다시 두 개
의 문단으로 세분함으로써 산문성에 교묘한 리듬감을 부여하는 것이
다. 한편 비유의 측면에서 이 시는 "피부 속에 아직 살고 있는" "음

악" "라디오 속에 푸른 모닥불" "지구의 반대편으로 날아가고 있는 메아리 하나" 등에서, '음악'을 중심으로 촉각적·시각적·청각적 이미지를 다양하게 활용하면서 비유의 밀도를 형성한다.

이 비유의 밀도는 시적 화자의 과도한 진술성의 무게에 눌려 생기를 잃는 경우가 간혹 있다. 이러한 느낌은 "붓다의 속눈썹 하나가 어딘가에 떨어져 있을 것 같다는 생각만으로 나는 겨우 음악이 된다"가 보여주듯, '음악'이 그 자체로 시의 몸이 되어 흐르지 않고 하나의 추상적 관념으로 제시되는 경우와도 관련되는 듯이 보인다. "인성(人性)의 밖으로 퇴화하"(「파이돈」)는 광활한 우주적 상상력은 김경주의 시에 독창성과 매력을 부여한다. 하지만 그 상상력이 추구하는 '절대음악'의 세계와 그것을 왕래하는 '바람'의 '시간'과 이로부터 파생되는 '그늘'과 '무늬'의 흔적들은, 감각적 변용을 거치지 않고 관념적인 단어 자체로 제시될 때, 비유의 강도가 감소되는 경우도 생겨난다. 그러나 이 단어의 추상성은 간극을 충돌시키는 비유의 강도가 강해질 때, 그 한계를 넘어서서 시적 밀도를 획득하는 중요한 계기를 얻는다.

> 말하자면 귀뚜라미 눈썹만한 비들이 내린다 오래 비워둔 방 안에서 저 혼자 울리는 전화 수신음 같은 것이 지금 내 영혼이다 [……] 아무튼 나 없는 빈방에서 나오는 그 시간이 지금 내 영혼이다 나는 지금 이 세상에 없는 계절이다 충혈된 빗방울이 창문에 눈알처럼 매달려 빈방을 바라본다 창문은 이승에 잠시 놓인 시간이지만 이승에 영원히 없는 공간이다 말하자면 내 안의 인류(人類)들은 그곳을 지나다녔다 헌혈버스 안에서 비에 젖은 예수가 마른 팔목을 걷고 있다 누워서 수혈을 하며 운다
> ──「부재중(不在中)」 부분

이 시는 전체가 하나의 연으로 구성된 전형적 산문시의 형태를 지닌다. 「내 워크맨 속 갠지스」와 비교하면, 시의 형태적 측면에서 리듬의 밀도가 옅어지는 양상을 보인다. 문장이 굴곡 없이 촘촘히 진행되는 산문시의 형태는 일단 리듬의 측면에서 답답함을 주기 때문이다. 그러나 김경주는 이를 비유의 강도로써 극복하고 있다. "귀뚜라미 눈썹만한 비들"이 보여주는 참신한 비유의 효과뿐만 아니라, "그 시간이 지금 내 영혼이다" "나는 지금 이 세상에 없는 계절이다" "창문은 이승에 잠시 놓인 시간이지만 이승에 영원히 없는 공간이다" 등의 은유는, 영혼 혹은 존재를 시간이나 공간과 등위적으로 연결시키는 비약적 상상력을 통해 비유의 강도를 강화하는 것이다. 이로부터 생겨나는 시적 진술의 밀도는 "영혼" "시간" "공간" 등의 개념어조차 그 추상성을 벗고 생동감을 얻게 한다. 이로 인해 예수가 등장하는 환상적 장면도 시적 리얼리티를 확보하게 된다. 김경주 시인이 그 특유의 우주적 상상력이 지닌 '음악'과 '바람'의 '시간'과 '그늘' '무늬' 등의 환상 체계를 깊이 내면화하면서 탈주와 생성의 강도를 더욱 높여나가리라 기대한다.

제2부 **환상과 실재**

# 환상과 실재의 스펙트럼

── 2000년대 전위시의 지형도

## 1. 전위시의 위상과 계보── 삼각형과 다섯 꼭짓점

2000년대 한국 전위시의 지형도를 그리기 위해서는 그 전사(前史)로서 한국 현대 전위시의 위상과 계보를 살펴볼 필요가 있다. 김인환은 한국 현대시의 형식을 시조와의 거리를 척도로 규정하여 김소월과 이상이라는 양극단 사이에서 위상화하며, 이후의 역사적 전개는 이두 시인을 준거로 파생된 다양한 계보를 보여준다고 파악한다. 20세기 후반기의 한국 시는 이상의 시를 하나의 준거로 삼고 그로부터 시적 직관을 끌어내왔다.[1] 김인환이 설정한 '이상 시의 계보'를 더 밀고 나간다면, 이상이라는 하나의 꼭짓점으로부터 전개된 한국 전위시가 1950년대 이후 김춘수와 김수영에 의해 확장되면서 세 개의 꼭짓점을 형성한다고 볼 수 있을 것이다. 김춘수가 이상 시의 계보를 현실

---

1) 김인환, 「이상 시의 계보」, 『기억의 계단』, 민음사, 2001, pp. 276~99 참고.

성의 무게를 소거하며 시의 예술성을 강화하는 방향으로 밀고 갔다면, 김수영은 첨단의 노래와 정지의 미, 즉 시의 예술성과 현실성을 변증법적으로 종합하는 방향으로 밀고 갔다고 평가할 수 있다. 그런데 지금까지 김춘수와 김수영의 관계는 대비적 구도를 통해 차별성이 주로 강조되어온 반면, 그 내면에 숨어 있는 중요한 연결 고리 하나가 간과되어온 듯하다. '무의미시'의 차원이 그것인데, 이것은 김춘수의 '무의미시'뿐만 아니라 김수영의 '온몸의 시학'에도 중요한 동력원으로 작용한다.

김춘수의 경우, 시와 삶을 분리하려는 의식에서 발생한 시/산문의 이분법은 시의식/시민의식, 무의미/의미로 전개되면서 '시—시의식—무의미'의 극단을 지향하고 '산문—시민의식—의미'의 측면을 배제하는 '배제의 방식'을 채택한다. 이러한 '배제의 방식'을 밀고 나가면서 김춘수가 소거하고자 한 요소는 관념·의미·현실·역사·감상 등이며, 그 결과 도달한 지점은 언어로써 포착되지 않는 무와 공의 표정, 다시 말해 '유희'의 차원이며 '존재'의 차원이다. 존재의 차원이지닌 순수한 상태의 유희는 시의 대상을 제거하는 데 그치지 않고 시를 쓰는 주체를 해체하는 양상으로까지 나아간다. 그리하여 '자유' 혹은 '허무'의 상태에 이르러 '무의미시'가 형성된다. 김수영의 경우, 시의 전개 과정에서 시/산문, 형식/내용의 이분법을 '시를 쓴다는 것—노래—시의 형식—예술성—모호성과 혼돈—대지의 은폐'와 '시를 논한다는 것—산문—시의 내용—현실성—모험—세계의 개진'으로 구체화한다. 그는 이 양극을 온몸으로 밀고 나가는 자유의 이행을 통해 '내용'이 곧 '형식'이 되는 지점에 이르러 이분법을 통합함으로써 김춘수의 '무의미시'와는 다른 차원의 '무의미시'에 도달한다. 온몸의 시학을 통해 '자유'와 '사랑'과 '혼란'에 도달할 때, 시의 내용과 형식은 서로에 의지하지 않고 시가 그림자조차 의지하지 않는 '무의미시'가 생성된다. 이 차원에 이르러 시는 문화와 민족과 인류를 염두에 두지 않지만 그것에 공헌하게 되고, 시의 내용은 형식이 되고 형식은 내용이 되는 것이다.

김춘수의 '무의미시'가 의미(현실·역사·관념 등)를 끊임없이 배제하고 소거하는 작업을 극단으로 전개하는 데서 생성되는 유희와 자유와 허무의 공간이라면, 김수영의 '무의미시'는 의미를 껴안고 들어가 무의미와의 변증법적 통합 과정을 거쳐 그것을 내면화하여 생성되는 자유와 혼란과 침묵의 공간이다. 우리는 김춘수와 김수영이 각자의 시적 전개 과정에서 만나는 '무의미시'의 공통점과 차별성을 이해함으로써, 이상으로부터 전개되어온 한국 현대 전위시의 두 방향성을 설정할 수 있게 된다. 이상으로부터 발원된 '무의식'의 세계와 '무의미'의 차원은 그것을 순수 예술성의 차원으로 밀고 나가는 김춘수의 방향과, 예술성과 현실성을 융합하는 차원으로 밀고 나가는 김수영의 방향으로 분화되는 것이다. 그리하여 우리는 이상을 정점으로 김춘수와 김수영이라는 밑변의 두 꼭짓점으로 형성되는 삼각형을 한국 현대 전위시의 위상학과 계보학의 기본 항으로 설정할 수 있다.

1960년대 이후 전위시의 흐름은 이 삼각형을 근간으로 다양한 창조적 변주와 변형과 심화가 지속되어왔다고 볼 수 있다. '이상—김춘수'의 방향으로 김종삼·오규원·이승훈·남진우·박주택·이문재·송재학 등의 시가 창조적으로 계승된다면, '이상—김수영'의 방향으로 오규원·황지우·이성복·박남철·최승호·최승자·김혜순 등의 시가 창조적으로 계승된다. 그리고 이 두 방향 사이에 다양한 변이들이 생겨냥으로써, 무의식 및 무의미의 차원은 예술성과 현실성 사이에서 다채로운 스펙트럼을 형성하게 된다. 예를 들면, 오규원은 광고를 비롯한 대중매체를 패러디하는 방식으로 '이상 – 김수영'의 방향을 추구하지만, 후기 시에서 날이미지의 시를 통해 '이상 – 김춘수'의 방향으로 이동하는 양상을 보여준다(이성복과 최승호도 다른 각도에서 유사한 변모를 보여준다). 그런데 1990년대에 들어서 이 삼각형의 위상학과 계보학은 중요한 변형의 계기를 맞이한다. 이것은 현실 사회주의의 몰락과 소비 자본주의의 전면화와 전자정보 문명의 도래라는 세계사적·문명사적 변화와 맞물려 진행된 한국의 정치적·사회적·문화적 전환과도 밀접히 연관되어 있다.

시적 위상학과 계보학에 있어서 변형의 계기는 세기말적 상상력과 관련된 '죽음의 시학,' 여성주의와 관련된 '마녀적 상상력,' 무의식적 욕망과 관련된 '무의식적 타자성,' 소비 대중문화와 관련된 '대중문화의 패러디,' 정보기술 문명과 관련된 '테크놀로지적 상상력' 등의 출현이다.[2] 기형도·남진우·박주택을 비롯하여 진이정·김태동·윤의섭·배용제·강정 등으로 이어지는 '죽음의 시학'은 부패와 소멸과 죽음을 대면하는 시적 제의를 통해 묵시록적 상상력을 보여주고, 김혜순·박서원·이경림·허수경 등의 '마녀적 상상력'은 무의식의 장막을 찢고 유출되는 착란의 어법으로 가학성과 피학성, 에로스와 타나토스가 얽히는 양상을 보여준다. 박상순·이수명·김점용·함기석·성미정 등의 '무의식적 타자성'은 꿈의 (비)문법을 차용한 무의식의 언술로 기존의 시적 문법이나 통사 구조를 해체함으로써 주체의 동일성에 의해

---

2) 1990년대 시의 지형도에 대해서는 졸고, 「전환기적 모색, 현대와 탈현대의 경계에서」, 『신체와 문체』, 문학과지성사, 2001, pp. 62~84 참고.

억압된 타자성을 회복하려는 시도를 보여주고, 유하·장정일·함성호·함민복 등의 '대중문화의 패러디'는 후기 자본주의적 소비문화에 대한 매혹과 반성을 동시에 보여준다. 성기완·서정학·이원 등의 '테크놀로지적 상상력'은 메마른 기계와 사물의 언어를 통해 테크놀로지의 메커니즘에 포획되는 동시에 다시 탈주함으로써 자본과 권력에 오염된 주체로부터의 이탈을 추구한다.

그리하여 1990년대에 이르러 한국 현대 전위시의 위상학과 계보학은 '이상—김춘수—김수영'이라는 삼각형을 기본 토대로 삼아 '기형도—김혜순—박상순—유하—성기완'을 중심으로 하는 다섯 꼭짓점으로 분화되는 구도를 형성하게 된다. 다시 말해, '무의식'과 '무의미'를 근간으로 '예술성'과 '현실성'으로 이루어지는 삼각형은 '타나토스적 욕망' '마녀적 전복' '무의식적 타자성' '대중문화의 패러디' '테크놀로지적 상상력'이라는 다섯 꼭짓점으로 분화되면서 더욱 복잡하고 다양한 스펙트럼을 형성하게 된다. 2000년대의 전위시는 이러한 기본 삼각형과 다섯 꼭짓점의 구도 위에서 이들을 계승하는 동시에 복잡다기한 합종연횡을 이루어 새로운 경작지를 개척하고 있다.


## 2. 시뮬라크르와 실재—마녀적 무의식, 환상, 우발성

2000년대 한국 전위시를 살피는 데 있어서, 우선 1990년대부터 전위시를 지속적으로 생산하고 있는 시인들의 양상을 언급할 필요가 있다.

남진우는 허무주의적 파토스를 숭고한 예언적 어조로 노래함으로써 묵시록적 허무의 새로운 표현을 얻으며, 박주택은 시간의 운명에 기억과 망각과 미친 피의 노래로 저항하면서 복잡한 시의 주름을 만든다. 김혜순은 검은 동굴의 내면적 시선으로부터 점차 벗어나 시간을 잉태한 더 큰 타자의 시선으로 존재의 운명을 바라보고, 허수경은 문명에 대한 비극적 각성을 통해 세계의 모순과 불우를 감싸던 모성성에서 점차 폭력의 역사에 의해 훼손되어 불모화된 모성의 징후로 옮겨간다. 박상순의 시는 명사와 동사의 단순한 결합으로 이루어진 문장을 반복하고 변주하며 은유와 환유가 교직된 무의식의 언어 게임을 보여줌으로써 우리 시대의 단면을 예리하게 드러내고, 이수명은 착란의 어법으로 사물들의 관계에 오독을 부여하여 사회적 억압과 폭력의 메커니즘에 균열을 일으킨다. 성기완은 시의 장르 개념을 해체하여 서사·회화·음악 등 다양한 장르를 혼합하고 소음noise을 통해 우발성을 개입시킴으로써 텍스트의 변혁을 시도하고, 이원은 전자 문명에서의 유목의 연장선에서 근원으로의 회귀와 미지로의 비약 사이를 왕래하며 사막의 현실 위에서 끝없는 질주를 계속한다. 이처럼 남진우·박주택·김혜순·허수경·박상순·이수명·성기완·이원 등은 1990년대 전위시의 연장선에서 자신의 시 세계를 심화·변주·변신시키며 2000년대 젊은 전위시인들에게 지속적으로 영감을 제공하고 있다.

다음으로, 2000년대에 새롭게 등장한 전위시의 유형을 살펴보면, 일차적으로 '마녀적 무의식의 시' '환상시' '우발성의 시'를 들 수 있다.[3]

진은영·김이듬·이기성·조말선·이영주·정영·신영배·강성은 등의 '마녀적 무의식의 시'는 꿈의 (비)문법을 차용한 착란의 어법을 통

---

3) 이 세 유형의 특성에 대해서는 졸고, 「평면, 혹은 우발성의 시」, 『문학수첩』, 2008년 여름호, pp. 404~24 참고.

해 의식의 동일성과 길항하는 마녀적 타자성을 표출하고, 황병승·김민정·이민하 등의 '환상시'는 환상과 향유를 통해 실재와 충동의 대상을 포획하면서 대타자의 욕망에 대답하는 동시에 자기 욕망을 실현시킨다. 이장욱·김행숙·신해욱·하재연·이근화 등의 '우발성의 시'는 원근법이 제거된 평면적 공간 위에서 인과성이 제거된 우발적 사건을 드러냄으로써, 개별자들 사이의 우연성의 효과와 무연관성과 순수한 놀이의 아우라를 발생시킨다. 첫째 유형이 1990년대 이후의 '죽음의 시학'과 '마녀적 상상력'과 '무의식적 타자성'의 창조적 계승자라면, 둘째 유형은 '마녀적 상상력'과 '무의식적 타자성'과 '대중문화의 패러디'의 창조적 계승자이고, 셋째 유형은 '무의식적 타자성'과 '테크놀로지적 상상력'과의 창조적 계승자라고 볼 수 있다.[4]

이 세 유형은 기존의 서정적 자아로부터 이탈한다는 점에서 친연성을 가지지만, 실재 및 시뮬라크르를 드러내는 방식에서 중요한 차별성을 보여준다. '마녀적 무의식의 시'가 카오스의 무의식이 어떤 고정점을 포착함으로써 시뮬라크르와 이것을 배반하며 솟아오르는 상징의 틈새에서 실재를 드러낸다면, '환상시'는 환상과 향유를 통해 실재를 드러내는 시뮬라크르를 보여주고, '우발성의 시'는 아우라와 잉여의 감각을 통해 실재를 드러내는 시뮬라크르를 보여준다. 우리는 상상계와 상징계와 실재계가 불화를 겪으며 복잡한 관계망(보로메오의 매듭)을 이루고 내면의 무의식을 드러낸다는 점에서, '마녀적 무의식의 시'를 '심층의 시'라고 부를 수 있다. 그리고 표면의 시뮬라크르가 우선하지만 심층과의 관계를 내포하고 그것과의 공모·저항·탈주를

---

4) 이러한 설명에서 알 수 있듯, 이 세 유형은 일차적으로 1990년대 전위시의 다섯 꼭짓점과의 계보적 연관성에 초점을 맞추어 설정된 것이다.

시도하며 환상과 향유를 표현한다는 점에서 '환상시'를 '표면의 시'라고 부르고, 내면성의 깊이를 제거하는 광학적 시선과 비선형적 서사를 통해 순간적으로 촉발되고 휘발하는 아우라와 잉여의 감각을 시뮬라크르로 표출한다는 점에서 '우발성의 시'를 '평면의 시'라고 부를 수 있을 것이다.

'심층의 시'가 시뮬라크르의 바다, 즉 심층적 환유의 연쇄 위로 섬광처럼 솟아오르는 은유를 고정점으로 표현하는 것과 달리, '표면의 시'는 시뮬라크르의 환유를 중심으로 상상적 영상이나 환영을 전개하면서 그 아래 숨어 있는 은유를 언뜻 드러낸다는 점에서, '심층의 시'를 거꾸로 뒤집어놓은 위상학을 보여준다. 이 뒤집음으로 인해 시뮬라크르의 환유가 전면에 등장하면서 고정점은 약화되는 반면 충동과 환상의 강도가 강해지는 것이다. 한편 '평면의 시'는 '표면의 시'에서 심층의 은유를 제거함으로써 시뮬라크르의 환유성이 더 강화되고 탈주에 가속도가 붙어 우발성과 휘발성에 도달하는 양상을 보여준다. 수사학의 측면에서, '표면의 시'가 환상과 향유를 통해 '과잉된 파토스'를 '과도한 표현법'으로 표현하는 '플러스(+)의 수사학'을 보여준다면, '평면의 시'는 아우라와 잉여의 감각을 통해 '희박한 파토스'를 '절제된 표현법'으로 표현하는 '마이너스(-)의 수사학'을 보여준다. '표면의 시'와 '평면의 시'는 심층과의 관계를 내포하는가 아니면 절개하는가에 따라 구별되지만, 시뮬라크르를 통해 실재를 드러낸다는 점에서 유사하다. 시뮬라크르, 즉 상상적 영상이나 가상이 표면이나 평면에 출현할 때 상징은 약화되고 실재가 혼재된 양상으로 드러나는 공통점을 보여주기 때문이다. '표면'과 '평면'은 들뢰즈와 가타리가 말한 '매끄러운 공간'에 해당하며, 이 위에서 시뮬라크르는 미끄러지듯 탈주하며 탈영토성을 추구하다가 휘발되기도 하고 새로운 주체화의 점을 찾아 재영토화되기도 한다.

'실재'의 유형학을 시도한다면, 왜상적 얼룩이나 원초적 대상을 통해 체계를 파괴하는 심연의 소용돌이를 보여준다는 점에서 '표면의 시'는 '실재적 실재'를 표출하고, 불가사의한 미지의 세계, 혹은 깨지기 쉬운 순수 외관을 드러낸다는 점에서 '평면의 시'는 '상상적 실재'를 표출하며, '심층의 시'는 이 두 실재에 공식으로 환원된 기표인 '상징적 실재'까지 포함하는 양상을 보여준다. 2000년대 전위시가 이상시의 계보를 계승하면서 경작하고 개척한 새로운 시적 차원은, 기본적으로 무의식적 욕망과 충동, 환상과 향유, 아우라와 잉여적 감각의 세계지만, 더 핵심적인 지점은 이처럼 상상 및 상징과 중증적인 관계를 맺으며 복잡하고 다양하게 표출되는 실재의 세계라고 생각한다.

## 3. 환상의 스펙트럼—유년, 신화, 언어, 사회

앞서 언급한 세 유형의 2000년대 전위시가 '탈재현'의 시적 기법을 공유한다는 점을 주목할 필요가 있다. '탈재현'은 현실에 대한 모방과 재현으로 대표되는 리얼리즘적 기법으로부터 벗어나는 것을 의미하는데, 우리는 그 대표적인 방식으로 넓은 의미의 '환상성'을 들 수 있다. '환상시'가 가장 뚜렷한 경우이지만, '마녀적 무의식의 시'와 '우발성의 시'도 강도와 방식의 차이는 있지만 모두 환상적 요소를 내포하고 있다. 따라서 우리는 2000년대 전위시의 가장 전반적인 특성으로 '탈재현'의 기법으로서 '환상성'을 들 수 있으며, 앞의 세 유형은 그것이 드러내는 시뮬라크르와 실재의 방식을 기준으로 구분한 것이다. 그런데 시에 있어서 '환상'은 개인적·사회적 '현실'과 이항 대립의 관계가 아니다. 환상에는 현실이 이미 음각으로 새겨져 있으며, 이 현실은 개인적 현실뿐만 아니라 사회적 현실까지 포함한다. 따라서 우리는 '환상성'을 '서정성'이나 '사회성(정치성)'과 이분법적으로 대립시키는 사고로부터 자유로워질 필요가 있다.[5] 예를 들면, '마녀적 무의식의 시'는 상상 및 상징과 길항하는 실재를 통해 무의식적 욕망과 충동을 드러내는 동시에 시대적 현실과 불화하는 존재를 상호주체적 제의(祭儀)로 위무하고, '환상시'는 왜상적 얼룩을 통해 환상과 향유를 드러내는 동시에 사회적 억압의 메커니즘을 폭로한다. 또한 '우발성의 시'는 불가사의한 미지의 세계를 통해 아우라와 잉여적 감각을 드러내면서 개인적 상처와 사회적 소외 양상을 노출시킨다. 요약하면, 환상은 개인적 욕망만을 실현하지 않고 사회적 인력을 개입시키는 것이다.

---

5) 이 점은 지금까지 흔히 '은유의 시'와 '환유의 시'가 이분법적으로 구분되는 것처럼 논의되어온 관점을 넘어서야 하는 이유와도 관련된다. 은유와 환유를 이분법적으로 구분하고 이를 담화 구성 및 세계 구성의 일반적인 원리로 이해한 야콥슨도, "인접성과 유사성이 중첩되는 시에서는 환유는 모두가 다소는 은유적이며, 은유는 모두 환유적 색깔을 갖는다"(「언어학과 시학」, 『문학 속의 언어학』, 신문수 편역, 문학과지성사, 1989, p. 61) 고 언급한다. 이처럼 다소 애매한 관점은 라캉에 의해 새로운 정의를 얻게 된다. "은유의 창조적 섬광은 〔……〕 의미화 연쇄 속에서 다른 기표의 자리를 차지함으로써 대체된 하나의 기표와 그 연쇄의 나머지 부분과의 (환유적) 관계에 의해 드러나는 숨은 기표 사이에서 빛난다. 〔……〕 은유는 무의미로부터 의미가 발생하는 바로 그 지점에 자리 잡고 있다"(Écrits, trans., Bruce Fink, New York: Norton, 2006, pp. 422~23)는 말은, 은유가 환유의 흐름 속에서 생겨난다는 의미로 해석된다. 또한 인지 언어학자인 조지 레이코프와 마크 존슨은 "상징적 환유는 일상생활은 물론 종교와 문화를 특징짓는 정합적인 은유적 체계들 사이의 결정적인 연결 기제"(『삶으로서의 은유』, 노양진·나익주 역, 박이정, 2006, p. 85)라고 말한다.

이런 사실은 2000년대 전위시의 환상성이 개인적 경험의 현실에서 사회적 메커니즘의 현실까지, 신화적 상상력에서 언어적 상상력까지 다양하고 복잡한 스펙트럼을 형성함을 말해준다. 따라서 우리는 2000년대 전위시로서 앞의 세 유형 이외에 넓은 의미의 환상성이 다른 영역과 만나는 접면을 기준으로 '유년적 환상' '신화적 환상' '언어적 환상' '사회적 환상' 등의 유형을 설정할 수 있다고 생각한다. 박상수 · 박판식 · 유형진 · 김안 등의 '유년적 환상'은 유년의 시간을 부유하는 몽상을 동화적 상상력이나 연금술적 언어 감각으로 형상화하면서 심리적 외상을 드러내고, 강정 · 김경주 · 이재훈 · 박진성 · 김근 등의 '신화적 환상'은 개인의 환상이 가족 · 전생 · 신화 · 우주 등으로 확장되면서 기원을 추적하는 존재론적이고 형이상학적인 질문의 차원으로 전개된다. 이준규 · 최하연 · 정재학 · 송승환 · 김참 · 김언 · 오은 · 임현정 등의 '언어적 환상'은 우리 시대가 겪고 있는 실체 · 주체 · 의미 · 시간의 균열을 아이러니 · 불협화음 · 부조리 · 알레고리 등의 방법적 언어의 조직과 균열로 표현하고, 장석원 · 이승원 · 김중일 · 장이지 · 김성규 등의 '사회적 환상'은 분열증적 언어나 악몽의 드라마나 파편적 이미지의 몽타주를 통해 시스템의 억압과 자본주의 물신화에 저항하는 사회적 상상력을 표출한다. 환상의 접면을 기준으로 설정한 이 네 유형의 순서는 2000년대 환상성의 스펙트럼을 '이상—김춘수'의 방향에서 '이상—김수영'의 방향에 이르는 스펙트럼과 관련시켜 배열한 것이다. 크게 보아 '유년적 환상'은 '이상—김춘수'의 창조적 계승이라고 볼 수 있는데, '유년'과 '몽상'이 김춘수 시의 중요한 모티프에 포함되기 때문이다. '신화적 환상'이 '이상—김춘수'의 창조적 계승자인 남진우 · 박주택 · 이문재 등의 1980년대 '시운동' 동인의 계보에서 파생했다면, '언어적 환상'은 '이상―김춘수'와 '이상―김수영'의 상호 침투적 관계에서 형성되며, '사회적 환상'은 '이상―김수영'의 창조적 계승자인 황지우·이성복·박남철·최승호의 계보에서 파생했다고 볼 수 있다.[6]

이 네 가지 환상의 스펙트럼과 앞서 설정한 세 가지 전위시의 유형 사이에는 확연히 경계를 구분하기 어려운 만남과 겹침과 스밈이 있다. 다만 여기서는 환상을 통해 실재와 시뮬라크르가 발현되는 방식에서 전형적인 차별성을 보이는 세 유형(마녀적 무의식·환상·우발성)을 기본적으로 설정하고, 넓은 의미의 환상성이 다른 영역과 만나는 접면을 기준으로 네 유형(유년·신화·언어·사회)을 설정한 것이다. 따라서 명민한 독자는 이미 감지했겠지만, 후자의 네 유형의 전위시들은 서정시 계열이나 사회적 상상력의 시 계열과 공유 면을 더 폭넓게 형성할 수 있다. 이처럼 환상을 둘러싸고 펼쳐지는 2000년대 전위시는 상상 및 상징과 길항하는 복잡다기한 '시뮬라크르'와 '실재'를 '유년―신화―언어―사회'의 폭넓은 스펙트럼 위에 방사한다. 우리 시대의 전위시는 시뮬라크르와 실재가 투사되는 전방위적 환상의 스크린인 셈이다. 시사적 측면에서 볼 때, 2000년대 전위시가 보여주는 환상과 실재의 스펙트럼은 '이상―김춘수―김수영'의 삼각형에서 공통분모로 자리 잡고 있던 '무의식'의 세계와 '무의미'의 차원이 1990년대의 다섯 꼭짓점인 '기형도―김혜순―박상순―유하―성기완'을 경유하면서 합종연횡을 통해 변주되고 변형되면서 비약적으로 심화된 결과로 볼 수 있다. 즉 2000년대 전위시의 양상은 이상에 의해 개척된

---

6) 이러한 설명에서 알 수 있듯, 이 네 유형은 일차적으로 '이상-김춘수-김수영'의 삼각형이 1980년대까지 형성한 계보들과의 연관성에 초점을 맞추어 설정된 것이다.

무의식과 무의미의 차원이 김춘수의 순수 예술성의 방향과 김수영의 현실적 예술성의 방향으로 전개되는 삼각형의 구도를 근간으로, '죽음' '마녀' '타자성' '대중문화' '테크놀로지' 등의 분광(分光)으로 뻗어 나오는 과정에서 현대화되는 동시에 탈현대화되며 생성된 것이다. 우리는 복잡다기한 스펙트럼이 투사되는 스크린의 표면뿐만 아니라 카메라의 눈과 영사기의 프레임까지 함께 주시하면서 무의식적 욕망과 충동, 환상과 향유, 아우라와 잉여적 감각의 정체를 살펴봐야 할 것이다. 그리고 그 속에 깃든 서정성과 정치성뿐만 아니라 유년과 신화와 언어와 사회의 정체까지도 살펴봐야 할 것이다. 이를 위해서는 종종 혼재되어 출현하는 시뮬라크르와 실재를 분별하는 비평적 시야의 확보가 무엇보다도 먼저 요청된다.

# 망각의 힘과 불온한 피

## ─ 박주택론

## 1. 박주택 시의 독법

박주택의 시를 이해하려면 일정한 독법이 필요하다. 일상적 현실의
풍경 속에 불합리한 마음의 파문이나 무의식의 흔적을 섞어놓는 박주
택의 언술 방식은, 그의 시에 몽환의 분위기, 불협화음의 문장, 그로
테스크한 이미지를 부여한다. 때로는 부자연스럽고 돌발적으로 느껴
지는 박주택 특유의 표현 양식이 어떤 내면적 필연성에 의해 생성되
는지 살피는 것은 그의 시를 이해하는 하나의 방법이 될 수 있다. 이
와 더불어 박주택 시에 반복적으로 형상화되는 핵심적인 이미지나 모
티프들의 전체적 체계를 재구성하는 방법도 시도할 만하다. 이 글은
이 두 가지 독법을 활용하여 박주택 시를 읽는 하나의 방식을 시도하
려 한다. 제20회 소월시문학상 수상작인 「시간의 동공」은 박주택 시
의 핵심적 이미지나 모티프들이 결집되어 전체적 의미 구조를 이루고
있는 점에서 미학적 완결성을 보여준다.

이제 남은 것들은 자신으로 돌아가고
돌아가지 못하는 것들만 바다를 그리워한다
백사장을 뛰어가는 흰말 한 마리
아주 먼 곳으로부터 걸어온 별들이 그 위를 비추면
창백한 호흡을 멈춘 새들만이 나뭇가지에서 날개를 쉰다
꽃들이 어둠을 물리칠 때 스스럼없는
파도만이 욱신거림을 넘어간다
만리포 혹은 더 많은 높이에서 자신의 곡조를 힘없이
받아들이는 발자국, 가는 핏줄 속으로 잦아드는
금잔화, 생이 길쭉길쭉하게 자라 있어
언제든 배반할 수 있는 시간의 동공들
때때로 우리들은 자신 안에 너무 많은 자신을 가두고
북적거리고 있는 자신 때문에 잠이 휘다니,
기억의 풍금 소리도 얇은 무늬의 떫은 목청도
저문 잔등에 서리는 소금기에 낮이 뜨겁다니,
갈기털을 휘날리며 백사장을 뛰어가는 흰말 한 마리
꽃들이 허리에서 긴 혁대를 끌러 바람의 등을 후려칠 때
그 숨결에 일어서는 자정의 달
곧이어 어디선가 제집을 찾아가는 개 한 마리
먼 곳으로부터 걸어온 별을 토하며
어슬렁어슬렁 떫은 잠 속을 걸어 들어간다     ——「시간의 동공」전문


이 시는 크게 1~5행, 6~15행, 16~21행의 세 부분으로 구성되

어 있다. 전반부는 배경으로서 "바다"를 제시하고, 이 배경 위에 "흰 말 한 마리"와 "별들"과 "새들"을 등장시킨다. '바다—흰말—별—새' 로 이루어진 이미지 연쇄는 현실의 실제 풍경이라기보다는 환상의 장 면, 즉 시적 비전을 하나의 풍경으로 제시한 것으로 볼 수 있다. "바 다"는 일단 정처 없이 방황하는 영혼들의 고향이라고 볼 수 있지만, 그 내적 의미는 '물'의 '출렁거림'이 지닌 유동성을 고려해야 한다. "백사장을 뛰어가는 흰말 한 마리"는 이 시의 중심 이미지로서 시적 비전을 대표하면서 후반부에 다시 등장한다. 그러면 '흰말의 질주'는 무엇을 의미하는가? 그리고 "흰말"과 결부되어 등장하는 "먼 곳으로 부터 걸어온" "별들"과 "창백한 호흡을 멈춘" "새들"의 의미는 또 무 엇인가?

전반부의 시적 비전은 중반부에 와서 상처받고 훼손되어 휘청거린 다. "파도만이 욱신거림을 넘어간다"라는 문장은 존재가 현실의 어둠 에 부딪쳐 상처받음을 의미하고, "자신의 곡조를 힘없이/받아들이는 발자국"은 무력한 인간의 생애가 자신의 운명을 수락함을 의미하며, "가는 핏줄 속으로 잦아드는/금잔화"는 생명력의 소실을 의미하는 듯 이 보인다. 이 모든 것을 낳는 원인은 "언제든 배반할 수 있는" "시 간의 동공들"이다. '시간'은 검은 구멍을 열어놓고 모든 것을 빨아들 여 존재와 생명을 마모시키고 소멸에 이르게 한다. '기억' 및 '망각' 은 이 시간에 대한 저항 및 복종과 연관된다. "너무 많은 자신을 가 두고/북적거리고 있는 자신 때문에 잠이 휘"는 것은 자의식의 과잉으 로 망각의 깊이에 들어가지 못하는 것이며, "기억의 풍금 소리도 얇 은 무늬의 떫은 목청도/저문 잔등에 서리는 소금기에 낯이 뜨"거운 것은 기억의 미약한 힘으로 시간의 운명에 저항하기 어렵다는 의미를 보여준다.

이럴 때 시인은 후반부에서 "흰말 한 마리"에게 힘을 부여하여 "갈기털을 휘날리며 백사장을 뛰어가"게 한다. "꽃들이 허리에서 긴 혁대를 끌러 바람의 등을 후려"친다는 문장은 박주택 특유의 그로테스크한 표현이다. 이 문장은 "갈기털을 휘날리며 백사장을 뛰어가는 흰말 한 마리"와 상호 침투적으로 읽을 때, 그 상황과 의미가 이해될 수있다. 시적 자아가 흰말을 풀어놓고 힘을 부여하여 달리게 하는 것이므로, "허리에서 긴 혁대를 끌러" "등을 후려"치는 "꽃들"은 시적 자아와 동일한 존재며, "바람"은 "흰말"과 같은 위상을 지닌다. 그런데그 숨결에 자정의 "달"이 일어서고 "개" 한 마리가 등장한다. "별을토하며/어슬렁어슬렁 떫은 잠 속을 걸어 늘어"가는 '개'의 의미는 무엇인가?

이처럼 「시간의 동공」은 '바다-흰말-별-새(전반부)' / '시간-잠(망각)-기억(중반부)' / '흰말-바람-개-별-잠(후반부)'이라는, 박주택 시의 핵심적인 이미지나 모티프들의 연쇄 구조로 이루어져 있다. 우리는 앞에서 던진 질문들에 대답하기 위해 혼재되어 있는 이미지나 모티프들의 의미 구조를 해체하고 재구성하여 순차적인 질서로가시화하고자 한다.


## 2. 운명─시간의 동공

「시간의 동공」 중반부에 등장하는 "시간의 동공"은 박주택 시를 지배하는 블랙홀이다. 박주택 시의 근저에 자리 잡고 있는 환멸과 폐허의식은 바로 이 시간의 흐름이 낳은 잉여물이며 결과물이다. 존재하는 모든 것이 시간의 흐름 속에서 훼손되고 소멸한다는 비극적 세계인식은 시의 풍경에 온통 환멸과 권태의 흔적들을 덧칠해놓는다.

(1) 어느덧 세월이었다, 눈과 귀를 이끌고 목마름에 서면
    자주 가슴속을 드나들었던 침묵은 미처 못다 한 말이 있는 듯
    가을을 넘어가고 열매만이 영웅의 일생을 흉내 낸다
    저기 바람 불지 않아도 펼쳐지는 시간의 전집은
    나의 것이 아니다
    [⋯⋯]
    시간의 젖은 늘어지고 시간으로부터 걸어나온 환멸만이
    거리를 메운다 어느덧 평화에 수감된 목선 주름에 섞여
    눈보라 치는 밤 결빙의 발자국을 따라가다 언 몸을 녹이는
    찻집 허름한 책을 비집고 나온 한 올 연기는
    전생을 감아올리다 휜 문장으로 가라앉는다
    ──「독신자들」 부분

(2) 저녁은 저렇게 쉬이 온다 이 저녁이 다하면
    눈길에 서서 흔적 없는 옛 자취에
    과거를 불러내기도 하리라 그때 사람들은 얼음의 뿌리가
    두려워 그리운 이름을 불러도 보는 것
    [⋯⋯]
    눈 내리는 서울 또는 바람 부는 주유소 지붕 위로
    눈이 쓸리면 시간의 아가리 속으로 걸어가는 사람들

침묵의 저편에 닿아 귀를 여는 사람들
저녁이 연신 평화를 불러대고 팔이 닿지 않는 세상이
얼음 위에 부르튼 이름을 새길 때          ──「저녁 눈」 부분


　(1)의 시작인 "어느덧 세월이었다"와 (2)의 시작인 "저녁은 저렇게 쉬이 온다"라는 문장은, 단정적인 어조로 시간의 흐름이 우리의 삶과 현실을 지배하고 있음을 알려준다. 세월은 시인에게 "목마름"과 '뉘우침'과 '수치'를 남기고, "환멸"만을 선사한다. '시간'은 존재와 생명을 검은 구멍으로 빨아들여 소멸시키고는 아무 말도 하지 않는다. 인간은 시간에 저항하지만 낡음이 가져오는 환멸과 침묵이 가져오는 불안을 견디며 그 운명을 받아들일 수밖에 없다. 여기서 "녹마름"과 "환멸"은 '시간의 침묵'이 낳은 것이기도 하지만, "평화에 수감"되고 "저녁이 연신 평화를 불러대"는 세상의 무기력한 안온이 낳은 것이기도 하다.

　(1)과 (2)는 공통적으로 '시간의 동공'이 가져다준 환멸과 비애를 노래하지만, 이 시간의 운명에 저항하는 시적 자아의 모습도 보여준다. 이것은 (1)의 "눈보라 치는 밤 결빙의 발자국"과 "흰 문장", (2)의 "얼음 위에 부르튼 이름을 새길 때"에 나타나는데, 여기서 우리는 "눈"과 "얼음"의 이미지가 '비'와 '물'의 결빙 상태인 까닭에 그 관계성에 주목할 필요가 있다. 그리고 이 "눈"과 "얼음"이 "흰 문장"과 "이름을 새길 때"에 나타나는 '문자'의 의미와 어떻게 관련되는지도 살펴봐야 한다.

## 3. 기억—비와 눈, 그리고 별

박주택 시에서 시간의 운명에 저항하는 첫번째 방식은 '기억'이다. '기억'은 존재를 마모시키고 소멸시키는 시간의 작용에 저항하는 인간의 정신적 힘과 관련되어 있다. "저녁"(「저녁 눈」) 혹은 "황혼"(「황혼의 원정(園丁)」)은 시간이 휩쓸고 간 현실의 공허한 공간에 추억의 그림자를 드리우는데, '비' 혹은 '물'은 이 추억을 출렁이게 함으로써 기억을 부추기고 그것에 시인의 현재적 정서와 정념을 혼합시킨다.

> 횟집 처마 아래 비는 내리고
> 어둠 속 숨은 풍경 속으로 저녁 불 흘러내리고
> 떠도는 말의 무늬들은 김 서린 수족관에 앳된 글을 새기고
>
> 배는 떠가고 꽃이 피려나, 旅館과 그 옆의 酒店은
> 온순해지고 港口는 비를 받아들이며 출렁거린다
>
> 바람이 침묵에 저를 가둘 때
> 반은 검고 반은 흰 저! 새들            ─「밤배」부분

항구의 밤 풍경은 내리는 "비"로 인해 요동친다. "내리고" "흘러내리고" "출렁거린다"로 이어지는 서술어는 유동성을 지니면서 "비"와 더불어 "불"과 "항구"까지 흔든다. '비'가 지닌 유동성은 '바다'의 출렁거림과 결부되어 시 전체를 '밤배'처럼 어떤 상념의 아우라 위에서

흔들리게 한다. 박주택 시에서 '물'의 이미지는 비루한 존재의 누추함을 드러내기도 하지만, 이 고독과 기다림을 내포한 채 출렁거려 새로운 전환을 가능케 하기도 한다. "반은 검고 반은 흰 저! 새들"은 바로 이러한 가능성의 상징이다. 여기서 우리는 「시간의 동공」에서 배경으로 등장했던 "바다"가 이러한 의미를 지닌 '물'의 집합이며, 거기에 등장한 "새들"은 새로운 전환의 가능성임을 짐작할 수 있다. 그러나 "새들"이 보여주는 전환의 가능성은 시간의 침묵에 흡입되어 이내 사그라지고 만다. 이럴 때 시인이 시도하는 것은 '비'를 결빙시켜 '눈'을 만드는 작업이다.

"눈보라 치는 밤 결빙의 발자국을 따라가다"(「독신자들」)와 "얼음 위에 무르튼 이름을 새길 때"(「저녁 눈」)에 나타나는, "눈"과 "얼음"은 '비'와 '물'을 결빙시켜 생성되는 것인데, 여기에는 시인의 정신적 결의가 개입되어 있다. 이 의지는 강인한 정신의 집중을 통해 기억의 유동성에 닻을 내리고 그것을 고정시키려는 노력을 의미한다. '별'은 이러한 의지의 상응물로서 시인의 발자국을 따라다닌다. "아주 먼 곳으로부터 걸어온 별들"(「시간의 동공」)과 "가자고 한다. 밤바다에/낮게 떠 있는 저 별"(「배들의 정원」)을 보라. '별'은 자칫 궁극적 가치로서 먼 곳에 상정되어 있는 이상(理想)으로 이해하기 쉽지만, '눈'과 '얼음'의 천상적 상응물로서 기억의 유동성을 고정시켜 운명에 저항하려는 시인의 의지적 결정(結晶)으로 이해하는 것이 타당할 것이다. 「배들의 정원」에서 "가자고" 거듭 외치는 존재는 다름 아닌 시적 자아며, 「시간의 동공」에서 "백사장을 뛰어가는 흰말" 위를 비추는 "별들"은 "제집을 찾아가는 개 한 마리"가 토해내기도 하는 것이다.

'눈'과 '얼음'의 이미지에 "책"과 "문장" 혹은 "이름을 새기는" 기록의 행위가 결부되는 것은 이러한 정신적 의지와 관계된다. 기억의 흐름을 고착시켜 시간에 저항하는 행위가 바로 문자로 문장을 써서 책을 남기는 일이기 때문이다. 그러나 이 '눈' '얼음'의 결빙과 '문자' 행위는 "허름한 책을 비집고 나온 한 올 연기는/전생을 감아올리다 흰 문장으로 가라앉는다"(「독신자들」)에서 보듯, 연기처럼 피어오르다 흰 문장으로 가라앉는다. "흰 문장"이란 무엇일까? 이것은 '기록'의 반대말인 '지워짐'을 의미하는 것이 아닐까. 박주택 시에서 '책'과 '문자'는 기억을 표상하지만, 한편으로 이 기억은 얼룩과 먼지와 연기처럼 시간의 흐름에 의해 퇴색되고 마모되는 운명을 피할 수 없다. 결국 시인이 추구하는 기억의 방식은 시간의 운명에 복속되고, 시인은 두번째 저항의 방식을 모색하게 된다. 이것은 "흰 문장"이 암시하고 있는 '망각'의 방식이다.

## 4. 망각─흰말과 바람

우회로를 거쳐 이제 「시간의 동공」의 지배적 이미지인 "흰말"에 도달했다. 「시간의 동공」의 초반부로 다시 돌아가보자. 자기로 돌아가지 못한 것들이 동경하는 "바다"는 '물'의 집합으로서 추억과 기억의 저장소이고, "새"는 새로운 전환의 가능성이며, 그 위에 떠 있는 "별"은 기억의 유동성을 고정시키려는 시인의 의지적 결정이다. 여기서 "백사장을 뛰어가는 흰말 한 마리"는 시간에 저항하는 "기억의 풍금 소리"가 "떫은 목청"을 남길 때, 질주하는 힘과 속도를 통해 시간의 운명을 뛰어넘으려는 '망각'의 상징이다. 박주택은 네번째 시집

『카프카와 만나는 잠의 노래』(문학과지성사, 2004)에서 질주하는 '말'의 이미지를 보여준 바 있다.

> 나 다시 잠에 드네, 잠의 벌판에는 말이 있고
> 나는 말의 등에 올라타 쏜살같이 초원을 달리네
> 전율을 가르며 갈기털이 다 빠져나가도록
> 폐와 팔다리가 모두 떨어져 나가
> 마침내 말도 없고 나도 없어져 정적만 남을 때까지
>
> ——「카프카와 만나는 잠의 노래」 부분

잠의 벌판에서 말을 타고 초원을 달릴 때, 시인이 얻는 것은 소멸과 죽음에 이르러 그것을 무화시키는 시간의 압축이다. 이 시는 전율하는 에너지가 속도와 만나 시간이 압축되면서 주체의 소멸과 죽음까지도 초월하는 탈주의 한 방식을 극적으로 보여준다. 이 '말'의 질주, 혹은 탈주 속에 깃든 시간으로부터의 이탈 의지는 자기 정체성을 정립하는 기억의 굴레를 벗어나 망각을 욕망하는 것을 의미한다. '망각'은 시간의 육체 속에 내장된 저주와 망령을 무화함으로써 기억으로부터 벗어나려는 시도이다. "잠"은 이 '망각'으로 가는 징검다리며, 따라서 박주택 시에서 '잠' 혹은 '몽환'은 '망각'의 시적 비전을 현시하는 중요한 계기를 제공한다.

시간의 운명으로부터 벗어나려는 "흰말"의 질주는 "바람"의 이미지와 상통한다. 이것은 앞에서 "갈기털을 휘날리며 백사장을 뛰어가는 흰말 한 마리"와 "꽃들이 허리에서 긴 혁대를 끌러 바람의 등을 후려칠 때"를 상호 침투적으로 읽어야 한다고 말했을 때 이미 암시되었다.

시간의 침묵과 대립하는 '바람'은 "바람이 침묵에 저를 가둘 때"(「밤배」), "오래된 침대는 운명의 것이었지/바람의 것이 아니었다"(「문틈에 바침」)에서도 제시되지만, 때로는 또 다른 의미의 '바람'으로 맥락을 바꾸어 나타난다. "나는 적거(謫居)에 숨어들어 바람을 불러들이고/희망을 빙자해 기쁨을 다른 곳으로 데려갔다"(「주름의 수기」), "이윽고 바람이 서식지를 잃은 듯 주름을 늘이며 다가올 때"(「명태」)에서, '바람'은 생을 그르친 어떤 희망, 혹은 죽음의 냄새를 풍기는 시간의 주름으로 형상화되기도 한다. 이처럼 망각의 힘을 내장한 '바람'이 무기력한 모습을 보여주는 것은 왜일까? 이는 '흰말'의 시적 비전이 섬광처럼 스치는 순간에 머무르는 데 비해, "시간의 아가리"(「저녁 눈」)가 벌리고 있는 침묵은 영속적이기 때문이며, 한편으로는 망각에 이르려는 "잠"이 "너무 많은 자신을 가두고/북적거리고 있는 자신 때문에" "휘"(「시간의 동공」) 기 때문이다. 이런 상황에서 박주택이 시도하는 세번째 저항의 방식은 '불온한 피'의 '미친 노래'이다.

## 5. 미친 노래—개와 불온한 피

「시간의 동공」의 후반부를 다시 보자. "흰말"의 질주가 보여주는 '망각'의 힘과 속도가 지속되지 못할 때, 시인은 "달"을 보여주고, "개 한 마리"를 등장시킨다. "꽃들이 허리에서 긴 혁대를 끌러 바람의 등을 후려칠 때"라는 문장은 흰말 혹은 바람의 질주가 자동적으로 원활히 이루어지는 것이 아니라, 어떤 영웅적 의지와 노력에 의해 촉발된다는 의미를 내포한다. 그렇다면 이 문장 자체에 이미 흰말 혹은 바람의 질주가 연속되지 못하고 힘을 잃을 것이라는 예감이 스며 있다고 봐야 할 것이다. "그 숨결에 일어서는 자정의 달"은 "별"과는 달리 '비'나 '물'의 이미지에 가까우며, 따라서 기억의 유동성을 되살려 놓는다.

그러나 곧이어 등장하는 "개 한 마리"는 의미심장하다. "제집을 찾아가는" 회귀의 모습은 "엷은 잠"이 보여주는 불완전한 망각의 의미를 가지면서도, "먼 곳으로부터 걸어온 별을 토하"고 있기 때문이다. "엷은 잠"은 흰말의 질주를 통해 시도한 '망각'이 실패함으로써 생겨난 결과인데, 이 엷은 잠 속을 걸어 들어가며 별을 토하는 "개"의 모습은, 실패를 자신의 운명으로 삼아 그것을 밟고 넘어서려는 도발적 파토스를 보여준다. 이 "개"는 누명을 뒤집어쓴 채 생의 치욕을 자신의 육체로 삼으며 시간의 침묵과 처절히 싸우는 시적 자아의 분신이다. 기억과 망각이 충돌하며 휘감기는 몸의 회로를 잠과 몽환의 어법으로 들려주는 박주택의 시는, 이 지점에서 '불온한 피'의 노래를 들려주게 된다. "개"가 입에 문 거품처럼 회한과 분노와 서글픔을 동반한 '피의 노래'는 박주택 시의 불온성을 적나라하게 보여준다.

황혼
곧 날이 저물어 오면 더러운 피는
사정없이 솟구쳐 오를 것이다 나무 뒤에서
귀를 막으며 육체에 주소를 두고 있는 불평과
술 취한 봄꽃과 끝에서 끝으로 불어오는 바람에게
시들어버린 어깨 죽지를 맡기고 있는 사람들은
황급하게 닫히는 골목을 멍하니 바라볼 것이다

불온은 저토록 질기어 용서의 노래를 이기고
어떤 이의 옷을 흔들다 주름에 가 둥글게
시간을 말아 올릴 것이다, 더러운 피는
어디서 불어와 옷가지를 흔드나? 옷가지를 흔든 뒤
왜 황혼과 섞여 골목을 빠져나가는가?

—「황혼의 원정(園丁)」부분


　황혼에 솟구쳐 오르는 "더러운 피"는 "육체에 주소를 두고 있는 불평"과 "술 취한 봄꽃"과 "끝에서 끝으로 불어오는 바람"과 "시들어버린 어깨 죽지를 맡기고 있는 사람들"을 깨우며 "불온"의 노래를 부른다. 이 '불온의 노래'는 시간의 운명과 그것이 가져다주는 생의 치욕과 기억의 누추함과 망각의 좌절까지도 자신의 운명으로 받아들이면서 그것에 저항하는 방식을 의미한다. 그리하여 이 '불온한 피의 노래'는 "독을 품은 채/터질 듯이 부풀어 있을" "가로수"나 "알 수 없는 오기를 저장한 채 입을 앙다문/굴"(「굴」)처럼, 독기를 품은 채 부풀어 있는 기괴한 이미지들을 산출해낸다. "주름에 가 둥글게/시간을 말아 올릴" 이 '질긴 불온의 노래'는, 시간에 대한 저항과 복속이라는 박주택 시의 주제가 기억과 망각의 회로를 거쳐 어떻게 검은 버섯처럼 독기를 품은 채 복잡한 시의 주름으로 피어났는지 알 수 있게 한다. 박주택 시 특유의 표현 양식인 몽환의 분위기, 불협화음의 문장, 그로테스크한 이미지는 이러한 내면적 필연성에 의해 생성된 것이다.

# 해부학적 정신분석과 생의 전환
## ──채호기론

채호기 시인만큼 일관성을 가지고 복창적인 시적 주제와 방법론을
견지해온 시인도 드물 것이다. 또한 이 일관성 속에서 다양한 시적
형상화의 방식을 동시에 추구해온 시인도 드물다. 이 글은 채호기의
다섯번째 시집 『손가락이 뜨겁다』(문학과지성사, 2009)를 중심으로
다양한 시적 형상화의 방식을 살펴보려 한다. 이 과정에서 어떤 미세
한 변모의 조짐이 감지된다면 그 지점에도 주목해보기로 하자.


## 1. 몸의 말

채호기의 시는 자신의 몸과 타자의 몸을 합일하려는 사랑을 집요하
게 추구한다. 몸의 관능적 상호 침투를 통한 사랑은 그 완성의 불가
능성 앞에서 좌절하지만, 이 실패를 몸과 말에 대한 새로운 탐색을
통해 돌파하려는 의지가 그의 시를 추동한다. 그에게 있어 몸만 몸이

아니라 사물도 몸이다. 사물의 신체성을 확인하는 자리에서 채호기 시의 감각적이고 관능적인 에로스가 싹을 틔운다.

> 물은 온몸이 입술
> 말하려는 듯이 오므려 내민다.
> 돌은 입술 속의 이빨
> 딱딱하게 앙다문 채
> 말을 삼킨다.
>
> ──「물과 돌」 부분

"물"을 "입술"로 보고 "돌"을 "입술 속의 이빨"로 간주하는 것은 사물에 신체성을 부여하는 것이다. 사물을 몸의 감각과 관능으로 이해하는 것은 사물의 본성과 인간의 본성을 하나로 보기 때문이다. 이 본성은 에로스적 욕망이다. 이것은 모든 존재 혹은 사물과 교감하고 침투하여 합일하려는 시적 자아의 욕망과도 관련된다. 그런데 "물"과 "돌"을 "입술"과 "이빨"로 치환하는 비유 작용에는 이 욕망이 거쳐야 하는 어떤 매개물, 혹은 결과물이 암시되고 있다. 이것은 "말하려는 듯이 오므려 내민다"와 "말을 삼킨다"에 제시되는 "말"이다. '말'은 '몸'과 어떤 관계를 갖는 것일까?

> 글자는 내가 바라보는 어떤 나뭇잎의
> 뾰족한 끝에서 오물거린다.
> 내가 바라보는 풍경에
> 내 시선이 닿는 그것에
> 애초에 없는 것이 생겨나

꼼지락거리는 것이 글자다.                          ―「글자들」부분

"글자"는 시적 '자아'가 바라보는 '사물' 위에서 생겨나는데, 여기
서 중요한 것은 "시선"이다. "내가 바라보는"과 "내 시선"이 드러내
듯, "시선"은 주체가 발휘하는 지각 작용이다. 지각이란 감각 기관을
통해 외부 사물을 인식하는 것이므로, 감각과 인식을 동반한다. 따라
서 "글자"는 사물을 바라보는 시적 자아의 감각과 의식을 통해 생겨
난다. 이때 사물은 자체의 속성을 지니고 있으면서도 자아에 의해 포
획되는 듯이 보인다. "내가 바라보는 어떤 나뭇잎"이 "내가 바라보는
풍경"으로 전이되는 이유도 여기에 있다. 그러나 채호기 시의 '시선'
은 일방적이지 않고 상호 침투적이란 특징을 가진다.

       나에게서 너에게로
       너에게서 나에게로 전염되는
       바이러스처럼, 내게도
       네게도 없던 접촉 때문에
       생긴 신종 바이러스처럼 내가
       바라보는 그것에서 글자는
       생겨나 오물거린다. 말하는
       입 모양으로.                          ―「글자들」부분

채호기의 시에서 시선은 "바이러스처럼" "전염"된다. 이것은 '시
선'이 단순히 시각적 지각뿐만 아니라 촉각이나 후각적 지각까지도
포함함을 의미한다. 더 나아가 이것은 '시선'의 지각 작용이 감각과

인식뿐만 아니라 어떤 아우라적 발생을 수반함을 암시한다. "글자"는 "내게도/네게도 없던 접촉 때문에" 발생하기 때문이다. 그러나 이것도 결국 "신종 바이러스처럼" 생겨나는 것이므로, 채호기 시의 관능에 흔히 동반되는 정신 현상학적 감각은 철저히 유물론적 감각의 토대 위에서 발현된다.

하늘의 별은 뜨겁다. 밤은 차갑다. 벌거벗은 네 등은 차갑다. 내 손은 뜨겁다. 비가 오고 들판에서 피어오르는 뿌연 수증기. 내 손가락들이 수증기에 갇힌다. 물렁물렁해진 진흙에 발이 빠지듯 네 등을 산책하는 손가락들이 빠져든다. 네 등에 손톱 끝으로 고랑을 내며 글씨를 쓴다. 씨앗을 뿌린다.

흙이 글자를 끌어당긴다. 네 등에 묻힌 글자에서 싹이 돋고, 들꽃들이 피어났다. 밤은 뜨겁다. 꽃은 뜨겁다. 꽃의 향기는 시가 되어 손가락 끝에 만져진다. 네 등에 보이지 않는 무엇이 영원히 새겨졌다. 별은 뜨겁다. 손가락도 뜨겁다. ──「손가락이 뜨겁다」 전문

"하늘의 별"과 "밤", "비"와 "수증기"는 "내 손"과 "네 등"의 상호 교감에 의해 "진흙"과 "고랑"에서 "글자"의 "씨앗"을 뿌린다. "글자"에서 돋은 "싹"과 피어난 "들꽃"의 향기는 "시"가 되어 만져진다. 채호기 시의 존재와 사물들은 각각 시적 주체와 상호 공명하고 다시 조합되어 글자로 새겨진다. 보들레르와 랭보의 상징주의 시가 감각들을 상호 융합하여 발생시키는 신비로운 암시의 효과에 치중했다면, 채호기의 시는 주체와 교호하는 감각의 직접적 관능성과 그것들의 결합에

집중한다. 어쩌면 전자를 유심론적 관능에 근거한 조응의 시학으로, 후자를 유물론적 관능에 근거한 공명의 시학이라고 부를 수 있을지 모른다. 채호기의 시는 차가운 이미지, 즉 유물론적 감각의 정확한 구사를 근간으로, 이것들을 퍼즐처럼 복합적이고 입체적으로 조합함으로써 뜨거운 상징, 즉 정신 현상학적 아우라를 발휘하는 시적 연금술을 보여준다. '몸의 말'이 발산하는 이 차가운 물질성과 황홀한 관능성이 채호기 시적 방법론의 첫 장을 이룬다.

## 2. 말의 몸

시적 자아와 사물의 상호 응시에 의해 생겨난 '말'은 '타자'의 현존을 대신하는 지위를 갖게 된다. '몸의 말'을 천착하는 채호기의 시적 탐색은 이 지점에서 '말의 몸'을 천착하는 방향으로 파생된다.

어느 햇살 나른한 오후
사랑에 취한 당신은
시집을 열었다. 갇혀 있던
시어들이 휘발하며 당신의 코를
간질이고 당신은 눈을 감는다.
당신을 사로잡는 그의 몽롱한 향취.

리듬의 팔이 당신을 끌어당기고
당신은 펼친 시집으로 가슴을 덮는다.

당신이 읽던 시행의 손가락들이
당신 머리카락을 쓸어 넘기고
코와 인중, 입술을 간질인다.　　　　──「사랑에 취한 당신」 부분

'몸의 말'이 '시선'의 전염성을 통해 생겨나는 것처럼, '말의 몸'도 전염성을 가진다. 시집 속의 언어들이 "휘발"하여 "코를/간질이"는 상황과 "몽롱한 향취"는 '말'이 가진 후각적 도취의 효과를 보여준다. 말이 지닌 이 관능성은 "리듬의 팔"과 "시행의 손가락들"에서 보듯, 언어를 몸으로 사유하는 채호기의 시적 방법론에서 기인한다. 특히 시의 언어는 "몽롱한 향취"의 후각과 "리듬" 및 "시행"의 율동을 원활히 발휘한다. 그러나 한편으로 '말의 몸'은 타자의 몸을 완전히 현현할 수 없는 한계를 갖는다.

아! **사랑**이란 단어
백사장 위에 하얀 조가비
주머니에 들어 손가락에 만져지는 글자.
아! **바다**, **파도**라는 단어와 한 문장을 이루어
밤하늘의 별자리 같은 아름다운
음악을 들려주는 **사랑**.

**사랑**이란 단어를 듣기 위해
책장을 여는 순간 무거운
관 뚜껑이 열린다. 책이 관이라니!
긴 호흡기관의 층계를 올라오는

숨소리. 정체 모를 타인의 숨소리와 뒤섞인
숨소리의 문장이 들린다.　　　　　　　　—「숨소리의 문장」부분

"**사랑**이란 단어"는 "**바다, 파도**라는 단어"와 함께 "손가락에 만져
지는" 촉각과 "밤하늘의 별자리 같은 아름다운/음악"이라는 시각 및
청각을 자극하며 관능미를 발휘한다. 그러나 "**사랑**이란 단어"는 책
속에 갇혀 있다. "책이 관"이라는 사실은 이 모든 감각적 현전이 실
재가 아니라 연상의 효과와 비인칭적 숨결로서 존재하는 것임을 암시
한다. "긴 호흡기관이 층계를 올라오는/숨소리", 즉 어떤 단어를 발
음하는 것은 "아득한 기억의 숨소리"와 "정체 모를 타인의 숨소리"가
뒤섞인 것이기 때문이다. 이것은 '말의 몸'이 지닌 신비를 말하는 동
시에 실체 없음의 공허함을 의미하기도 한다.

　　당신을 읽는 순간
　　당신을 맛볼 수 있다.
　　동글동글하고 말랑말랑한 당신의 살.

　　사랑한다 당신을.
　　당신은 없다.
　　백지 위에
　　당신
　　을 쓴다.
　　당신을 머릿속에 떠올리며
　　당신

을 써서

남긴다.

——「당신」 부분

"당신을 읽는 순간/당신을 맛볼 수 있"지만, "당신은 없다". 백지 위에 글자로 써서 남긴 당신은, '말의 몸'이 존재의 현존과 부재 사이에서 흔들리며 명멸하는 것임을 보여준다. '말'은 '몸의 현전'과 '몸의 부재' 사이를 유동하는 정체불명의 실체다. 이러한 언어의 한계는 언어가 폭력과 소음으로 전개될 때, 시적 자아를 실의와 고통에 빠뜨리는 요인으로 작용하기도 한다.

## 3. 해부학적 정신분석

채호기의 시에 빈번히 등장하는 고통, 증오, 공포, 불안 등의 심리적 양상은 '말의 몸'이 지닌 불확실성 및 언어의 폭력성에서도 기인하지만, 근본적으로는 시적 자아와 타자 사이의 시선의 단절 혹은 어긋남에서 비롯된다.

안타까움은 건너다보이는 당신의
눈이 먼저 내 쪽으로 건너오는 것.
당신의 눈에 담긴 내가 내 삶을
앞질러 당신 쪽에 있기 때문이다.

내 삶의 방향을 바꾸거나

건너는 것을 포기할 수 없는
건널목의 순간들,

이 순간들은 당신이 거기 있고
당신을 본 순간 걸음을 내딛는
발에서 생겨난다.
건널목은 여전히 빨간 신호등.

복잡하고 어지러운 머리는
발을 따라가지 못하고 당신을,
삶을 끝내 알지 못할 것이다.
지루한 시간의 끈질긴 눈동자처럼
다만 건너편을 바라볼 뿐.                        ──「건널목」 부분

　완전한 사랑의 불가능성, 즉 몸의 관능적 침투를 통한 합일의 불가
능성은 상호 응시의 시선에 어떤 결락이 생기면서 현실화된다. "당신
의 눈에 담긴 내가 내 삶을/앞질러 당신 쪽에 있"는 것은 나의 시선
과 당신의 시선이 어긋나는 것을 의미하고, 상호 교감과 침투가 단절
됨을 의미한다. 서로의 욕망이 엇갈리는 결락은 "발"과 "머리"의 어
긋남으로 인해 "안타까움"을 증폭시킨다. "발"은 "당신을 본 순간 걸
음을 내딛"지만, "머리는/발을 따라가지 못"한다. 본능과 의식 사이
의 불화는 결국 상호 응시의 결락과 더불어 시적 자아에게 고통을 안
겨주게 된다.

두개골의 절벽 까마득한 아래, 미끈거리는 뇌가 물에 잠겨 있다. 물은 소용돌이친다. 증오의 물결이 거세게 뇌의 주름을 휘돈다. 증오가 나를 점령하고 있다. 나는 걷는다. 증오로부터 멀리 벗어나기 위해 나는 걷는다. 그러나 증오는 부글부글 끓으며 내 머리를 조종하고 나의 걸음은 증오의 점령지를 벗어날 수 없다.

나는 증오의 감옥에 갇혀, 증오의 시멘트 바닥 위를 맴돌며, 증오에 굴복한 머리로, 증오를 골똘하게 분석한다. 나는 내가 스스로 주저앉기를 원하지만, 나는 내 머리의 중심부에 증오에 항거하는 빨치산의 거점을 마련한다.
　　　　　　　　　　　　　　　　　　　　　　　　—「나는 걷는다」 부분

증오에 사로잡힌 시적 자아는 그 감옥에 갇혀 고통스러워하지만, 그것을 골똘히 분석함으로써 저항의 거점을 마련하고자 한다. 증오에 대한 분석은 관념이나 정념이 아니라 신체 기관에 대한 해부학적 탐색으로 시도된다. "두개골의 절벽"과 "미끈거리는 뇌"와 "뇌의 주름"을 휘도는 증오를 따라가며 그 정체를 탐사하는 방식은, "증오에 굴복한 머리로, 증오를 골똘하게 분석"하는 치열한 정면 대결의 태도를 내장한다. 이것은 '증오'라는 심리 현상을 신체 기관에 대한 해부학적 방식으로 탐구한다는 점에서 유물론적 정신분석이라는 독특한 양상을 보여준다.

그런데 이제는 공포와는 또 다르게 생긴 불안이 저 멀리 복도의 어둠에서 스며 나왔네. 그의 발소리는 아주 또렷하게 천장을 울리고 동시에 내 뇌의 구불구불한 복도로부터 누군가 걸어 나오는 발소리가 해골의 천장을 울렸네.

　[……]

　그는 분명히 내 바깥에서, 내 눈앞에서, 짐짓 내게는 관심도 없는
척하면서 다른 사람들과 쾌활하게 얘기했지만, 나를 주시하는 날카로
운 눈빛은 나를 거머쥐고 놓지 않았네. 그런데 그 순간 기이하게도 내
안에서도 불안은 복도에 서서 곁눈으로 나를 주시하며 다른 사람과 얘
기하고 있었네. 내 안의 그와 내 밖의 그는 얘기하는 틈틈이 서로 눈을
마주치며, 내게는 똑같아 보이는 의미심장한 미소를 짓기도 했네.

—「나는 불안에게 인사했네」 부분

　시적 자아는 자신을 사로잡은 "공포"와 "불안"을 신체 기관에 대한
해부학적 분석으로 탐색한다. 의인화된 "불안"은 "뇌의 구불구불한
복도"와 "해골의 천장"을 울리는 "발소리"로 울린다. "불안"은 시적
자아의 바깥에도 내부에도 존재한다. "내 안의 그"와 "내 밖의 그"는
"나를 주시"하며, 서로 눈을 마주치기도 한다. 채호기 시인이 탐색하
는 "불안"의 정체는 신체 기관의 안팎에서 중층적으로 작동하는 '시
선'과 관련되어 있다. 이것은 라캉이 상상계와 자아의 형성에 대해 이
론화한 '거울 단계'와도 관련될 수 있다. 라캉은 분열과 소외를 겪으
며 등장하는 자아를 설명하는 첫 단계로서 '거울 단계'를 제시한다.
이것은 자아의 이미지가 타자의 응시를 통해 형성되는 것을 의미하
고, 오인과 소외라는 결여를 겪으면서 구성된다는 것을 의미한다. 타
자의 시선이 작용하는 '거울 효과'는 인간의 자의식과 자기애, 경쟁심
과 공격성, 질투와 증오 등의 심리 현상을 설명하는 기본 틀이 될 수

있다. 크게 보면, 채호기의 시에서 심리 현상에 대한 해부학적 천착은 '몸의 말'과 '말의 몸'이 지닌 '외부적 응시'가 어떤 결락을 겪은 후 '내면적 응시'로 전환된 경우라고 볼 수 있다. 이것은 언어와 주체의 관계에서 빚어지는 '상징계의 두번째 소외'에 대한 탐구에서 자아의 형성에 개입하는 타자의 시선이라는 '상상계의 첫번째 소외'에 대한 탐구로 역진행하는 것이라고 볼 수 있을 것이다.

결국 이 해부학적 분석의 방식은 지젝이 '기관 없는 신체'라는 들뢰즈의 개념을 뒤집어 말한 '신체 없는 기관'에 대한 하나의 탐구라고 볼 수 있을지 모른다. 채호기는 이를 통해 들뢰즈가 말한 "잠재적인 것"의 실재성, 혹은 라캉이 말한 "실재"를 탐색하는 하나의 통로를 열고 있는 것이 아닐까. 라캉의 '실재'는 상징화에 저항하는 재현 불능의 핵인 동시에 그 자체로는 아무런 존재론적 일관성을 가지지 않는 부재하는 원인이다. '실재'는 '죽음 충동'에 접근하는 고통스러운 쾌락인 '향유 jouissance'와 밀접히 관련된다. 라캉이 '실재'를 중시한 것은 상징적 구조에 종속되어 있는 주체, 즉 상징계에 의해 분열되고 소외된 주체의 욕망을 어떻게 열어놓을 것인가에 있었다. 결국 정신분석의 목표는 '상상계'나 '상징계'로 재현할 수 없는, 즉 우리를 회피하는 '실재계'와 조우하는 것이다. 채호기의 시가 추구하는 '몸과 언어에 대한 탐구'가 '고통, 증오, 공포에 대한 해부학적 정신분석'과 더불어 진행되는 것은 바로 이러한 '실재'와 '향유'에 대한 탐색의 통로가 될 수 있을 것이다.

## 4. 물의 경계와 생의 전환

　고통, 증오, 공포, 불안 등의 심리 현상에 대한 해부학적 탐색은 신체 기관에 대한 '내면적 응시'와 함께 시적 어법에 있어서 '진술'의 형태를 낳는다. 이것은 채호기 시에서 중심을 이루어온 '묘사'의 어법이 지닌 균형과 평형에서 벗어나는 양상과 관련되는 듯하다. '물'의 이미지는 이 역학 관계를 함축적으로 보여준다.

　　강 밑바닥에 웅크린 채
　　물 표면을 응시하는 검은 물고기
　　그게 제 마음이에요.
　　한번 들여다보세요,
　　밤에 강가를 서성이다
　　잡풀을 부여잡고 웅크릴 때.

　　밤하늘에 뜬 별들처럼 수면에는
　　불빛들이 반짝이며 유혹합니다.
　　그중 당신의 눈빛을 발견할 때까지 미끼나
　　투망으로도 제 마음은 잡히지 않습니다.

　　물결을 거스르며 헤엄칩니다만
　　마음은 줄곧 당신을 노립니다.

　　　　　　　　　　　　　　—「한번 들여다보세요」 전문

"물 표면"은 시적 자아와 타자의 경계를 이룬다. 강물 아래에서 "검은 물고기"(시적 자아의 마음)는 표면을 응시하며 "당신"을 노린다. 이 시선이 찾는 것은 다름 아닌 "당신의 눈빛"이다. 결국 "물"은 시적 자아와 타자, 마음과 대상의 상호 시선이 만나는 경계다. 이것이 발생시키는 표면 장력은 "검은 물고기"의 "마음"이 지닌 물속의 신비와 "당신의 눈빛"이 지닌 물 밖의 비밀이, 혹은 그 두 힘이 서로 팽팽히 길항하면서 얻어진다. 채호기 시의 묘사의 어법이 지닌 균형과 평형은 바로 이러한 경계의 표면 장력과 관련되어 있다. '물'의 이미지는 '유리창'의 이미지로 변용되기도 한다.

> 간밤에 당신이 잠들었을 때 빗방울이
> 유리창에 내 사랑을 적어놓았지요.
> 아침에 당신이 환하게 일어났을 때
> 창문은 당신을 반겨 보석처럼 떨며
> 사랑의 눈동자처럼 반짝였어요. 그러나
> 당신의 무심한 손은 관심도 없었지요.
> 정원에 새로 핀 붓꽃을 보겠다고,
> 유리창에 적힌 빗방울의 은밀한 서신을
> 얼룩인 양 말끔히 지우고 말았어요.　　　　　　—「붓꽃」 부분

"유리창"은 "내 사랑"의 "은밀한 서신"인 "빗방울"이 맺히는 자리다. 이것도 "물 표면"과 같이 시적 자아와 "당신"의 경계를 이룬다. "유리창"이 "보석"과 "눈동자"로 비유되는 것은 시적 자아의 시선이

투영되기 때문이다. 그런데 마지막 두 행은 타자로 인해 상호 교감의 끈이 끊어지고 있음을 보여준다. '물 표면'과 '유리창'을 경계로 길항하는 상호 응시가 결락을 맞이한 후, 채호기의 시는 고독과 실의를 겪으며 고통과 증오 등의 심리적 통증을 해부학적으로 탐색하게 된다. 이 과정에서 '물'의 이미지는 새로운 차원으로 전개되는 듯하다.

(1) 망망대해에 버려진, 난파된 사랑의 기억만을
    간신히 부여잡고 파도 위를 떠도는 시인이여,
    차가운 물방울의 고독에서 빠져나오지 못하는구나.
                                  ──「그대의 방은 그대의 무덤」 부분


(2) 그러나 바다는 수많은 물방울들로 만들어졌기 때문에 그는 피부에 묻은 약간의 바다만을 가질 수 있었다. 그나마 그가 가진 바다는 더 이상 바다가 아니었다.

    [……]

    그러나 바다, 쓰라림을 모르는 무생물, 그리고 손 닿지 않는 그의 등.
    오, 바다! 죽는 순간까지 내 것이 아닌 삶이여!

    그가 바다로 가는 것은 그의 본래 자리로 되돌아가는 것. 그것이 그의 죽음이든, 새로운 출발이든, 그는 파도의 마룻장을 딛고 물거품의 계단을 내려가 물고기의 아가미를 통과할 것이다. 조개껍질, 산호 조각, 자갈, 모래, 수초에다 그의 영혼을 산란할 것이다.

　오, 바다! 최후이자 최초의 시간이여!

—「그는 왜 바다로 갔을까」 부분

　시적 자아는 (1)에서 "난파된 사랑의 기억"을 붙잡고 "파도 위를 떠"돌며, (2)에서는 "바다"를 만나거나 갖기 위해 온갖 방법을 시도한다. 그러나 시적 자아는 "물방울의 고독"과 "약간의 바다"가 암시하듯, 아직 진정한 바다, 혹은 전체로서의 바다를 만나지 못한다. 진정한 바다는 "그의 본래 자리"며, "최후이자 최초의 시간"이다. 시적 자아가 염원하는 이 원초적 시공간은 "죽는 순간까지 내 것이 아닌 삶", 즉 죽음과 재생이 한 몸을 이루는 미지의 세계다. 이 시공간은 앞서 언급한 라캉적 개념의 '실재'가 아닐까. 이 '실재'에 도달하기 위해서 채호기는 끊임없이 불가능성을 내포한 사랑을 추구한다. 죽음처럼 파고드는 삶, 즉 에로티시즘의 불충분한 쾌락 너머에서 우리를 만족시키고 채우게 될 그 이상의 어떤 것인 '향유'를 향해 채호기의 시는 "파도"를 딛고 "물거품"을 내려가 "물고기"를 통과하려 한다. 그리하여 "영혼을 산란"하려 한다. 아마도 채호기의 시는 '바다'로 가는 이 고통에 찬 여정에서 죽음과 같은 쾌락을 맛보게 될 것이다. 그리하여 새로운 시적 차원을 열어나갈 것이다. 다음 시는 이 여정 가운데 얻어진 위안이자 휴식이며 축복과도 같은 작품이다.

　그때 내 앞에, 포옹하기엔 너무 큰 나무.
　흰 북극곰 같은 서늘한 바람이
　여름 큰 나무 속으로 들어간다.

나뭇잎들이 부풀어 오르며 뒹군다.
뜨거운 입안의 얼음들, 여름의 빛나는 결정체들.
설명할 수 없는 삶의 어떤
환희가 빠르게 스쳐 지나간다.


낯선 시간, 낯선 얼굴,……
낯설어 멈춰 서고 싶은 다정한
거리에 햇빛은 빈틈없이 찬란하고,
갑작스런 생의 전환이 눈부시다.


물 묻은 태양이 덜 마른 공기를 털어낸다.
부유하는 물—먼지들, 설명할 수 없는
삶이 여전히 낯선 길모퉁이로 빨려든다.        ——「소나기 온 뒤」 부분


　여름철 소나기가 온 후의 상황이다. "서늘한 바람이/여름 큰 나무
속으로 들어"가고 "설명할 수 없는 삶의 어떤/환희"가 스쳐간다. 이
"환희"는 아마 비의 물방울이 형성하는 어떤 명명 불가능한 아우라에
말미암았을 것이다. "물 묻은 태양"과 "덜 마른 공기"와 "부유하는
물—먼지들"이 운반해 온 "설명할 수 없는/삶". 이처럼 "낯선 시간"
과 "낯선 얼굴" 속에서 문득 눈부시게 다가오는 "생의 전환"을 통해
채호기의 시는 새로운 발걸음을 옮겨놓게 될 것이다. 고통과 환희에
찬 이 여정에서 채호기 시인이 또 어떤 사랑의 연금술을 만들어가는
지 함께 지켜보기로 하자.

# '사막-자궁-허공'의 보로메오 매듭

### ──이원론

    이원의 시는 몸의 구체적 감각을 매개로 외부 현실에 대한 객관적 묘사와 그것에 대한 주관적 변형을 용접시키는 특유의 수사법을 견지해왔다. 극사실주의와 신표현주의가 상호 교섭하면서 신체의 회로 속에 통합되는 것이 이원의 묘사법이다. 시인은 이 묘사법을 통해 디지털 문명 속에서 그것과 운명을 함께하는 현대인의 존재 상황을 때로 세밀하게 때로 극적으로 표현한다. 이원의 세번째 시집 『세상에서 가장 가벼운 오토바이』(문학과지성사, 2007)는 전자 문명의 불모성과 이것을 넘어서는 근원에 대한 탐색을 함께 보여준다.

    근원에 대한 철학적 탐색, 혹은 문명사적 비전은 이원의 이전 시에 이미 배태되어 있었다. 가령 첫 시집 『그들이 지구를 지배했을 때』(문학과지성사, 1996)에 등장하는 "내 몸의 사방에 플러그가/빠져나와 있다"(「거리에서」), "길은 그물이다 몸을 가진 것들은 걸린다"(「길 또는 그물」), "우주의 모든 것은 몸이 시간이다"(「몸과 공기」) 등의 문장들은 '몸'을 중심으로 '전자 기계'와 '길'과 '시간'에 대한 철학적 사유를 시적으로 제시한다. 이 밖에도 '그림자' '공기' '허공' '거울' 등의 중요 모티프들이 나타난다. 그리고 두번째 시집 『야후!의 강물에 천 개의 달이 뜬다』(문학과지성사, 2001)에 등장하는 "몸 속에 웹 브라우저를 내장하게 되었어"(「몸이 열리고 닫힌다」), "저 콘센트는 내 몸이/들어가고 싶은 전자 사막의 첫 입구이다"(「콘센트에 대한 명상」), "허공에 썩지 않는 시간이 늘어져 있다"(「미로에서 달마를 만나다」) 등의 문장들 역시 '몸'을 중심으로 '전자 기계'와 '사막'과 '시간'에 대한 철학적 사유를 시적으로 제시한다. 이 밖에도 '그림자' '허공' '거울' 등의 중요 모티프들이 나타나는 점에서 첫 시집의 연장선에 있는데, '어둠'의 모티프가 추가된다. 이런 관점에서 세번째 시집 『세상에서 가장 가벼운 오토바이』를 살펴보면, 이전 시집의 중요 모티프들이 지속적으로 등장하면서 새로운 모티프들이 추가되고 있음을 알게 된다. 세번째 시집에서 새로 추가되는 모티프는 '자궁' '얼굴' '뛴다' 등이다. 이처럼 이원은 자신만의 시적 세계를 견고히 유지하면서 그 주제 및 형상화 방식을 심화하고 성숙시키는 과정을 밟고 있다. 결국 첫 시집에서 세번째 시집에 이르는 이원 시의 도정은 단순한 변모의 과정이 아니라, 사유의 깊이가 심화되면서 핵심 주제로 수렴되고 동시에 시적 스케일이 확대되는 진화의 과정이라고 볼 수 있다.

그리하여 이원의 세번째 시집은 지금까지 시인이 추구해온 시적 주제 및 형상화 방식이 축적되고 수렴되는 동시에 확대되어 문명사적 비전으로 가득 찬 중층적인 상징체계를 보여준다. 이원 시의 상징체계는 주로 '주체(몸, 그림자)' '공간(사막, 자궁, 허공)' '동작(뛴다)' '매개(길, 거울, 얼굴, 창/벽)' '운명(시간)' 등을 근간으로 이루어진다. 이 다섯 가지 계열의 상징체계가 원환을 이루며 변주·변형되어 생성되는 것이 이원의 개별 시편들이다. 아니, 반대로 말하는 것이 더 정확하겠다. 다양한 형상과 색채와 향기를 발산하는 개별 시편들의 내부에 공통분모로 자리 잡고 있는 원형질이 다섯 가지 계열의 상징체계다. 이 글은 다섯 가지 계열의 상징체계를 중심축으로 삼아 이원 시의 상징 질서와 그 의미 구조를 살펴보고자 한다. 우선 공간 상징의 첫번째로 '사막'의 모티프가 지배적인 다음의 시를 읽어보자.

날이 저물다. 사람들이 사방의 모래 속으로 뛰어 들어가다. 제 몸의 가죽을 벗겨내고 뒤엉킨 전선들을 미친 듯이 잡아당기다. 살이 뭉텅뭉텅 흘러내리다. 그림자가 물컹하고 빠져나오다. 헐렁한 몸 밖에서 시계가 매순간 제 박동을 삼키는 방식으로 윤회를 거듭하다. 내 입도 시간 대신 몇 개의 박동을 우물우물 삼키다. 모래 밖으로 그림자가 왈칵 끓어 넘치다. 어둠이 구겨져 있는 길을 걸어서 가버리다. 불 꺼진 쇼윈도의 마네킹은 복날의 개처럼 그슬리다. 나도 소파를 그림자 속으로 옮겨다 놓고 몸을 툭 꺼버리다 　　　　　　　　　　　　　 ──「모래의 도시」 전문

이 시는 '주체(몸, 그림자)' '공간(사막)' '동작(뛰다)' 등을 중심으로 형상화된다. "모래"는 현실의 사막성을 상징하는데, 사람들이 이 모래 위에서 보여주는 것은 "뛰어 들어가"는 움직임이다. "뛰"는 행위는 "자궁을 찢고 나온 적이 있는 아이들은 속도를 줄이지 않는다"(「나이키 1」)에서 보듯, 생명을 가진 존재의 본능에 기인한다. 이 과정에서 주체는 자신의 "몸의 가죽을 벗겨내고 뒤엉킨 전선들을" "잡아당"긴다. 이때 "살이 뭉텅뭉텅 흘러내"리고 "그림자가 물컹하고

빠져나"온다. 일단 '몸'이 실체로서의 존재라면, '그림자'는 몸과 접속하는 코드로서 무의식의 흔적, 혹은 내면적 잠재성의 발현이라고 볼 수 있다. 따라서 "몸"에서 "가죽"과 "전선"과 "살"을 벗겨내고 "그림자"가 빠져나오는 장면은, 몸의 "뜀"는 움직임이 궁극적으로 근원으로 회귀하거나 미지의 세계로 비상하는 욕망의 힘을 가지고 있음을 의미한다. 내면적 잠재성이 과거로 향하면 근원으로의 회귀를 의미하고, 미래로 향하면 공백으로의 초월을 의미하기 때문이다.

그런데 이 장면에는 주체의 움직임이 가진 본능적 욕망뿐만 아니라 시간의 운명도 개입한다. "내 입도 시간 대신 몇 개의 박동을 우물우물 삼키"는 것은 주체의 몸이 가동하는 생명의 움직임인 반면, "시계"가 "몸 밖"에서 "제 박동을 삼키는 방식으로 윤회를 거듭"하는 것은 주체 바깥에서 시간성이 자기 고유의 방식으로 작동되고 있음을 암시한다. 그래서 "모래 밖으로 그림자가 왈칵 끓어 넘치"는 장면은 "그림자"의 운동성이 "모래"라는 현실의 사막성을 벗어나는 가능성을 제시하지만, "어둠이 구겨져 있는 길을 걸어서 가버리"는 장면은 그 가능성이 다시 좌절되는 양상을 제시하는 듯하다. 왜냐하면 "깊은 것은 어둡다 야생이다"(「나이키—절벽」)에서 보듯, 이원 시에서 '어둠'은 부정적 의미를 가지기보다는 "야생"의 의미, 즉 근원적이고 원초적인 생명과 연결되는 비밀을 암시하기 때문이다. 이원의 시는 지속적으로 사라져버린 이 '어둠'을 회복하는 길을 모색하는 듯이 보인다.

공간 상징의 두번째로 '사막' 속에서 '자궁'의 모티프를 추구하는 작품을 살펴보자.

이른 아침 교복을 입은 남자 아이가 뛴다 바로 뒤에 엄마로 보이는 중년의 여자가 뛴다 텅 빈 동쪽에서 붉은색 버스 한 대가 미끄러져 들어오고 있다 아직도 양수 안에 담겨 있는지 아이는 몸이 출렁거린다 십수 년째 커지는 아이를 아직도 자궁 밖으로 밀어내지 못했는지 여자의 그림자가 계속 터질 듯하다 그러나 때로 어두운 것은 아름다운 것이다 아니 때로 아름다운 것은 어두운 것이다 그림자는 몸을 밀며 계속 어둡다 깊다 무슨 상징처럼 부풀어오른 검은 비닐봉지가 그림자 안으로 들어간다 그림자와 함께 간다

——「사막에서는 그림자도 장엄하다」 전문

　　이 시는 '주체(몸, 그림자)' '공간(사막, 자궁)' '동작(뛴다)' '매개(길)' 등을 중심으로 형상화된다. "남자 아이"와 "중년의 여자"가 등장하는 아침 등굣길 풍경이다. "아직도 양수 안에 담겨 있는지"와 "아직도 자궁 밖으로 밀어내지 못했는지"는 "자궁"의 이미지를 중심으로 두 사람의 내면적 관계성을 적실하게 표현한다. 이런 해석들이 가능하겠다. 표면적으로 두 사람은 개별적 존재이지만 잠재적으로는 혈연의 끈으로 이어져 있다. "아이"의 근원은 "엄마"의 "자궁"이기 때문이다. 그런데 여기서 "아이"의 "몸"과 대비되는 "여자의 그림자"를 주목할 필요가 있다. 그리고 이와 관련하여 후반부에 등장하는 "어둠"의 정체도 중요하다. 인용 시에서 아이의 "몸"이 "출렁거린다"면, 엄마의 "그림자"는 "계속 터질 듯하다". 앞서 가는 아이를 빨리 뒤따라가야 하니까, 잠재성의 발현인 그림자가 팽창하며 부풀어 오르는 것이다. 몸을 "밀고 가"서 감싸는 그림자는 그래서 "어둡"고 "깊"고 "아름"답다. 앞서 언급했듯, 이원 시에서 깊고 어두운 것은 근원적이고 원초적인 생명과 연결되는 비밀을 암시한다.

따라서 이 시는 '아이의 몸'을 밀고 가며 감싸는 '엄마의 자궁'을 '그림자'의 이미지로 묘사하고, 그 '어둡고' '깊은' 세계에 대해 아름답다는 의미를 부여한 작품이다. 그런데 "때로 어두운 것은 아름다운 것이다"라는 문장에서 "때로"라는 부사는 묘한 여운을 남긴다. 이 부사는 인용 시를 포함한 이원 시의 전체적 주제 의식을 해명할 때 중요한 실마리를 제공한다. 왜 "때로"일까? 두 가지 해석이 가능하다. 첫째, '그림자'의 원천이자 근원인 '자궁'의 세계는 일상의 현실에서 좀처럼 발견되지 않는다. 제목에서 노출되듯, 우리의 현실은 "사막"의 공간이기 때문이다. "하늘로부터 온 신의 메시지는 모래 위에 새겨지지 않았다"(「밤의 놀이터」)에서 보듯, 현실은 원본이 사라진 복제와 시뮬라크르의 세계다(이것은 '사막/자궁'을 '무정/낭성'의 내립적 의미로 해석하는 방식과 관련된다). 둘째, 어두운 것이 항상 아름다운 것은 아니다. 이런 해석은 '자궁' 이외에 다른 공간의 가능성을 열어두거나, 시인이 "사막"을 허무와 즐거움이 공존하는 가치중립적 시선으로 바라볼 때 가능해진다(이것은 '사막―자궁'을 대립적 의미로 해석하지 않는 방식과 관련된다). 결론부터 말하면, 나는 이원의 시가 이 두 해석을 모두 허용하는 복잡다기한 변용과 회전을 자체적으로 체현하고 있다고 생각한다. 전자의 해석은 자연/문명, 몸/기계, 원본/시뮬라크르 등을 이분법적 대립 구도로 이해하는 방식과 연결되는데, 이것은 문명비판시 혹은 생태시적인 관점으로 현실과 실재, 현상과 근원, 디지털 문명과 아날로그 문명 등을 구분하는 것이다. 이원의 시는 이러한 관점을 포함하면서 동시에 "저 콘센트는 내 몸이/들어가고 싶은 전자 사막의 첫 입구이다"에서 보듯, 몸―기계, 원본―시뮬라크르를 선악의 이분법으로 보지 않고 디지털 문명 속에서 살아가는 현대인의 운명으로 받아들이면서 그 존재론적 성찰을 시도한다. 이원의 시에 등장하는 '사막' '모래' '시멘트' '쇠붙이' '플러그' 등은 그자체로 '몸'과 접속되어 있는 것이다. 따라서 이원 시의 주체는 사막을 벗어나 자궁으로 회귀하는 것이 아니라 사막 속에서 자궁을 모색한다고 보는 것이 더 온당할 것이다.

　결국 이 시는 현실의 '사막' 속에서 깊고 어둡고 아름다운 '자궁'을 찾아가는 '그림자'의 운동성을 보여주는 작품이다. 한 걸음 더 나아가, 이 시의 운동성에 유의하여 동사를 주목해보자. "남자 아이"가 '뛰'고 "엄마"도 "뛴"다는 점에서 이 둘은 공통점을 가진다. 그런데 "아이"는 "붉은색 버스"를 향해 뛰지만, "엄마"는 "아이"를 향해 뛴다. "붉은색 버스"는 현실의 "사막" 위에서 운행되므로, 버스를 향해 뛰는 "아이"는 '사막의 원리' 즉 '현실 원리'를 쫓아가도록 설정되어 있는 반면, "아이"를 향해 뛰는 "엄마"는 "몸"을 밀고 가는 '그림자의 원리'를 따라간다. 그리하여 이 시는 '사막─자궁'이라는 '공간' 위에서 '아이(몸)─엄마(그림자)'라는 '주체'의 '뛴다(출렁거린다)─뛴다(터질 듯하다)'라는 '동작'을 보여준다.

　인용 시에 대해 한 가지 질문이 더 남아 있다. 후반부에 등장하는 "검은 비닐봉지"의 정체는 무엇일까? "비닐봉지"는 표면적으로 존재를 상징한다고 볼 수 있지만, 그 내면적인 상징은 '시간'이라고 간주할 수 있다. 첫 시집의 "검은, 비닐봉지 하나, 길바닥을 굴러다닌다 〔……〕 그곳에서 시간과, 비닐봉지가 같은 색으로 만난다"(「시간과 비닐봉지」)라는 표현 이후에 이원 시에서 '비닐봉지'는 존재의 형상인 동시에 그것에 개입되는 시간의 형상으로서 제시된다. 존재 및 시간의 형상으로서 '비닐봉지'는 인용 시에서 '그림자'와 긴밀히 결부되면서 시간성을 개입시킨다. "자궁"의 세계와 연결되어 있는 "그림자"는 "아직도 양수 안에 담겨 있는지"와 "아직도 자궁 밖으로 밀어내지 못했는지"에서 두 번 반복되는 "아직도"가 말해주듯, 그 "어둡"고 "깊"고 "아름"다운 정체 속에 비밀스러운 시간의 지속성을 내포한다.

공간 상징의 세번째로 '사막' 속에서 '허공'의 모티프를 추구하는 작품을 살펴보자.

검은 비닐봉지 하나가 허공을 난다 울음 속에서 살을 쏙쏙 빼먹으며 난다 활짝 열어놓은 안이 불룩하다 보여주지 않는 안이 팽팽하다 보이는 밖이 남김없이 검다 위태로워 반짝인다 공기들이 비닐봉지의 천수관음으로 붙어간다 비닐봉지가 잉잉거린다 바람의 안쪽이 맥박처럼 터진다 천수관음이 된 비닐봉지에 시간의 모서리가 닳는다 사라지는 자리가 쌉싸름하다 그렁그렁하다 시간이 둥글어진다 천 개의 손이 눈이다 둥글어진다 둥근 것은 뜨겁다 비닐봉지가 허공을 오므린다 허공이 주렁주렁하다 나는 것들은 그림자를 만들지 않는다

―「비닐봉지가 난다」 전문

이 시는 '존재(비닐봉지)' '공간(허공)' '운명(시간)' 등을 중심으로 형상화된다. 안이 "불룩하"고 "팽팽하"며, 밖이 "검"고 "반짝"이는 "검은 비닐봉지"는 존재에 개입되는 시간을 상징한다고 볼 수 있다. "비닐봉지"의 "안쪽"을 출입하는 것은 "공기"와 "바람"인데, "바람 부는 소리가 들리다가 햇빛이 떠들다 모두 시간이다"(「방에 관한 노트」)를 보듯, 이 두 이미지는 그 자체로 시간성을 내포한다. "비닐봉지에 시간의 모서리가 닳는다"와 "시간이 둥글어진다"라는 문장이

직접적으로 표현하는 "비닐봉지"의 시간성은, "닳는다"로 대변되는 마모와 부패, "둥글어진다"로 대변되는 원환성의 비밀을 가지고 있다. 이 두 가지 비밀은 "비닐봉지"의 시간성이 "허공"과 연결되는 중요한 계기를 마련한다.

"길을 삼킨 허공이 꿈틀거린다"(「오토바이」), "온몸이 구멍인 허공 속으로 빨려들어가는 폭주족"(「폭주족들」) 등에서 보듯, "허공"은 블랙홀처럼 모든 실체를 빨아들이고 휘발시키는 '꽉 찬 공허'의 공간이다. "허공"은 "몸이 닿았던 자리는 썩어 들/어간다 남김없이 썩어 들어간/허공"(「몸 밖에서 몸 안으로」)에서처럼 '시간'의 운명을 동반한다. 여기서 '부패'는 '어둠'과 마찬가지로 부정적 의미가 아니라, 근원이나 미지의 세계로 진입하는 통과 절차로서 작용한다. "시간의 모서리가 닳"고 "둥글어"지는 것처럼, 비닐봉지가 허공을 "오므"리고 허공이 "주렁주렁"해진다. '시간'이 모든 존재와 사물의 생성과 변환과 소멸을 주관한다면, '허공'은 이 '시간'이 출입하는 어떤 '부재하는 원인' 혹은 '공백'을 상징한다고 볼 수 있을 것이다. 따라서 "허공"은 마모와 부패의 속성과 더불어 원환성의 속성을 함께 가진다. 이 점은 "나는 것들은 그림자를 만들지 않는다"라는 문장이 말해주듯, "비닐봉지"가 "그림자를 만들지 않는다"는 사실과도 연관된다. 사막의 현실 위를 뛰는 "몸"이 "그림자"를 만드는 것과는 달리, "허공"을 나는 "비닐봉지"는 블랙홀처럼 모든 실체를 빨아들이고 휘발시키는 '시간'의 운명을 겪는 것이다.

결국 이원 시의 상징체계로서 '공간(사막, 자궁, 허공)' 계열 중에서 '자궁'과 '허공'은 유사성을 가지면서 차별성도 가진다고 볼 수 있다. "사막"으로 대표되는 '현실'에서 '주체(몸, 그림자)'는 뛸 수밖에 없는데, 이 움직임이 궁극적으로 도달하는 공간이 바로 "자궁"이나 "허공"이다. "자궁"이 "어둡"고 "깊"고 "아름"다운 속성을 가지고 존재의 근원이나 원천을 상징한다면, "허공"은 모든 실체를 빨아들이고 휘발시키는 공허와 공백을 상징한다. 이 두 모티프는 공통적으로 부패와 원환성이라는 비밀을 가지지만, 전자가 과거로의 시간적 벡터가 작용하는 반면, 후자는 미래로의 시간적 벡터가 작용한다는 점에서 차별성을 갖는다.

이처럼 이원의 시에는 "사막"으로 대표되는 '현실 원리' 이외에 "자궁"으로 대표되는 '그림자의 원리'와 "허공"으로 대표되는 '휘발의 원리'가 존재한다. 이 두 방향의 지향성을 견인하는 동인(動因)은 바로 '시간'이다. '자궁'에의 지향이 '근원으로의 회귀(하강)'라면, '허공'에의 지향은 '미지의 세계로의 비약(상승)'이라고 볼 수 있다. 그리하여 이원의 최근 시는 '사막'의 현실 위에서 '몸'을 밀고 가는 '그림자'를 통해 '근원'에 도달하려는 추구와, '몸'을 탈피하는 '허공'을 통해 '죽음'에 빨려드는 운명을 주시하고 있다.

이원의 시는 '자궁으로의 회귀'와 '허공으로의 휘발'을 추구하면서도, '길' '거울' '얼굴' '창/벽' 등을 매개로 '사막에서의 질주'를 계속한다. '사막에서의 질주'는 이원 시에 등장하는 주체의 가장 기본적인 존재론을 이룬다. 앞서 해명한 '사막' '자궁' '허공'의 공간 상징을 염두에 두면서 '동작'의 상징체계를 중심으로 다음 시를 읽어보자.


와와와 아이들이 폭우가 쏟아지는 광장으로 뛰쳐나온다 여기는 지구
다 달걀 속이다 세찬 빗줄기는 위에서 아래로 내리꽂힌다 허공에서 바
닥으로 쏟아지며 전속력으로 벽을 쌓는 순간 전속력으로 벽을 무너뜨

린다 콘크리트 바닥은 무너진 세계를 받아들이지 않는다 무너진 벽을
탕탕 튕기며 아이들은 아래에서 위로 뛰어오른다 뜨거운 것에 데인 듯
이 한자리에서 펄쩍펄쩍 뛰어오른다 아이들의 발은 벽을 폈다 접었다
한다 발에 벽이 들어 있다 아이들은 젖은 몸으로 빗속에서 뛰어오른다
아이들이 뛰는 곳 말고는 사방이 점점 더 어두워진다 아이들 발의 사
방이 어두워진다 한곳을 계속 뛰기 때문에 발아래가 깊어진다 깊은 것
은 어둡다 야생이다 아이들의 발은 길의 끝이다

—「나이키— 절벽」 부분

이 시는 '주체(아이들)' '공간(광장, 자궁, 허공)' '동작(뛰어오른
다)' '매개(벽)' 등을 중심으로 형상화된다. "콘크리트 바닥"으로 이
루어진 "광장"은 일단 사막 같은 현실을 상징하지만, 시인은 이것을
"지구"와 "달걀 속"이라고 표현함으로써 문명사적이고 존재론적인 인
식을 덧입힌다. 여기에 "폭우가 쏟아지"는데, "위에서 아래로 내리
꽂"히는 "빗줄기"는 "벽을 쌓는 순간" "벽을 무너뜨린다". 이때 "벽"
은 "허공"에서 내려온다는 점에서, 그리고 쌓이는 순간 무너진다는
점에서, 주체인 "아이들"에게 장애물로서 기능하기보다는 "뛰어오"르
는 운동을 예인하는 전조를 형성한다. 이런 관점에서 "빗줄기"가 "위
에서 아래로 내리꽂"히는 장면과 "아이들"이 "아래에서 위로 뛰어오"
르는 장면은 상호 대립이 아니라 호응의 관계로 이해될 수 있다. 따
라서 인용 시에서 "벽"은 '창'의 모티프와도 호환될 수 있는 변용과
변신을 보여준다.

인용 시에서 주체의 가장 핵심적인 동작은 "뛰어오른다"인데, 이것
은 '뛴다'로 대표되는 '질주'의 변주 형태다. '사막에서의 질주'는 앞

서 지적한 대로 생명을 가진 존재의 본능에 기인하지만, 한편으로 "아이들은 벽 너머가 보이지 않기 때문에 뛴다"(「나이키 1」)에서 보듯, 욕망의 에너지가 가진 맹목성에 의해서도 견인된다. 또한 "휘발되지 않으려면 질주해야"(「폭주족들」) 하고, "오토바이는 내 길의 자궁"(「영웅」)이며, "허공에서도 지우지 못하는 대지의 시간"(「한 여자가 간다」)이 있기 때문에 '질주'하기도 한다. 이와 관련하여 인용 시에 나타나는 '허공'과 '자궁'의 모티프에 주목할 필요가 있다. "허공"은 "빗줄기"를 "위에서 아래로 내리꽂"아 "벽"을 쌓는 동시에 그것을 허물어 "아이들"이 "뛰어오"르는 계기를 마련한다는 점에서, "광장"(사막)의 현실에 외부 세계로 진입할 수 있는 '창'을 제공한다. 한편 "아이들 발의 사방이 어두워"지고 "발아래가 깊어"지는 것은 '자궁'의 원천에 근접하고 있음을 암시한다. "깊은 것은 어둡다 야생이다"라는 문장이 제시하듯, 이원 시에서 깊고 어두운 '자궁'은 근원적이고 원초적인 생명의 신비를 상징하기 때문이다. 결국 인용 시는 "광장" 위에서 "뛰어오"르는 "아이들"이 "허공"이 제공하는 "빗줄기"의 '벽/창'을 매개로 '자궁'의 원천에 근접하는 모습을 형상화하는 작품이다.

지금까지 살펴본 대로, 이원 시의 상징체계를 형성하는 중요 모티프들은 대부분 일의적이지 않고 중층적이고 다의적인 특성을 가진다. 특히 '어둠' '부패' 등을 비롯하여 '매개(길, 거울, 얼굴, 창/벽)'의 계열 상징이 중층적이고 다의적이며 복합적이다. 또한 '매개'의 계열 상징들은 종종 상호 결부되면서 이원 시가 더욱 복잡다기한 시적 구조를 이루는 데 기여한다. 다음의 시는 '매개'로 작용하는 '거울'의 모티프가 '얼굴' '창/벽'의 모티프와 긴밀히 결부되는 양상을 보여준다.

거울: 내가 들여다보면 내가 사라져버
리는 벽 또는 언어

살그머니 들어갈 것 두리번거리지 말 것
의심하지 말 것 거울 속으로 손을 뻗지
말 것 뒤돌아보지 말 것

어제의 시간과 내일의 시간이 거울로 걸
어 들어와 조우한다 복받쳐올라 서로 아
무 말 못한다 쓰다듬지도 못한다 한없이
쳐다보고만 있다 거울을 보면 입을 다물
게 되는 이유다

[……]

사람들은 종종 타인의 얼굴에 시선을 자
석처럼 붙이고 따라가며 구경한다 시간
의 창이기 때문이다 사람들은 자신의 얼
굴을 볼 때는 멈칫한다 시간의 벽이기
때문이다.

—「거울을 위하여」 부분

"거울"은 '창/벽'의 역할을 동시에 구현한다. '창'으로 작용하는 경
우 주체는 자신의 모습을 비춰보지만, 바로 그 반사성 때문에 "내가

사라져버/리는 벽"으로 작용하기 때문이다. 2연의 다섯 가지 경고성 발언은 거울의 이러한 '투영/차단'의 이중성에 기인한다. 그런데 "거울"에 시간성이 개입되면, "어제의 시간과 내일의 시간이 거울로 걸/어 들어와 조우"하는 극적인 장면을 연출하기도 한다. 이때 "거울"은 과거와 미래가 현재의 공간에서 만나는 중요한 매개가 된다. 그래서 "거울 속의 허공에 들어가 있으니 나는 허공의 몸이다 [……] 그러나 거울의 허공은 몸의 기억을 켜는 법이 없어 나는 소리의 깊이가 되어간다"(「나는 그러나 어디에 있는가」)라는 표현처럼, "거울"은 "허공"과도 연결되고 "소리의 깊이"와도 연결된다.

한편 "거울"은 "얼굴"의 모티프와도 결부되는데, '얼굴' 또한 '거울'과 마찬가지로 '창/벽'의 역할을 동시에 구현하는 듯이 보인다. 인용 시에 의하면, "타인의 얼굴"은 "시간의 창"으로 기능하는 반면, "자신의 얼굴"은 "시간의 벽"으로 기능한다. "얼굴이 거울을 열고 들어간다 나도 따라 들어가려고 하니 얼굴은 어느새 거울을 잠가버린다"(「얼굴이 그립다」), "거울에 들어가 거울을 생각하면 거울이 달아난다 출구를 어떻게 알았는지 내 얼굴과 벽만 그대로 두고 거울 밖으로 떠간다"(「거울이 달아난다」)에서도, "거울"과 "얼굴"은 상호 소통하거나 단절되면서 '창/벽'의 이율배반성을 드러낸다. 다음의 시는 '매개'로 작용하는 '거울'과 '얼굴'이 상호 침투하는 동시에 '사막' '시간' 등의 모티프와 결부되면서 시적 복합체를 형성하고 있다.


거울 속에서 얼굴이 달린다 가도 가도 끝없는 거울이다 거울의 풍경이 바뀌지 않는 것은 안이 온통 사막이기 때문이다 사막은 쉴 새 없이 모래의 기억을 바꾼다 사막은 어디나 한가운데여서 절정이어서 얼굴은 거울과 함께 뜨거워진다 시간의 컨테이너인 얼굴에서 공기가 빠져나간다 눈 코 입이 다 번진다 시간의 소용돌이가 된다 얼굴을 삼키지도 토하지도 않는 거울이 점점 새파래진다 거울 속의 얼굴이 멈춰 있는 것은 너무 빠른 속도로 얼굴이 달리고 있기 때문이다 얼굴 속에 어긋나야만 걸을 수 있는 오른발과 왼발처럼 물과 어둠이 있다.

—「얼굴이 달린다」 전문

이 시에서 "얼굴"은 '주체'와 '공간(사막)'과 '매개(거울)'를 상호 접속시킨다. "얼굴"은 주체의 운동성을 대신하여 "거울 속에서" "달린다". "거울"은 "사막"의 현실을 그대로 구현하고 있어서 "가도 가도 끝없는 거울"이며 "온통 사막"이다. 그래서 "얼굴은 거울과 함께 뜨거워"지는데, 이때 "시간'의 용기(컨테이너)인 "얼굴"에서 "공기가 빠져나"가는 것은 시간이 새어 나가는 것을 의미한다. "시간의 소용돌이"는 "얼굴"이 "멈춰 있는" 상태와 "달리"는 상태를 하나의 지점에 집결시킴으로써 시간의 공전(空轉)을 형성한다. 이러한 시간의 개입에 의해 "거울"은 "사막"의 현실이라는 원래의 정체에서 벗어나 '정지'와 '속도'가 충돌하면서 공전하는 블랙홀이 된다. 이 블랙홀은 "얼굴"이 '주체' 및 '공간(사막)'과 상호 침투하면서 동시에 차단되는 교착(交錯)을 만들어낸다. "얼굴 속에 어긋나야만 걸을 수 있는 오른발과 왼발"은 바로 이러한 교착의 결과며, "물과 어둠"은 그 결과의 잉여물이다. 그리하여 인용 시는 '거울'과 '얼굴'의 매개 및 '시간'의 운명이 '사막'의 현실, '자궁'의 어둠, '허공'의 공백을 어떻게 복잡하게 엇갈리게 하며 뒤섞는지 보여준다.

이원 시의 존재론적 인식은 구멍투성이의 '몸'을 통해 열리고 닫히는 비선형적 미로의 시간성을 천착한다. 과거, 현재, 미래가 순차적으로 진행되지 않고 미궁처럼 뒤엉키는 '시간'의 구조로 인해, 이원 시의 '사막'은 '자궁' 및 '허공'과 중층적이고 복합적인 관계망을 형성한다. 그리하여 이원 시에서 '뛴다'의 운동성, '길' '거울' '얼굴' '창/벽' 등의 매개, '시간'의 운명 등은 '사막' '자궁' '허공'을 상호 독립된 공간으로 분리시키지 않고 '사막—자궁—허공'이 긴밀히 연결된 보로메오 매듭으로 만든다. 이원 시집의 어느 페이지를 펼치더라도 우리는 이 보로메오 매듭의 한쪽 고리에 어김없이 걸려들고 만다.

# 꿈속의 진혼제

## ─ 진은영론

## 1. 꿈의 배꼽과 세계의 배꼽

우선 '배꼽'에 대해 말해보자. 포유류라면 누구나 가지고 있는 '배
꼽'은 모체(매트릭스)로부터 영양분을 제공받던 탯줄의 연결 고리였
지만, 지금은 절단된 채 흔적만 남은 신체 부위다. 현재는 무용지물
이지만, 그 주름 속에 과거에 발휘했던 기능성과 유용성의 기억을 담
고 있는 상처(트라우마)의 자국이라고 할 수 있다. 이 '기억의 주름'
을 적극적으로 해석한다면, '배꼽'은 개별화된 주체가 모체인 외부 세
계와 다시 만날 수 있는 가능성의 중핵 지점이라고 볼 수 있지 않을까.

프로이트는 『꿈의 해석』(1900)에서 "완벽하게 해석한 꿈에서도 미
해결로 남겨두어야 하는 부분이 종종 있다"고 말하며, 이를 '꿈의 배
꼽'이라고 지칭한다. 모든 꿈속에는 분석가의 눈길이 꿰뚫을 수 없는
맹점이 있는데, 이 꿈의 배꼽은 미지와 연결되는 매듭 점으로서 그것
을 완전히 풀지 못하게 하는 미궁으로 작용한다는 것이다. 그런데 나

는 "그 부분은 꿈이 미지의 것과 연결되는 곳, 꿈의 탯줄과 같은 것이다"라는 구절에 기대어, '꿈의 배꼽'도 적극적으로 해석할 수 있다고 생각한다. 꿈의 배꼽을 통해 연결되는 "미지의 것"이란 무엇일까? 미궁의 길 끝에서 우리는 무엇을 만날까? 미지의 세계는 일단 심리적 현실로서 '실재'를 의미한다고 볼 수 있다. 그런데 한편으로 '꿈의 배꼽'은 꿈을 잉태케 한 동인(動因)으로서 '현실의 경험'과도 연결되는 것이 아닐까. 객관적 외부 현실과의 관련성에서 빚어진 주체의 욕망과 좌절은 '압축' '전위' '전도' 등의 변형 과정을 거쳐 꿈ー이미지로 현상된다. 그렇다면 '꿈의 배꼽'은 그 모체로서 미지의 심리적 현실(실재계) 및 객관적 현실(상징계)과 연결되는 통로가 될 수 있다. '꿈의 배꼽'은 분석 작업을 완성시키지 못하게 하는 지점인 동시에, 이 두 모체와의 관계 회복의 가능성이 응축되어 있는 지점이라고도 볼 수 있을 것이다.

이때 우리는 어느 쪽 현실이 진짜 매트릭스인지 확신하기 어렵다. 다만 '꿈의 배꼽'은 객관적 외부 현실(상징계)과 심리적 현실(실재계)에 동시에 연결되어 있으며, 이 양자는 독립된 채 존재하지 않고 뫼비우스 띠처럼 안과 밖이 꼬리를 물며 공존한다고 볼 수 있을 것이다. 이것은 객관 현실과 심리 현실을 이분법적으로 구분하여 사고하는 통념적 상식이 편견일 수 있음을 말해준다. 결국 '꿈의 배꼽'은 상징계와 실재계가 상호 침투하고 교섭하는 모체와 연결되는데, 이를 '세계의 배꼽'이라고 부를 수 있을 것이다. 프로이트 이후의 정신분석학이 시도하는 분석의 최종 지점은, '꿈의 배꼽'을 경유하여 '세계의 배꼽'에 도달하는 길을 탐색하는 것이 아닐까. 우리는 무의식의 배꼽을 통해 의식 세계의 치명적인 균열 지점에 도달할 수 있으며, '꿈의 배꼽'

을 통해 주체가 '세계의 배꼽'과 분리되는 결정적인 균열 지점을 감지할 수 있을지 모른다.

진은영의 시는 꿈의 (비)문법을 차용한 시적 어법을 통해 공통 감각에 균열을 내는 독창적인 이미지를 창출한다. 불협화음을 이루는 이질적인 감각들이 때로는 분리되고 한편으로는 결합되면서 무의식의 세계를 해체하는 동시에 구성한다. 우리는 진은영 시의 공간 속에 은폐된 혹은 노출된 '꿈의 배꼽' 몇 군데를 발견하고, 이 지점을 경유하여 '세계의 배꼽'에 도달하는 길을 탐색해보려 한다. 이 과정은 성공을 장담할 수 없는, 아니 실패를 예정한, 길고 긴 우회로 위의 낮은 포복일 수밖에 없을 것이다.


## 2. 진은영 시의 세 가지 배꼽

이 도정을 시작하는 '베이스캠프'로서, 진은영의 두번째 시집 『우리는 매일매일』(문학과지성사, 2008)에 수록된 「가득한 마음」을 살펴보자.

어둠 속 잔디에서
바질향기의 초록 스프링이 튀어오른다
정신없이 자다가 곰팡이냄새 어두운 보랏빛 벽에 얼굴 부딪힌다 겨울 하숙집, 차가운 바닥에 영인판 니체 전집도 쏟아버리고 내년엔 수목원으로 열리는 창문 있는 집으로 이사 가자 향기나는 목걸이만 걸치고 뛰쳐나가는 벌거숭이 소년을 만나러 그땐 네게 따뜻한 호밀빵도 구

위주지 기억의 커다란 자수정을 쥐오줌 얼룩진 천장에 빛나게 달아줘
휘어진 책장 치운 환한 창 너머로 노란 활자 촘촘촘 양탄자에 뺨을 대
고 잠들던 시절, 책으로 집을 짓던          ──「가득한 마음」 전문

　이 시는 배경과 인물과 사건이 나타나고 화자의 서술에 의해 진행
되므로, 기본적으로 서사적 요소를 가진다. 그런데 배경과 인물과 사
건은 뚜렷한 실체로서 등장하지 않고, 화자의 소망과 상념과 기억에
의해 버무려져 기이한 감각적 이미지로 변형된다. 이것은 꿈의 방식
과 유사하다. 꿈에는 장소와 인물과 사건이 등장하지만, 일반적인 서
사와는 달리 시각적 영상을 중심으로 이루어진다. 시각적 영상은 인
과관계를 벗어난 장소 전환, 인물 중첩, 사건의 비약으로 인해 그로
테스크한 장면을 연출한다. 왜곡되고 변형되는 이미지를 통해 꿈은
잠재된 무의식의 내용을 드러내는 동시에 은폐하는 것이다.
　이 시가 제시하는 현재의 장소는 "겨울 하숙집"이고, 희망하는 사
건은 "이사 가"는 일이며, 만나고 싶은 인물은 "벌거숭이 소년"이다.
이 세 가지 서사의 뼈대를 근간으로 다양한 감각적 이미지들이 접속
되거나 분절된다. "겨울 하숙집"은 "곰팡이냄새 어두운 보랏빛 벽"과
"차가운 바닥"으로 묘사되는데, 주로 냄새·색채·감촉이 활용되어 누
추하고 신산한 삶의 풍경을 그리고 있다. "내년"에 "이사 가"는 장소
로 제시된 "수목원으로 열리는 창문 있는 집"은, 차갑고 폐쇄적인 현
재의 공간과는 대조적으로 생기발랄하고 개방된 느낌을 준다. "향기
나는 목걸이"와 "따뜻한 호밀빵"이 근거가 되지만, 결정적으로 "벌거
숭이 소년"을 만날 수 있다는 희망이 이를 뒷받침한다. 그런데 "기억
의 커다란 자수정"으로 인해 시간과 공간의 전위가 발생한다. "쥐오

줌 얼룩진 천장" "휘어진 책장" "노란 활자"는 미래의 공간이 아니라 과거의 공간을 묘사한 것처럼 보이기 때문이다. 세 가지 질문을 차례로 던져보자.

첫째, 시간과 공간의 전위는 '왜' 일어났을까? "벌거숭이 소년"은 미래에 만나기를 기대하는 과거의 인물이기 때문이다. 진은영의 시에서 미래의 인물은 과거의 인물과 중첩되어 있다. 이것은 인물이 과거의 기억에 속해 있지만, 미래에 도래할 사건 속에서 회복되어야 할 존재임을 의미한다. 사라져간 과거의 인물을 호출하여 그 불우한 영혼에 따뜻한 생기를 불어넣고자 하는 욕망이, '현재→미래→과거'의 시간 이동과 '겨울 하숙집→열리는 창문 있는 집→쥐오줌 얼룩진 천장'의 장소 전환을 낳은 것이다. 진은영의 시는 사라져간 존재의 슬픔을 증언하고 위무하는 '꿈속의 진혼제'다. 진은영 시에 무수히 등장하는 '사물들'과 그 '감각적 이미지들'은 정체불명의 존재를 복원시키려는 시적 노력이다. 화자를 포함한 등장인물을 '주체'가 아닌 '사물들'로 대체하고, '대상적 실체'가 아닌 '감각적 속성'으로 묘사하는 것이 진은영 시의 가장 특징적인 언술 방식이라고 할 수 있다. 따라서 시의 전면에 형상화된 구체적이고 감각적인 이미지들(색채·냄새·소리·맛·감촉)의 향연을 즐기는 것이 진은영 시를 읽는 기본적 방법이 될 것이다. 더 나아가 이 감각적 이미지들을 낳은 근거에 접근하고자 할 때, 우리는 "벌거숭이 소년"으로 대표되는 등장인물('너')에 주목할 필요가 있다. 이것이 진은영 시의 첫번째 배꼽이다.

둘째, 시간과 공간의 전위는 '어떻게' 일어났을까? 꿈속에서 발생하는 장소 전환, 인물 중첩, 사건의 비약은 인과관계에서 벗어나 있지만, 어떤 원리에 의해 진행된다. 프로이트는 '꿈─작업'의 네 가지

원리로 '시각적 형상화' '이차적 변형' '압축' '전위'를 제시했고, 라
캉은 뒤의 둘을 '은유'와 '환유'로 번역했다. 꿈, 자유연상 등에 작용
하는 무의식의 이미지 변환 시스템은 진은영의 시에 점철된 무수한
감각적 이미지들의 계열선으로 나타난다. '현재→미래→과거'의 공
간은 색채 계열(초록, 보랏빛→ 노란)이 명도 계열(어둠→ 빛나게,
환한) 및 온도 계열(차가운→따뜻한)과 관련성을 가지고, 냄새 계열
(바질향기, 곰팡이냄새→ 향기나는 목걸이→ 쥐오줌 얼룩진) 및 감촉
계열(벽에 얼굴 부딪힌다→양탄자에 작은 뺨을 대고)을 동반하면서,
감각의 유사성과 이질성을 중층적으로 형성하며 진행된다. 여기서 연
상의 고리로 작용하는 것은 "열리는 창문"이다. '은유'와 '환유'의 다
중직이고 복합직인 인쇄 및 선환의 기능을 '창문'이 남낭하는 것이다.
"열리는 창문 있는 집으로 이사 가"고 싶은 이유는 '창문'을 통해 시
간과 장소의 전환이 가능해지고, '은유'와 '환유' 등의 중층 결정적 작
업도 원활해지기 때문이다. 이것이 진은영 시의 두번째 배꼽이다.

셋째, 시간과 공간의 전위를 '가능케 한 힘'은 무엇일까? "기억의
커다란 자수정"에 나타난 '기억'일 것이다. 이것은 의식뿐만 아니라
무의식적 기억을 포함한다. 기억은 "벌거숭이 소년"에 대한 기억이기
도 하지만, 그와 화자 사이에 형성되었던 관계성에 대한 기억이기도
하며, 이 관계성이 파생시킨 느낌·감각·기미·흔적에 대한 기억이기
도 하다. '기억'이 지닌 '시간의 주름'에는 과거의 추억뿐만 아니라 미
래의 예감도 접혀 있다. 이 접힌 '시간의 주름'을 펼치는 것이 "기억
의 커다란 자수정을 쥐오줌 얼룩진 천장에 빛나게 달아"주는 일이며,
진은영에게 있어 시를 쓰는 일이 된다. '시간의 주름'으로서의 '기억.'
이것이 진은영 시의 세번째 배꼽이다.

## 3. 너—무의식적 상호 주체성

일반적으로 시는 화자인 '나'를 중심으로 발화되거나 서술된다. 진은영의 시도 그러한데, '꿈 이야기'라는 시적 어법이 이를 강화한다. '꿈'의 주인공은 대부분 '나'이며, 그 속의 사건은 '나'의 소망 성취를 근간으로 진행되기 때문이다. 그런데 진은영의 시에는 불분명하고 모호하지만, 주위의 존재와 사물들을 '블랙홀'처럼 끌어들이는 '너'가 종종 등장한다.

처음으로 시의 입술에 닿았던 날
내가 별처럼 쏟아져 내리던 날
머리카락을 쓸어 올리며
환하고도 어두운 빛 속으로 걸어간 날

도마뱀을 처음 보던 날
나는 푸른 꼬리를 잡으려고 아장아장 걸었다
처음으로 흰 이를 드러내고 웃었던 날
따스한 모래 회오리 속에서
두 팔 벌리고 빙빙 돌았던 날

차도로 뛰어들던 날
수백 장의 종이를 하늘 높이 뿌리던 날
너는 수직으로 떨어지는 커튼의 파란 줄무늬

뒤에 숨어서 나를 바라보았다
양손에 푸른 꼬리만 남기고 네가 사라져버린 날

누가 여름 마당 빈 양철통을 두드리는가
누가 짧은 소매 아래로 뻗어나온 눈부시게 하얀 팔꿈치를 가졌는가
누가 저 두꺼운 벽 뒤에서 나야, 나야 소리 질렀나
네가 가버린 날

나는 다 흘러내린 모래시계를 뒤집어놓았다          ──「그날」 전문

　이 시는 중핵적 이미지를 중심으로 세 가지 과거의 기억을 나열한
다. 중핵적 이미지는 "푸른" 색채와 "수직"의 운동성이다. 1연은 화
자가 처음 시를 만났던 날의 환희를 "별처럼 쏟아져 내리"는 상태로
묘사하고, 2연은 처음 도마뱀을 보던 날의 느낌을 "푸른 꼬리"와 "흰
이"의 색채 대비로 묘사한다. 이 두 장면은 행복한 과거의 원초적 체
험에 해당하지만, 3연은 "너"와 관련된 비극적 경험에 대한 기억인
듯하다. "커튼의 파란 줄무늬/뒤에 숨어서 나를 바라"본 "너"는 "양
손에 푸른 꼬리만 남기고" "사라져버"렸다. 사라져버린 "너"가 기억
난 것은 "별처럼 쏟아져 내리"는 모습(1연)과 도마뱀의 "푸른 꼬리"
(2연)가 "수직으로 떨어지는 커튼의 파란 줄무늬"를 연상시켰기 때
문이다. 그리고 4연에서 보듯, 언제 어느 곳에서든 "너"의 소리가 들
리고 모습이 드러나기 때문이다.
　"너"는 누구일까? 시인은 이 존재의 정체를 구체적으로 밝히지 않
으며, 다만 그가 남기고 간 색채와 모습과 흔적을 감각적으로 재생함

으로써 그를 살려놓는다. 유추한다면, '너'는 상실한 과거의 존재나 가치이며, 시인은 그 상처와 불행을 잊지 않고 구체적이고 감각적인 이미지로 구현한다. 이것은 단순한 재현이 아니라, 상실한 존재나 가치에 더 생생한 피와 살을 부여하여 소멸의 슬픔을 증언하고, 더 나아가 구원을 받게 하는 방법을 의미한다. 이 방법은 일차적으로 '사물들'에 색채·냄새·소리·맛·감촉을 부여하는 것이지만, 더 나아가 시의 프레임 속에 여러 개의 장면을 병치시키고 그 간격을 넘나드는 영상 기법으로도 나타난다. 인용 시는 세 가지 장면의 병치를 통해 대비와 조화의 이중적 구도를 만들어낸다. 1연과 2연의 주인공은 "나"이며 행복한 경험에 대한 추억이라는 점에서 연속된다면, 3연의 주인공은 "너"이며 불행한 경험의 기억이라는 점에서 단절된다. 그러나 이 대비는 4연의 "모래시계를 뒤집어놓"는 시간의 반복으로 인해, 어떤 순환적 질서 속에 재배치된다.

진은영의 시에 신비와 매력을 부여하는, 자유연상의 연쇄는 '너'라는 불투명하고 모호한 '타자성'을 둘러싸고 끝없이 회전하며 소용돌이친다. 그런데 한 가지 분명한 사실은 '너'가 단지 타자성의 영역에 머무르지 않고, '나'와의 관련성을 전제로 형성된다는 점이다.

너는 나의 목덜미를 어루만졌다
어제 백리향의 작은 잎들을 문지르던 손가락으로.
나는 너의 잠을 지킨다
부드러운 모래로 갓 지어진 우리의 무덤을
낯선 동물이 파헤치지 못하도록.
해변의 따스한 자갈, 해초들

입 벌린 조가비의 분홍빛 혀 속에 깊숙이 집어넣었던
하얀 발가락으로
우리는 세계의 배꼽 위를 걷는다

그리고 우리는 서로의 존재를 포옹한다
수요일의 텅 빈 체육관, 홀로, 되돌아오는 샌드백을 껴안고
노오란 땀을 흘리며 주저앉는 권투선수처럼

—「연애의 법칙」 전문

"너는 나의 목덜미를 어루만"지고, "나는 너의 잠을 지킨다". 성적
관계를 연상시키는 "조가비의 분홍빛 혀"와 "하얀 발가락"의 결합은
"서로의" "포옹"으로 이어진다. "나"와의 관계성에 근거한 "너"는 상
호 주체성의 차원을 확보한다. 그런데 시의 결말은 이 상호 주체성이
어떤 균열 및 결여를 동반한 채 주어지는 부재의 형식임을 암시한다.
"텅 빈 체육관, 홀로, 되돌아오는 샌드백을 껴안"는 "권투선수처럼",
"나"와 "너"는 서로의 본질과 실상에 완전히 가닿을 수 없는 엇갈림
의 운명 속에서 사랑을 추구한다. 이 사랑의 불가능성은 라캉이 말한
"성관계는 없다"라는 개념과도 상통한다. 따라서 진은영 시의 '너'가
지닌 '타자성'의 속뜻은 의식적 상호 주체성을 넘어서 무의식적 상호
주체성에 근접한다. 이것은 실제적 인간관계나 상황을 초월하는, 미
지의 비인칭적 타자성에 대한 상호 신뢰와 우정의 양식이라고 말할
수 있을 것이다.

## 4. 창문—연상의 고리

진은영의 시에서 인과관계를 벗어난 장소 전환, 인물 중첩, 사건의 비약은 비선형적 서사의 얼개를 형성한다. 여기서 자유연상의 연결 고리는 '창문'의 이미지로 등장한다.

**가지고 싶다**

감각 번역기
아니, 사실은 감각의 외국어학습시간 (또는 자율학습시간)

죽어가는 빨강과
나보다 가난한 자들이 내려주는 축복의 비
최승자의 새 시집
아름다운 분열증
스르르

열리는 문이 아니라

불타버린 참나무 문짝과
찾을 길 없이 멀리 폭풍에 날아간,
그런 지붕을 가진 시의 집
바다의 파란 입술을 꿰어올릴

낚시 갈고리가

창문마다 드리워진.　　　　　—「나 자신에 관한 몇 마디 말」부분

　화자는 자신이 가지고 싶은 것들을 나열한다. "감각 번역기"는 다채로운 감각을 이질적으로 결합하여 이미지를 혁신하는, 진은영의 시적 기법을 압축적으로 보여준다. "감각의 외국어학습시간"이란 마치 생경한 외국어를 습득하듯, 낯선 이미지들을 배치하여 신체적 감각을 변화시키는 작업을 의미하는 듯하다. 2연에 제시되는 네 가지 사물들이 그 대표적 사례가 될 것이다. 이 사물들의 이미지가 암시하는 것은 무엇일까? "죽어가는" "가난한" "분열증" 등이 암시하는 소멸· 불우· 작란의 의미와, "빨강" "축복" "새" "아름다운" 등이 암시하는 열정· 행운· 참신함의 의미는, 양극이 충돌하며 불꽃을 일으키는 치열한 예술성을 표현한다. 여기서 "나보다 가난한 자들"은 진은영 시의 '너', 즉 무의식적 상호 주체성의 한 모습인지도 모른다.

　이 네 가지 사물들은 일종의 몽타주 기법처럼 병치된다. 자유연상을 통해 사물들을 나란히 배열하는 이 기법에는 연결 고리가 존재하는데, 5연의 "창문"이 그것이다. "시의 집"에는 "문"도 "지붕"도 존재하지 않는다. "불타버린 참나무 문짝"과 "멀리 폭풍에 날아간,/그런 지붕"은 진은영의 "시의 집"이 지닌 구조 및 통로가 통상적인 시적 건축물과 다르다는 것을 보여준다. "창문"은 "낚시 갈고리"로 "바다의 파란 입술을 꿰어올"린다. "바다"와 "입술"의 간극은 "파란"색에 의해 돌파되어 섬광처럼 하나의 은유를 형성한다. 중요한 것은 이 "시의 집"에 복수의 "창문"이 존재한다는 점이다. 꿈· 자유연상· 말실수· 농담 등에 작용하는 무의식의 언술을 활용함으로써 진은영의 시

는 압축과 전위와 전도, 혹은 은유와 환유를 중층 결정적인 방식으로 결합시킨다. 이로 인해 "닫힌 왕국의 문이 자꾸 열리"(「감각의 왕국」)게 된다. '창문'의 이미지는 '구멍'의 이미지로 변용되어 나타나기도 한다.

고양이는 지붕의 알리바이다
지나가는 고양이를 움켜쥐고 지붕의 붉은 울음이 솟아났다
벨벳의 검은 꼬리가
지붕의 등을 오래오래 어루만졌다

죽은 장미를 버렸다 항아리의 고인 물을 따라
붉게 떨리던 시간의 한때가 하수구 속으로 흘러갔다
장미는 항아리의 알리바이다

크고 검은 장화 속에서 흰 발이 걸어 나왔다
어디론가 사라져버렸다 한밤중에
빈 항아리를 힘껏 껴안았다 내가 부서졌다          ―「한밤중에」 전문

"한밤중에" 은밀한 일이 벌어지는데, 은밀한 사건에는 항상 주체와 대상이 존재한다. 이 주체와 대상 사이의 관련성을 확인하는 것이 "알리바이"다. "알리바이"는 '현장 부재 증명'이지만, 한편으로 '존재 증명'이라는 의미를 동시에 가진다. "고양이"가 "지붕의 알리바이"인 것은 이 둘 사이의 상호 관계성을 보증하기 때문이다. "지붕의 붉은 울음"과 "벨벳의 검은 꼬리"는 상극적 대비를 보이지만, "움켜쥐"는

지붕의 행위와 "어루만"지는 고양이의 행위는 상호 침투적 관계를 통래 알리바이를 수행한다.

2연의 "장미"와 "항아리"도 마찬가지다. 그런데 "죽은 장미"와 함께 "항아리의 고인 물"을 버릴 때, 알리바이에 균열이 생긴다. "붉게 떨리던 시간의 한때"는 "장미"와 "항아리"가 상호 침투하며 존재를 증명하던 과거의 시간이다. 이것이 "하수구 속으로 흘러"갈 때, 존재 증명으로서의 알리바이는 부재 증명의 양상으로 전환되고 만다. 여기서 중요한 것은 이 전환의 연결 고리로 등장하는 "하수구"의 이미지다. '창문'의 변형인 '하수구'는 시간 이동과 장소 전환의 매개체로서, 존재 증명과 부재 증명의 간극을 이어주는 연결 고리가 되는 것이다.

3연은 "검은 장화"와 "흰 발"의 알리바이를 보여준다. "장화 속에서" "걸어 나"온 "흰 발"은 그 상호 관계성을 벗어나 "어디론가 사라져버렸다". 이 사라짐은 소멸과 죽음의 공간, 즉 부재 증명을 남긴다. "빈 항아리를 힘껏 껴안"는 화자의 행위는 소멸과 죽음을 자신의 몸에 밀착시켜 상호 관계성을 회복하려는 시도로 볼 수 있다. "한밤중에" 시도되는 이 행위는 바로 진은영의 시 쓰기일 것이다. "나는 한 번도 진실을 말한 적이 없다/그리고 흰 공책 가득 그것들이 씌어지는 밤이 왔다"(「소멸」)를 보라. "내가 부서"지는 실패와 좌절이 예정되어 있음에도 불구하고, 사라져간 존재들의 부재를 딛고 그 존재를 증명하려는 시도가 다름 아닌 진은영의 시적 추구인 것이다.

## 5. 기억—시간의 주름

「한밤중에」에서 "하수구 속으로 흘러"간 것이 "시간의 한때"인 점에도 주목하자. 진은영의 시에서 장소와 인물과 사건이 불연속적으로 전환되는 장면에는 시간들의 접힘과 펼침, 혹은 연접과 이접이 개입되어 있다.

사물들은 올리브유의 초록처럼
내내 투명했다
다른 시간 속에서 활활 타오를 것 같았다

엉겅퀴와 찔레
노란 탱자나무가 반복되는 가시나무 뜰의 정원사
그의 눈먼 손가락이 그 이름들을 건드릴 때
붉은 피로 젖어드는 습자지의 식물들과 같았다

대기의 습도를 맞추기 위해
검은 휘장 속에서 뻐꾸기가 울고 있었다

티베트어로 묘사된 달밤, 세계는 읽을 수 없이 아름다워
천 개의 팔에 불안의 아이들을 안고
날아가는 천사와 같았다

너의 집 쪽으로 향하는 골목들의 미로
비단으로 된 계단
집 안으로 영원히 들어서지 않는
빛나며 찢어져가는 거리들과 같았다


누군가가 엄지로 폐동맥을 누르다 떼는 듯
불명료함의 심장에서 솟구치는
무언가와 같았다                                  ─「주어(主語)」 부분


　진은영의 시에서 주어는 우선 다채롭게 등장하는 "사물들"인 듯하다. 이 '사물들'은 구체적 감각으로 두넝한 이미지를 형성하며 다양한 계열들의 체계를 이루거나 카오스의 상태로 발산된다. 개별 이미지는 투명하고 명징하지만, 이미지들의 결합으로 이루어진 영상 전체는 불투명하고 모호하고 신비스럽다. 그리하여 "읽을 수 없이 아름다"운 이 시의 세계는 "불명료함의 심장에서 솟구치는/무언가"를 감추듯이 노출한다. '감각의 착란'을 통해 얻어지는 강렬한 '암시'와 '상징'의 효과는 프랑스 상징주의 시인들의 기법을 연상시킨다. 그러나 상징주의 시인들이 감각적 이미지들의 혼용으로 신비로운 정신세계를 현시한 반면, 진은영은 투명하고 명징한 개별 감각을 이질적으로 결합하여 사물에게 부여함으로써 불투명하고 모호한 세계의 실상에 근접한다. 구체적 감각들의 이질적 결합은 "붉은 피로 젖어드는 습자지의 식물들"처럼 개별 이미지나 장면에도 적용되지만, 이미지나 장면들을 무질서하게 병치시키는 자유연상의 방식에도 적용된다. 여기서 사물들에게 구체적이고 생생한 감각을 부여하는 중요한 동인은 "다른 시

간"의 중첩이다.

　인용 시의 모든 서술어들은 과거 시제로 이루어져 있다. 과거의 경험이 화자에게 주었던 감응affects을 "사물들"에게 부여하여 규정할 수 없는 아름다움을 재생시킨다. 그런데 이 감각적 재생에는 과거를 기억하는 화자의 현재적 감각과 정념이 개입되어 있다. "다른 시간 속에서 활활 타오를 것 같았다"를 주목해보자. "사물들"이 "올리브유의 초록처럼/내내 투명"한 까닭은 "다른 시간"의 불꽃이 동력을 제공했기 때문이다. "세계"가 "읽을 수 없이 아름다"운 이유도 여기에 있을 것이다. 이처럼 진은영 시에 등장하는 과거의 장소·인물·사건은 현재, 혹은 미래라는 '다른 시간'의 인력이 개입되어 그 아름다움과 신비로움을 강화한다. 시인은 "고장난 시간들로 붐비는 시계를 좋아"(「신발장수의 노래」)하는 것이다.

　　너무 높은 푸른 벽돌로 둘러싸인 시간
　　따뜻한, 반짝이는 거짓말로 된 시간
　　겨울 태양은 붉은 벨벳 장갑으로
　　토끼의 언 귀를 어루만진다

　　목덜미를 따라 얼음이 미끄러진다
　　놀라서 너는 어른이 되고
　　안개 속을 더듬거리며 공책을 펼친다
　　짙은 잉크의 서툰 문장 위에 빗방울

　　사브레 과자와 딸기나무 침대로도

잠들지 않는 불행들이 가시 울타리에 걸려 있다
요통은 달빛 모르핀 손가락 사이를 빠져나간다
너는 천천히 허리를 구부린다
부드러운 배 밑에는 차가운 물결

밤새 하얗게 패어가는 모래들과
낯선 해안으로 실려간다

잠 깨어 조개껍데기를 열면
떨리는 눈썹에 찔린 유년의 눈알들
깐짜 놀리 처디본다. 새삘개진 신주처럼          —「유년 시절」 전문

   화자는 "유년"에서 "어른"이 되는 시간의 경과를 구체적 감각을 지
닌 사물들로 표현한다. "높은 푸른 벽돌"이나 "따듯한, 반짝이는 거
짓말"은 "시간"이라는 추상적 관념을 불협화음적인 감각의 결합으로
형상화하는 방식을 보여준다. 다채로운 사물들이 제공하는 감각들 속
에서 2연과 3연에 제시된 "너"는, 불투명하고 모호하지만 시간의 흐
름과 변화를 주동하는 무의식적 상호 주체성의 존재다(사실「주어(主
語)」에서도 표면적 주어는 '사물들'이지만, 내적 주어는 '너'다). 중요
한 점은 1연에서 2연 이후로의 전개가 시간의 순차적 진행인 데 반
해, 마지막 연에 제시된 장면은 '어른의 시간'에서 '유년의 시간'을 발
견한다는 데 있다. 아니, 정확히 말하면, "유년의 눈알들"이 '어른의
세계'를 응시한다.
   이 "눈알들"은 "어른이 되고" "불행"과 "요통"을 겪으며 "밤새"

"낯선 해안으로 실려간" "너"의 "눈알들"일 것이다. 유년 시절은 사라졌지만, 유년의 시선은 살아남아 어른이 된 '너'를 쳐다본다. 그런데 여기서 "유년의 눈알들"이 쳐다보는 대상은 "너"이기도 하고, 동시에 화자인 '나'이기도 한 듯이 보인다. 진은영 시의 '너' 즉 타자성은 때로 그 미지의 비인칭성 속에 '나'의 존재까지도 포함하고 있다 (이것이 '무의식적 상호 주체성'의 숨은 의미다). 화자는 자신의 기억 속에 맺혀서 시간의 주름을 접고 펼치며 깜박이는 무의식적 상호 주체성의 "눈알들"을 응시한다. 아니, 이 "눈알들"에 의해 응시된다. 과거—현재—미래의 주름을 중첩·접맥·절단시키는 진은영 시의 몽타주 기법은 이러한 '응시함'과 '응시됨' 사이의 상호 작용의 결과물이다. 그리하여 진은영 시의 '꿈속의 진혼제'는 '너'와 '창문'과 '기억'이라는 세 개의 '배꼽'을 중심으로 뫼비우스 띠처럼 회전하며 끝없이 휘감긴다.

# 안팎의 존재론, 고저의 위상학
## ── 이영주론

## 1. 언니와 노인의 존재론

2000년에 등단한 이영주는 첫 시집 『108번째 사내』(문학동네, 2005)를 거치고 두번째 시집 『언니에게』(민음사, 2010)에 이르러 자신의 시적 이정표를 선명하게 새긴다. 김행숙은 두번째 시집에 수록된 해설 「언니와 물고기와 계단의 시간」에서 이영주 시의 특성을 섬세하고 예리하게 밝혀내고 있다. '언니'라는 '내부'가 '뒤'를 돌아보는 시선과 겹치고, 의식을 배반하는 오르페우스의 무의식이 가족 삼각형의 테두리를 벗어나 외계를 향한 초월적 비전을 간직하며, 내부의 외부성과 외부의 내부성을 '계단'의 건축을 통해 지양(止揚)하면서 동시에 지향(指向)한다는 것이다. 이 글은 이러한 시 세계의 연장선에 놓인 이영주의 근작 시를 읽으며 그 지향성이 지닌 존재론과 위상학에 대해 살펴보고자 한다.

이영주 시를 읽는 한 가지 방법은 핵심적인 계열선들을 포착하고,

이 계열선들이 지향하는 방향성을 근간으로 상상력의 질서를 그려내는 것이다. 이영주 시를 지배하는 두 계열선은 '언니'와 '노인'을 중심으로 형성된다. 이 두 이미지는 각각 하나의 존재로서뿐만 아니라 시적 주체의 시간적·공간적 지향성과 연관되면서 시 세계 전체로 뻗어나간다. 즉 '언니'의 계열선은 '물'의 이미지(물고기, 지느러미)를 중심으로 '안'으로의 내향성 및 '뒤'를 돌아보는 시선을 따라 '과거로의 회귀'라는 방향성을 보여주는 반면, '노인'의 계열선은 '메마름'의 이미지(나무, 뼈, 모래, 철골, 인형)를 중심으로 '밖'으로의 외향성 및 '앞'을 바라보는 시선을 따라 '미래에 대한 예감'이라는 방향성을 보여준다. 이영주의 시 세계는 '언니'와 '노인'의 존재론이 '물'과 '메마름', 내향성과 외향성, 과거로의 회귀와 미래에 대한 예감이라는 상반되는 방향성을 가지고 전체적인 위상학을 형성하는 것이다. 여기에 덧붙일 수 있는 또 하나의 계열선은 '언니'의 존재론이 내부와 과거로의 회귀라는 방향성을 가지고 전개될 수 있게 하는 매개로서 '창문'과, '언니'의 존재론적 방향성과 '노인'의 존재론적 방향성을 수렴하면서 시적 고도와 강도가 결집된 상층에 도달하게 하는 '계단'이다. 이제 이 세 계열선을 중심으로 이영주의 근작 시를 두번째 시집의 시들과 상호 조명하면서 읽어보기로 하자.

## 2. 언니—물, 내향성, 과거로의 회귀, 창문

이영주의 근작 시에서 '언니'의 존재론 및 '물'의 '내향성'과 '과거로의 회귀'를 보여주는 작품은 「책 읽는 일요일」이다.

마르지 않는 빨래가 걸려 있습니다 오랫동안 물방울처럼 매달려 있었죠 나는 공간을 물려받았습니다 하수도 밖으로 여러 개의 다리를 최대한 길게 뻗으면서 말이죠

나보다 어두운 청춘들이 벌레처럼 지하실에서 기어 다니고 있습니다 이들을 청춘이라 불러도 되겠죠? 녹슬고 무너지는 것은 공간이 아니에요 지하실에서 우리는 책을 읽었습니다

더 빠르게 망가지기 위해서였죠 모두 집을 떠난 일요일에는 자신을 박살내는 것밖에는 할 일이 없거든요

불을 켜지 마 가려움증이 심해져요 나뒹구는 석유통 빛나는 뼈 하수도에서 기어 나오는 발들

이상하죠 어두울수록 발이 커져요

어느 멋진 일요일, 나는 지하실을 물려받았습니다 처음부터 오염되어 있었죠 커질수록 슬퍼지는 그대의 발을 밟으면 오래된 기름이 번들거렸습니다 견딜 만하다고 느끼는 순간

축축 늘어진 그대의 빨래 아주 짧은 시를 읽었어요 가늘어진 다리가 잘려나갔죠 곤충들은 그렇습니다 언제든 기어 다니다 잘려나갈 수 있죠

이 모든 걸 우리는 일요일에 읽었습니다 멈출 수가 없었습니다

―「책 읽는 일요일」 전문

　이 시를 지배하는 공간은 "하수도"가 있는 "지하실"이고, 이 공간을 지배하는 이미지는 '물'이다. "물방울처럼 매달려 있"는 "마르지 않는 빨래"가 물기를 대변한다. 이 세계는 시적 주체에 있어 "청춘"이라고 불리는 과거의 시간이며, "청춘들"과 "우리"라고 부르는 공동체의 경험이다. 화자에게 과거의 시간은 어둡고 녹슬고 무너지며 망가지고 박살나는 음산한 경험들로 가득 차 있다. 여기서 우리의 눈길을 끄는 대목은 "하수도 밖으로" "뻗"은 "다리"와 "하수도에서 기어나오는 발들"이다. 왜 시인은 과거의 경험을 '다리'와 '발'이라는 신체기관을 중심으로 형상화하는 것일까?

　이영주의 시에서 '물'의 이미지는 '과거로의 회귀'와 연관되면서 '물고기'와 '지느러미'로 대변되는 퇴화적 상상력을 보여준다. "나는 매일 거슬러 오르느라/나를 알아보지 못했다//천변의 하류 쪽에 아버지는 집을 지었다/비가 오면//발바닥에서/두꺼운 지느러미가 자라났다"(「물고기가 된다는 것」)에서 보듯, 천변의 하류에는 아버지의 집이 있고, 시적 주체는 "천변"을 "거슬러 오르"면서 "지느러미가 자라"난다. 천변의 상류로 거슬러 오르는 행위는 개체 발생의 관점에서 자기 생애의 기원으로 회귀하는 것이며, 계통 발생의 관점에서 진화를 거슬러 역진하는 것이다. 따라서 이영주의 시에서 '물'의 이미지는 '인간'의 '다리'와 '발'을 그 퇴화적 이미지인 '물고기'의 '지느러미'로 변신시킨다.

　그런데 '물'을 통한 '과거로의 회귀'는 시적 주체가 '안으로의' 내향

성을 추구하는 시도와 결부되고, 결국은 '언니'의 존재론과도 연결된다. "밖에서 안으로, 아무도 없는 안으로 들어가려 할 때, [……] 축축하게 썩어 들어가는 안쪽을 언니라고 부르고 싶어. [……] 아무도 없는 안쪽이 버섯 모양으로 뒤집어질 때, 너는 성에 낀 202호 창문을 언니라고 부르기 시작한다"(「언니에게」)를 보자. "밖에서 안으로" 향하는 시선은 자신의 생애를 거슬러 오르며 기원을 찾는 동시에 진화를 거슬러 역진하는 퇴화적 시선이다. 화자는 물기로 "축축하게 썩어 들어가는 안쪽" 즉 내향적 퇴화의 세계를 "언니"라고 부르고 싶어 한다. 더 나아가 화자는 "안쪽이 버섯 모양으로 뒤집어"지는 장면을 "202호 창문"과 연결시키고, 이 "창문"을 "언니"라고 부르기 시작한다. 여기서 "창문"은 안과 밖이 연결되는 통로이며, 따라서 언니의 존재론은 안으로의 내향성이 다시 밖으로 향하는 외향성으로 전이되는 과정이라고 해석될 수도 있다. 그런데 좀더 정확히 분석하자면, "창문"은 내향성을 추구하는 개체들 간의 공유 지점으로서 공동체적 유대감을 매개하며, 따라서 안과 밖의 통로라기보다는 안과 안의 공유이자 확산이라고 보는 것이 온당하다. 인용 시의 후반부에 등장하는 "그대의 발" "그대의 빨래" "우리"라는 공동체적 유대감의 표현은 '언니'의 '창문'이 가진 이런 매개적 특성에서 연유된다. '창문'의 이미지에 주목하면서 다음 시를 읽어보자.

사촌이 서 있는 구석


창문이 나 있는 곳으로 움직일게 이제 여행은 그에게로 온다
내일이라는 덩어리가 추락하는 방향으로

너무 간절해서 부를 수 없는 이름
그는 화분을 집어 들고 멍든 사람처럼 망설였다
살을 문지를 것인가 떼어낼 것인가

태어나면서 내 이름은 왜 내가 지을 수 없는 거니
모든 것은 지나가겠지 아프게

그는 신문에서 위암으로 죽은 이들의 이름을 오렸다
아픈 것도 지나간다 끝없이
이제 어떤 고향으로 움직여야 하나
잔여물처럼 남은 사문(死文)들

그는 두 다리로 서 있다
이제 여행을 향해 가지 않고 여행이 창문으로 온다
그의 무덤에는 조화가 꽂혀 있다

모든 사물이 뒤를 돌아보는 순간
두 손을 마주잡고 있다                    ―「성묘의 끝」 전문

　이 시는 "사촌"이 가족의 죽음을 겪은 후 "성묘"하는 장면을 묘사
한다. 여기서 그에게로 오는 "여행"이란 과거로의 열림, 즉 생애를
거슬러 가는 시간 여행을 의미한다. 이 여행은 가령 "태어나면서 내
이름은 왜 내가 지을 수 없는 거니"와 같은 질문을 경유하면서 생애

의 근원적 지점으로 회귀한다. "멍든 사람"과 "아프게"가 보여주는 현재의 상처와 고통은 "지나가겠지"만, "그"는 "창문으로" 오는 "여행"을 통해 "고향으로 움직"이며 과거로 퇴행한다. 이 시는 비록 '물'의 이미지는 보이지 않지만, 죽음과 성묘의 이미지를 통해 내향성과 과거로의 회귀를 지향하는 '언니'의 존재론과 연관성을 보여준다.

여기서 주목할 부분은 "창문"이 '과거로의 열림'을 가능케 하면서 "내일이라는 덩어리가 추락하는 방향"이 보여주듯, '미래의 닫힘'을 동반한다는 점이다. "이제 여행을 향해 가지 않고 여행이 창문으로 온다"라는 문장은, 의식의 능동성에서 무의식의 수동성으로의 전이라는 의미와 더불어, 미래의 닫힘과 과거로의 열림이라는 의미도 내포하는 듯이 보인다. 이 상황은 마지막 연의 '뒤를 돌아보는 시선'과 밀접히 연결된다. 과거로의 회귀와 뒤를 돌아보는 시선은 주체를 내향성으로 이끌고 외부 및 미래와 단절시킨다. 시의 후반부에 제시되는 "그는 두 다리로 서 있다" "그의 무덤에는 조화가 꽂혀 있다" "두 손을 마주잡고 있다" 등의 문장에서도 이러한 뉘앙스가 발견된다. 요약하면, 이 시에서 "창문"은 주체와 타자, 내향성과 외향성, 과거와 미래를 상호 소통시키는 통로로 기능하는 것이 아니라, 주체가 자기 내향성을 통해 과거로 회귀하는 시간 여행을 가능케 하는 연결 고리로서 기능한다.

두 편의 근작 시를 분석하여 일단 다음과 같은 결론을 얻을 수 있었다. 이영주 시의 '언니'의 존재론은 '물'의 이미지(물고기, 지느러미)를 중심으로 '안'으로의 내향성 및 '뒤'를 돌아보는 시선을 따라 '과거로의 회귀'라는 방향성을 보여준다. 여기서 "창문"의 이미지는 일차적으로 '주체'가 '내향성'을 통해 '과거로 회귀'하는 연결 고리로서 기능하는 동시에, 더 나아가 내향성을 추구하는 개체들 간의 공유 지점으로서 공동체적 유대감을 매개하는 기능을 담당한다.


## 3. 노인―메마름, 외향성, 미래에 대한 예감

이영주의 근작 시에서 '노인'의 존재론 및 '메마름'의 '외향성'과 '미래에 대한 예감'을 보여주는 작품은 「몰디브에 가자」다.


몸을 말리자. 그녀의 발은 걸음이 이어지는 쪽으로. 비에 젖은 은행들이 떨어지는 쪽으로. 뭘 하려고 왔지? 왼편부터 젖어 있었어. 스웨터를 입은 노인들이 축축한 털 냄새 때문에 얼굴을 돌린다. 다른 한 발은 어둠이 가라앉는 쪽으로. 죽는 쪽으로. 공원에서는 발의 흔적들이 지워지고 있다. 그녀는 청소를 하면서 자신의 발을 쓸어낸다. 쌓여 있는 잎들을 공원 밖으로. 사랑하는 것들 밖으로. 그녀는 하얀 마스크를 쓰고 있다. 몰디브라는 섬이 가라앉는다지. 전단지를 쓸어내다 말고 그녀는 한참 동안 바닥을 보고 있다. 어떤 섬에도 갈 수가 없어. 옆으로 움직인다. 그녀의 걸음은 후드득 떨어지는 빗줄기처럼 움푹 파인다. 부어오른 무릎을 만지며 절룩거린다. 맹인들은 정전기 냄새를 맡을 수 있대. 검은 우산을 쓴 노인들이 숨을 깊게 들이쉰다. 가라앉기 전에 몰디브에 가야 할 텐데. 철제 쓰레기통에는 비의 얼룩. 털실들이 공중을 향해 솟아 있다. 섬에 가려면 방향을 잡아야 할 텐데. 섬에 간다면 몸에 돋은 비늘이 가려울 텐데. 검게 물든 노인들이 그림자를 질질 끌며 공원 밖으로 걸어간다. 눈을 감은 사람은 무엇이든 다 맡을 수 있어. 냄새 밖에 있는 것까지. 그녀는 한파가 닥치기 전에 염화나트륨을 뿌린다. 비가 그치고 나면 몸을 말리자. 젖지 않고서는 나갈 수 없는 웅덩이. 이 섬 안에서는 산책이란 있을 수 없어. 그녀의 발은 아침마다 쪽방 밖으로. 밖에서조차 밖으로. 노인들이 사라진 몰디브 섬 밖에서 거대한 지느러미들이 꿈틀대고 있다. ──「몰디브에 가자」전문

이 시에 등장하는 "그녀"는 공원 청소부인 듯하다. "비"가 내린 공원은 온통 "축축"하게 "젖어 있"고, "냄새"와 "얼룩"으로 가득하다. '비'와 '젖어 있음'은 '언니'의 존재론적 계열선에 속하고, "냄새"와 "얼룩"은 그 내향성과 과거로의 회귀가 가진 어둡고 불행한 속성을 상기시킨다. 그런데 시적 화자는 젖어 있는 것들을 쓸어내는 청소 행위를 묘사하면서, 다른 존재론적 계열선에 속하는 이미지들을 반복적으로 제시한다. 그 핵심적인 것은 "노인"과 "밖으로"와 "몰디브"이다.

"노인"은 "축축한 털 냄새 때문에 얼굴을 돌"리고, "공원 밖으로 걸어"가며, "몸을 말"린다는 점에서, '물'의 이미지와 대비되는 '메마름'의 이미지를 동반한다. "밖으로"는 "공원 밖으로""사랑하는 것들 밖으로""냄새 밖에 있는 것까지""쪽방 밖으로""밖에서조차 밖으로" 등에서 누차 강조되듯, 시적 주체의 관점에서 '안으로'의 내향성과 대비되는 '외향성'을 제시한다. 이것은 주체의 시선이 자기 외부의 타자나 사물로 향하는 것을 뜻하는데, 이영주의 시에서 '노인'은 대표적인 타자에 속한다고 볼 수 있다. "몰디브"는 "몰디브라는 섬이 가라앉는다지""가라앉기 전에 몰디브에 가야 할 텐데" 등에서 알 수 있듯, '물기'에 의해 가라앉기 직전의 '섬'의 이미지로서, 외향성을 지향하는 노인들의 최종 목적지이다. 다시 말해, "몰디브"는 '과거로의

회귀'와 대비되는 '미래적 예감' 혹은 '미래적 운명'과 밀접히 관련되는 것이다. 결국 이 시는 '메마름'의 이미지를 중심으로 '밖'으로의 외향성 및 '앞'을 바라보는 시선을 따라 '미래에 대한 예감'이라는 방향성을 제시하는 '노인'의 존재론을 보여준다.

두 가지 질문을 던져보자. 첫째, 안에서 밖으로, 즉 언니의 존재론에서 노인의 존재론으로의 이동이 무엇을 매개로 이루어지는가? 그것은 "발"이다. "그녀의 발은 걸음이 이어지는 쪽으로" "다른 한 발은 어둠이 가라앉는 쪽으로"에서 보듯, 한 발과 다른 발의 차이를 통해 존재론적 전이가 시도된다. 마지막 행 "노인들이 사라진 몰디브 섬 밖에서 거대한 지느러미들이 꿈틀대고 있다"라는 문장은, 신체 기관으로서의 "발"과 그것이 퇴화한 "지느러미"의 대비를 통해 절묘하게 존재론적 차이를 형상화하고 있다. 둘째 질문은 이 존재론적 차이와 관련된다. '언니'의 존재론이 어둡고 불행한 속성을 가진다면, '노인'의 존재론은 밝고 행복한가? 바꾸어 질문하면, '언니'의 존재론이 퇴화적이라면, '노인'의 존재론은 진화적인가? 그렇지만은 않은 것 같다. 시적 주체에게 있어 타자로서, 그리고 미래적 기약이나 예감으로서 존재하는 '노인'은 물기가 말라버리고, 육체가 마모되며, 생의 불꽃이 타올랐다가 꺼져가는 남루한 존재들이다. 이를 바라보는 시인의 시선은 타자에 대한 경외감과 누추함에 대한 연민이라는 이중성을 내포하는 듯하다. 소멸해가는 육체를 바라보며 시인은 무엇을 발견하고 얻으려 하는 것일까? 다음 시는 '노인'의 존재론이 '나무'의 형상을 빌려 묘사되고 있다.

너는 꿈을 꾸었지 이곳에서 저곳으로 건너가면서

걸을 때마다 틈 속에서 부서졌지 오후의 햇살처럼 번쩍거리며

가구를 만드는 사람들이 의자에 앉아 있다
나무들의 몽상이 피어오른다

아라비아 반도에는 피 흘리는 나무가 있다는데
정말 끈끈하고 딱딱하지? 너는 가만히 왼손을 쥐어본다
톱밥 같은 손 우수수 붉은색으로 흩어지는 것 같아

짙은 눈썹을 가리고
너는 바닥에 드리워진 그림자를 쓱쓱 지워본다
고통이 망가질 것 같아서 이 나라 언어를 쓸 수가 없어

왼손이 잘린 너의 편지는 온통 침묵
그림들 계절의 위치 죽는 날까지 이어지는 몽상

휴식 시간이면 휴게실 의자에 앉아 꾸벅거리는
너의 뒷목은 나무처럼 깊어진다

아무것도 쓰지 못하고
손의 모양이 달라졌을 때 꿈을 꿨어
마른 가지가 돋아나는 간지러운

물질이 되는 모습

너는 피를 흘리며 잠깐 잠들었던 순간을 떠올린다
침식하며 부서지는 나무
                                    ―「편지」 전문

  이 시의 1연에서 우리는 이영주 시의 방법론을 엿볼 수 있다. 그녀
의 시는 몽상("꿈")을 통해 현실 및 의식("이곳")에서 환상 및 무의
식("저곳")으로 "건너가"는 과정에서 그 경계("틈")에서 파편화되는
("부서졌지") 이미지들을 건져 올린다. 1연은 "꿈을 꾸"는 "너"의 상
황을 제시하고, 2~5연은 그 꿈속의 이미지로서 "나무"를 형상화한
다. "나무들의 몽상"은 "꿈을 꾸"는 "너"와 그 꿈속의 "나무"를 분리
하는 동시에 합치시킨다. "나무"는 "피 흘리"고 "끈끈하고 딱딱"하
며, "톱밥 같은 손"이 "우수수 붉은색으로 흩어지는 것 같"다는 점에
서, '노인'의 존재론과 상통하는 '메마름'의 속성을 가진다. "그림자"
"망가질 것 같"은 "고통" "왼손이 잘린 너의 편지" 등은 소실되는 육
체의 상처와 고통을 상기시킨다.
  6~8연은 꿈과 현실의 경계를 왕복하며 전개된다. "휴게실 의자에
앉아 꾸벅거리는" "너"는 "나무처럼" "깊어"지면서 나무가 되는 꿈을
꾼다. 꿈속의 "나무"는 "마른 가지가 돋아나"고, "침식하며 부서"진
다. "왜 나무들은 온통 뼈로만 이루어져 있을까"(「자율 학습 시간」),
"모래 밑으로 내려가라, 끝없이 밑으로 내려가 철골을 세워라"(「연대
기」), "광막한 하늘에서 인형들의 뼈가 흘러내려요"(「일기예보」)에서
보듯, "나무"는 '뼈' '모래' '철골' '인형' 등과 함께 '메마름'의 이미
지를 동반하면서 '밖'으로의 외향성 및 '앞'을 바라보는 시선을 따라
'미래에 대한 예감'을 형상화한다.
  그런데 '노인' 및 '나무'의 존재론은 "벽돌집 2층에서 노인이 창문

을 닫고 사라진다"(「한밤의 질주」)에서 보듯, '창문'을 가지지 않는다는 점에 유의할 필요가 있다. 이것은 '언니'의 존재론이 주체가 '창문'을 통해 자기 내향성의 과거 회귀적 벡터를 가지는 반면, '노인' 및 '나무'의 존재론은 주체가 외부의 타자를 '창문' 없이 바라봄으로써 자신의 몸을 사물성에 투여하여 무화되어가는 것을 의미한다. 즉 전자가 근원을 추구하며 염원하는 심리적 에너지의 압축을 동반하는 반면, 후자는 무생물의 차원에까지 근접하는 심리적 에너지의 확산을 동반한다. 어쩌면 전자를 '퇴화적 에로스'라고 부르고, 후자를 '진화적 타나토스'라고 부르는 역설적 명명이 가능할지도 모른다.

## 4. 퇴화와 진화의 위상학

한 가지 질문이 남는다. 이영주의 시에서 '언니'의 존재론과 '노인'의 존재론은 어떤 관계를 가지는가? 일단 두 존재론은 각각 독립적으로 존재하고 평행선을 그리며 공존하는 듯이 보인다. 그런데 놀라운 것은 위상학적으로 볼 때, 두 존재론이 지향하는 대립적 방향이 하나로 수렴되고 중첩되는 지점이 있다는 사실이다. 「늙은 활선공」은 이런 비밀을 내포하고 있는 작품이다.

고압전선에 앉아 있어
새처럼 발을 모으고 어깨를 안으로 집어넣을까
바람 안에서 태어나는 사람이 있다면 아슬아슬하게 건너갈 수 있을지

공중에 드리워진 선
타오르는 자기장


나는 위로 올라와 지상에서 떠도는 목소리를 들어
전도체를 타고 흘러 다니면 이상한 음악이 되는
사물들이 숨을 죽이고 조금씩 잘려나가는 순간
나는 현기증을 앓고 있지


보이지 않는 곳에서 생성되는 구름
바람보다는 구름이 통과하는 선
수많은 창문에서 흘러나오는 밥 냄새


나는 그 공포 사이를 걷지
구름을 꼭 잡고
고압전선을 이어붙이면서 나는 마른 침을 삼키네
꿀꺽
뼛속으로 들어오는 불의 감각


어느 순간 바람 안에서 재가 된다면
바닥보다 더 깊은 밑으로 떨어지고 싶다 아무 감각도 느끼지 못하는
흩어지는 것 되고 싶다


내가 가진 재주는 허공에서 선을 타는 것
위로 올라와 현기증을 앓는 것

처참하게 무너지는 순간을 예감하는 것

새들이 전선에 모여
어느 활선공이 가장 아름다운 음악을 만드는지
듣고 있네 발톱을 세우고 깃털을 툭툭 털어내며

고장 난 고압전선을 이어붙이는 사람
그 사람은 가장 조심스러운 발바닥을 가졌지

공중에 걸쳐 있는 발바닥에서 음악이 시작되고 있다
울고 있다                           ──「늙은 활선공」 전문

　이 시는 "허공"의 "고압전선에 앉아" 수리를 하는 "늙은 활선공"을
묘사한다. 활선(活線)이란 '고장 수리를 위하여 전류를 끊은 전선과
비교하여, 전기가 통하고 있는 전선'을 지칭한다. 활선공은 "고압전
선"의 "타오르는 자기장"에 감전될 위험이 있을 뿐만 아니라, 높은 허
공에서 떨어져 다칠 위험이 있다. 시적 화자는 이것을 "바람 안에서
재가 된다"와 "바닥보다 더 깊은 밑으로 떨어"진다고 표현하고 있다.
　여기서 우리가 주목하는 대목은 "안에서"와 "불"과 "음악"이다.
"바람 안에서 태어나는 사람"과 "바람 안에서 재가 된다면"에 공통적
으로 등장하는 "안에서"는, 탄생과 죽음의 양극을 끌어모으는 장력을
지닌다. 이 방향성은 '언니'의 존재론이 지향하는 내향성 및 과거 회
귀와 연관되지만, "바람"은 "새"나 "마른 침"과 연결되면서 '물'의 이
미지와 일정한 거리를 둔다. 한편으로 "새"와 "바람"을 중심으로 형

성되는 고압전선 위의 상황은 "깊은 밑으로 떨어지고 싶다" "흩어지는 것 되고 싶다" "처참하게 무너지는 순간을 예감하는 것"에서 암시되듯, 타나토스적 추락의 의미를 제시하기도 한다. 따라서 이 시는 상승과 추락이라는 고저(高低)의 위상학을 통해 '언니'의 존재론이 가진 내향적 과거 회귀라는 '퇴화적 에로스'와 '노인'의 존재론이 가진 외향적 무생물화라는 '진화적 타나토스'의 양극을 하나로 결합시켜 전체적 구도를 형성하고 있다.

이영주의 시에서 '언니'의 존재론은 시간적으로 과거를 지향하고, 공간적으로는 상층을 지향한다. "어떤 꼭대기도 저의 기원에는 다다르지 못할 겁니다"(「성인식」)에서 보듯, '물고기'는 "천변"을 "거슬러"(「물고기가 된다는 것」) 올라가기 때문이다. 반면 '노인'의 존재론은 시간적으로 미래를 지향하고, 공간적으로는 하층을 지향한다. "모래 밑으로 내려가라, 끝없이 밑으로 내려가 철골을 세워라"(「연대기」)에서처럼, '노인'과 '나무'는 마멸되고 쇠락하며 부서져 추락할 운명을 가지고 있기 때문이다. 인용 시는 '언니'의 공간적 지향성인 상층과 '노인'의 공간적 지향성인 하층이 상승과 추락의 대비를 통해 균형을 잡으며 결합되어 있다. 여기서 주목할 부분은 "늙은 활선공"이 "위로 올라와" "고압전선에 앉아 있"음으로 인해, 두 존재론의 상반되는 공간적 지향성이 상층에서 하나로 합치되고 있다는 점이다. 이 양극의 결합이 "불"과 "음악"의 이미지로 형상화된다. "불"과 "음악"은 "안으로"의 내향성, "위로 올라와"의 고도, "고압전선"의 강도가 하나로 만나는 강렬한 긴장을 통해 생성되는 것이다. 한편으로 6연과 7연에서 알 수 있듯, 이 "불"과 "음악"은 순식간에 "재"가 되어 추락하고 흩어질 위태로움을 안고 있다. 더 정확히 말하자면, 추락과 죽음의 위태로움을 동반함으로써만 "불"과 "음악"은 고도와 강도와 긴장을 획득한다.

이영주는 "바람 안으로 모든 음(音)이 모여들고 있다" "나는 얼룩무늬 꼬리를 따라 소리 안으로 들어간다"(「음악의 내부」)에서도 이미 이러한 시적 차원을 제시한 바 있다. "바람"과 "소리" 안으로의 내향성이 '계단'의 이미지를 따라 시적 위상학의 상층으로 고도를 높이는 장면에 주목해보자. "입을 다문 짐승처럼 짖는 법을 모르는 계단" "홀로 떠오를 수 없는 계단/죽은 고양이를 밟고 선다" "이 계단은 소리들 위에 떠 있다" 등 일련의 문장들이 보여주는 점층법은, 죽은 짐승의 '뼈'를 밟고 '계단'을 올라가서 도달하는 '상층'에 이영주의 시적 고도와 강도가 결집된 '꼭대기'가 있음을 암시한다. '기원'이자 '텅 빈 구멍'인 이 꼭대기는 빛과 어둠, 에로스와 타나토스, 퇴화와 진화 등의 양극이 한 점으로 집결된 곳이다. "계단"을 통해 이곳에 도달한 이영주의 시는 퇴화와 진화가 한 지점에서 만나 불꽃을 일으키며 암전(暗電)된다. 최고의 정점인 이곳에서 이영주의 시는 불과 음악으로 타오르면서 동시에 검은 재로 흩어지며 죽는다. 이영주 시인이 "사방을 버리고 안쪽과 바깥쪽을 왔다 갔다" 한 까닭은 "모든 울음을 모아서 나 혼자 빛이 되려" 하며, "형태를 얻기 직전에 너의 이야기"(「월식」)를 하고 싶었기 때문이다.

제3부 서정과 변용

# 각성과 성찰
## ──장영수의 시 세계

    장영수의 다섯번째 시집 『그가 말했다』(문학과지성사, 2006)는 일상적 현실의 흐름 속에서 각성의 순간을 추구하는 시적 자아의 진술로 이루어진다. 이 시집의 시편들에서 시인은 생활 속에서 경험하는 사색과 관념을 특별한 시적 의장(意匠) 없이 솔직하고 담백하게 서술한다. 일상적 삶에 밀착하여 그 경험을 반추하고 사유함으로써 얻어지는 관념의 표출은 그의 시의 주조음을 이룬다.

    성민엽이 예리하게 지적한 대로, 장영수의 초기 시는 속악한 사회와 개인 간의 갈등을 고통의 연대 의식으로 극복하려 하며, 생활 세계에 뿌리내린 대응 주체로서의 자기 정립을 절대적 존재에의 추구로 구체화한다. 성민엽이 '상승과 하강의 시학'이라고 이름 붙인 장영수 시의 이러한 미학은, 후기 시에 이르러 사회적 현실에 대한 대응이라는 외적 갈등이 희미해지는 동시에 일상적 삶에 대한 반추와 점검이라는 내적 갈등이 중심을 이루는 방향으로 이동해온 듯하다. 시적 전개상의 이러한 변모에도 불구하고, 장영수의 시가 일관되게 보여주는

것은 어떤 깨달음에 대한 추구와 자기 성찰이라고 볼 수 있다. 시집
『그가 말했다』는 이러한 시적 전개상의 변모와 연속성을 함께 보여주
고 있다.

자정도 한참 넘은 깊은 밤!

빗방울 후둑거리는 강변!

검은 점퍼에 검은
모자 쓴 행인 혼자
어디쯤 걷고 있던 시각!

칠흑 천상에서 눈앞
지척으로 한순간에
폭격하듯 쏟아지던
내리꽂히던 거대한
섬광 혹은 시퍼런
번개 한줄기!

돌이켜 보면 참으로
아찔했던 그 한순간!
만약에 진실로 그 섬광
한가운데 있었더라면
너, 이제 더 이상 이

세상 사람 아니었겠구나!

그러므로 미뤄 보건대
너, 아직 미처 때가
아니었다는 계시쯤으로
이 사실들을 기억하라!

너, 해야 할 일들이 그래도
조금은 남은 것 같다는
뜻쯤으로 여겨두라!

너, 좀더 확실히 정신을
제대로 차려야겠다는
말씀쯤으로 새겨두라!                  ─「그가 말했다 1」 전문

깊은 밤 강변을 홀로 걷는 화자의 눈앞에 거대한 섬광이 내리꽂힌다. 이 번개 한줄기가 어떤 각성을 가져다준다. 화자는 죽음을 모면한 이 상황을 "아직 미처 때가/아니었다는 계시", 즉 "해야 할 일들이 그래도/조금은 남은 것 같다는/뜻"으로 해석한다. 그래서 "확실히 정신을/제대로 차려야겠다"고 다짐한다. 평범해 보이는 이 시에서 우리는 장영수의 최근 시가 지닌 특징을 살펴볼 수 있다. 첫째, 일상사 속에서 각성의 순간을 포착한다는 점, 둘째, 이 각성은 위대하고 거창한 진리에 대한 깨달음이라기보다 평범하지만 진실한 삶의 태도에 대한 반성과 성찰이라는 점, 셋째, 이러한 각성과 성찰을 특별한

시적 수사나 장치 없이 진술한다는 점 등을 확인할 수 있다.

그런데 장영수의 이번 시집은 셋째 항목이 낳는 문제점에 대해 고민하면서 그 나름의 해결책을 모색하고 있는 듯하다. 시적 비유나 수사가 제거된 사유와 관념의 직접적 토로는 그 추상성으로 인해 시적 형상화에 장애 요소로 작용한다. 이 점을 의식한 장영수는 진술의 주체를 다중화하는 방식으로 그것을 해소하려 한다. 인용 시에서 시적 화자는 제목에서 보듯 "그"라는 3인칭으로 설정되어 있지만, 실제 작품 내부에서 화자는 시적 자아인 "나"다. 다시 말해, "그"는 바로 "나"인데, 진술의 주체를 단일화하지 않고 분리시킴으로써 사색과 관념의 토로가 낳는 진술 공간의 협소함을 벗어나려 하는 것이다. 이처럼 시적 자아를 숨은 화자인 "나"와 표면 화자인 "그"로 분리시킴으로써, 자아는 단일화된 양태에서 벗어나 일상적 자아와 내면적 자아, 행동적 자아와 사색적 자아, 과거적 반성의 자아와 미래적 결의의 자아 등으로 입체화된다. 그 결과 "그"가 "나"를 "너"라고 부르는 2인칭의 호명이 표면화된다. 시인은 2인칭의 "너"를 네 번이나 호명함으로써 삶에 대한 계시와 각성과 결의라는 주제를 시적 긴장의 형식으로 결집시키는 것이다.

일상적 삶 속에서 정신적 각성과 자기 성찰을 거듭하며 그 사색과 관념을 주체의 다중화를 통해 진술하는 것은 이번 시집의 일관된 특성을 이룬다. 그런데 인용 시에서 "섬광"과 "번개"로 나타난 '각성'의 차원과 "계시쯤으로/이 사실들을 기억하라!" "뜻쯤으로 여겨두라!" "말씀쯤으로 새겨두라!"라는 '성찰'의 차원 사이에는 어떤 간격이 놓여 있다. 이것은 전자를 수식하는 "한순간에/폭격하듯 쏟아지던/내리꽂히던"이라는 '순간' 및 '수직성'과, 후자를 수식하는 "아직 미처

때가/아니었다"라는 '지속' 및 '수평성' 사이의 간격이기도 하고, 전
자를 수식하는 "거대한" "시퍼런"의 '단호함'과 후자를 수식하는 "아
직 미처" "그래도/조금은"이라는 '여유로움' 사이의 간격이기도 하
다. 각성과 성찰 사이의 이러한 간격과 충돌은 장영수의 최근 시를
이해하는 하나의 지표가 될 수 있을 것이다. 이를 규명하기 위해 다
음 시를 읽어보자.

> 그대 생애 곳곳을 함부로 함락
> 시키던 겨울 새벽 모진 바람
> 같은 회한들도 세월 속에
> 느릿느릿 잦아들고
> 그대 지속적인 고통스런
> 깨침으로 인한 소스라침 또는
> 긴장감들도 다소간에 도금이
> 벗겨진 모습들을 내비치고
>
> 이제는 그저 다만 진정성
> 이라 할 것들을 향해 비교적
> 조용히 가보고자 하는 마음들이
> 동틀 녘 길 떠나는 그림자들처럼
> 얼핏 어른거리기도 하는 무렵
> 그리하여 그대 한 생애에 대한
> 누구네들의 석연찮은 기억들 혹은
> 누구네 생애들에 대한 그대의

안쓰러운 기억들도 천천히
사그라져가고 있는 무렵
급기야 마침내는 대체로 텅텅
비워지고 있을 잡다했던 옛날의
약속 장소들 또는 어떤 찻집이나
밥집 술집들 ─ 저 한 시대의 길거리
또는 길모퉁이들이 새삼스럽게
젖은 모습들로 떠오르기도 하는 무렵

오늘도 무엇을 찾아 꽤 오래된
그림자들은 이리저리 여기저기 떠돈다
서성거린다 진정한 깨침은 어디 있느냐
진정한 깨침은 무엇이냐 자문하면서
차마 한사코 멈출 줄 모르는 채로
하긴 인생은 시작과 종말이 있으므로
종당에 비감어린 마지막 한 조각 섬광 같은
깨침쯤 있어도 괜찮으리라 아니 무엇도
아무것도 없어도 물론 괜찮으리라          ─「그가 말했다 6」 전문

　시적 화자는 과거를 회상하면서 현재의 상황을 사유하고 진술한다.
1연에서 과거의 경험은 "회한"과 "깨침"으로 나타난다. "회한"을 수
식하는 "함락/시키던 겨울 새벽 모진 바람"과 "깨침"의 결과인 "소스
라침 또는/긴장감"은 시련과 고통의 시간들을 상기시킨다. 그런데 이
과거의 경험은 세월의 흐름을 따라 퇴색되어간다. 2연은 "회한"과

"깨침"이 현재적 시점에서 "진정성"의 모습으로 변모되고 있음을 보여준다. "진정성"이란 무엇일까? "그저 다만 진정성/이라 할 것들"에서 보듯, 시인은 그 구체적 내용에 대해서 말하지 않는다. 우리는 다만 3연에 나오는 "진정한 깨침"이라는 말에서 그 의미를 유추해볼 수 있다. "진정성"은 "진정한 깨침"이다.

동어반복이라고 할 수 있을, 그래서 구체적 내용이 부족하다고도 할 수 있을, 이 문장은 그러나 두 가지 사실을 분명히 말하고 있다. 첫째, 참된 가치에 대한 각성과 삶의 실상에 대한 성찰인, "진정성" 혹은 "진정한 깨침"은 이미 얻어진 것이 아니라 지속적인 탐색의 과정 중에서 생성되는 것이다. 3연의 "떠돈다/서성거린다 진정한 깨침은 어디 있느냐/진정한 깨침은 무엇이냐 자문하면서"가 이 점을 확인시킨다. 시인에게 있어 "진정한 깨침"은 실체로 규정되는 것이 아니라 방황 속에서 암중모색해야 할 영원한 가치이므로, 이것을 구체적 언어로 말하기 어렵다고 볼 수 있다. 둘째, 시인이 추구하는 시적 가치는 삶의 가치와 별개의 것이 아니다. 다시 말해, "진정한 깨침"은 예술적 언어 행위를 통해서 얻어지는 동시에 삶의 현장에서 체험적으로 획득되는 것이다. 시적 수사와 장치를 제거하고 사유와 관념을 토로하는 장영수의 무기교적 시의 어법은, 삶 속에서 추구하는 각성과 성찰을 가감 없이 시로 옮겨놓으려는 의지의 산물이라고 볼 수 있다.

2연에서 "진정성"에 접근하는 시적 화자의 태도는 "비교적/조용히 가보고자 하는 마음"으로 표현되고 있다. 과거의 "회한"과 "깨침"이 동반하던 시련 및 고통과 비교하면, 세월의 흐름이 차분한 관조와 여유를 가져다주었다고 짐작할 수 있다. 그러나 이 관조와 여유도 과거에 대한 회한과 더불어 충돌하면서 갈등하고 소용돌이친다. "급기야 마침내는 대체로 텅텅"이라는 한 행 속에는 '순간의 긴장'과 '지속의 여유'가 한자리에서 충돌하는 양상이 잠복해 있다. 앞에서 언급한 각성과 성찰 사이의 간격과 충돌은 시적 긴장과 여유가 동거하는 독특한 어법을 낳는다. 그리하여 3연의 "진정한 깨침"을 향한 방황도 "마지막 한 조각 섬광 같은/깨침"을 희망하면서, 동시에 "무엇도/아무것도 없어도 물론 괜찮으리라"는 유유자적의 태도를 보여주는 것이다. "섬광 같은/깨침"이 각성의 차원이라면, "아무것도 없어도 물론 괜찮으리라"는 여유와 관조의 태도로 전개되는 성찰의 차원이라고 볼 수 있을 것이다.

이제 장영수 최근 시의 특징에 근접하기 위해 '각성'과 '성찰'의 차원이 어떻게 형상화되는지 구체적으로 살펴보기로 하자.

먼 산―라벤더 향, 주변 길들―초콜릿,
자동차들―아이스크림, 행인들―무도회,
건물들―재스민 향, 흰 구름―박하 향,

첫사랑 시절엔 세상 입구가
동화책 쪽으로 나 있었을 수 있다
출구 또한 장난감 가게 놀이동산
쪽으로 나 있었을 수 있다
온몸을 흐르는 전류 같은 것들이
거기 있어 일순간에 온 세상을
환하게 비쳐보는 것만으로도
인생은 충분히 눈부셨다

그담부터가 진짜다
변치 않는 믿음 어설프지
않은 깨침 생명 원천 같은
신앙 같은 처음이며 끝인
그냥 쉽고 편한 것이 좋아서
가다가 당도하게 되는 완전한
온전한 사랑 진정성을 조용히
가득 채우며 지켜내며
간직하고자 하는 인생
　　　　　　—「첫사랑 찬미 학도에게 누가 말했다—시립대 편 2」전문

　　1연은 현실의 사물들을 동화적인 감각과 연결시킨다. "초콜릿"
"아이스크림" "무도회"는 동화 속 주인공을 둘러싸고 배치되는 달콤
하고 산뜻한 소품들이고, "라벤더 향" "재스민 향" "박하 향"은 이
공간에 스며 있는 환상적인 향기다. 2연은 이러한 "첫사랑 시절"의
현실 인식을 직설적으로 서술한다. "온몸을 흐르는 전류 같은 것"은
한순간 삶을 관통하는 눈부신 사랑의 환희를 암시하고 있다. 그러나
시인은 지속적인 '각성'과 '성찰'을 통해 진정성, 혹은 온전한 사랑의
정체를 탐구해나가는 듯이 보인다. 그리하여 3연에서 "온전한 사랑
진정성"을 "변치 않는 믿음" "어설프지/않은 깨침" "생명 원천 같은/
신앙 같은 처음이며 끝" 등의 수식어로 설명한다. 장영수가 추구하는
진정성의 정체는 성숙한 신앙과도 같은 영원한 사랑의 가치다.
　　그런데 이 본질적이고 근원적인 가치는 "그냥 쉽고 편한 것이 좋아

서/가다가 당도하게 되는"이나 "조용히/가득 채우며 지켜내며/간직
하고자 하는 인생"에서 보듯, 초월적 세계가 아니라 지극히 평범한
일상의 현실 속에 깊이 가라앉음으로써 얻어지는 것이다. 이것은 장
영수가 추구하는 "진정한 깨침"이 '순간적 각성'과 '지속적 성찰' 사
이의 간격을 충돌·융합시키는 과정에서 획득되고 있음을 의미한다.
일상성에 뿌리내린 진정성이라는, 장영수 특유의 각성과 성찰의 가치
는 개인적 차원에 그치지 않고 사회적 차원으로 나아간다.


    (1) 광활한 삶 어디쯤
        일말의 깨침, 그,
        청량감이 반사시키는
        금빛, 은빛, 초록빛,
        붉은 빛, 어떤 느낌들,

        진정, 숱한 마음들을
        순순히 불러낼 깨침을
        두고두고 가다듬음으로써
        세상을 얼마쯤이라도
        향기롭게 지혜롭게
        적셔낼 수 있었으면,               ──「그가 말했다 5」 부분


    (2) '신록의 시절에나 가랑잎의
        시절에나 마음은 파수꾼 같은
        나무들처럼 세상을 지킨다'

272

'식구들을 지킨다 세상을 지키는
파수꾼처럼 세상을 보듬는 언제나
한결같은 마음 살아서나 죽어서나'

[……]


'세상을 가꾸고 세상을 이어간다'

'세상의 바탕이 되어서 사는 것은
죽어서도 사는 것은 영생이며
기쁨이며 보람이며 깨침이었다'

—「누구네 마음들은 바스락거린다」 부분


(1)은 "광활한 삶"과 "일말의 깨침"이 선명한 대비를 이루는 가운데 깨침의 사회적 지향성을 제시한다. 넓고 막막한 현실의 삶 속에서 순간의 각성은 "금빛, 은빛, 초록빛,/붉은 빛, 어떤 느낌들"과 같은 "청량감"을 던져준다. 그런데 시인은 이 각성을 "두고두고 가다듬음으로써" "숱한 마음들을/순순히 불러"내고 "세상을 얼마쯤이라도/향기롭게 지혜롭게/적셔낼 수 있"기를 희망한다. 장영수가 지향하는 각성과 성찰은 순간의 깨침을 지속적인 반추와 점검으로 가다듬어서 세상을 향기롭고 지혜롭게 하는 사회적 차원으로 확대되는 것이다.

(2)는 사회적 각성과 성찰을 세상을 지키고 보듬고 가꾸고 이어가는 자세로 이해한다. 시인은 이러한 사회적 지향성을 "세상의 바탕이

각성과 성찰 273

되어서 사는 것"으로 생각하고, 이것을 "죽어서도 사는 것은 영생이며/기쁨이며 보람이며 깨침"이라는 종교적 차원의 가치로 이해한다. 여기서 우리는 개인적 각성이 사회적 각성을 경유하여 종교적 각성에까지 확장되는 과정을 확인하게 된다. 이처럼 '수평성' 및 '수직성'을 지향하는 장영수의 각성과 성찰은 다른 한편으로 일상성을 수락하는 '지속'의 차원으로 전개되기도 한다.

발가벗고 큰 나무 속으로
스며들고자 했더라도—그건
십중팔구는 근거가 모호한
감상이었을 것이다—이내 날
저물면 집 생각 날 것이겠고
누구 생각도 날 것이겠으므로—

'도통'이란 쉬운 것이 아니므로—
가급적 여럿이 함께 나눌 무엇
이라면 비로소 더 좋은 도통일
것이므로 누구도 누구만큼은
사리 분별 있는 법이므로—

태양이 있고 달이 있고 나무도
있고 풀도 있고 염소도 있고
저기 멀리 별들도 있는데 누가
발가벗고 저 별 속으로 스며들고

싫었을 수도 있다 졸음을 막을 길

없을 땐 우선은 잠을 자는 것이 좋다—

　　　　　　　　—「수행자가 말했다 —막막함 혹은 정중동」 전문

　시적 화자는 "발가벗고 큰 나무 속으로/스며들고자"하는 욕망을 "근거가 모호한/감상"이라고 생각한다. 흔히 수행자들은 "도통"을 추구하지만, 개인적 각성을 넘어 사회적 각성으로 나아가는 것이 "더 좋은 도통"이기 때문이다. 그런데 3연에서 "누가/발가벗고 저 별 속으로 스며들고/싶었을 수도 있다"라는 "도통"의 욕망을 언급한 후, "졸음을 막을 길/없을 땐 우선은 잠을 자는 것이 좋다 —"라는 문장으로 마무리하는 것은 무엇을 의미하는가! 시인은 서장하고 위대한 깨달음의 차원을 위선으로 간주하며, 개인적 '도통'을 넘어 사회적 '도통'으로 나아가는 과정으로서 일상성의 원리를 긍정하는 것이다. 일상성의 원리는 2연의 "누구도 누구만큼은/사리 분별 있는 법"이라는 표현에서도 암시된다. 시인은 평범한 사람에게 통용되는 상식적 사유가 각성과 성찰의 기본 토대라고 본다. "완전한/온전한 사랑 진정성"은 "그냥 쉽고 편한 것이 좋아서/가다가 당도하게 되는"(「첫사랑 찬미 학도에게 누가 말했다 —시립대 편 2」) 가치인 것이다.

　지금까지 장영수가 추구하는 각성과 성찰의 사회적 차원과 종교적 차원, 그리고 일상적 차원을 살펴보았다. 시인은 일상적 삶의 평범한 이치에서 출발하여 각성과 성찰을 거듭 반복하면서 사회적·종교적 차원의 이치에까지 도달하려 한다. 그런데 이 과정에서 시인은 일상성의 토대를 일시에 무너뜨리는 소멸과 몰락을 통해서도 각성과 성찰의 계기를 찾는다. 장영수의 시에서 사회적 각성과 종교적 각성을 각

각 '수평성'과 '수직성'의 구도로 이해한다면, 일상성의 수락과 몰락
의 양상은 각각 '지속'과 '하강'의 구도로 이해할 수 있을지도 모른다.

가을비에 젖은 가랑잎들
힘을 쓸 리가 없다! 제대로
굴러다닐 리가 없다!

비바람 몰아치니 공황 상태의
나뭇잎들은 그저 우수수 져 내린다!

[……]

한여름 대단했다던 오기들마저
통째로 낡거나 녹슬어버린 듯!
방대한 단풍잎 국가들은
단 하룻밤 큰 비바람에 궤멸
되었다! 초토화되었다!

이 무렵 세상엔 흔히 그런 궤멸 사건조차
실감치 못하는 마비 증세까지 생겨났다 하니!
그간에 돈으로 목숨을 부지하고 연명하는
모든 일들이 너무들 힘에 겨웠던 모양이구나!

여하튼 나름대로 단풍잎들로선 그동안

세상을 향해 부끄러움에 대한 공부 하나는
패는 단단히 시킨 셈이라 할 것이다!

─「누가 어떤 궤멸에 대해 말했다」 부분

시적 화자는 가을비에 젖은 가랑잎이 일시에 떨어지는 장면을 보면
서 어떤 각성에 이른다. "한여름 대단했다던 오기"가 "통째로 낡거나
녹슬어버"리는 "궤멸"과 "초토화"는 그것을 실감치 못하는 세상의 마
비 증세를 질타한다. "궤멸"은 시인으로 하여금 "세상을 향해 부끄러
움에 대한 공부"를 가능케 하는 것이다. 이처럼 그 자체로 '소멸'과
'죽음'을 내포하는 일순간의 '몰락'은 각성의 계기를 부여한다.

청춘은 힘겨운 녹음의 시절이었으며

험한 노동 노역 앞에 던져져 있었으며

흔히 좋은 소리도 제대로 듣지 못했으며

청춘은 그러므로 진흙탕 한가운데 있었으며

감상적 감정적 토로는 각자 자유였으나

깨침은 더 많은 노고를 요하는 것이었으며

띄엄띄엄 깨침이 없었던 건 아니었지만

깨침은 길에서 제값을 받는다거나 어디에

가서 힘을 쓰는 물건도 아니었지만 그래도

청춘은 흔히 한 생애를 온갖 깨침들로 채운

연후에 떠나도 떠나고 싶다고 했다

어쩌다 불시에 홀연히 떠나더라도 달리

어떤 여한쯤을 남기고 싶진 않다고도 했다

—「낙엽 속에 청춘이 말했다」 전문

시적 화자는 "청춘"의 "힘겨운 녹음의 시절"을 회상한다. 그 시절은 "험한 노동"과 "진흙탕" 속에 놓인 삶이었으며, "좋은 소리도 제대로 듣지 못"하는 가운데 "더 많은 노고를 요하는" "깨침"을 추구해온 과정이었다. 화자에게 있어 "청춘"의 바람은 "한 생애를 온갖 깨침들로 채"우고 "떠나"는 것이었지만, "어쩌다 불시에 홀연히 떠나더라도" 여한을 남기고 싶지 않다고 말한다. "불시에 홀연히 떠나"는 것은 '소멸' 혹은 '죽음'을 의미하는 것인데, 이러한 몰락의 사유는 일견 소극적 절망의 세계 인식을 연상시키기도 한다. 그러나 장영수 시에 있어서 소멸과 몰락의 의식은 일상적 삶의 '지속'과 '평이함'을 깨뜨리는 각성의 순간을 함축하고 있다. 몰락하는 순간의 소멸은 시인이 견지해온 각성과 성찰의 정신이 일상성에 대한 수락으로 내려앉을 때, 다시 번개의 섬광과도 같은 각성의 정신을 촉구하는 차원에서 생성되는 것이다. 따라서 '몰락'의 '하강'은 수직적 '상승'과 긴밀히 내통하고 있다.

장영수의 이번 시집은 총체성을 향한 진정한 깨침과 일상성을 수락하는 평상심, 사회적·종교적 각성과 몰락의 정신, 수직성과 수평성, 상승과 하강 사이의 간격이 맞부딪히면서 불꽃을 일으킨다. 앞서 언급한 순간의 각성과 지속의 성찰 사이의 간격은 이러한 여러 겹의 간격과 충돌을 그 내부에 함축하고 있는 것이다. 각성과 성찰 사이의 충돌로 인한 불꽃은 다음 시에서 숨 막히는 향기로 형상화된다.

어찌하여 해당화는 까다롭고
짜디짠 모래밭에조차 뿌리를
내리는가 신비스런 그 강인함은
어디서 오는 것인가


서슬 푸른, 날카롭고 완강한 가시,
가시들로 무장된 줄기들을 에워
싸는 잎들, 누군가가 꽤 오랫동안
벼려냈을 것만 같은 잎, 잎들, 사이,
사이, 새빨간, 새빨간 꽃잎들


그, 한 그루 한 그루에 맺히고
서린 푸른 하늘, 푸른 바다,

서늘한 바람, 무더운 바람,
세찬 모래 바람, 매운 모래 바람……

그, 숨 막힐 듯이 깊어만 가는
그 향기……　　　　　　—「바닷가 모래밭의 해당화—근덕 편」 전문

　해당화는 짠 모래밭에 뿌리를 내린다. 해당화에는 "푸른 하늘, 푸
른 바다"와 "서늘한 바람, 무더운 바람,/세찬 모래 바람"이 맺히고
서려 있다. 이 모든 것을 감내하고 이겨낼 때 "새빨간 꽃잎"이 피어
나는데, 시인은 이로부터 "신비스"런 "강인함"을 발견한다. 이 모든
세상의 아름다움과 풍파를 온몸으로 받아들이고 그것을 완강한 의지
로 감당해나갈 때, 비로소 "새빨간 꽃잎"이 피어나고 "숨 막힐 듯"한
"향기"를 토해내는 것이다. 이 "숨 막힐 듯한" "향기"는 총체성과 일
상성, 진정한 깨침과 평상심, 상승의 정신과 몰락의 정신, 사회적·종
교적 각성과 개인적 각성이 충돌하면서 일으키는 불꽃의 향기다. 2연
과 3연에 거듭 찍혀 있는 쉼표는 이 불꽃의 향기가 발생시키는 시적
긴장과 결의의 징표라고 볼 수 있을 것이다. 겨울 찬 바람 속에서도
"양지바른 벼랑 쪽"에는 "샛노란 산국화"의 "묵향보다/깊은 향!"과,
"연보랏빛 쑥부쟁이"의 "눈부신 맑디맑은 향!"(「누가 어떤 생존에 대
해 말했다」)이 피어난다. 이 향기처럼 장영수의 시는 세상의 풍파를
견디며 더 깊어지고 맑아질 것이다.

# 적막, 혹은 무한의 깊이

## ──위선환의 시 세계

1

위선환은 오랜 기간 시를 떠나 있다가 2001년 첫 시집 『나무들이 강을 건너갔다』(한국문연)로 독자들을 놀라게 하며 시의 마을로 귀향했다. 도시의 어느 한 모서리에서 은둔하며 배회하고 있었을 그의 시정신은, 오랜 세월의 강물을 훌쩍 건너뛰어 우리에게 선연한 자연의 순결을 가져다주었다. 이 순연한 자연의 원형적 모습에는 시간의 흐름 속에서 누적된 고독과 아픔이 나이테처럼 새겨져 있고, 고독과 아픔을 견디며 그 무엇을 기다리는 인고의 정신이 스며들어 있다. 위선환의 시에서 시간의 터널을 통과하면서 주름으로 남은 고독과 아픔은 무엇이고, 그 닳음과 무너짐의 와중에서도 변함없이 견지되어온 시정신의 지향은 무엇일까?

두번째 시집 『눈 덮인 하늘에서 넘어지다』(한국문연, 2003)는 첫 시집의 연장선에서 그 시 세계를 심화시킨다. 위선환이 심사숙고하여

선택한 시집의 제목에는 시집 전체의 의미를 엿볼 수 있는 모티프가
담겨 있다. 두 시집의 제목에 공통된 주어는 '나무'다. 첫 시집에서
"나무들"은 "강"을 건너가고, 두번째 시집에서 '나무들'은 "눈 덮인
하늘"에서 넘어진다. '나무'는 지상에 뿌리를 내리면서 하늘을 향해
머리와 손과 온몸을 일으키고 있는 수직성의 존재다. 시적 자아의 분
신이기도 한 '나무'는, 따라서 지상의 현실에 존재하면서 '하늘'을 지
향하는 상승의 의지를 지닌다. 그렇다면 '강'과 '눈'의 의미는 무엇이
고, '건너가다'와 '넘어지다'의 의미는 무엇일까?


## 2


위선환의 시는 자연의 상징들을 중심으로 회전한다. 자연의 상징으
로 거대한 숲을 이룬 위선환의 시는 핵심적인 이미지들의 의미 연관
을 통해 변주와 순환을 거듭한다. 두 시집의 제목에서 추출한 '나무'
와 '하늘'의 이미지, '강'과 '눈'의 이미지, '건너가다'와 '넘어지다'의
이미지를 이정표 삼아 의미의 연쇄 구조를 추적해보기로 하자. 다음
시는 '나무'와 '하늘'의 이미지를 중심으로 위선환 시의 지향점이 형상
화된 작품이다.


뻗친 것이라 한다
나무가 뻗쳐서 가지가, 이파리가 되고
사람이 뻗쳐서 그리움이 된다 한다
어떤 사람은 뻗쳐서 나무에, 하늘에 닿는가

어떻게
사람과 나무가 한 몸이 되어 하늘로 뻗치고
하늘이 되고
온 하늘에 뻗친 가지가 되고
하늘의 가지에다 온갖 별자리를 매다는가
어떤 그리움이 뻗쳐서
그리 많은 별빛들을 켜는가
하늘은 어떻게 길을 내주고
한 사람은 공중에서 길을 비치며
모든 별빛들을 데리고
지상으로 내려오는가            ──「뻗침에 대하여」 전문

   "나무"의 뻗침은 가지와 이파리를 통해 "하늘"에 닿으려 하고, "사람"의 뻗침은 그리움이 되어 "하늘"에 닿으려 한다. 그러므로 "나무"와 "사람"은 동격이다. "사람과 나무가 한 몸이 되어 하늘로 뻗치고/하늘이 되고"에는 위선환 시의 중심 구도를 이루는 '나무'와 '하늘'의 수직적 관계망과 그 지향성이 선명히 제시되어 있다. 드높은 하늘을 향해 시종일관 추구하는 그리움과 염원은, 위선환의 시를 우리 시대에 찾아보기 힘든 서정성의 원형을 간직한 작품으로 기억하게 한다. 그리움이 뻗쳐서 하늘에 많은 별빛들을 켜는 모습은, 위선환 시인이 견지하고 있는 서정의 세계가 얼마나 맑고 깨끗한가를 잘 보여준다.

   "별"은 지상적 존재가 궁극적으로 지향하는 하늘의 표상인 동시에, 시인의 모든 추구가 결집된 이상(理想)의 결정체이다. "별"이 하늘의 은총에 의해서가 아니라 시인의 그리움이 뻗쳐서 켜지게 된다는

점에서, 이 시는 현실의 난관을 뛰어넘은 시적 서정의 극점을 보여주는 듯하다. 이렇게 '별빛들'이 켜지면, 하늘은 길을 내주고 한 사람은 모든 별빛들을 데리고 지상으로 내려온다.

그런데 이 시의 전개 과정에서 구문상의 근간을 이루는 "어떤" "어떻게"와, "닿는가" "매다는가" "켜는가" 등 의문형의 서술 어미는, 이러한 시적 서정의 세계가 시인의 염원을 투영하고 있을 뿐 현실의 공간에서 실현되기 어려울 것이라는 점을 암시한다. 5행의 "어떻게"는 호흡이나 형태 면에서 돌출하고 있다. 시인도 무의식적으로 구사했을, 이 "어떻게"에는 7행의 "하늘이 되고"에 이르기까지의 과정이 반드시 순조롭지만은 않다는 의미가 숨겨져 있다. '시적 서정의 추구와 그 좌절의 드라마'라는 숨은 의미망은 우리로 하여금 "어떤 사람"과 "어떤 그리움"을 수렴하면서 궁극적으로 제시되고 있는 "한 사람"의 정체를 질문하게 한다. 이 "한 사람"은 누구인가? 시인 자신인가 타자인가, 타자라면 타인인가 무한자인가? 이 질문에 답하기 위해서 우리는 시집의 제목에서 추출한, '강'과 '눈'의 이미지에도 주의를 기울여야 한다.

구름 속에 든 새는 젖는다고
등덜미와 눈망울이 흠뻑 젖은 다음에는
발가락을 동그랗게 오그려서 마침내
이슬 한 방울이 되는 것이라고,
잔가지에 내려앉은 박새가
흔들리는 가지 끝에서 잘게 떨다가
초록 이파리 한 잎으로 갓 피어났듯이

구름 속에 든 새가

구름 속에서 눈망울이 젖은 다음에는

처음 닿는 햇살보다 푸르게

초록 이파리에 내려서 맺히는

이슬 한 방울이 아니면

무엇이 됐겠느냐고,

그렇게                                              ──「새소리」 전문

   첫 시집에서 주로 '나무'를 중심으로 시적 자아를 표상해온 위선환
은 두번째 시집에서 '나무'와 더불어 '새'를 통해서도 시적 자아를 표
상한다. '새'는 비상을 통해 '나무'의 수직성을 하늘로 상승시키는 존
재다. 따라서 인용 시에서 하늘로 비상한 새는 구름 속에 들고, 구름
속에 든 새는 젖어서 이슬 한 방울이 된다. "구름"과 "이슬"이 하나의
의미 연관을 이루는 것은 그것이 지닌 '물'의 이미지 때문이다.

   위선환 시에서 '물'은 시적 자아와 동격인 '나무'나 '새'를 적시며
메마른 살과 뼈의 폐허를 위로하는 이미지로 등장한다. '물'의 근원은
지상이 아니라 하늘이라는 점에서, 이것은 하늘이 내리는 은총이기도
할 것이다. 인용 시에서 구름 속에 든 새가 젖고 햇살보다 푸르게 초
록 이파리에 내려 한 방울 이슬이 되는 장면은 이를 선명히 보여준다.
이 장면을 비유하는 대목 "잔가지에 내려앉은 박새가/흔들리는 가지
끝에서 잘게 떨다가/초록 이파리 한 잎으로 갓 피어났듯이"는 서정시
인으로서 위선환의 자질을 유감없이 보여준다. 이 문장이 전달하는
섬세한 떨림과 여운은 그 자체가 바로 제목인 "새소리"의 청각적 울
림이기 때문이다.

그런데 여기서 우리는 "강"과 "눈", "구름"과 "이슬" 등의 '물' 이미지에 은총의 의미 이외에도 현실의 고독과 상처를 가중시키는 검은 수심(水深)의 의미가 개입되어 있음을 감지해야 한다.

> 어느새 나를 앞질러 가서 하늘 아래에 닿은 강이
> 오래 흐른 몸을 길게 뉘어 잠재우고
> 먹먹하게 울음 차는 강물 위로 어둠이
> 모래더미처럼 허물어져 내린다
> 강물도 몸을 헐며 어둑하게 숨죽고 두껍게
> 묻힌다
> 나도 묻힌다
> 모래톱을 더듬어 내려가는 발목이 묻히고
> 아랫도리가 묻히고
> 차츰 허물어져서
> 조금씩
> 물에 잠긴다
>                                          ―「탐진강 11」 부분

오래 흘러 하늘 아래에 닿은 강물은 스스로 몸을 뉘어 잠재우고, 그 위로 어둠이 허물어져 내린다. "강"과 "하늘"이 맞닿는 자리임에도 불구하고 생겨나는 "어둠"은 무엇인가? "강물"도 "나"도 묻히고 허물어져서 잠기는, 이 늪 같은 검은 물의 깊이는 절대 고독과 허무의 세계일 것이다. 이 세계는 시인이 미리 바라본 "사람들이 돌아간 뒤로도 한참이나 깊어질 세상의 적막"(「연비(燃臂)」)이다. "진종일 몸 안으로 물소리가 흘러서/뼈마디와 살틈이 하얗게 씻기"(「탐진강

17」)고, "아무리 웅크리고 감싸도 뼈가 시리"며 "가장 외진 땅까지 걸어온 죄에 대하여 묻"(「겨울잠」)는, 세상의 고통과 적막은 결국 "무한하게 푸르고 먼 하늘"이 "춥고 빈 하늘"(「섬」)로 전환되는 양상 과 관련되어 있다. 이 적막은 어디에서 오며, 그것을 넘어서는 방법 은 무엇일까?

## 3

위선환의 시는 '나무의 뻗침'과 '새의 비상'을 통해 '하늘'을 지향한 다. 시인의 하늘 지향은 불가능에 대한 추구라는 점에서 좌절의 아픔 을 겪을 수밖에 없는데, 이 좌절은 시인이 껴안고 견디며 나아가야 할 천형이며 원죄이기도 하다. 위선환은 이 천형의 고뇌를 자아와 현 실의 폐허 및 적막으로 형상화한다. 그러므로 '적막'은 위선환이 추구 하는 '하늘'이 도달할 수 없고 만질 수 없는 '무한'의 세계기 때문에 생겨나는 것이다.

몇 걸음 내려서자
버스럭대며 겨드랑이나 가랑이 사이에 잎사귀들 묻힌다
부러진 낫날 파묻고 가는 찬 들바닥 여기저기에
낱알 같이 흘려있는 새울음소리들
가을에 부는 바람끝은 어느 하늘에 닿아있는지
그저 엎드리고 싶은, 죄보다 짙푸른 하늘복판에 몇 잎씩
가랑잎자국들 눌려있다

몇 마리인지
일찍 떠난 새들이 지금은
하늘 숨죽은 높이쯤을 건너가고 있는 듯
잰 발놀림은 보이지 않지만
환하게 드러난 허공의 등줄기를 밟아가며
점점이
발자국이 찍힌다

마지막처럼 아프다 나는                    ──「교외(郊外)에서」전문

가을에 부는 바람이 하늘에 닿아 있는 듯, 하늘 복판에는 몇 잎씩
가랑잎 자국들이 눌려 있다. "죄보다 짙푸른 하늘복판"이라는 표현은
염원하지만 닿을 수 없는 무한의 세계에서 연유되며, 이러한 원죄 의
식은 위선환의 시적 공간에 보이지 않지만 거대한 우물을 뚫어놓는
다. 이 허무와 적막의 세계는 인용 시에서 "허공"으로 제시된다. 시
인은 하늘이 지닌 무한의 높이에 닿고자 혼신을 다하지만, 그곳에 도
달하지 못하고 다만 그 세계의 비밀을 얼핏 엿볼 수 있을 뿐이다.
"마지막처럼 아"픈 시인의 통증은 무한을 엿본 자만이 가질 수 있는
아픔이며 허무인 것이다. 그러면 시인은 이 무한의 세계를 어떻게 엿
보는가?

빛살을 그으며 내려온 별빛들이 그 숱한 벌레집 안을 낱낱이
밝혀서 온 들판이 별밭이다 그렇게 가을이 깊어지고 가을 속으로 훨
씬 깊어진 내 안에도 별빛은 내려와 비추었지만

비친 것이라곤 고작 바싹 마른 창자 안벽과 툭툭 불거진 뼈마디들과
목숨이 비집고 드나드는 틈새기 몇 개뿐, 더 내려간 아래쪽은 깜깜해서
보이는 것이 없다

빛이 닿지 못하는 공동이 사람의 아래쪽에 있다

—「공동(空洞)」 부분

빛살을 그으며 내려온 별빛들은 벌레집 안을 밝히고 시적 자아의
내부도 비춘다. 하늘에서 내려온 별빛이 시적 자아의 내부를 비추지
만, 비친 것은 고작 마른 창자 안벽과 뼈마디와 목숨이 비집고 드나
드는 "틈새기" 몇 개뿐이다. 그리고 하늘의 은총인 별빛으로도 모두
환하게 밝힐 수 없는 "공동(空洞)"이 존재한다. 여기서 우리는 '틈
새'와 '공동'에 주목할 수 있다. "목숨이 비집고 드나드는 틈새기"는
지상의 존재와 하늘의 무한이 상호 침투하고 교류할 수 있는 여백을
만든다. 자벌레가 떡갈나무 잎사귀에 뚫려 있는 '구멍' 뒤로 빠져나가
서 하늘이 되는 방법을 보여주는 「자벌레 구멍」이나, "존재의 빈 틈
바퀴"들이 하나씩 벌어지고 하늘의 눈초리에 파랗게 서슬이 서는 「솔
방울」에서도, '틈새'를 통해 무한의 세계로 진입하는 지상적 존재의
모습이 나타난다. 이 '틈새'는 위선환의 시작(詩作)이 나무와 하늘,
유한과 무한 사이의 구멍 뚫기와 다르지 않음을 잘 보여준다.
    그러나 인용 시에서 보듯, 목숨이 비집고 드나드는 '틈새'를 발견하
더라도, 더 내려간 아래쪽에는 빛이 닿지 못하는 '공동'이 도사리고
있다. 이 '공동'은 허무와 적막의 공간이며, 위선환이 엿본 우주의 비

밀인 침묵, 즉 무한의 깊이기도 하다. 위선환 시에서 '바라봄' '내다
봄' 등의 시선이 중요한 계기로 작용하는 것은, 무한의 세계가 도달
할 수 없으며 만질 수 없고 말할 수 없는 세계며, 다만 주시하거나 엿
볼 수 있을 뿐인 세계기 때문일 것이다. 따라서 위선환 시의 근저에
자리 잡고 있는 적막과 허무는 우주의 비밀인 무한의 깊이를 엿본 자
만이 형상화할 수 있는 언어 이전의 세계이자 언어 이후의 세계이다.
위선환 시의 적막은 단순한 허무와 고독의 세계가 아니라 무한의 깊
이를 감지한 자의 절대 고독과 허무의 세계인 것이다.

그러므로 "하늘 흘러가고 드러난 먼 허공에는 허공을 걸어가는 맷
새 한 마리, 하늘 끝서 날았다가 헛날개짓하고 떨어졌던, 몸은 떨어
지고 하늘이 집어 올린, 하늘 뒤로 걸어서 허공까지 건너간, 지척만
걸어가면 허공 끝에 닿을, 작고, 빈, 저, 새"(「빈 새」)는 바로 시인
자신이다. "하늘에서 죽은 새는 하늘에 묻힌다"(「새의 비상(飛翔)」)
라고 말하며 "우주의 댕기 끝"(「댕기」)을 들여다보는 위선환은, 무한
의 깊이가 거울에 비쳐 형성된 현실의 적막과 허무의 세계를 형상화
한다. 여기서 "사람의 여기저기에 박혀 있는 옹이들"(「돌밭」)의 아픔
과 상처는 그저 바라보는 세계가 아니라 시인이 체험한 경험의 세계
일 것이다.

(1) 오래 강을 바라보거나 따라 걷는 일이 잦다
　　여주 신륵사에 닿아서는 모래바람 자욱한 남한강으로 내려갔다
　　미리 물가에 내려가서 기다리던 몇 나무는 그동안
　　허리가 굽어 있었다
　　그러고도 여러 날을 버텼겠지, 뒷덜미와 등줄기에 흙먼지 쌓여

두터웠지만

　나무들은 아랑곳 않았다　　　　　　　　　　　　　—「남한강」부분


　(2) 바람에 닳으면서 개가 건너갔다 절뚝거리면서 자주 다리가 꺾
　　어지면서

　그 며칠 사이에

　가슴 깊은 속에다 눈물방울을 갈무리하던, 절뚝거리면서 자주
넘어지면서 빈들을 건너던 한 시절이 덧없이 저물었다 바라보고 서
있어도 이내 어두워지는 어둔 들 건너편에 불빛 두어 점 켜지고,
거기서

　개가 짖어댔다 다 닳은 소리로 지금까지 저렇게……
　　　　　　　　　　　　　　　　　　　　—「바람 속에서」부분


　(1)에서 하늘을 지향하는 화자의 염원은 "강을 바라보거나 따라
걷는 일"로 연결되는데, 하늘의 빛과 강의 물줄기에 닿으려는 시적
자아의 추구는 나무의 '기다림'과 '견딤'으로 형상화된다. "미리 물가
에 내려가서 기다리던" 나무는 그 오랜 기다림의 고통으로 인해 "허
리가 굽어" 있다. 그러고도 여러 날을 버티는 나무의 모습은 "조금씩
굽으며 어두워지는 내 뒷등에다/나무가 가지를 얹었다"에서 보듯, 바
로 시인 위선환의 모습이다.
　(2)에서 시적 자아의 '기다림'과 '견딤'의 자세는 '건너감'으로 변주

된다. 끝없는 들판을 바람에 닳으면서 건너가는 "개"는 절뚝거리면서 자주 다리가 꺾이지만, 한 시절이 덧없이 저문 지금까지도 다 닳은 소리로 짖어대고 있다. '건너감'의 자세는 하늘의 무한한 깊이를 지향하는 위선환 시인이, 그 별빛과 빗물과 이슬의 은총에도 불구하고 끊임없는 고독과 고통을 견디며 그것을 딛고 나아가는 구도적 모습을 보여준다. 첫 시집의 제목인 "나무들이 강을 건너갔다"에도 이러한 구도의 자세가 내포되어 있다고 볼 수 있을 것이다. 이 '건너감'은 그 연장선에서 '넘어짐'의 양상으로 이어지면서 위선환 시가 지닌 의미 구조의 중핵을 이룬다.

> 한없이 눈이 내리네
> 어둘 무렵에는 춥고 쇠약해진 나무들이
> 눈 덮인 하늘에서 넘어졌어
> 한밤 내내 눈이 내리고 뿌리째 넘어진 둥치가 갈수록 두텁게 파묻히
> 는 것이
> 그게 다 그리움이더군
> 두 눈 환하게 뜨고 누워서
> 내리는 눈발을 세고 있을 것이라고, 눈꺼풀 쓸어 덮고
> 손발도 개어놓고 오겠다고
> 우기고 걸어 들어간 시인은
> 아직
> 숲에서 나오지 않고 　　　　　　　　　　　—「대설(大雪)」 부분

　강을 건너간 나무들은 한없이 내리는 눈 속에서 어둠과 더불어 춤

고 쇠약해진다. "눈 덮인 하늘에서 넘어"지는 나무들의 고독과 아픔은 그리움의 깊이만큼 더해간다. '기다림'과 '견딤'의 자세로 '강'을 건너며 하늘을 지향하던 위선환은 한없이 내리는 눈에 덮인 하늘에서 넘어진다. 이 넘어짐은 숲으로 걸어 들어가 나오지 않는 시인의 도저한 자존의 깊이로 전이된다. 이 깊이는 바로 하늘이 지닌 무한의 깊이이며 그것을 담는 위선환 시의 깊이다.

> 어쩔 것인가 나무가 맨몸으로
> 서리 내린 공중에서 잎을 벗는 일이나
> 벌레들이 흙 속에 엎드리며 숨을 묻는 일이나
> 사람이 외지고 먼 길을 오래 걷고 야위는 일들이, 다
> 하늘에 닿는 일인 것을
> 닿아서는 깊어지며 푸르러지며 마침내
> 하늘빛이 되는, 바로
> 그 일인 것을 ──「하늘빛이 되는」 부분

나무가 맨몸으로 잎을 벗는 일이나, 벌레들이 흙 속에 숨을 묻는 일이나, 사람이 오래 걷고 야위는 일들은 모두 자기를 비워서 하늘에 닿는 길을 여는 것이다. 하늘에 닿아서 깊어지며 푸르러져서 마침내 하늘빛이 되는 것이다. 따라서 위선환 시에 나타난 '허물어짐'과 '묻힘'과 '잠김'은 그 '깊어짐'이라는 적막의 깊이를 통해 무한의 높이로 상승하려는 시도이다. 그리고 눈·비·강·바다·이슬 등의 '물'의 이미지가 보여주는 '추위'와 '아픔'은 그 '젖음'을 통해서만 깊어지고 푸르러져서 하늘의 높이에 닿을 수 있는 매개체가 된다. 결국 위선환

시의 중요한 자세를 이루는 '기다림'과 '견딤', '건너감'과 '넘어짐'은 자기를 다 헐고 비워내는 적막의 깊이를 통해 무한의 높이에 이르는 길을 열고 있다. 이 지점에서 위선환 시의 적막은 무한의 높이 및 깊이와 하나로 만나게 되는 것이다.

# 야생, 구멍, 허기
## ──오정국의 시 세계

　지금까지 오정국의 시 세계를 지배해온 것은 '물'과 '모래'와 '진흙'의 이미지였다. 오정국의 시적 여정을 요약한다면, '물'에서 '모래'를 거쳐 '진흙'으로 전개되었다고 말할 수 있을지도 모른다. 첫 시집 『저녁이면 블랙홀 속으로』(세계사, 1992)의 첫머리에 등장하는 다음의 시를 읽어보자.

　나는 무엇인가 끊임없이 그리워해야만 살아갈 수 있습니다. 유년의 붉은 흙, 그 숨막히던 뽕나무밭, 장마비에 떠내려간 옥색 고무신, 흘러간 연인의 깊고 아늑한 음부, 한여름밤의 땀흘린 정사……추억의 젖은 살을 톱밥처럼 말릴 때, 쓸쓸한 평화가 눈물빛 가득 어려옵니다.

　그런 저녁이면 나팔꽃처럼 열린 귓바퀴는 어둠 속에서도 시들지 않습니다. 비행기를 몰고 하늘로 사라져간 생텍쥐베리의 황홀한 실종, 죽어서도 살갗이 썩지 않는다는 히말라야 계곡이 생각납니다. 그런 저녁이면 블랙홀 속으로 찬란히 명멸해가는 은하철도의 불빛도 보입니다.

    나는 무엇인가 미워해야만 하루를 견딜 수 있습니다. 나의 직업, 쉴
새없이 깜박이는 컴퓨터의 커즈, 끊임없이 순환하는 지하철 2호
선……하다못해 좌석을 가로채는 전철의 승객이라도 미워해야 합니
다. 곳곳에서 개미지옥이 입을 벌리고 있습니다. 사람들이 자꾸 실종
됩니다. 악성루머가 춤을 추고          ──「그리움 또는 증오」 부분

    이 시는 오정국 시 의식의 원형질을 보여준다. "그리움"과 "증오"
라는 대립되는 감정은 지나간 과거에 대한 "추억"과 끊임없이 반복되
는 일상적 '현실' 사이의 거리로부터 기인한다. 화자가 그리워하는 대
상은 "유년의 붉은 흙" "뽕나무밭" "장마비에 떠내려간 옥색 고무신"
"연인의 깊고 아늑한 음부" "한여름밤의 땀흘린 정사" 등으로 묘사되
는데, 이 추억의 장면들을 지배하는 핵심적 이미지는 '물'이라고 볼
수 있다. "장마비"와 "땀"이 그것을 직접적으로 보여주지만, "떠내려
간"과 "흘러간"이라는 단어, "추억의 젖은 살"과 "눈물빛"이라는 표
현도 '물'의 이미지를 내포하는 듯이 보인다.
    반면 화자가 미워하는 대상은 "나의 직업" "컴퓨터의 커즈" "순환
하는 지하철 2호선" "좌석을 가로채는 전철의 승객" 등으로 묘사되는
데, 이 증오의 대상들을 지배하는 핵심적 이미지는 '모래'라고 볼 수
있다. 화자가 증오의 대상들을 비유적으로 표현하는 "개미지옥"이
'모래'의 이미지를 내포하고 있기 때문이다. '개미지옥'이란 개미귀신
이 양지바른 모래땅에 파놓은 깔때기 모양의 구멍인데, 개미귀신이
그 안에 숨어 있다가 떨어지는 개미나 곤충 따위를 잡아먹는다. 따라

서 시인은 사람들의 실종, 악성 루머, 주식의 폭락과 폭등, 아이들의
사산(死産), 낯선 상호의 카드 대금 청구서 등으로 제시되는, 자본이
지배하는 세속 도시에서의 삶을 '모래'의 이미지로 표현하는 것이다.
'모래'의 이미지가 내포된 '개미지옥'이나 '모래무덤'이 상징하는 것은
불모성과 갇힘과 죽음이다. 두번째 시집 『모래무덤』(세계사, 1997)
의 표제작인 다음의 시를 살펴보자.

  내가 죽은 뒤에도 비가 오지 않았다 모래밭은 뜨거웠다 비치파라솔
아래 피서객들이 수박껍질처럼 뒹굴고 있었다 내 몸의 수분이 자꾸 빠
져나가고 있었다 나는 죽어서도 잊지 못할 풍경들이 많았다 모래 밖으
로 얼굴을 내밀어 주위를 두리번거렸다 아이들이 물가에서 뛰놀았다
퇴근길의 동부간선도로, 해 저문 강가의 타워크레인은 보이지 않았다
비치파라솔 아래 단잠에 빠진 아이의 종아리엔 음료수 자국이 물뱀처
럼 얼룩져 있었다 개미지옥에 발목이 붙잡힌 몇몇 사내들이 물에 빠진
아이처럼 허우적거렸다 모래밭에서                ─「모래무덤」 부분

  첫 문장인 "내가 죽은 뒤에도 비가 오지 않았다"는 이 시 전체를
지배하는 장력을 지닌다. 아마 화자는 여름철 해변의 모래 속에 누워
있는 상황을 '모래무덤'으로 상상하면서 시상을 전개시키고 있는 듯
하다. 모래무덤은 화자가 죽은 뒤에도 "비"가 오지 않고, 몸의 "수
분"이 빠져나가는 불모성과 죽음의 상태를 보여준다. 또한 모래무덤
은 "개미지옥에 발목이 붙잡힌 몇몇 사내들"에서 보듯, 한번 들어가
면 빠져나오지 못하는 폐쇄적 공간이며 미로의 공간이기도 하다. "죽
어서도 도시를 멀리 떠나 있지 못하는" 것이 화자를 포함한 현대인의

운명인 것이다. 따라서 '모래'의 이미지로 수렴되는 '개미지옥'이나 '모래무덤'은 알레고리적 장치로서 자본과 물질이 주인 행세를 하는 도시적 일상을 대변하고 있다.

이 '모래'에서 탈출하는 방법은 무엇일까? 첫번째는 '블랙홀'로 빠져드는 것이다. 앞서 인용한 「그리움 또는 증오」의 2연이 보여주는 것처럼, 과거의 추억과 관련된 '물'의 이미지를 회복하는 한 가지 방법은 상상력의 비상을 통해 현실을 벗어나 "블랙홀 속으로" 들어가는 것이다. "비행기를 몰고 하늘로 사라져간 생텍쥐페리의 황홀한 실종"이나 "죽어서도 살갗이 썩지 않는다는 히말라야 계곡"은 구차한 현실을 초월하는 탈출로서 숭고한 죽음을 의미한다. "블랙홀 속으로 찬란히 명멸해가는 은하철도의 불빛"도 상상력의 우주적 확장과 초월의 꿈을 보여준다. 하지만 이런 상상력의 고공비행은 결국 '개미지옥'이나 '모래무덤'의 현실로 복귀할 수밖에 없는 추락과 좌절을 예정하고 있다. 따라서 오정국 시인은 '모래'에서 탈출하는 두번째 방법으로 '모래'와 '물'이 혼합된 '진흙'을 만지고 빚는 작업을 보여주게 된다.

모래알은 왜 물 밑으로 흘러가나
말이 말을 물고 중얼거리니
몸이 따라가는 것,
비 개인 앞마당의 지렁이 자국
제 몸 긁힌 흔적이
詩라면, 저게
生이라면……

약속된 것은 아무것도 없는데,

흙바닥을 기는 햇빛의 뱃가죽엔 흠집이 없는데

—「약속된 것은」 부분


네번째 시집 『멀리서 오는 것들』(세계사, 2005)에 수록된 작품이
다. "약속된 것은 아무것도 없"는 무의미하고 권태스러운 일상 속에
서 화자는 문득 "모래알은 왜 물 밑으로 흘러가나"라는 자문(自問)을
한다. '모래'와 '물'의 이미지를 주목하면, 여기서 '모래'와 '물'은 폐
쇄된 독립의 자리에 머물지 않고 상호 작용하면서 흘러간다. 이 장면
에서 연상되는 것은 "말이 말을 물고 중얼거리니/몸이 따라가는 것"
이라는 깨달음이다. '모래'와 '물'이 상호 작용하듯 "말"과 "몸"은 상
호 침투하며 작용한다. 즉 "말"이 "몸"을 이끌고 "몸"이 "말"을 따라
가며 둘은 하나가 되는 것이다. '모래'와 '물'이 상호 작용하여 생성되
는 것이 '진흙'이라면, "말"과 "몸"이 상호 침투하여 생성되는 것은
시(詩)이고 생(生)이다. '모래'와 '물'이 만나 '진흙'을 이루는 시적
체험으로부터 오정국 시인은 상상력의 고공비행이 아니라 '진흙'을
손으로 주무르듯 "말"을 "몸"으로 체현하는 새로운 시적 차원에 진입
한 듯하다. "흙바닥을 기는 햇빛의 뱃가죽"이라는 표현이 이를 뒷받
침해준다.

오정국의 근작 시들은 '모래'에서 탈출하는 세번째 방법으로 '야생
(野生)'의 차원을 집중적으로 보여준다.


북천 강바닥을 핥듯이 뒤져서 건져온

이 두억시니는

외눈박이다 한순간 닫힌 눈을

주검의 외피(外皮)처럼 땡겨잡고 앉았는데, 오른쪽 눈은

가물거리는 눈빛으로 초승달을 물고 있다


길쭉한 입은

수천 겹의 굶주림으로 일그러져 있고

목구멍이 깊다 어둑한 동굴 같다 거기 찍힌

점박이 무늬들, 눈보라처럼 아득하게 흩날리니,

눈발을 헤치고 동굴로 들어가는

등허리들이 보인다 거기로 숨어드는 길은 있지만

출구가 보이지 않는, 아 하고 입 벌린

허기들


다물어지지 않는 입과

감겨지지 않는

눈구멍, 뒤로 돌려세우고 모로 눕혀보아도

한번 벌어져서 닫히지 않는

생식(生殖)의 어둑한 동굴이

눈발 그친 오후의 고요를 내다본다

———「돌 하나의 두억시니에는—내설악일기(日記)·3」 전문


　　"내설악일기(日記)" 연작시는 자연 속에서 그 야생의 적나라한 민

얼굴을 엿본다. 인용 시는 "북천 강바닥을 핥듯이 뒤져서" 수석(壽

石)을 건지는 체험을 보여준다. "두억시니"는 모질고 사나운 귀신의

하나로서, 시인이 돌을 단지 물질적 사물로 보지 않고 어떤 영적 존재로 파악하고 있음을 드러낸다. 이 시에서 주목할 부분은 수석의 "눈"과 "입"이다. 1연은 "눈"의 모습, 2연은 "입"의 모습을 묘사하고, 3연에서 이를 종합한다. 1연에서 시인은 수석을 "외눈박이"라고 말하는데, 양쪽 눈을 "주검의 외피(外皮)"와 "초승달"에 비유함으로써 신생과 죽음의 상반되는 이미지를 함축한다. 2연에서 시인은 수석의 입을 "동굴"에 비유하고, 그 속성을 "굶주림"과 "허기", 그리고 "출구가 보이지 않는" 폐쇄성으로 묘사한다. 수석의 "눈"과 "입"을 통해 인간적 감각과 사유가 근접하기 어려운 야생의 원초적 본질을 인화하는 기법이 절묘하다. 오정국 시인은 3연에 이르러 수석의 "다물어지지 않는 입"과 "감겨지지 않는/눈"을 "생식(生殖)의 어둑한 동굴"이라고 정의한다. '생식'은 생물이 자기와 닮은 개체를 만들어 종족을 유지하는 것을 의미하는데, 따라서 우리는 시인이 수석의 눈과 입에서 본 것을 일단 이런 생물학적 본성이라고 간주할 수 있을 것이다. 그런데 시인은 '생식'이라는 야생의 본질을 "굶주림"과 "허기"로만 파악하는 것일까? 이 질문을 염두에 두면서 다음 시를 읽어보자.

눈밭의 오줌 자국들, 실뱀이거나 구렁이거나,
뱀이 기어간 자국 같고, 흙벽에 붙여놓은
통나무 땔감들, 듬직하구나 누렇게 눌러 붙은
장판지 같은 얼굴들, TV 연속극에 흠뻑 빠져 있겠구나
책을 읽어도 시 한 줄 건져낼 게 없으니,
다리 힘줄 땡겨보는
오후 산책길, 거울에 비친 엉덩이의 대퇴부가

비바람에 허물어진 담벼락 같아서, 이렇듯

다리 힘줄 땡겨보는 것인데, 이토록 어여쁜

꽃자리가 있었다니, 다소곳이 앉아서 오줌 눈 자리는

자그마한 항아리를 앉혀놓은 것 같은데, 그걸

밟고 가는 군화들, 혹한기 훈련의 콧김을 내뿜으며

눈 덮인 소나무 숲으로 사라져가고, 나는

거기에다 오줌을 누지 않았지만, 진저리치듯

아랫도리를 부르르 떨었다

눈구덩이의 오줌구멍이 말벌집 같았다

—「그 눈밭의 오줌자국은 —내설악일기(日記) · 4」 전문

시인은 "눈밭의 오줌 자국들"을 "실뱀"이나 "구렁이"나 "뱀"이 기
어간 자국에 비유하고 "말벌집"에 비유한다. 오줌은 소화와 신진대사
의 결과물로서 동물의 배설물인데, 이것은 생명을 가진 존재의 명백
한 증거이자 흔적이 된다. 따라서 시인은 "오줌 자국"을 "실뱀" "구
렁이" "뱀"이 기어간 자국이나 "말벌집", 즉 생명체의 본원적 속성인
야생의 생생한 모습으로 간주하고, 이를 "어여쁜/꽃자리"라고 표현
하기도 한다. 그런데 "눈밭의 오줌 자국들"과 "흙벽에 붙여놓은/통
나무 땔감들"에서 "누렇게 눌러 붙은/장판지 같은 얼굴들, TV 연속
극에 흠뻑 빠져 있겠구나"라는 문장으로 전개되는 데에는 일종의 연
상의 비약이 개입된다. "눈밭의 오줌 자국들"에서 "실뱀" "구렁이"
"뱀"이 기어간 자국을 발견하고 "흙벽에 붙여놓은/통나무 땔감들"을
"듬직하"다고 보는 시선은, "누렇게 눌러 붙은/장판지 같은 얼굴들,
TV 연속극에 흠뻑 빠져 있겠구나"와 "책을 읽어도 시 한 줄 건져낼

게 없"는 나약한 일상적 현실을 보는 시선과 대조를 이루는 것이다.

그렇다면 우리는 "그걸/밟고 가는 군화들"을 바라보는 시인의 시선을 반드시 자연/문명, 야생/인공, 순수/폭력의 이분법적 해석 틀로 이해할 필요가 없을지도 모른다. 시인은 "혹한기 훈련의 콧김을 내뿜으며/눈 덮인 소나무 숲으로 사라져가"는 "군화들"을 "눈밭의 오줌 자국들"이나 "흙벽에 붙여놓은/통나무 땔감들"처럼 야생의 힘을 가진 듬직한 것으로 간주하고 있는 듯하다. 시인은 이 시에서 야생의 본질을 "굶주림"과 "허기"로 파악하기보다는 듬직한 원초적 생명력으로 파악하는 것이다. 「돌 하나의 두억시니에는」과 「그 눈밭의 오줌 자국은」은 오정국 시인이 바라보는 야생의 두 얼굴을 보여주는 셈이다. 이 시에서 "군화"와 관련하여 제기한 자연/문명, 야생/인공, 순수/폭력의 이분법적 해석 여부는 다음 두 시에서 차별성을 가지고 나타난다.

> (1) 가드레일 너머의 눈밭은 소담스럽다 눈은 저렇듯
> 쓸모없는 땅에서 빛나고, 낚시터의 수초 구멍 같은 게
> 뿅뿅뿅뿅 뚫려 있다 꼿꼿하게 몸을 세운
> 갈대들, 가느다란 열선(熱線)들이
> 오늘 하루 햇볕의 혈당치를
> 땅 밑으로 깊숙이 찔러 넣는다 눈밭은
> 저렇게 녹아가는 것인데, 이런 불한당 같은
> 트럭들, 화물칸에 눈을 싣고 오는
> 트럭들, 꼬리에 꼬리를 물고 헐떡거리는
> 트럭들, 왕방울 같은 눈알을 번쩍거리며

미시령 터널로 사라져갔다 개울로 물 마시러 왔다가

짐승에게 쫓기는 짐승처럼

—「짐승에게 쫓기는 짐승처럼 — 내설악일기(日記)·5」부분


(2) 문득 고개를 드니, 흰 머리띠를 묶은 파도가 달려오고

오리들의 물갈퀴가 물살을 일으켰는데,

얼음장 위에서 펄럭이는

비닐조각이라니! 식당에서 밥을 먹던 동료들이

헛것을 보았다고 킬킬거렸다


눈을 뜨면 또 눈이 내려, 목구멍에 술을 풀어

눈구덩이 혈거를 견뎌내던 나날들, 육허기가

눈앞을 어지럽히는 것인가, 눈을 씻고 다시 보니,

—「머리띠를 묶은 파도가 달려오듯 — 내설악일기(日記)·6」부분


(1)은 소담스럽게 눈이 내린 밭에 갈대가 "수초 구멍 같은" 것을 뚫고 있는 모습을 묘사한다. 시인은 "갈대"를 "열선(熱線)"에 비유하고 "햇볕의 혈당치를/땅 밑으로 깊숙이 찔러 넣는다"고 말한다. 여기서 중요한 이미지는 "구멍"이다. "뿡뿡뿡뿡 뚫려 있"는 "수초 구멍 같은" 것은 "햇볕"을 "땅 밑"으로 전달하는 데 중요한 역할을 담당한다. 이런 관점에서 오정국의 최근 시에 공통적으로 등장하는 핵심적 이미지는 '구멍'이라고 볼 수 있다. 어둑한 동굴 같은 "목구멍"과 감겨지지 않는 "눈구멍"(「돌 하나의 두억시니에는」), 눈구덩이의 "오줌 구멍"(「그 눈밭의 오줌자국은」)도 그렇지 않은가. '구멍'은 생명체의

본질이자 원리로서 야생의 모습을 대변하면서 원초적 생명력과 허기라는 상반되는 속성을 동시에 내포하는 듯이 보인다.

한편 작품의 후반부는 "미시령 터널로 사라져"가는 "불한당 같은/트럭들"을 묘사한다. 흔히 우리는 '눈'으로 대변되는 순수 자연과 '트럭'으로 표현되는 기계 문명을 대립 개념으로 이해하기 쉬운데, 이 시에서 "트럭들"은 "개울로 물 마시러 왔다가/짐승에게 쫓기는 짐승"으로 비유된다. 시인은 트럭을 기계 문명으로 간주하기보다는 "헐떡거리"고 "눈알을 번쩍거리"는 "짐승"으로 간주한다. 따라서 "불한당"이라는 비유조차 무례하거나 폭력적이라는 비판적인 의미가 아니라 짐승의 야성적 에너지를 발휘한다는 긍정적 의미로 이해될 수 있다. 이점에서 이 시의 "트럭들"은 「그 눈밭의 오줌자국은」에 등장하는 "군화들"과 유사한 위상을 갖는다.

(2)는 화자가 "얼음장 위에서 펄럭이는/비닐조각"을 "흰 머리띠를 묶은 파도가 달려오고/오리들의 물갈퀴가 물살을 일으"키는 것으로 착각하는 장면을 보여준다. "눈을 씻고 다시 보니" "비닐 끈을 둘러놓고/스케이트장 입장료를 받아먹는/용대리의 번쩍이는 강바닥"이 있었다. 이 시에 등장하는 "비닐조각"은 "흰 머리띠를 묶은 파도" 및 "오리들의 물갈퀴"와 대립 개념을 이루면서 자연의 원초적 생명력과 상반되는 상업주의의 세속성을 의미한다. 여기서 주목할 부분은 이런 착시를 불러일으킨 원인이 "육허기"였다는 점인데, 오정국 시인이 최근 지속적으로 탐구하는 '야생의 허기'가 이 시에서는 화자의 육체적 허기로 변주를 일으키고 있는 것이다. '야생'의 '구멍'이 가진 속성은 다음 시에서 '밤'의 이미지를 통해 형상화된다.

농성중인 천막이거나 검은 휘장이라면 좋겠지, 당신 앞의 어둠은
찢어지지 않는다 뒷골목의 칼잡이를 데려와 겁을 주어도
밤의 어둠은 물러서지 않는다 불에 태워도 사라지지 않고
인두로 지져도 흔적이 없는

밤, 어쩌다가 이런 밤에 당신이 걸려들어
어깻죽지를 새처럼 푸득거려보지만
이 밤의 수렁을 벗어날 수 없다 굳이 말하자면,

헛것을 붙잡고 통곡하는 당신, 그런다고
젖꼭지 들이밀던 여자들이 돌아설 것 같은가 물리칠 수 없다
베어낼 수 없다 무수한 밤이면서 오직 하나인

밤, 갈라서지도 나누어지지도 않는 밤, 오지랖이 넓고 품이 넉넉해도
안길 수 없고 껴안을 수 없는

밤, 혈액투석을 하듯 당신은
이 밤의 붉고 푸른 핏줄 속으로 입을 들이밀지만
밀렵꾼의 적외선 조준경을 비켜나간 야생(野生)의 밤은
내설악 산기슭에 웅크린 네발짐승의 눈알에서 반짝이고 있다
　　　　　　　　　　　—「불멸(不滅)의 밤—내설악일기(日記)·7」전문


"밤의 어둠"은 "천막"이나 "휘장"과 달리 "찢어지지 않"고 "물러서

지"도 않는다. 심지어 "불에 태워도 사라지지 않고/인두로 지져도 흔적이 없"다. 한편 이 "밤"은 걸려들면 "벗어날 수 없"는 "수렁"이다. "밤의 수렁"을 지배하는 것은 "헛것"인데, "헛것을 붙잡고 통곡하는 당신"이라는 문장은 이 시의 중핵을 이루면서 독자들을 각성시킨다. 마치 우리가 붙들려고 욕망하는 것들이 헛것임에도 불구하고 그것을 물리칠 수도 떼어낼 수도 없다는 의미처럼 들린다. "당신"은 "밤의 붉고 푸른 핏줄 속으로 입을 들이밀지만", "야생(野生)의 밤"은 "웅크린 네발짐승의 눈알에서 반짝이고 있"다. 이 시는 야생의 구멍이 가진 허기를 "밤"의 "어둠"과 "수렁"의 이미지로 효과적으로 묘사한다. 오정국 시인은 "갈라서지도 나누어지지도 않"으며 "안길 수 없고 껴안을 수"도 "없는", 즉 인간적 감각이나 언어로 근접하기 힘든 '야생의 허기'를 시적으로 형상화하는 지난한 작업을 감행하고 있다. 이 작업을 통해 오정국의 시가 한 단계 더 새로운 차원으로 도약하리라 기대한다.

# 변용의 시학

## ── 김재혁의 시 세계

　김재혁의 시는 마음과 조응하는 사물의 풍경화를 그린다. 시인의 마음이 세상의 사물을 찾고, 그 사물들이 다시 시인의 마음을 열어 밝힐 때, 시의 언어가 탄생한다. 내면 의식이 외부의 사물과 만나 공명할 때 이미지가 생성되는 것이다. 그런데 마음의 풍경과 사물의 풍경이 교직하며 상호 침투하는 자리에서 이미지는 변형되며 변전된다. 이 내밀한 변형과 변전의 과정을 고찰할 때, 김재혁 시가 보여주는 독특한 이미지와 상징의 양상이 이해될 수 있을 것이다.

　　나는 풍경 속으로 걸어 들어갔다
　　냄새보다 색깔이 먼저 다가오던
　　도봉산,
　　새빨간 눈매로 유혹하는
　　그 진한 향기에 이끌려 나는
　　자꾸만 자꾸만 위로 올라갔다

시나브로 어둠이 내리고 있었지만
붉게 타오르는 뜨거운 단풍의 솥 속에서
나는 서서히 익어 가는 물고기처럼
파닥거리며 조금씩 살점을 풀어 주었다
살점이 덜어질수록
나의 몸은 공기처럼 가벼워졌다
헐떡이는 숨결에 따라 나는 공처럼 튀어 올랐다
시커먼 고등어 등짝 같은 바위도 붉게 끓는
물결 속에서 허옇게 속살을 내보이며
빨간 고춧가루와 어우러지기 시작했다
부글부글 온 도봉산이 다 끓어올라
하늘의 솥뚜껑이 열릴 무렵
나는 완전히 사라졌다
생활의 뼈만 남기고
붉은빛 속으로                          ——「가을 산」 전문

　가을 산행의 체험을 형상화한 이 시는, 풍경과 공명하며 상호 침투
하는 시적 자아의 모습을 잘 보여준다. "풍경 속으로 걸어 들어"간
"나"는 "냄새보다 색깔"에 먼저 반응한다. "새빨간 눈매"로 유혹하는
산의 자태는 "붉게 타오르는 뜨거운 단풍의 솥"으로 비유된다. "단
풍"의 '붉은색'이 시인의 내면 의식에 어떤 반응을 일으킨 것일까? 시
적 화자는 "익어 가는 물고기처럼/파닥거리며 조금씩 살점을 풀어"준
다. 이 상황은 "공기처럼 가벼워졌다"라는 정화와 비움, "공처럼 튀
어 올랐다"라는 생명력의 약동, "어우러지기 시작했다"라는 자연과의

융합, "완전히 사라졌다"라는 승화의 상황으로 이어지면서 시적 주제를 완성시켜나간다. 여기서 우리는 다음과 같은 김재혁 시의 특징을 확인할 수 있다. 첫째, 자아의 내면이 풍경과 만나 상호 작용하면서 시적 비유가 형성된다. 둘째, 풍경의 양상 중 특히 색채에 민감히 반응한다. 셋째, 시적 비유가 생성되는 과정에서 자아는 정화와 재생과 융합과 승화를 시도한다.

한편 우리는 아직 해소되지 않은 다음과 같은 질문을 던질 수 있다. 첫째, 산을 "뜨거운 단풍의 솥"으로 비유한 것이나, 시적 화자를 "익어 가는 물고기"에 비유한 것은, 통상적인 비유의 방식을 벗어난다. 이처럼 김재혁 시가 보여주는 독특한 비유의 양상을 어떻게 이해할 것인가? 둘째, 이 시를 지배하는 '붉은색'의 시적 의미는 무엇일까? 마지막 구절 "생활의 뼈만 남기고/붉은빛 속으로"를 해석하는 차원도 이와 관련될 것이다. 김재혁에게 있어 시적 비유는 감각적 지각에서 비롯되지만, 거기서 그치지 않고 어떤 지적 변용의 과정을 거쳐 생성된다. 이 시에서 화자는 가을 산의 단풍이 보여주는 '붉은색'에 공명하면서 그 뜨겁게 타오르는 듯한 감각적 연상에 '끓는' "솥"이라는 지적 변용의 옷을 덧입히는 것이다. 사물의 현상이 불러일으키는 감각적 지각에 시적 자아의 내면적 연상을 결부시킬 때 생겨나는 핵심적인 상징이 바로 "붉은빛"이다. 그래서 "붉은빛"은 정화와 비움, 생명력의 약동, 자연과의 융합, 승화라는 시적 자아의 추구를 응축하는 상징이 된다. 이처럼 강도 높은 밀도를 내장하는, 김재혁 시의 이미지는 통상적인 상징이 아니라, "메타포가 필요 없는 사랑과 본능의 강줄기"(「묘비명」) 같은 것이다.

마지막 구절에서 "생활의 뼈"는 '흰색'을 연상시킨다. "생활의 뼈"

의 '흰색'과 "붉은빛"의 대비는, 시인이 추구하는 정화와 재생과 승화가 일상적 '생활'을 배반할 때 생겨나는 것을 암시한다. 그런데 "생활의 뼈만 남기고"라는 표현은 시인의 추구가 생활의 폐쇄된 공간 속에서 좌절될 수 있다는 여운을 남긴다. "나는 완전히 사라졌다"와 "생활의 뼈만 남기고" 사이에는 어떤 간격이 있으며, 이 봉합할 수 없는 균열과 갈등이 김재혁 시를 생성시키고 이끌어가는 한 동인(動因)이라고 볼 수 있다. 김재혁 시의 핵심적 상징인 "붉은빛"은 그 의미가 고정되지 않고 문맥에 따라 다양히 변화하므로, 세심한 독해가 요구된다. 다음의 시들을 살펴보자.

> (1) 내 기억 속에 맑게 물들어 있는 너,
>     나는 너를 언젠가 보았다
>     내 마음속에서 사시사철 피어나
>     여러 번의 변신을 겪으며
>     이제는 한 송이로 남은 너,
>
>     [……]
>
>     내 가슴속에 들어와
>     내 심장의 자리에 붉게 피어 있는
>     너는
>     사랑의 상징도 그 무엇의 상징도 아닌
>     붉게 터져 나오는
>     너털웃음이다

내 심장이 웃어 젖히는

내 그렇게 살고 싶으니                    ──「심장 속 장미」 부분


(2) 야자수 위로 올라간 원숭이의
    엉덩이는 더욱 빨갛게 빛났다
    빨갛게 무르익은 그 엉덩이를 향해
    사람들은 혓바닥으로 화살을 쏘아 댔다
    지금까지 나는
    살아 있는 고요를 보지 못했다
    내 몸속에서 굽이치는
    피의 물결마저도 너무나 시끄러웠으므로        ──「고요」 부분


(3) 단단한 석 자의 한자로 새겨진
    나와의 붉은빛 인연이다
    가운데 글자는 새파란 서리 상(霜) 자,
    언젠가 아버지의 감시가 소홀해졌을 때
    내 손안에 들어와
    서리 같은 서늘함을 싸늘히 맛보며
    콩콩대는 가슴으로 몰래 찍어 가던 성적표
    그때의 죄책감이 조금은 되살아나
    내 이마에 아버지가 너를 쿡 찍으실 것만 같다
    아, 마음에 새겨지는 붉은 인주 같은 추억들,

                            ──「아버지의 도장」 부분

(1)은 시적 화자의 "마음속"에 핀 "장미"를 표현한다. "심장의 자리에 붉게 피어 있는""장미"는, 현실적 존재로서의 장미가 시인의 내면 공간 속에서 변신을 겪으며 생성된다. 언젠가 본 장미의 붉음이 기억 속에서 여러 번 변용되어 "심장 속 장미"가 되는 것이다. 그래서 이 장미는 "사랑의 상징도 그 무엇의 상징도 아닌" 새로운 의미로 변전된다. 시인은 그것을 "심장이 웃어젖히는""너털웃음"이라고 말한다. "내 그렇게 살고 싶으니"라는 마지막 문장은 "심장 속 장미"의 '붉은빛'이 삶의 열정과 생명력을 내포하고 있음을 보여준다.

　(2)는 "빨갛게 빛"나며 "빨갛게 무르익은" 원숭이의 엉덩이를 묘사한다. 그것을 향해 화살을 쏘아대는 사람들의 "혓바닥"마저 붉은색이므로, 이 시에 온통 넘쳐나는 '붉은빛'은 "살아 있는 고요"와 대비되는 삶의 소음을 의미한다. 이 '붉은빛'은 "피"로 수렴된다. "몸 속에서 굽이치는/피의 물결마저도 너무나 시끄러웠으므로"라는 마지막 문장은, "고요"를 갈망하는 시인에게 "피"가 상징하는 생명력조차 시끄러움으로 이해되고 있음을 보여준다. '붉은빛'으로 상징되는 삶의 열정 및 생명력은 역동성과 욕망이라는 이율배반성을 내포한다.

　(3)은 아버지의 도장을 통해 과거를 회상한다. "나와의 붉은빛 인연"에서 "인주"와 "피"를 연결시키는 '붉은빛'은 '혈연'의 의미를 가지며, "마음에 새겨지는 붉은 인주 같은 추억들"에서는 이 혈연의 끈으로 인해 현재와 과거가 이어지는 '추억'이 가능해진다. 여기서 '붉은빛'은 과거에 대한 회상이라는 시간적 차원을 내포하고 있다. 우리는 이 세 편의 시를 읽으며 '붉은빛'의 상징이 지닌 입체성을 확인할 수 있다. 그것은 일의성(一意性)으로 고정되지 않는 복합적 의미망을

가지며, 그 속에 시간의 흐름이라는 자장을 함축하고 있다.

한편 (3)에서 '붉은빛'에 개입하는 "새파란" "서리 같은 서늘함"에도 주목할 필요가 있다. 복합성과 입체성을 지닌 '붉은빛'의 상징은 '푸른빛'과 대비될 때, 그 의미망이 더 선명히 드러날 수 있기 때문이다. 다음의 시를 살펴보자.

> 높은 곳에서 내려다보는 늙은 무덤의 생 아래로
> 참새 떼가 주둥이를 반짝이며 날아다닌다,
> 언덕 위쪽에 나무 울타리로 막아 놓아
> 올라갈 수 없는 무덤과 나 사이에 생이 펼쳐져 있다.
> 태조 이성계의 셋째 부인 강 씨의 무덤이라는 정릉(貞陵),
> 한 시절 시끄럽게 떠들다 목숨을 던지는 아카시아 꽃,
> 때를 알아 푸른 잎을 위해 자리를 마련해 주는구나,
> 짙푸름 속에서 주먹만 한 내 심장이 방망이질 친다,
> 아까 들리던 아이들의 소리는 이승에 남은 것 같다,
> 간혹 보이는 전봇대가 아직은 눈에 익다,
> 이마에 흐르는 땀에서 살 냄새가 느껴진다,
> 언덕 높은 곳에서 내려다보는
> 강 씨 부인의 둥글고 푸른 눈동자,
> 내 땀 냄새를 부러워하는가,
> 하얗게 땅바닥에 깔린 아카시아 꽃잎 위로
> 적막(寂寞)이 생(生)을 덮은 정릉(貞陵),
> 생이나 죽음이나 정숙(貞淑)해지는 곳이다.
>
> ──「정릉(貞陵)에서」 전문

이 시는 시집 속에서 발견되는 높고 아름다운 작품 중의 하나다. 시적 화자는 정릉(貞陵)을 관찰하며 이승과 저승 사이의 거리를 가늠한다. "올라갈 수 없는 무덤과 나 사이에 생이 펼쳐져 있다"라는 문장은 이 시 전체를 지배하는 장력을 지닌다. 시인은 생을 무덤과 자신 사이에 놓여 있는 것으로 본다. 이것은 시적 자아가 자신조차 생의 영역, 즉 현생의 테두리를 벗어나 객관적 거리를 두고 바라봄을 의미한다. 그렇다면 시적 자아의 거처는 어디인가? "하얗게 땅바닥에 깔린 아카시아 꽃잎"을 보며 화자는 "푸른 잎을 위해 자리를 마련해"준다고 생각한다. '흰 꽃잎'과 '푸른 잎'의 대비는 삶과 죽음의 대립을 말하는 듯하고, 그래서 "강 씨 부인의 둥글고 푸른 눈동자"가 "내 땀 냄새"와 "살 냄새"를 부러워하는 듯하지만, "아까 들리던 아이들의 소리는 이승에 남은 것 같다"라는 문장은 시적 자아의 영역이 이승도 저승도 아닌 그 경계 어디쯤에 놓여 있음을 보여준다. "적막(寂寞)이 생(生)을 덮은 정릉(貞陵),/생이나 죽음이나 정숙(貞淑)해지는 곳이다"라는 결구는 정릉을 관찰하는 시적 화자의 마음이 생과 사의 경계를 가로지르며 유동하고 있음을 보여준다. 따라서 이 시는 '푸른색'과 '흰색'이 대비와 조화의 이중적 구도를 이루면서, 이승과 저승의 경계를 바라보는 시인의 시선을 형상화하고 있다.

이 시선은 시간의 흐름을 주시하는 눈이다. 시간의 경계를 가늠하는 시선을 통해 김재혁의 시는 연륜의 깊이와 여유를 획득한다. 시의 내부에 웅숭깊은 여백과 여운의 미학을 만들어내는 것이다. 결국 김재혁의 시는 '붉은색'과 '푸른색'으로 대표되는 색채의 대비와 조화를 통해 시간의 복잡다기한 주름을 형상화한다.

나는 그때 그 안개의 냄새를 기억한다
후텁지근한 생활의 목욕탕에서
도망치듯 뛰쳐나와 새벽의 바람을 맞으며
또 다른 생활의 방으로 향하던 그때
학교 담벼락을 따라 새로 깐
붉고 푸른 보도블록에 눈처럼 쌓이던 안개,
그 안개의 향취에 오이처럼 상큼해지던
보도블록의 따스한 숨결을 나는 기억한다
터벅터벅 시간 속을 걸어가던
내 발길에 와서 강아지처럼 매달리던
안개의 귀여운 표정을 나는 기억한다
그리고 안개의 포근한 입김 속에
발목을 담근 채 물끄러미 내려다보던
가을 나무의 그 쓸쓸한 얼굴을 나는 기억한다
길가 수양버들 나뭇가지 사이로
매끄럽게 빠져나가던 안개의 날씬한 허리와
커다란 배라도 몰고 올 듯한 안개 바다의
그 출렁임을 나는 기억한다
안개의 싱그러운 속살을
한 입 베어 먹은 나의 심장이
조금 부풀어 오르던 것도 나는 기억한다
그리고 그날 제 살을 밟으며
새벽길을 걸어간 나의 모습을
안개는 기억할 것이다

—「안개」 전문

시적 화자는 새벽에 집에서 직장으로 출근하는 길에서 안개를 만난다. "후텁지근한 생활의 목욕탕"과 "또 다른 생활의 방"을 각각 '집'과 '직장'으로 간주한다면, 이 둘은 '생활'이라는 점과 '밀폐된 공간'이라는 점에서 공통점을 가진다. 시인에게 있어 '생활'이란 본래적 자아의 순수와 생의 열망이 세월의 흐름을 따라 퇴색하고, 그 자리에 일상적 삶의 욕망과 갈증과 공허가 자리 잡은 공간이다. 이러한 '생활' 속에서 시적 자아가 만난 것이 "붉고 푸른 보도블록에 눈처럼 쌓이던 안개"다. 이 장면에서 우리는 '붉은색'과 '푸른색'과 '흰색'의 조합으로 이루어진 선명한 색채 이미지에 주목할 수 있다. 그러나 이 세 가시 색채의 대비와 조화는 단순히 현상에 대한 시각적 형상화의 차원이 아니라, 생활과 기억, 감각과 의식, 욕망과 정화 사이의 간격을 주시하는 시인의 시선이 시간의 주름을 관능적으로 형상화하는 차원에서 주목된다.

이 시의 모든 문장들은 "기억한다" 혹은 "기억할 것이다"라는 서술어로 구성되어 있다. "나"는 "안개"의 냄새와 표정과 허리와 출렁임을 기억하고 "보도블록"의 숨결과 "가을 나무"의 얼굴을 기억하며, "안개"는 "제 살을 밟으며/새벽길을 걸어간 나의 모습을" 기억할 것이다. "기억한다"라는 동사는 "나"와 "안개"를 연결시킬 뿐만 아니라, '붉은색'과 '푸른색'과 '흰색'을 융합시킨다. '기억'은 현재와 과거를 연결하며 그 시간의 간격을 어떤 감각적·정서적 대리물로 보충한다. 이 시의 "안개"는 이러한 감각적·정서적 대리물이다. "안개"는 일상적 삶의 갈증과 공허 속에서 상큼하고 따뜻한 향기를 맡게 하고, 귀여운 표정을 보게 하며, 포근한 입김과 싱그러운 속살의 촉감을 선사한다. 결국 이 다양한 감각들은 현재와 과거, 생활과 기억, 욕망과 순수의 간격을 주시하는 시인의 시선에 의해 비애와 우수의 정서를 형성하게 된다. 다채로운 관능적 향유로 전개되는 이 시 전체에서 유별난 표정으로 부각되는 것은 "가을 나무의 그 쓸쓸한 얼굴"이다. 이것은 바로 시간의 흐름을 의식하고 있는 시인의 공허와 회한의 정서를 새겨놓은 것이다.

시간의 풍화 작용은 본래적 자아의 순결과 원초적 생명력을 퇴색시킨다. 그리하여 현재의 삶은 욕망과 갈증과 공허 안에 갇힌다. 김재혁의 시는 이 '생활'의 공간 속에서 과거를 회상하며 정화와 재생을 추구하기도 하고, 과거와 현재의 간격을 의식하며 공허와 비애와 우수에 젖기도 하며, 미래를 내다보며 생과 사의 경계를 가로질러 사유하는 초월적 비전을 보여주기도 한다. 시인은 이러한 '과거'와 '현재'와 '미래'적 시선을 '붉은색'과 '푸른색'으로 대표되는 색채의 입체성 및 '소리'의 화음을 통해 형상화한다.

울타리에 장미들이 서로 부둥켜안고 피었습니다.
꽃들은 없고 새빨간 심장만 남았습니다.
숱한 태양을 들이마셔 가슴이 홀딱 타버렸습니다.
내 가슴속으로 와락 달려드는 검은빛 붉은 꽃,
내 피를 찍어 마시더니 깃털이 돋고
내 한숨을 느끼더니 목청을 얻고
내 웃음에 경쾌함을 받더니 한 마리 새가 됩니다.
한 마리 붉은 새가 되어 날아갑니다.
나를 읽는 모든 이의 가슴속으로 날아다닙니다.

누구나 꿈꾸는 것,

시가 사람들의 가슴속으로 날아다닙니다.

밤에는 모르는 여인의 가슴속에 깃들었다가

다음 날 누군가의 가슴을 향해 날아갑니다.　　―「장미 날다」부분


　이 시는 김재혁의 시적 형상화 방식을 대표적으로 보여주는 작품이
다. 울타리에 핀 "장미"는 "새빨간 심장"으로 남고, "태양"을 마셔
"검은빛 붉은 꽃"으로 "가슴속"에 달려든다. 이 꽃은 다시 "피"를 찍
어 마시고 한 마리 "붉은 새"가 되어 날아간다. 시인은 이것들을 자
신이 쓴 "시"와 동일시하며, 결국은 자신이 "그런 장미 한 송이"가 되
고자 희망한다. "장미"―"심장"―"태양"―"피"―"새"로 이어지는 상
징의 연쇄는, 내면 의식이 외부의 사물과 만나 공명할 때 생겨나는
이미지를 높은 강도와 밀도로 응축하여 변용시키는 과정에서 발생한
다. 마음과 사물이 교직하며 상호 침투하는 자리에서 생기는 시의 풍
경은 현재와 과거, 생활과 기억, 욕망과 정화, 생과 사의 간격을 충
돌시키며 "검은빛 붉은 꽃"으로 피어난다.

　우리는 "내 한숨을 느끼더니 목청을 얻고/내 웃음에 경쾌함을 받
더니"에서, '검은색'과 '붉은색'이 결합된 강렬한 색채 이미지가 "목
청"과 "웃음"이라는 청각적 이미지와 긴밀히 결부되는 것을 본다. 김
재혁의 시는 시각적 이미지와 청각적 이미지가 상호 침투하거나 변용
되면서 새로운 이미지로 융합되는, 색채와 음향의 이중주를 들려준
다. "멀리 빨강 노랑 파랑으로 흔들리는 네온사인들이 개구리들의 노
랫소리 같다"(「개구리」), "그라스가 한 곡조 뽕짝을 뽑아 댄다/그의

노래는 모두 빛으로 환산되어"(「막노동하는 밤」)를 보라. '시간의 주름' 위에 피어나 '너털웃음' 같은 소리로 터지는 "검은빛 붉은 꽃," 이 꽃은 다름 아닌 김재혁의 시다. 우리는 이 꽃을 피운 생성 과정의 비밀과 정체를 가리켜 '변용의 시학'이라고 부를 수 있을 것이다.

# 메타포 경제학

## ─ 김영남의 시 세계

김영남의 시 세계는 『정동진역』(민음사, 1998)에서 출발하여 『모슬포 사랑』(문학동네, 2001)을 거쳐 『푸른 밤의 여로』(문학과지성사, 2006)에 이르기까지 끊임없이 낯선 곳을 향해 항해해왔다. '정동진'에서 '모슬포'를 거쳐 '정남진(장흥)'에 이르는 여정은 발랄하고 경쾌한 아이러니와 풍자의 세계에서 아름답고 향기로운 사랑에 대한 동경을 통과하여 고향과 유년에 대한 그리움으로 전개되는 시적 탐구의 여정이기도 하다. 이처럼 다채로운 변모를 보여주는 도정의 시인 김영남의 시 세계에서 변하지 않고 지속되어온 핵심적 원리는 무엇일까?

나는 그것이 시적 원리나 기법으로서 '서정성'과 '지성적 변용'이라는 양극을 한자리에 충돌·융합·조화시키는 독특한 상상력에 있다고 생각한다. 김영남의 시 세계의 근저에는 '서정'이 자리 잡고 있는데, 시인의 지적 상상력은 이 서정의 신비를 휘감고 있는 베일을 자유자재로 건너뛰며 비약하거나 도약한다. 서정성을 대변하는 이미지인 '달' '여자' '향기' 등이 고향에 대한 그리움, 이성에 대한 사랑, 원초적 욕망 등을 드러낸다면, 지적 변용을 대변하는 기법인 '위트' '아이러니' '풍자와 해학' 등은 언어 이전의 감정과 사랑과 욕망을 분석하고 조직하고 가공하여 다른 구성물로 변형시킨다. 따라서 김영남 시 세계의 숨은 비밀을 감지하기 위해서는 '서정'과 '지적 변용'을 충돌·융합·조화시키는 독특한 상상력이 어떤 방식으로 형상화되는지 구체적으로 살펴볼 필요가 있다. 이 고찰 방법 중의 하나는 시작 원리나 기법을 암시하는 작품을 분석하여 그 비밀을 엿보는 방식이 있으며, 또 하나는 '지적 변용'의 코드를 분해하여 그 내부에 숨어 있는 '서정성'의 본질을 파악하는 방식이 있을 수 있겠다. 네번째 시집 『가을 파로호』(문학과지성사, 2011)를 중심으로 이 두 방식의 고찰을 시도하고자 한다. 우선 시작 원리나 기법을 암시하는 작품을 분석해보자.

저 호수, 호주머니가 없다
불편하다
뭔가 넣어두었으면 좋겠는데
너덜너덜한 생각 거두고 싶은데

심플 젠틀 모던 이런 단어들이 지나간다

내가, 호주머니 되어보기로 한다
호수의 거추장스러운 손들을
모두 한번 거두어주기로 한다

갑자기 호수가 사라진다

거기에 맡겨본다

윤동주 시구 하나

노자의 역성(易性)

장자의 제물론(齊物論)


누가 내게 쪽배를 띄운다           ——「가을 파로호」전문


비유의 비약과 문맥 사이의 여백이 가지는 간극으로 인해 김영남 시의 의미를 온전히 파악하기는 쉽지 않다. 다만 시적 비유의 구조와 흐름을 분석하면서 그 비밀에 접근해보기로 하자. 화자는 가을철 춘천의 파로호를 방문하여 호수를 바라보고 있다. 1연의 "호수"에서 "호주머니"로 진행되는 연상은 비유의 통념을 이탈하여 비약하는 듯하다. 우리는 "호주머니"를 일단 호수의 호주머니라고 간주해볼 수 있다. "너덜너덜한 생각 거두고 싶"다는 표현을 참고하면, 화자는 호수를 보면서 어떤 상념을 지우고 싶어 하는데, 따라서 "호수"가 상념을 넣어두는 "호주머니"가 되면 좋겠다는 희망을 표현한 것으로 이해되기 때문이다. 2연의 "심플 젠틀 모던"이라는 단어들은 화자가 가을 파로호를 보면서 느끼는 감각이기도 하고, 화자의 상념이기도 하다. 이 단어들은 "너덜너덜한 생각"과도 상응하므로, 우리는 화자가 이런 개념들을 부정적으로 사유하고 있음을 짐작할 수 있다.

"저 호수, 호주머니가 없다"로 시작되는 1연이 시적 대상인 '호수(자연)'의 상태를 주관적으로 묘사한다면, "내가, 호주머니 되어보기로 한다"로 시작되는 3연은 '시적 화자(주체)'가 호주머니로 변신하는

좀더 주관성이 강한 비유를 구사한다. 김영남은 자신의 핵심 기법인 메타포를 관점과 강도의 차별성을 가지고 이질적인 방식으로 구사하는데, 그 전체적인 구조는 '대상에 대한 메타포'에서 '주체에 대한 메타포'로 전개되면서 주관적 비유의 강도를 점층시키는 듯이 보인다. 다시 말하면, '서정'을 토대로 '지적 변용'의 강도를 강화해나가는 시상 전개를 보여주는 것이다. 이럴 때 주체는 대상에 동화되거나 흡수되는 것이 아니라 자신을 능동적으로 대상에 투사하거나 대상을 수용한다.

따라서 "갑자기 호수가 사라"지는 4연의 현실 초월적인 묘사를 거쳐서 5연에 이르면, "거두고 싶은" "너덜너덜한 생각"이나 "심플 젠틀 모던"이라는 단어 대신에 화자가 호수에 맡겨보고 싶은 세 가지 단어를 제시한다. "윤동주 시구 하나/노자의 역성(易性)/장자의 제물론(齊物論)"은 시인이 시적 메타포를 통해 궁극적으로 제시하고자 하는 전형적 대상이 아닐까. 그렇다면 우리는 김영남이 "심플 젠틀 모던"한 상태를 진부한 것으로 간주하고, "윤동주의 시"와 같이 깊은 울림을 동반하는 서정시, "노자의 역성"과 같이 근원적 이법(理法)을 담는 물과 같은 시, "장자의 제물론"과 같이 현실적 차별과 대립을 초월하는 평화의 시를 추구한다는 점을 짐작할 수 있다. 「가을 파로호」가 김영남의 메타포 전개 방식과 궁극적으로 추구하는 시적 주제를 암시한다면, 다음의 시는 메타포의 방법론과 효과에 대해 암시적으로 서술한다.

저 절벽은
저비용 고효율 홍보 전략이다

갈매기와의 제휴 마케팅

지금 나는 고급 메타포를 배우고 있다
좋은 메타포란 얼마나 높은 곳의 새알이며
잘못 놓으면 얼마나 위험한 낭떠러지냐
경영학에 메타포가 융합되니
섬은 정말 장엄하다 위태롭기까지 한
제스처가 숨어 있다

[……]

이제 나는 경제학까지 공부하며 꿈꾸고 또 꿈꾸어본다
절벽이면서 절벽 아닌 것들과의 제휴 마케팅을

─「벼랑 위 소나무 내게 끌어들여」 부분

시인은 "절벽"을 "저비용 고효율 홍보 전략"으로 간주하고 갈매기와 "제휴 마케팅"을 하면서 "메타포"를 구사한다. 그에게 "메타포"의 좋고 나쁨은 경영학의 원리에 의해 좌우된다. 더 나아가 그는 "경제학까지" 접목시켜 "절벽이면서 절벽 아닌 것들과의 제휴 마케팅"을 꿈꾼다. 이처럼 "경영학에 메타포가 융합"되고 "경제학까지 공부하며 꿈꾸"는 김영남의 메타포 전략을 우리는 '메타포 경영학' 혹은 '메타포 경제학'이라고 명명할 수 있을 것이다. 이 메타포 전략의 특성은 제목인 「벼랑 위 소나무 내게 끌어들여」의 "끌어들여"라는 동사에 잘 나타난다. 언어의 경영학적·경제학적 효율성을 추구하는 김영남 시인의 메타포는 시적 대상을 자기중심적인 상상력의 연상 체계로 흡수하여 비약적이고 도발적인 효과를 산출하는 것이다.

　김영남 시의 메타포 경제학은 앞서 언급한 시적 원리나 기법으로서 '서정'과 '지적 변용'을 충돌·융합·조화시키는 방법론을 통해 구현될 뿐만 아니라, 미학적 특성으로서 '숭고'와 '유머'를, 시적 내용으로서 생에 대한 '비극적 환멸'과 '낙관적 긍정'을 충돌·융합·조화시키는 방법론을 통해서도 구현된다. 이 점을 염두에 두면서 김영남 시 세계를 고찰하는 두번째 방법으로서 '지적 변용'의 코드를 분해하여 그 내부에 숨어 있는 '서정성'의 본질을 파악하는 방식을 살펴보기로 하자.

　저렇게 예쁜 가슴

　본 적이 없어요

　눈 지그시 감는다

　'희'란 여자가

　커튼 사이로 숨는다

　라일락 향도 뿌렸다

　여 초저녁

남해 파라다이스 명상록에서 향기롭겠다          ──「초승달」 전문

  화자는 "초승달"을 보며 "예쁜 가슴"을 떠올린다. '달'과 '여자'를
동일시하는 것은 서정시의 낯익은 방식이지만, "눈 지그시 감는" 상
상력의 작동을 거친 후 등장하는 "'희'란 여자"는 오히려 통상적인 서
정시의 아우라를 깨트리는 작용을 하는 것처럼 여겨진다. 고유명사의
개별성이 서정성이 지닌 보편성에 일상적 현실성을 다소 충격적으로
개입시키기 때문이다. 그런데 다음 연 "커튼 사이로 숨는다"에서 이
현실성은 다시 은폐된다. 그래서 "커튼"은 서정성의 신비와 아우라를
보장해주는 요소인 동시에, 서정성을 지적으로 변용하는 장치로도 작
용한다. "라일락 향"도 여자의 신비로움을 강조하는 요소이지만, "뿌
렸다"라고 말하는 화자의 능동적 개입이 내포되어 있다. 그리고 마지
막 연의 "남해 파라다이스 명상록"도 "'희'란 여자"와 마찬가지로 개
별적 경험이 낳은 어떤 상징체인 듯이 보인다.
  결국 이 시는 자연물(초승달)을 관찰하며 서정성(예쁜 가슴)을 발
견하지만, 상상력의 도약(눈 감음)을 통해 현실성('희'란 여자)을 개
입시키는 동시에 이것과 서정성(라일락 향)을 충돌시키며 교차시키는
양상을 보여준다. 여기서 우리는 김영남 시의 형상화 방식을 압축적
으로 보여주는 "커튼"을 다시 주목할 필요가 있다. "커튼"은 '서정
성'과 '지적 변용'이라는 김영남 시의 두 가지 특성을 동시에 구현하
는 장치이기 때문이다. 김영남의 시에서 "커튼"은 종종 "창"의 이미
지로 나타나기도 한다.

  하숙집 앞집 뒤란은 언제나 신비한 것들이 널려 있곤 했다

세수하다 건너다보는데, 그때 핀 목련은 끙끙 소리가 났다

담임 선생님 받아넘기는 정구공이 담벼락 위를 넘고 있었고
친구 반 선생님 공은 네트를 넘지 못해 그 아래로 떨어졌다

연립주택 연통 곁에 핀 목련을, 골목 돌아 나오는 여학생
교복 칼라에서 보고, 그것을 정구공이라 빡빡 우긴 적 있다

몸살로, 며칠을 출근하지 못하고 겨우 회복해 창틈으로 본
뜰의 목련은, A4 복사 용지를 수없이 낭비하다 들키곤 했다

안녕, 오랜만이야 담벼락들 네트들 복사기들 하며 정구공들이
운동시켜오는데, 오늘 난 창백한 가슴만 말아 쥐고 이렇게 끙끙
— 「목련의 고통」 전문

이 시도 상상력의 경쾌하고 발랄한 도약으로 인해 서정적 신비성과
일상적 현실성이 혼합되어 시적 밀도를 얻고 있다. 1~3연은 과거의
상황이고, 4~5연은 최근 혹은 현재의 상황을 보여준다. "하숙집 앞
집 뒤란"을 배경으로 전개되는 과거의 상황은 학생 시절에 대한 기억
인데, "신비한 것들"을 대변하는 "목련"에서 "끙끙 소리가 났다"는
것은 엉뚱하기도 하고 도발적이기도 한 발상이다. 이 특이한 상황의
의미를 파악하기 위해서 우리는 2연과 3연을 세밀히 뜯어 읽어보아야
한다. "담임 선생님 받아넘기는 정구공"과 "친구 반 선생님 공"은 무
엇을 의미할까? 그리고 "담벼락 위를 넘"는 것과 "네트를 넘지 못"하

는 것은 무엇을 의미할까?

여러 가지 해석이 가능하겠지만, "목련을, 골목 돌아 나오는 여학생/교복 칼라에서 보고, 그것을 정구공이라 빽빽 우"기는 3연의 다분히 돌발적인 표현과 상호 연관시켜 해석해볼 수밖에 없다. "여학생/교복 칼라"는 "목련"과 연결되고 "정구공"과도 연결되는 매개체다. "여학생/교복 칼라"는 "목련"과 함께 그 색채가 가진 순결성과 산뜻함, 그 속성이 지닌 발랄함을 암시하는 한편, "정구공"과 함께 그 속성이 가진 역동성과 추월성도 암시하는 듯하다. "담벼락" "네트"가 한계상황 혹은 금지를 암시한다면, "목련"과 "여학생/교복 칼라"와 "정구공"을 동일시하는 것은 정결하고 발랄한 특성을 가진 "여학생"이 어떤 한계상황 혹은 금지를 넘어서고 있다고 해석해볼 수 있다. 그래서 이 학생 시절의 신비한 경험은 순결한 대상이 어떤 금기를 넘어서는 것을 목격하는 데서 오는 충격이라고 볼 수 있지 않을까. 우리는 이런 미학을 '에로티시즘'이라고 부를 수 있다. 김영남 시의 가장 핵심적인 미학은 이처럼 순수한 대상이 금기를 넘어설 때 생겨나는 에로티시즘에 있다. 앞서 김영남 시의 '메타포 경제학'이 시적 원리나 기법으로서 '서정'과 '지적 변용'을, 미학적 특성으로서 '숭고'와 '유머'를, 시적 내용으로서 생에 대한 '비극적 환멸'과 '낙관적 긍정'을 충돌·융합·조화시키는 방법론을 통해 구현된다고 언급했는데, 이 세 가지 차원이 상호 교접하고 교차하는 중심점에 놓여 있는 내밀한 핵심이 바로 '에로티시즘'이라고 볼 수 있다.

4연의 "몸살로, 며칠을 출근하지 못하고 겨우 회복해 창틈으로 본/뜰의 목련"은 학생 시절의 충격적 경험인 에로티시즘을 재발견하는 계기를 마련해주고, 이어서 "A4 복사 용지를 수없이 낭비하다 들키곤 했다"는 문장은 신비와 고통이 혼재된 그 "목련"의 경험을 재현하기 위해 노력했다는 의미로 해석해볼 수 있다. 여기서 "창틈"의 이미지는 화자와 "목련" 사이의 단절과 거리를 전제하기도 하고, 그 거리를 엿보는 시선으로 좁히며 다가서는 개방과 교섭의 통로를 열어주기도 한다. 어쩌면 김영남의 시 세계는 '창틈'으로 '시선'을 개입시켜 신비롭고 고통스러운 체험의 근원에 도달하려는 노력이라고 정의될 수 있을지도 모른다. 5연의 "정구공들이/운동시켜오는" "담벼락들 네트들 복사기들"은 이런 원초적 체험과 관련되는 것이며, "창백한 가슴만 말아 쥐고" 있는 화자는 그것이 주는 고통의 신열을 여전히 안타깝게 느끼고 있음을 보여준다. 어떤 대상을 체험하지 못하고 바라보기만 할 때 생겨나는 "창백한 가슴"은 역시 "창"의 이중적 기능에서 기인한다. 이런 "창"의 이미지는 「봄밤」에서 좀더 전면적으로 나타난다.

경석아, 빨리 학교 가자

내가 그 창을 뒤로하고 있으면
우산 높이 들고 곰이 찾아오고
청개구리가 달팽이에게 마중 나가고
나뭇잎 타고 Roca란 말도 찾아오고

내가 그 창 외면하고 있으면
원숭이가 커튼 뒤에 숨어 엿보고
인형이 천장에 위태롭게 매달려 있고
그 천장 뚫고 빗방울이 떨어지고

우산 접어들고 내가

그 창에 등 기대고 있으면

수많은 빗방울들 풍선처럼 부풀어

날 에워싸오고

별들이 빗방울 속에 숨어 빛나고

그중 가장 무거운 빗방울 하나

여섯 개의 별로 내 상부만 들어 올려

허공에 띄우고


이 모든 것

그 빗방울 뒤에 숨어 우는 개구리 입에서 출발하고

—「봄밤」 전문


  1연인 "경석아, 빨리 학교 가자"는 이 시가 학생 시절이라는 과거
의 시간대를 추억하고 있음을 알려준다. 2연과 3연과 4연은 각각 "그
창"을 대면하는 화자의 태도 차이에 의해 구분되고 있다. 여기서
"창"은 과거와 현재의 경계이며, 현재의 화자가 과거의 화자를 바라
보는 시선을 함축한다. 2연은 화자가 과거를 등 뒤에 두는 태도를 보
여준다. 이것은 수동적인 태도이지만 마주 보는 능동적 태도에서 크
게 벗어나지 않는다. 이때 찾아오는 것은 "곰"과 "달팽이"와 "Roca"
이고 마중 나가는 것은 "청개구리"이다. "우산"과 "나뭇잎"은 찾아오
는 것들이 '비'와 '자연'을 매개로 화자가 추억하는 대상들임을 암시하
고 있다. 3연은 화자가 과거를 외면하고 얼굴을 돌리는 태도를 보여

준다. 이때 등장하는 "원숭이"와 "인형"은 "커튼 뒤에 숨어 엿보"거나 "천장에 위태롭게 매달려 있"듯, 화자와 은폐·엿봄·조종·불화등의 관계를 가진다. 화자가 과거를 외면할 때 이처럼 과거는 왜곡되고 기형적인 모습으로 화자에게 다가온다. 여기서 빗방울의 강도는 2연보다 더 강해져 "천장 뚫고 빗방울이 떨어지고", 4연에 이르면 더욱 강화된다. 4연은 화자가 과거를 전면적으로 받아들이는 태도를 보여준다. "수많은 빗방울들"이 화자를 에워싸고 그 속에 "별들"이 숨어 빛나는 상황은 과거와의 친화를 드러내는 것이다.

"이 모든 것/그 빗방울 뒤에 숨어 우는 개구리 입에서 출발"하는 것은, 과거를 등 뒤에 두는 태도와 외면하는 태도와 친화력을 발휘하는 태도가 모두 "빗방울"의 '물기'와 "개구리 입"의 '소리'로부터 파생된 연상의 효과임을 말하고 있다. 이처럼 '물기'와 '소리'를 중심으로 펼쳐지는 추억의 회로는 김영남 시의 근저에 자리 잡고 있는 서정성의 중요한 한 영역을 이루는 듯이 보인다. 김영남 시의 개성적 영역은 이 서정성을 관습적이고 통념적인 방식으로 형상화하기보다는 돌발적이고 도약적인 비유를 통해 변용시키는 지적 장치에 있으며, 그 결과 그의 시는 강한 긴장과 함축과 비약의 묘미를 가지게 된다.

　　여운만 남은 기관총 소리다
　　낡은 군복 입은 언덕
　　짓밟히고 부러지고 퇴각한 흔적들 위에서
　　기쁜 전황 알리고 싶은 급한 호흡들

　　네가 그렇게 다가온 적 있다

나도 그런 괴로움 있었다

오늘은 두 눈으로 소곤소곤
귓속말로는 벙글벙글
생동감 감춰져 있는 경구들 말줄임표처럼
할 말을 뒤에 숨겨두자
낯선 관념들은 모자를 씌워두자

어느새 팔다리 머릿속에도
무엇이 다닥다닥 옮아 붙는다

뽕밭 보릿대에서 발견한 저 딱정벌레들
등 뒤로 쏟아지는 샤워기의 저 냉온 물방울들
견디기 힘든 밤에 눈뜨는 저 욕망 욕망들          ──「홍매화」전문

    화자는 홍매화 가지를 꺾어 들고 그것이 연상시키는 어떤 상상력의
비상을 시도하는 듯하다. 1연에서 "홍매화"를 "기관총 소리"와 "급한
호흡"으로 비유하는 것은 급박한 전쟁 상황에서 기쁜 소식을 알리는
것과 연관된다. 이 비유법은 시각을 청각으로 전환시키는 동시에 뜻
밖의 상황을 돌출시키는 데서 오는 긴장미와 압축의 묘미를 보여준
다. 2연은 이 상황을 다시 '나'와 '너'의 관계로 치환시키는 도약을 보
여준다. "네가 그렇게 다가온 적 있다"와 "나도 그런 괴로움 있었다"
사이에도 어떤 비약이 숨어 있다. 다시 말해, 화자는 홍매화를 전쟁
상황에서의 기쁜 전황에 비유하고, 이것을 다시 '나'에게 전율로 다가

온 '너'의 모습으로 전환시킨다.

　3연은 괴로움을 동반하는 이 전율을 "말줄임표처럼/할 말을 뒤에 숨겨두"는 침묵의 미학으로 제시한다. 그런데 "낯선 관념들은 모자를 씌워두자"는 말은 무슨 의미일까? "두 눈으로 소곤소곤/귓속말로는 벙글벙글"하는 "생동감" 있는 경험을 "경구들"로 표현하는 것이 "낯선 관념들"이라고 할 수 있다. 그러므로 경구나 관념으로 표현하기 힘든 생생한 체험의 경지는 5연에서 제시되는 객관적 상관물들이 대신하고 있다. "뽕밭 보릿대에서 발견한 저 딱정벌레들"과 "샤워기의 저 냉온 물방울들"은 돌출하며 충돌하는 상상력의 강렬한 에너지를 느끼게 한다. 독자들의 이해를 돕기 위해 서술한 "견디기 힘든 밤에 눈뜨는 저 욕망 욕망들"에서 '욕망들'은 이 시가 표현하려 한 대상인 에로티시즘의 숨 가쁜 호흡들을 드러내고 있다.

　이제 김영남 시의 '메타포 경제학'이 미학적 특성으로서 '숭고'와 '유머'를, 시적 내용으로서 생에 대한 '비극적 환멸'과 '낙관적 긍정'을 충돌·융합·조화시키는 방법론을 통해 구현되는 차원에 초점을 맞춰보기로 하자. 이번 시집의 시 세계를 함축하고 있는 「앵두가 뒹굴면」을 살펴보자.


　　잎 뒤 숨어 있는 사연들


　　일러바칠 곳 없는 동네


　　우물가 집 뒤란의 누나 방에

굴러다니는 피임약이여, 그걸

영양제로 주워 먹고 건강한 오늘날이여        ─「앵두가 뒹굴면」 전문

　한 행이 한 연을 이루는 이 시는 비유의 비약성, 여백 사이의 간극, 은유와 환유의 혼용 등으로 인해 시적 밀도가 대단히 높다. 이 시적 압축을 풀어보면 김영남 시의 숨은 비밀을 엿볼 수 있을지도 모른다. "잎 뒤 숨어 있는 사연들"과 "일러바칠 곳 없는 동네"는 베일 뒤에 숨어 있는 비밀스러운 사연을 은폐하듯 노출시키는데, 이 사연은 3연의 "우물가 집 뒤란의 누나 방"으로 수렴된다. 일단 "누나"가 순수와 순결의 상징으로서 화자가 근접할 수 없는 동경의 대상이자 금기의 대상이라면, "우물"은 여기에 여성성과 그 심연의 신비를 보충하고 "뒤란"은 그 은밀한 비밀의 장소를 보충한다.
　1~3연이 서정성을 담보한다면, 4연은 "굴러다니는 피임약"에 의해 돌발적이고 비약적으로 현실성 혹은 외설성이 폭로되는데, 중요한 것은 이 도발적인 비약의 과정에 순수와 순결을 상실하는 데서 오는 환멸이 숨겨져 있다는 점이다. 동경의 대상이 훼손되는 데서 오는 상실감 혹은 고통은 금기를 위반하는 데서 오는 이율배반의 긴장과 충돌인 에로티시즘을 동반한다. 우리는 이 차원을 '숭고의 미학'과 관련시켜볼 수 있다. 그런데 시인은 "그걸/영양제로 주워 먹고 건강한 오늘날"이라고 표현함으로써 이 '숭고의 미학'을 즉시 '유머의 미학'으로 치환시킨다. 이 과정에는 고통과 환멸을 위트와 아이러니와 패러독스로 반전시키는 역동적인 지적 변용이 개입되어 있다. 여기서 우리는 '에로티시즘'이라는 중핵을 둘러싸고 '숭고의 미학'과 '유머의 미학'

이라는 상반되는 차원을 충돌시켜 찰나적으로 두 겹의 메타포를 생성시키는 '메타포 경제학'을 발견할 수 있다. 다시 말해, 이 시는 "뒤란"을 경계로 전반부에 은폐의 기법을 보여주고 후반부에 노출의 기법을 보여줌으로써, '숭고'와 '유머'가 교차하며 혼융되는 이중의 메타포를 구사하는 것이다. 그리고 이런 '메타포 경제학'은 시적 내용으로서 생에 대한 '비극적 환멸'과 '낙관적 긍정'을 충돌·융합·조화시키는 방법론으로도 작용한다.

이 시에서 이중의 메타포 전략은 기본적으로 "앵두"—"누나"—"피임약"—"영양제"—"건강"으로 이어지는 명사들의 연쇄를 통해 제시된다. 이 단어들은 '은유'와 '환유'를 혼용하는 독특한 수사학적 특성을 가지는데, 그 연상의 비약성과 돌발성이 강해서 이미지의 지적 변용뿐만 아니라 무의식적 전위의 속성까지 내포하고 있다. 이 차원은 김영남 시가 지닌 새로운 시적 가능성의 한 영역으로 자리 잡게 될 것으로 보인다. 한편 이중의 메타포 전략을 결정적으로 드러내고 있는 시어는 "주워 먹고"라는 동사이다. 연상의 효과로 제시되는 "앵두"—"누나"—"피임약"—"영양제"—"건강"은 각 항목이 전위될 때마다 도약적이고 도발적인 메타포의 충격을 독자에게 던져 주지만, 가장 큰 충격은 "피임약"—"영양제"의 전위에서 주어지고, 이 전위를 견인하는 시어가 바로 "주워 먹고"라는 동사이기 때문이다. 이 동사는 이번 시집에서 앞서 분석한 "끌어들여"(「벼랑 위 소나무 내게 끌어들여」)뿐만 아니라, "모두 한번 거두어주기로 한다"(「가을 파로호」), "그 정중함 무엇이 훔쳐 간다"(「수련」), "지금 저 별들에 시그마를 붙이고 있는"(「반딧불이에 시그마를 붙일 때」) 등에서 등장하면서 김영남 시 특유의 메타포 경제학을 견인한다.

김영남 시의 '메타포 경제학'과 관련하여 한 가지 더 논의할 부분이
있다. 김영남 시 세계의 근저에 서정의 원리로서 순수와 순결에 대한
상실감, 혹은 동경의 대상이 훼손되는 데서 오는 환멸과 고통이 자리
잡고 있으며, 이 '숭고의 미학'이 위트와 아이러니와 패러독스라는 지
적 변용을 통해 '유머의 미학'으로 전이된 연후에 '무위(無爲)의 미학'
이라는 새로운 시적 차원을 개진하는 양상을 살펴보기로 하자.


    (1) 저 배, 내 앞
        닻을 내린 저 흰 배
        나는 싣지 않고 떠나가것지요


        바다이고
        만조의 바다인데
        나에게는 썰렁한 바닥과 철조망뿐


        배 들고 있는 것
        왜 나는 몰랐을까
        물때를 또 어디에 두고 있었을까
        눈 감아 모두 뱃놀인데


        꿈에 흐를 듯 저 배
        그대 공주 싣고 북쪽 항구로 떠나가것지요
        자주색, 뉘 어릴 적 꿈도 망가뜨려놓고 가것지요
                        ——「목련」 전문

(2) 배고파 기다리는 것이나

　　그리워서 기다리는 것이나

　　모두 빈 항아리이겠지요


　　그런 항아리로

　　마을 내려다보이는 바위에 올라앉아보는구려


　　바위 위에는 노을이라도 머물러야 빈 곳이 넘칠 수 있나니

　　나도 바위 곁에 홍안의 아이나 데리고 앉아 있으면

　　내 그리움도 채워질 수 있을까요


　　목탁 소리 목탁 소리 목탁 소리

　　어디선가 빈 곳을 깨웠다 재웠다 하는

　　무덤 토닥이며 그윽해지는 소리　　　　　　　——「동자꽃」전문


　(1)과 (2)는 김영남 시 세계의 뿌리가 서정성에 있음을 잘 보여준
다. 동경하는 대상을 상실하는 좌절로 인해 슬픔의 세계에 사로잡히
는 상황은 두 시의 공통점이지만, (1)에서 꿈이 깨어지고 소외에 빠
지는 원초적 상실을 묘사함으로써 '숭고의 미학'을 제시하는 반면,
(2)는 이 '숭고의 미학'을 위트와 아이러니와 패러독스 등을 통해 '유
머의 미학'으로 반전시킨 이후에 시인이 엿보는 '비움'의 세계를 묘사
한다는 점에서 상반된다.

　(1)에서 화자는 "목련"의 메타포로서 "흰 배"를 제시하고, 다시 그

것을 "바다"의 메타포로 전위시킨다. "목련"—"흰 배"—"바다"—"북쪽 항구"로 이어지는 연쇄적 메타포는 '은유'와 '환유'를 자유자재로 혼용하면서 "목련"이라는 원관념을 동경의 대상인 순수와 순결이라는 최초의 의미에서 정박·충만·놀이·떠나감 등의 의미로 이동시킨다. "나"—"바닥"—"철조망"은 이 메타포 연쇄의 대립 항으로서, 배가 들어오고 정박한 후 공주를 싣고 떠나는 상황을 속수무책으로 바라보기만 하는 화자의 좌절과 상실감을 표현한다. 결국 이 시는 목련이 흰 빛으로 피었다가 자주색으로 퇴색하는 과정을 "그대 공주 싣고 북쪽 항구로" "나는 싣지 않고 떠나가"는 상황적 메타포로 치환함으로써 시인이 겪은 원초적 상실감을 표현하고 있다. "이 세상 애증은/저 꽃밭에서부터 출발한 것이고/내 사춘긴 그 소녀 자전거에서 내린 것//소녀가 다시 자전거에 오른다/아이들도 다시 울기 시작한다"(「튤립」)에서도 보듯, "어릴 적 꿈"의 좌절이 순수한 사랑의 상실에서 연유한다는 점에서, 우리는 김영남을 순정의 시인이라고 부를 수 있을 것이다.

(2)에서 화자는 "동자꽃"의 메타포로서 "빈 항아리"를 제시한 후, 다시 "나"를 "빈 항아리"로 치환하여 중첩시키는 이중의 메타포를 구사한다. "동자꽃"—"빈 항아리"—"나"라는 메타포 중첩은 (1)의 대립 구도와는 달리 삼위일체의 메타포 경제학으로서 동일성에 근거한 서정시의 원리를 구현하고 있다. 그리고 "동자꽃"—"빈 항아리"—"나"—"목탁"—"빈 곳"—"무덤"으로 이어지는 '은유'와 '환유'의 구사를 통해 "동자꽃"이라는 원관념을 배고픔과 그리움이라는 최초의 의미에서 비움·채움·위로·보살핌·평화 등의 의미로 이동시킨다. "배고파 기다리"고 "그리워서 기다리는 것"이 본래적 속성인 점에서, 이

"빈 항아리"는 (1)과 유사하게 슬픔과 공허의 세계를 근간으로 하지만, "빈 곳이 넘칠 수 있"고 "목탁 소리"가 "빈 곳을 깨웠다 재웠다 하"며 "무덤"을 "토닥이며 그윽해"진다는 점에서, 슬픔과 공허의 세계를 초월하는 '비움'과 '무위'의 상상력을 통해 채움·위로·보살핌·평화 등의 의미를 배태한다. "그런 풍경을 다독거리기나 하려는 듯 남정네와 아낙이 소를 몰고 느릿느릿 간다//깨진 백자도 황소 울음소리에 아물어 한 번 더 깊어진다"(「적요한 풍경」), "한계령 안개가/산정상에서부터 바위, 넝쿨, 전망대에 선 내 옆구리까지 어루만져주고 있다"(「거대한 포옹」)에서도 보듯, '비움'을 통해 채움과 보살핌을 지향하는 '무위의 미학'은 앞서 논의한 '숭고의 미학' 및 '유머의 미학'과 더불어 이후 김영남의 시 세계를 이끌어나갈 새로운 가능성이 될 것으로 보인다. 앞으로 우리는 숭고의 시인이자 유머의 시인인 김영남이 깊고 넓은 무위의 시인으로도 활약하는 모습을 지켜보게 될지도 모른다.

# 느린 기억의 풍경

## ──곽효환의 시 세계

첫 시집 『인디오 여인』(민음사, 2006)에서 곽효환은 유종호 선생이 정확히 지적한 대로, 바깥 세계와 마음 세계의 나그네 길에서 보고 들은 것을 비관적으로 형상화한다. 여기서 '비관적'이라는 단어는 시인이 외부 세계나 내면세계의 여행을 통해 드러내는 삶의 체험 및 간접적 경험이 대부분 심란하고 착잡한 것임을 의미하는 듯하다. 유종호 선생은 곽효환 시인이 이러한 비관적 현실을 대면하면서도 좀더 나은 삶과 세계를 꿈꾸며 나그네 길을 터벅터벅 걸어간다는 말을 덧붙이고 있다. 크게 보아, 곽효환의 두번째 시집 『지도에 없는 집』(문학과지성사, 2010)은 이러한 특징의 연장선에서 미세한 변모를 보여주면서 하나의 미학적 초점을 형성해나가고 있는 듯이 보인다. 일상의 생활, 혹은 여행길에서 만나는 사물이나 자연물을 매개로 기억을 더듬어 가는 회상의 모티프는 여전히 곽효환 시의 기본 구도를 이룬다.

　　삼십 주기 기일을 며칠 앞두고 낡고 해진 아버지의 사진첩을 편다

그곳의 빛바랜 시간은 더디게 가기도 하고 멈추기도 하며
때론 흐트러진 사진들 틈새로 기억의 문이 열린다


동구에는 등 굽은 늙은 느티나무와
초여름 하얀 포도송이 같은 꽃을 피우는
키 큰 오동나무, 그 너머 멀지 않은 곳에 철길이 있다
기차는 하루에 한 번 혹은 두 번 지나가고
철둑 따라 나란한 신작로에는 꽃들이 계절을 바꾸어 피었다 지는데
너무도 오래 닫혀 있던 흑백사진들이
세월의 기억을 따라 아주 천천히 흘러간다
외아들을 먼저 보내고 이십여 년 넘게 한숨 속에 더 살다 간
초로의 조부모, 처녀티를 미처 벗지 못한 새댁
어머니와 숙수그레한 고모들, 아직 사내인지 계집아이인지
구분할 수 없는 나와 어린 누이, 아픈 갓난아이를 안고
길을 막아 전주행 직행버스를 세운 콧수염 기른 아버지
읍내엔 새마을운동 땐가 초가지붕 뜯어내고 얹은
슬레이트 아래 검고 붉은 간판 글씨의 구거리잡화와 학성이발관
구거리잡화는 구거리수퍼가 되고, 수퍼집 딸은
시집가 아이 엄마가 되고, 솜리 모자집 아들은
서울로 유학을 가고,
아들 학성이가 어느새 며느리를 들였어도
그래도 증손을 볼 때까진 끄떡없다며
팽팽히 가죽끈 잡아당겨 면도칼을 다듬는 이발관 할아버지
그림자같이 달라붙어 떨어질 것 같지 않던

사람들, 그 풍경들

이제 낡은 사진첩도 점점 누렇게 얼굴을 흐리고
접착면의 끈기도 무뎌져 시간을 가두어두었던 손을 자꾸 놓아
얼마 더 지나면 아스라이 잡은 기억의 끈도 영영 놓겠지만
시간이 그림이 되어 멈추는 그곳에서 느리게
느
리
게 살았으면,
다시 그렇게                                   ─「아버지의 사진첩」전문


　이 시는 곽효환 시의 전체적 특성을 함축하는 작품이다. 시의 구성
은 '1연(현재)' ─ '2연(과거 회상)' ─ '3연(현재)'으로 이루어져, 전형
적인 회상의 여로(旅路)를 보여준다. 1연과 2연의 연결 고리, 즉 현
재 상황에서 과거로의 회상을 매개하는 것은 "아버지의 사진첩"이다.
여기서 주목할 대목은 "아버지의 사진"에 "더디게 가기도 하고 멈추
기도" 하는 "빛바랜 시간"이 존재하며, "때론 흐트러진 사진들 틈새
로 기억의 문이 열린다"는 점이다. 곽효환의 시에서 시간은 공간과 결
부되어 존재하며, 공간을 차지하는 풍경의 이미지 속에서 그 틈새를
뚫고 개입한다. 공간적인 풍경 속에 개입하는 시간성이란 다름 아닌
'기억'의 정체를 이룬다. 다시 말해, "빛바랜 시간"을 담고 있는 "아
버지의 사진"처럼 풍경은 그 자체로 시간을 내포(과거의 시간)하고 있
는데, 이 시간이 "더디게 가기도 하고 멈추기도" 하는 것은 과거를 회
상하는 주체의 현재적 의식과 정서의 작용(기억의 시간) 때문이다. 곽

효환 시의 기본적인 구조화 원리는 이처럼 풍경에 개입하는 의식적·정서적 시간성인 '풍경의 기억' 혹은 '기억의 풍경'이라고 볼 수 있다.

2연은 이러한 '풍경의 기억' 혹은 '기억의 풍경'이 포착하는 과거의 장면들을 보여준다. 장면들을 이루는 것은 고향의 "풍경들"과 "사람들"이다. 풍경들은 주로 "동구" "철길" "신작로"와 같은 배경, "느티나무" "오동나무" "꽃"과 같은 자연물, "기차"와 같은 문명의 산물, "구거리잡화" "학성이발관"과 같은 장소이며, 사람들은 주로 "조부모" "어머니" "고모들" "나" "누이" "아버지"와 같은 가족들, "수퍼집 딸" "모자집 아들" "이발관 할아버지"와 같은 이웃들이다. 아마이 풍경들과 사람들을 묶어주는 공통분모는 "등 굽은 늙은 느티나무"와 "하루에 한 번 혹은 두 번 지나가"는 "기차"가 암시하듯, 현대적 기계 문명의 세례를 받지 않은, 그래서 곤고한 농촌적 삶의 모습인 듯하다. 그러나 여기에는 삶의 애환이나 연민만 있지 않고, "꽃을 피우는/키 큰 오동나무"와 "직행버스를 세운 콧수염 기른 아버지"와 "면도칼을 다듬는 이발관 할아버지"가 암시하듯, 순수하고 건강한 공동체적 삶의 동력도 존재한다. 화자에게 고향은 이처럼 연민과 동경이라는 이중적 태도를 불러일으키는 원초적 대상인 것으로 보인다.

2연은 "세월의 기억을 따라 아주 천천히 흘러간다"라는 구절이 알려주듯, 전체적으로 과거에서 현재로 진행되는 시간의 흐름을 따라 전개된다. 과거를 회상하는 기억의 시간을 천천히 음미하는 것인데, 3연에서 화자는 이 기억의 시간을 오히려 "그곳"에 멈추어두고 싶어 한다. 과거로부터 현재로 전개되는 회상의 시간을 정지시키고, 최초의 근원적 장소인 고향의 유년 시절로 돌아가 "느리게" 살고 싶은 염원을 표현하는 것이다. 따라서 곽효환 시를 지배하는 구조화 원리인

'풍경의 기억' 혹은 '기억의 풍경' 속에는 '느린 시간'의 속성이 내재되어 있다. 이때 '느린 시간'은 회상의 여로를 따라 과거에서 현재로 전개되는 '기억의 작용'에도 적용되지만, 과거의 공간으로 회귀하여 그 속에서 진행되는 '공간적 영역'에도 적용된다. 이런 의미에서 우리는 곽효환 시의 원리를 '이중적 차원'의 '느린 기억의 풍경'이라고 말할 수 있겠다. 그런데 1연의 2행인 "그곳의 빛바랜 시간은 더디게 가기도 하고 멈추기도 하"는 것이 현재의 시간대인 점을 음미해 보면, '느린 시간'은 현재적 공간에서도 작용하는 듯이 보인다. 다음의 작품을 살펴보자.

칠흑의 길을 앞서 간 이들을 따라
바다를 닮은 호수를 품은 내륙 도시를 지난다
호반을 둘러싼 아름드리 오동나무
굽고 비틀리고 휘어진 굵은 가지 마디마디
먼저 이 길을 간 사람들의 삶이 그랬을지니
더디게 더디게 오는 여름 저녁놀 아래서
편지를 쓴다, 누군가 꼭 한번 읽어줄

엉엉 울며 혹은 눈물을 삼키며
그렇게 걸어간 사람들에 대하여
그 슬픈 그늘에 대하여

상해 가흥 무한 남경 그리고 중경
한 발짝도 내다볼 수 없는

농무 자욱한 길을 더듬으며
사랑하는 이를 위해 일기를 쓴 사람,
토굴에 웅크려 떨며 누군가를 기다리던 사람,
다시 그날이 와도 숙명처럼
그 길을 묵묵히 갈 사람들에게
철 이른 들국화라도 만나면
물소리, 새소리, 벌레소리, 아이들 재잘거리는
소리를 담아 가만히 들꽃 소식과 함께
바람에 실어 보내리니

고맙다고
고마웠다고
그래서 나 오늘 다시 이 길을 간다고
무심히 여름 벌판을 적시는 강물에도 길이 있다고
길 너머 다시 길이 있다고        ──「앞서 간 사람들의 길」 전문


　이 시의 화자는 중국의 "내륙 도시"를 여행하며 "앞서 간 사람들의
길"을 걷는다. 이 과정에서 화자는 "칠흑의 길을 앞서 간" 선열들을
떠올리며 그들의 숭고한 삶에 외경의 마음을 품는다. "오동나무/굽
고 비틀리고 휘어진 굵은 가지"에서 "먼저 이 길을 간 사람들의 삶"
을 연상하는 대목은, 공간성을 지닌 '풍경들'을 통해 과거의 '사람들'
을 기억하는, 곽효환 특유의 시작 기법을 확인시킨다. 여기서 중요한
지점은 1연의 6행에 등장하는 "더디게 더디게" 진행되는 '느림'이 어
느 시간에 해당하는가에 있다.

1차적으로 이 느림은 "여름 저녁놀"이 "오는" 시간을 지칭한다. 그런데 시적 화자에게 왜 "여름 저녁놀"이 "더디게" "오는" 것일까? 이것은 객관적 계절의 시간 감각뿐만 아니라, "앞서 간 사람들"의 "삶"을 떠올리고 회상하는 화자의 내면적 시간 감각에서도 연유할 것이다. 따라서 이 '느림'은 "굽고 비틀리고 휘어진 굵은 가지"와 같은 선열들의 삶의 시간을 의미하기도 하며, "편지를" 쓰는 화자의 마음속 시간이기도 하다. 선열들의 삶이 느린 것은 "눈물"과 "슬픈 그늘"을 숙명처럼 껴안고 그 길을 묵묵히 걸어갔던 숭고한 사랑과 희생의 정신 때문이고, 편지를 쓰는 화자의 손이 느린 것은 선열들에게 고마움을 표현하며 다시 이 길을 가는 성찰적 결단 때문이다. 결국 이 시의 "더디게 더디게" 흐르는 시간은 1연의 6행뿐만 아니라 5행과 7행에까지 그 '느림의 미학'을 작용하고 있는 것이다. 이처럼 곽효환 시의 '느린 시간'은 과거적 회상의 공간과 과거에서 현재로 전개되는 현재진행적 공간과 현재적 공간에 모두 개입하는 독특한 구조를 가진다.

이럴 때 우리는 곽효환 시에 등장하는 공간적 이미지, 혹은 풍경이 세 가지 층위의 시간을 오버랩시키는 중층적 이미지로서 넓은 진폭을 내포하고 있음을 깨닫게 된다. 즉 「아버지의 사진첩」에서 "시간이 그림이 되어 멈추는" "사진"의 "풍경들"과 "사람들", 그리고 「앞서 간 사람들의 길」에서 "길"과 "오동나무/굽고 비틀리고 휘어진 굵은 가지"와 "들국화"는 현재적 공간 속의 풍경이면서, 동시에 과거적 삶의 기억이 침전되어 있는 풍경이며, 과거에서 현재로 전개되는 현재진행적 풍경이기도 한 것이다. 이 세 가지 시간의 풍경이 지닌 공통점은 가볍고 빠른 현대적 속도에 대응하는 진지하고 느린 시간의 가치에 대한 옹호라고 볼 수 있다. 이처럼 '다층적 차원'의 '느린 기억의 풍경'은 '느림의 미학'을 여러 겹으로 형상화함으로써, 단지 과거 지향적인 시 의식에 머물지 않고 '속도'로 대표되는 현대적·자본주의적 도시 문명에 맞서는 저항의 의미를 확보하게 된다.

여름의 끝에 붉게 매달린
남도 배롱나무 꽃엔 저항이 숨어 있다
녹음 가득한 숲에서
펑―펑―, 꽃망울을 터뜨리며
피고 지고 다시 피고 지기를 일백 일
마침내
여름 숲을 빨갛게 물들이는
선홍색 꽃들의 저항
지난여름 타클라마칸 너머
오래된 황톳빛 고원 마을에서 만난
목총을 든 신강―위구르 소녀의
표정 없는 얼굴
그 잔영이 오랫동안 떠 있다
지리한 혹은 잔혹한 긴긴 여름을 딛고
비바람 불어도
뻥튀기처럼 붉게 더 붉게 세 번은 터뜨리는
꽃그늘 전설 피었다          ―「배롱나무 꽃그늘 아래 피다」 전문

화자는 "남도 배롱나무 꽃"에서 "저항"을 발견한다. "피고 지고 다시 피고 지기를 일백 일"을 거쳐 "여름의 끝에 붉게 매달"려 피어난

꽃이기 때문이다. "붉게 더 붉게 세 번은 터뜨리는/꽃그늘 전설"이라는 구절이 말해주듯, "배롱나무 꽃"은 한 번 피었다 지는 다른 꽃들과는 달리 "긴긴 여름"의 "비바람"을 딛고 "피고 지"기를 수차례 반복한다. 이때 배롱나무의 꽃에서 "저항"을 발견하는 화자의 시선은 "목총을 든 신강—위구르 소녀의/표정 없는 얼굴"을 떠올린다. 병치 은유의 기법으로 나란히 제시된 "배롱나무 꽃"과 "신강—위구르 소녀의" "얼굴"은 현재적 시간과 "지난여름"의 시간을 중첩시킬 뿐만 아니라, "지리한 혹은 잔혹한 긴긴 여름"의 시간과 "표정 없는 얼굴" 속에 침전된 '오랜 역사의 내력'을 중첩시키고 있는 듯이 보인다. 따라서 이 시에 제시되는 "저항"은 단순히 현재적 저항이 아니라, "꽃그늘 전설"처럼 장구한 세월 동안 전해 내려온 지속적인 저항을 의미한다고 볼 수 있다. 곽효환 시에 등장하는 빛바랜 '풍경들'과 '사람들'은 이같이 오랜 세월의 풍파를 견디고 이겨낸 존재들이며, 그래서 이 존재들이 체현하고 있는 '느림의 미학'은 강인한 힘을 내장하고 있다.

> 더듬이를 있는 대로 늘어뜨린
> 등 굽은 은백의 달팽이 한 마리
> 굳은 표정으로 꼼짝 않고 자리를 지키던 콘크리트 고가차도를 허문
> 혜화동 로터리에 새로이 난 버스중앙차도를
> 느리게 느리게 그러나 거침없이 가로지른다
> ㄱ자로 허리를 꺾은 노파가 사력을 다해 끄는
> 폐지 더미를 가득 실은 손수레
> 거침없이 내닫는 속도를
> 온몸으로 위태롭게 그러나 천천히 더디게 가로막는

늙은 달팽이의 아슬아슬한 외출
제 몸뚱이보다 몇 배는 더 큰 삶의 집을 끄는
그네는 안다, 속도와 풍경을 압도하는
느림과 멈춤의 힘을
겨울을 재촉하던 바람 잠시 숨을 고르고
생을 다한 코스모스도 다시금 눈 뜨고 손 흔드는
모두가 일순 멈춰서 그림이 된
가을과 겨울 사이 어느 오후
차창 안으로 기우는 눈부신 볕의 사각

입동을 한참 지났어도 더디게 더디게 가는 가을
검은 도로 선명한 노란 차선 위에 그렇게 붙잡혀 있다

—「달팽이」전문


　이 시에서 화자가 관찰하는 것은 "버스중앙차도를/느리게" "그러
나 거침없이 가로지"르는 "은백의 달팽이"다. 달팽이는 "폐지 더미를
가득 실은 손수레"의 "거침없이 내닫는 속도"로 인해 위태롭지만, 그
것을 "천천히 더디게 가로막"고 "아슬아슬한 외출"을 감행한다. 이
시의 묘미는 "거침없이 내닫는 속도"를 대변하며 "손수레"를 "사력을
다해 끄는" "노파"가, "늙은 달팽이"와 만나 "느림과 멈춤의 힘"을
공유하는 존재로 전이되는 과정에 있다. 즉 "제 몸뚱이보다 몇 배는
더 큰 삶의 집을 끄는/그네"는 "달팽이"일 뿐만 아니라 "허리를 꺾은
노파"이기도 한 것이다. 속도의 삶을 살던 "노파"는 "달팽이"를 만나
는 순간 "느림과 멈춤의 힘"을 공유하게 된다. 이 묘하게 팽팽한 긴

장의 순간 모두가 일순 멈춰서 하나의 그림을 형성한다.

이 시의 주제는 "속도와 풍경을 압도하는/느림과 멈춤의 힘"에 집중되는데, 이러한 주제를 구현하는 '느림의 미학'은 오히려 이어지는 대목에서 "더디게 가는" "가을"의 시간을 하나의 장면으로 포착함으로써 성공적으로 묘사되고 있다. "잠시 숨을 고르"는 "바람"과 "다시금 눈 뜨"는 "코스모스"가 "일순 멈춰서 그림이 된" 풍경은, "더디게 가는 가을"을 하나의 정지된 그림으로 포착하는 기법에 의해 형상화된다. 한편 "허리를 꺾은 노파"나 "늙은 달팽이"와 같이 삶의 무게를 안고 살아가는 존재들에 대한 시인의 시선은, 삶의 애환에 대한 연민과 더불어 그 무게감을 묵묵히 견디는 자세에 대한 경외감이 교차하는 듯하다. 이처럼 퇴색된 채 곤고한 삶을 살아가는 '풍경들'과 '사람들'에게 주어지는 '연민'과 '경외감'의 시선은 곽효환 시의 기본 모티프를 형성한다. 그런데 "초여름 하얀 포도송이 같은 꽃을 피우는/키큰 오동나무"(「아버지의 사진첩」)나 "철 이른 들국화"(「앞서 간 사람들의 길」)나 "붉게 매달린/남도 배롱나무 꽃"(「배롱나무 꽃그늘 아래 피다」)처럼, 시인은 주로 '꽃'의 이미지를 통해 고통과 시련을 극복하는 충일한 생명력에 대한 '경이감'과 '환희'를 표현한다.

아직 잔설 그득한 겨울 골짜기
다시금 삭풍 불고 나무들 울다
꽁꽁 얼었던 샛강도 누군가 그리워
바닥부터 조금씩 물길을 열어 흐르고
눈과 얼음의 틈새를 뚫고
가장 먼저 밀어 올리는 생명의 경이

차디찬 계절의 끝을 온몸으로 지탱하는 가녀린 새순
마침내 노오란 꽃망울 머금어 터뜨리는
겨울 샛강, 절벽, 골짜기 바위틈의
들꽃, 들꽃들
저만치서 홀로 환하게 빛나는

그게 너였으면 좋겠다
아니 너다
　　　　　　　　　　　　　　　　　　—「얼음새꽃」 전문

　이 시의 배경은 "잔설"과 "삭풍"으로 대표되는 "겨울 골짜기"인데, 화자는 "눈과 얼음의 틈새를 뚫고" "새순"을 피워 올리는 '얼음새꽃'을 보며 정서가 고조된다. "마침내 노오란 꽃망울 머금어 터뜨리는/겨울 샛강, 절벽, 골짜기 바위틈의/들꽃, 들꽃들"에 나타나는 가쁜 호흡은 생명에 대한 경이감이 환희의 감정으로 전이되는 과정을 보여준다. 주로 빛바랜 '풍경들'과 '사람들'에게 '연민'과 '경외감'의 시선을 부여하며 감정을 절제해온 곽효환 시인은, 이처럼 충일한 생명력을 발산하는 '꽃들'을 통해 감정을 표출하며 서정성을 발휘하는 듯하다. "샛강도 누군가 그리워"와 "그게 너였으면 좋겠다/아니 너다"에 노출되는 이러한 서정성은 곽효환이 근원적으로 서정시인임을 유감없이 보여준다. 다시 말해, '꽃'의 이미지들은 주로 감정이 절제된 과묵한 어조로 시를 쓰는 곽효환 시인의 내면 깊은 곳에 순수한 서정의 원천이 감춰져 있다는 사실을 알려준다. 삶의 애환을 겪는 '풍경들'과 '사람들'에게 향하는 '연민'과 '경외감'의 시선도 이러한 내면적 순정의 원류로부터 흘러나오는 것이다.